王干文集

王干 著

观潮·论人·读典

作家出版社

图书在版编目（CIP）数据

观潮·论人·读典 / 王干著. -- 北京：作家出版社，2018.1（2021.1重印）

（王干文集）

ISBN 978-7-5063-9714-8

Ⅰ.①观… Ⅱ.①王… Ⅲ.①散文集—中国—当代 Ⅳ.① I267

中国版本图书馆 CIP 数据核字（2017）第 230615 号

观潮·论人·读典

作　　者： 王　干
书名题字： 沈　鹏
责任编辑： 赵　莹
装帧设计： 鸿儒文轩·书心瞬意
出版发行： 作家出版社有限公司
社　　址： 北京农展馆南里 10 号　　**邮　　编：** 100125
电话传真： 86 – 10 – 65067186（发行中心及邮购部）
86 – 10 – 65004079（总编室）
E – mail: zuojia@zuojia. net. cn
http: //www. zuojiachubanshe. com
印　　刷： 三河市华东印刷有限公司
成品尺寸： 155 × 225
字　　数： 324 千
印　　张： 27.75
版　　次： 2018 年 1 月第 1 版
印　　次： 2021 年 1 月第 2 次印刷
ISBN 978-7-5063-9714-8
定　　价： 78.00 元

目录

另存集

·论思潮·

·论作家·

·论作品·

王干最新文论选

·观　潮·

·论　人·

·读　典·

另存集

论思潮

“新写实”小说的兴起

新时期小说创作最初激起人们阅读热情并取得很大成就的是写实小说，那个时候的优秀作家和优秀作品几乎全是写实型的。其后则逐渐丧失其优势，风光差不多全给各种各样的令人眼花缭乱的“实验”和“探索”占去。近两三年来，写实小说的面貌发生了令人喜悦的嬗变，出现了新的色调和新的声响，王安忆、朱晓平、李锐、李晓、叶兆言、刘震云、周梅森、赵本夫、朱苏进、方方、池莉、范小青、余华、刘恒、张炜、史铁生、谌容、王兆军等中青年名家以及小说新秀的一些作品，重新唤起了人们对写实小说的兴趣。《收获》《上海文学》《钟山》等文学刊物也陆续推出了这批新写实作品，形成了一股文学浪潮。有人把这股小说潮汐称为现实主义的回归与升华，有人则以“后现实主义”“现代现实主义”“新现实主义”“开放的现实主义”等名目冠之，比较通行的说法则是“新写实”，因无“主义”之缀，容易为大家接受。

如何界定“新写实”以及它与过去的写实作品在理论上的区别？我觉得《钟山》今年第三期《“新写实小说大联展”卷首语》中对

"新写实"的"定义"，虽然比较空泛但能够囊括泛"新写实"的作品，不妨引录于下："所谓新写实小说，简单地说，就是不同于历史上已有的现实主义，也不同于现代主义'先锋派'文学，而是近几年小说创作低谷中出现的一种新的文学倾向。这些新写实小说的创作方法仍是以写实为主要特征，但特别注重现实生活原生形态的还原，真诚直面现实、直面人生。虽然从总体的文学精神来看，新写实小说仍可划归现实主义的大范畴，但无疑具有了一种新的开放性和包容性，善于吸收、借鉴现代主义各种流派在艺术上的长处。"我个人曾用"还原""零度""对话"三个特点来概括这类作品，但因涉及的范围是非泛"新写实"的小说，故不想赘述，有兴趣的读者可参阅拙作《近期小说的后现实主义倾向》（载《北京文学》1989年6期）。

新写实小说兴起的原因，我认为主要有这样几个方面：

一、作家审美意识的调整。不难看出，"新写实"小说的不少作品是出自原先已经享有一定知名度的作家之手，他们之所以能够写出"新写实"的作品，与他们在创作上所进行的嬗变和调整是分不开的，虽然在这些作家的主观意识里认为是在"创新""实验"和"突破"，但整体上看是作家创作结构的一次新的整合。谌容从《人到中年》走向《懒得离婚》，王安忆从《雨，沙沙沙》到《小鲍庄》，方方从《大篷车上》到《风景》，都开始洗褪早先作品中的空洞的理想主义、英雄主义以及"小布"情绪，开始注重生活形态原生地还原，更加冷静地直面现实、直面人生，"不以物喜，不以己悲"。

二、先锋小说潮的冲击。由于1985年以来的小说创作中出现了以实验和探索为色调的先锋小说潮流，尽管这种潮流一股一股地很快过去了，但它们似乎专门对抗着写实型小说，以一种反写实的方式进行小说操作，这势必刺激了写实小说的发展。为了抵抗先锋派的冲击，扩大写实作品的容量，一些作家“拿来”了一些非现实主义领域里的小说操作方式来改良土壤，因而便取得了某种杂交优势。像刘恒小说中的精神分析因素，王安忆小说中的女权主义潜影，叶兆言小说中的消解主义方式，都是新写实的“新”之所在。因而当先锋派作品因更迭频繁而使读者失去阅读耐心的时候，新写实作品便应运而生，赢得读者的青睐。

三、生力军的相继涌现。新写实小说浪潮的涌动，与第三代小说家的加盟相关，刘恒、叶兆言、刘震云、朱晓平、李晓、余华（余华的《现实一种》《河边的错误》与《世事如烟》等并非同一把刷子刷出）等新近作家几乎都是以写实型的小说登上文坛的，他们一反以往那些“现代派”或“伪现代派”沉恋于自我宣泄的小说情调，而以一种“无我”的叙述态度来面对现实面对小说，便使小说融入了新的信息量。由于他们的生活经历和文学背景与上一代作家相异，他们从事写实型作品的创作自然会生发出新的光泽来。

新写实小说尽管已经兴起，并且势头不坏，但高潮没有出现。还需要等待。

新写实在一九九〇

1990 年的小说创作，除“新潮”退潮外，最值得一提的大概是“新写实”现象了。这种小说思潮缺少明确的宣言和纲领，也没有完整划一的创作群体，完全是作家自由选择和文学淘汰的结果。虽然“新写实”的称谓不尽确切，但毕竟已经叫开了，而且作为某类小说的“所指”也大致明朗。本文所要陈述的只是 1990 年创作中具有新写实倾向的小说作品，并不能以此来论证和阐释“新写实”理论，也不能简单地用“新写实”来涵括这些作家的创作主张和艺术风格。

叶兆言的《半边营》

叶兆言在第三代小说家中以其出色的文化修养而见功力。几年来，他一部中篇接着一部中篇写下来，而且有越写越好之势。1985

年发表《悬挂的绿苹果》，1986年的《死水》，1987年的《五月的黄昏》，1988年的《枣树的故事》，1989年的《艳歌》，1990年的《半边营》，一部不比一部逊色。我甚至认为，《半边营》不但是叶兆言目前最好的小说，也是1990年的压卷之作。《半边营》是系列小说《夜泊秦淮》中的一卷，依旧传达出金陵古城地域性的风物人性，但更深刻地表现封建文化的深厚与冷酷。这部小说以一个家庭的琐事为经，以每个人物的命运为纬，两者互相交织在一起，便把人物深处封建文化压迫之下的变态心理准确而含蓄地刻画出来。在这部充满张爱玲气息的小说里，叶兆言显示了他驾驭结构而又消解结构的“后现代”能力，整部小说叙述节奏婉然而至，语言简洁而有韵致，白描功夫力透纸背，标志着新写实在新的一年的新的发展。《半边营》笼罩着的那种挥之不去的梦魇色泽，压迫着人物的灵魂，也压迫着读者的心理。

刘庆邦的《宣传队》

“宣传队”已经成为一种“文化”了，今天在小学读书的孩子对这一“文化”已经漠然得很。从《宣传队》的内容看，刘庆邦必做过“队中人”也无疑。小说展现的是一个临时宣传队中一群青年人演戏、恋爱、争斗的故事，散发着动乱时代的特定气息。与早些年反映“文革”的“伤痕文学”“反思文学”相比，《宣传队》更显示出“新写实”已经为人公认的某些特征，小说没有一个完整的故事，也没有一个明确的主题观念去串引那些琐碎的生活场景和细节，人物相互扭结的命运构成了人的原生生存状态。传统写实小说中，那些曾经撼动人心的批判和爱憎，被刘庆邦不动声色甚至略带调侃的叙述语调和场景描写所代替。虽然刘庆邦无意于艺术形式的新奇怪异，但他饱满的生活经验和情绪积累让他在讲述这些并不优雅的生存故事时充满了一种出人意料的自信和恰到好处的分寸感。刘庆邦与刘恒、刘震云形成了一种呼应之势。北京“三刘”对社会底层生态的精确把握与准确写真，让人联想十九世纪的左拉。他们三人是新写实阵容中的“铁三角”。

池莉的《太阳出世》

池莉与叶兆言同属写实型的作家，叶兆言是在“历史”之中凭借知识与文化的积累寻求想象的自由与笔墨的潇洒，而池莉的小说并不来自书本，也不来自想象，虽然她并没有运用第一人称“我”来进行写作。她的《烦恼人生》《不谈爱情》以及《太阳出世》浸透了她自身的生活经验和情感体验，她的文笔与心态让她与现实生活保持同步之态。这并不是一件容易的事情。愤世嫉俗几乎是所有女作家的通病，能像池莉这般平淡地面对现实面对生活面对自我的实在不多。《太阳出世》的优点并不在于池莉要弄了什么叙述技巧，而在于它比较原生态地呈现了一个新娘到少妇的心理转型过程，小说折射出时代氛围和社会风貌，地域文化的描写也自然适度，无炫耀与敷贴之嫌。值得注意的是，《太阳出世》里的池莉颇有重铸理想的热情，改变了以往那种“烦恼”“不谈”的人生态度。小说的结尾，女主人公赵小兰对音乐的谙熟与热爱，让人感到她重又回到了少女时代。这种螺旋式的上升让人想到了另一部轰动城乡的小说《人到中年》。这种“螺旋”是新写实的进步还是退步，现在还很难说。

储福金的《彩·苔·怆》

储福金特别擅长短篇制作，他的系列短篇“紫楼十二钗”中颇有耐人品味之作。储福金也可能无心跻身于新写实行列，但他 1990 年的《彩 · 苔 · 怆》却显示出写实小说的一种新的迹向。这部小说可以当作三个独立的短篇来读，也可以组合起来当作一个中篇，因为三者之间有一种内在的气韵上的关联。小说写三个家庭组合前后人物心理的微波细澜，但并不借助于心理分析和意识流，而是以平缓凝练的白描与精制的细节安排来表现，布局精妙，悠然，无人工斧凿之痕。储福金对青年女性心理有一种异常的敏感，并能迅速捕捉到她们的一笑一颦，颇有“聊斋”余韵。

赵本夫的《仇恨的魅力》

与他 1989 年推出的《走出蓝水河》一样，这部小说继续保持着他对人类生存形态的热情关注与浓墨重彩的油画风格，这在今日写实作家群中是个例外。他在小说中从不掩饰自己的哲学思考，也不压抑自己的激情，他对人的生命的热爱，对大自然的歌吟，对人类生态的焦虑使他的小说传递出一股新型浪漫主义作家的叙事风度，这既是对新写实的逆悖也是补充。《仇恨的魅力》写人的生命在特种情境之下的悖反状态，“仇恨”居然会产生“魅力”“仇恨”居然会产生刻骨铭心的爱情。在当前小说普遍清淡、普遍温和的情况之下出现“仇恨”这样有点酸辣有点苦涩有点呛口的作品，对免覆丧失艺术个性的旧辙是一个提醒。

王蒙的《济南》

1990 年并不是王蒙小说创作的大年，他把热情和精力大部分投注到红楼研究、李商隐研究这类非小说性的文学当中去了。但他在该年度发表的《济南》再一次显示了他作为一个优秀小说家所具备的深厚潜力和良好状态。《济南》密集着诸多的信息，时代的折光、历史的烟云、人物的命运、心理的波澜，密密缝结在一起，它并没有采用王蒙所惯用的那种辐射式叙述结构，而是以第二人称这种纯粹的单线条的叙述方法一贯到底，却依旧传达出那种辐射性的艺术效果，依旧拥有足够的信息量。在这个 4000 字的短篇中，王蒙显示了举重若轻、化险为夷的高超艺术才能，开篇从“于别人无法入口处入口，然后悠然生发而出其不意收气”，而最后一节的超现实幻觉看似突兀，又非常合理。整个小说似简而繁，似虚而实，余韵袅袅。《济南》的价值并不在于表现了某种新的思想观念或更新了某种小说观念，而在于它是一个艺术精品，经得起把玩的精品。

月斧的《成昆之死》

月斧显然是一个小说新手，他的这篇作品发在《青年文学》并不引人注目，却是一篇不可忽略的奇异之作。《成昆之死》对传统的推理小说进行了成功的有效的改造，它通过刑警对医生成昆之死一案的反复勘探，发现了一系列令人惊讶的超常的心理变态现象。在小说的叙述程序上，作者巧妙地通过“一个刑警的手记”这样特殊的叙述视野遮蔽了许多全知全能叙述必须填充的空间，冷静的白描颇有新小说派的风韵。这篇小说的出现，说明纯文学与俗文学的交合已进入临界状态，写实小说与形式小说的距离正在消失。《成昆之死》表明将两股不同文学思潮的优势进行综合的可能。从这个角度看，对新写实小说今后的发展不应该持悲观态度。

新时期文学的晚钟暮鼓

——“新写实”小说漫论之一

“新写实”相对于它以前的文学思潮来说并不具有革命性的意义，它对生活原生状态的“还原”，对情感要求的“零度”处理以及与读者的“对话”姿态，都不难在以往的小说中找到先例。新时期文学最后终结在“新写实”这样的“烦恼人生”“一地鸡毛”之中，实在是新时期文学的作者和读者很不情愿接受的事实。“新写实”犹如薄暮时分的晚钟暮鼓，实在不嘹亮，不让人振奋，带着更多的惆怅和感伤。

一　主体的终结

在“新写实”小说中，新时期文学最初就拥有的对人、人格、人道的执着追求被生活的烦冗细节取代；对艺术个性、小说形式、小说语言的顽强探索被平乏没有诗意的场景纪实消解，新时期文学所特有的理想主义、人道主义、英雄主义、启蒙意识已不见踪迹，总之主体——人这个新时期文学的母题被悬搁了。

发源于 1976 年的中国新时期文学以“人”的旗帜为标志，展开了一系列文学思潮和文学运动，涌现出一批优秀作家和优秀作品。呼唤人性、恢复人的尊严、对人的重新发现在很长时间内是伴随着对历史的反思共同进行的。人道主义这个西方文艺复兴时期的“古董”一时间成为当代中国最时髦的话题，人的价值、主体的价值被热情地呼唤和近乎疯狂地歌颂。这种对“人”的偏爱、对“人”的过度强调是矫枉过正的结果，这也是由新时期文学特定属性所决定的。新时期文学诞生于“文革”的废墟上，有不少研究者又将新时期文学称之为“‘文革’后文学”，是很有道理的。这就注定了新时期文学必然不断剥离、颠覆“文革”的文化影响。对“人”的蔑视和践踏在“文革”中几乎到了无以复加的程度，因而恢复“人”的位置、张扬“人”的主体性便成为批判“文革”的思想观念中最为强劲的战斗武器，从刘心武的《班主任》发出“救救孩子”的呼吁开始，到王蒙的《活动变人形》、张炜的《古船》、张承志的《金牧场》，“人”的太阳始终照耀在文学的当空。

但是也无可否认，在新时期文学“人”的潮流中，“人”的意义和价值在无形之中被夸张和有意识地放大了，一些理论家和小说家企图脱离现实去虚构“人”的神话，从而导致了文学的某种倾斜。在某些仿现代派的小说中，“人”的意义被曲解为“自我膨胀”“自我无边”的极端利己损人主义，而天真的理论家则幻想以“人”的哲学作为一种意识形态而存在。“暴风雪”中的知青英雄与上任伊始的改革精英身上都闪烁着动人的崇高的英雄主义光辉。而在张承志的《绿夜》《北方的河》《黄泥小屋》《金牧场》当中，“人”字被不断地“大写”“我”字则反复地被涂抹重彩，虽然悲剧在不断地发生，但“人”犹如普罗米修斯的火种，并没有停止燃烧。“在没有英雄的年代里／我只想做一个人”的诗句就足以让人感动不已，更何况想做一个英雄呢？无论是与“四人帮”“左”倾思潮斗争的英雄，还是改革年代脱颖而出的“乔厂长”，无论是迷迷糊糊的谢惠敏，还是清醒的章永磷，他们都是整个社会人文思潮神话的一部分。

然而这种“人”的神话不久就破产了。这不仅是经济浪潮、政治变更、文化失范等等外因的作用，也是由于“人”的神话自身的先天性的脆弱。作为思想武器的人文主义本身已是明日黄花，虽然它在批判“文革”、消除“左”的影响方面显得游刃有余，但它在接触到 80 年代中国社会的现实时就难免显得手足无措。过于迷信“人”的力量并不能真正促进人的发展。再大写的“人”也不能不食人间烟火，作家们的美好理想破灭之后，开始把对人的形而上价值的执着探究转向了对人的形而下生存状态的关照描写。刘恒的《伏羲伏羲》《虚证》，刘震云的《单位》《一地鸡毛》，叶兆言的《艳歌》，池莉的《烦恼人生》《你是一条河》，方方的《风景》《桃花灿烂》，范小青的《顾氏传人》《光圈》，几乎全都丧失了人的激情和人的力量，充满了人面对生存的烦恼和无奈。早在 1988 年时我就曾把这种做法称为生活本相的还原，是一种对“原生态”的追求，可现在发现这其实是作家对人的本相的还原。这是作家在“人”的神话破灭之后一种不由自主的选择，一种自然反弹的结果。《烦恼人生》最初在《上海文学》发表时，刊首有一段编者话非常富有意味，道出了这种“本相”，他是以 80 年代初期引起极大轰动的小说《人到中年》与之作比较的："在《人到中年》中，女主人公陆文婷常常用理想主义的精神漫游来解脱实在生活的烦恼；《烦恼人生》的主人公印家厚却缺少这种气质。作为一个普通的操作工，人到中年之后，他更多地被'现世'所拖累。"从"精神漫游"到"现世""人"的投影不再被放大，精神已经屈从于"现世"，生存远比理想来得更为迫切。

因此，有研究者将印家厚这类形象称为"小写的人"。比之于陆文婷、乔光朴、李向南等被"大写"的人，印家厚自然是属于"小写"，但"小写"不等于缩小，更不等于缩写。印家厚更接近人的本相，或者这样说，印家厚与生活的距离最近，他没有被灌注更多的"人"的神话力量。从陆文婷到印家厚的变迁，一方面表明作家心理状态和创作姿态的变化，另一方面也正是社会生活急剧变化的结果。从精神的极度亢奋到相对疲软、相对平实是作家的心理轨迹，也是中国普通百姓大致的状态。从这样的意义上说，新时期文学的终结，不是作家的终结，也不是文学的终结，而是时代的终结和社会的终结，是社会转型期的必然产物，"新写实"充当了一个终结者的角色而已。

二 实验的中止

"新写实"的出现与喧闹是以实验文学的中止为代价的。鼓噪于 80 年代中期、消隐于 90 年代初的文学实验运动虽然不能称之为新时期文学的主潮，但它为新时期文学提供了琳琅满目、绚丽多彩的艺术风貌，新潮云涌、新星迭出、新论四起，是80年代后期人文领域的一大景观。事实上，离开了实验文学，新时期文学就很难成立，新时期文学既与现实主义的回归相关，也与探索实验密不可分。正是由于实验文学与非实验文学的撞击、竞争和容认，新时期文学才会如此繁荣和辉煌。在这个阶段里，“人的自觉”与“文的自觉”得到充分的表现，中国白话文学进入了前所未有的境界，特别是一批激进的先锋作家对文学形式的反复实验和探索，丰富了当代文学的表现手法，为中国文学与世界文学的对话提供了某种可能。

后来，这股充溢着勃勃生机的实验运动中止了。扼止它的力量主要来源于外部环境的变化，一些人片面强调文学表现手法的姓“社”和姓“资”，这不能不使实验者有所顾忌。而另一方面，从自身发展而言，到80年代末期，中国实验文学也快要走到尽头了，这是由于中国当代文学缺少实验的基础，探索文学的土壤并不肥沃，也不深厚，实验者的实践往往依照西方现代文学既有的模式展开。这种“拿来主义”的做法不仅需要敢于开拓革新的勇气，也要能够与自身的心理素质和艺术潜能结合起来。由于没能很好地解决这些深层问题，这种实验在当时难免只是平面展开，求新不求深，满足于“演练”而少于创新。因而一旦“武库”的“兵器”被轮流耍过一通之后，实验者自然会无所适从，一些人的顽强探索，也就难以形成足够的影响和被普遍关注。

实验文学的困顿，为“新写实”让出了一片广阔的背景。一些被人关注的“新写实”小说没有在当时产生强烈的影响，而是在实验文学困顿之后，如刘恒的新写实倾向明显的小说《黑的雪》受到人们青睐不是在出版的1988年，而是在1990年。池莉、方方、刘震云这样一些作家，虽然他们的《烦恼人生》《风景》《新兵连》早已发表，但却是在“新写实”这样的旗帜出现之后才格外受到人们重视的。池莉的《不谈爱情》《太阳出世》《你是一条河》，方方的《桃花灿烂》，刘震云的《故乡天下黄花》《一地鸡毛》也是有意追求“新写实”效应的结果。至于苏童、叶兆言这些原先实验阵营的大将悄悄转向“新写实”，不仅仅是与他们生活环境（南京被称为“新写实”的大本营）有关，而且也是他们明智乖巧的选择。由于“人的自觉”和“文的自觉”这样宏大的理想受到嘲讽，作家和读者、叙事与阅读的幻觉被亵渎了，他们需要一种实在的填充物来填补这种空白，“新写实”适逢其时。

很显然，“新写实”并不是最理想的文学规范，人们对它的指责乃至鄙夷不是不可以理解的。它是让人们从理想的峰谷中退出的一个缓冲地带，它在现实面前是一个弱者，但能够适应生存的需要，所以有人称“新写实”是生存状态小说。“新时期文学”固然是强者，但因为不能妥协而只能终结。在“新写实”语境里，认同与消解便像一把双刃剑，一面抛向现实，一面抛向历史；一面抛入社会，一面抛入自我，建构理想成为一种忌讳。

刘震云、方方、池莉、范小青的小说里充满了一种被迫认同感，而这种妥协正好与高扬“人的自觉”和“文的自觉”的新时期精神背道而驰，宿命的意味被生存冷酷嘲讽，而悲剧的氛围中反而有更多的荒诞。刘震云的《单位》和《一地鸡毛》的主题似乎用“认同世俗”便可笼括，这两篇小说细腻而琐碎地描写了一个充满理想的热血青年在生存现实面前走向平庸和世俗的过程。小说里的小林是“新写实”的象征，他从抵御世俗到最终认同，以至于没有半点痛苦。范小青的近作更是以没有“光圈”见长，在《光圈》《清唱》等小说里，她索性让意义下沉，不厌其烦地让社会各色人等的原生态浮泛其上，甚至有意回避情趣。张洁、张辛欣等女作家那种愤世嫉俗的情绪在范小青那里变成了一种认同和宽容。

还有一些作家则回避对现实的认同，他们把对现实的幻想移植到对历史的读解上，在读解历史的过程中逃遁生存的自我。苏童的《我的帝王生涯》、叶兆言的《枣树的故事》和《夜泊秦淮》系列、刘恒的《沧河白日梦》都是对历史的主观性的重构，这种主观性的重构实际是对已有历史形态的消解。在苏童的新作《我的帝王生涯》中，历史里的开明、昏庸、残忍、仁慈、愚昧、智慧的帝王被还原为一个任性的、少不更事的顽童，历史所有的庄严与神圣被粉碎得无影无踪。虽然苏童们是这种消解的妙手，但仍然让人感到有种智力被挥霍或者浪费的感觉，他们在历史的迷宫中游戏，实际是在躲避对世俗的反抗，而这种躲避客观上也是一种认同。只不过前者的认同显出荒诞与滑稽，后者的消解更富于游戏和机巧罢了。

㊁ 读者的诞生

中国当代作家真正意识到读者的价值，大概是在 80 年代中期以后。这是由于西方阐释学和接受美学在中国的传播，读者已成为文本构成的一部分。同时文学作品的读者在急剧下降，文学刊物的订数也跌入低谷。文学失去“轰动效应”，简单地说，就是失去了读者。读者哪里去了？我们应该拥有什么样的读者？作家从寻找“真理”（表现各种各样的新观念）以及“真理”的外壳（所谓形式主义小说），慢慢转向寻找“读者”。这也正是“新写实”产生的一个缘由。

寻找读者，意味着重新确立读者在文学中的位置。在新时期文学中，写作者与阅读者往往是一种灌输与被灌输、教导与被教导的师生关系、主仆关系或长幼关系。总之，陈述与接受并没有处于平等的位置，至少作家在写作时并没有采取一种“对话”姿态。这一方面是由于作家一度被误作“人类灵魂的工程师”（这不仅是翻译之误，其实也涉及文学观念的问题），作家始终被赋予了比较崇高的严肃的使命，可以“干预生活”，也可以“干预灵魂”，作家有理由高人一等地向读者传谕、宣扬或批判某类思想观念。另一方面，新时期文学诞生于“文革”的废墟之上，在思想解放运动中的文学，“春江水暖鸭先知”，作家有必要也有可能担当启蒙者的角色。我们今天再阅读刘心武的《班主任》，可能对其过于直露的思想观念的表达感到不解，但在当时，当作者和主人公张俊石共同发出“救救被‘四人帮’坑害的孩子”这一呼吁时，曾是那样的震撼人心而又发人深省，新时期文学的序幕由此拉开。但是，进入 80 年代中期以后，人们开始厌倦作家滔滔不绝的“启蒙”，读者主体意识的萌发，使其开始拒绝作家的“布道”。加之急剧的政治经济变革，作家的地位已从“灵魂工程师”复归为普通平民，作家已无力再去扮演传播真理的角色。重新调整与读者的关系，是“新写实”小说的一个共同宗旨。所有具有“新写实”倾向的小说作品，无论它们各自的艺术风格有多大的差别，对读者的态度无一例外都是谦和而小心的，都无意去侵犯读者的“主权”，即便反讽，也以自嘲为主。

当然，如何给读者“定位”，与读者保持怎样的“关系”，作家们的做法不尽相同。有的通过叙述的“降调”处理来缩小与读者的心理距离，有的则通过叙述角色的替换来淡化叙述的一元绝对性，而有的则谋求“零度”叙述的可能性，以给予读者最大的阅读空间。一种冷色调的叙述语调消解了那种“北方的河”的强劲和执着，迟疑、温和、暧昧甚至低沉的叙述态度成为一种时尚，具体而言，大致可作如下归纳：

1. 低调叙述。这以刘震云和池莉的小说最为明显，池莉的《烦恼人生》《不谈爱情》《太阳出世》近乎实录地展示了普通人生的“生活流”；而刘震云的《单位》《一地鸡毛》则是契诃夫笔下小公务员主题在当代中国的一次放大和重写，灰色的生活背景和不明亮的叙述者构成了中国普通百姓司空见惯的生活“原生态”。对细节的刻意追求、渲染和铺张，无意之中冲淡了对典型的塑造，感性的、局部的、零碎的生活场景与冗琐的生活感受错杂重合于一体，影响了理性的犀利与强烈。这种低调叙述首先改变了作家的布道者形象，消除了作家对读者的意义的“施暴”，作家在还原生活时也还原了自己的形象，同时也还原了读者的本来面貌。

2. 不定叙述。刘恒和叶兆言是运用这种不定叙述的妙手。不定叙述在消解意义和观念的过程中，对生活现象的逻辑顺序和因果联系往往采取不确定的叙述，掩盖或遮蔽人们习以为常的生活规律和心理逻辑在小说中的“动力”功能。刘恒的中篇小说《虚证》成功地运用了不定叙述方式。在《虚证》中，郭普英的死因是小说叙述的契机，也是叙述人介入郭普英生活的动因，但整篇小说只是一个“虚证”而已，真正的实证只能让读者自己去鉴别、认定。这种“虚证”方式虽然不是“新写实”的“专利”，但对整个新时期文学对确定性的无限忠诚和无条件服从却是一次颠覆性的“暴动”。自然，这种对读者的过分“尊重”其实也是对读者的一次挑战，阅读空间的扩大在某种意义上是对写作者和阅读者的双重考验。

3. 委托叙述。这自然也不是“新写实”的首创，委托叙述其实是作家在小说中寻找叙述的合理“代理人”，目的还在于作家逃避叙述人的角色，从而避免与读者的正面“交锋”，这也是给读者定位的一策。方方的《风景》通过一个亡婴的叙述展现了七哥一家顽强生存的生活场景，在小说里“亡婴”并不具有生命意义，他只是作家委托的叙述人而已。但由于“亡婴”脱离生死的界限，脱离了历史与现实的界限，也脱离了与人物、读者以及与作家的诸多关系，因而在叙述时极为自由和随便，比之“全知全能”的“上帝”“亡婴”对其家族的苦难兴衰有着更多的体验和关切，能够入乎其中，又可出乎其外。苏童的《妻妾成群》把叙述的任务委托给陈佐千的四姨太颂莲，以颂莲的视角来窥探陈家大屋子里的腐败和罪恶，当读者随着颂莲的眼睛逐渐阅览到这个封建家庭的全部隐私和邪恶时，无意中也扮演了一个窥视者的角色。因此，读者阅读（窥视）的过程也就是叙述的过程。这种巧妙地让读者悄悄地接受叙述的义务的方式，可以说是《妻妾成群》成功的奥秘。遗憾的是张艺谋据其改编的电影《大红灯笼高高挂》，忽略了这一窥视的视角，只注意到颂莲被“看”的一面，而没有表现颂莲“看”的这一受委托的功能来。

从唤醒读者、引导读者转向寻找读者、认同读者，这是新时期文学的悲剧。这种悲剧是由新时期文学自身的特性所规定的，可以说是无可避免的。新时期文学伊始，作家鼓吹、宣扬解放思想，但解放思想首先要解放自我，把读者强行纳入到自己设置好的“思想”和“观念”的樊篱之中去，不是真正的解放思想。解放思想除了摒弃教条的、陈腐的观念和方法外，还应给予被解放者更多的思想自由和交流自由。“新写实”在整个中国当代文学的进程中也许并没有留下什么震撼世界的经典巨著，甚至也产生不出五四时期那样的优秀作家，但它在解放读者同时也解放作家自身方面所起的历史性的过渡作用是会引起后人注意的。

新时期文学的终结，意味着读者的诞生和胜利。在今天的文化消费过程中，“读者是上帝”的原则日益被出版家、作家和评论家所公认。但是今天的作家、评论家和出版家面对读者的需求是采取被动的、媚俗的方式单纯去适应社会的需要，还是主动地、清醒地在社会文化的消费过程中重新建立新的文化价值规范，保持精神信仰的尊严，这实在是两难的背反。这也正是新时期文学终结之后，带给面对 90 年代的所有文化人的巨大困惑。

诗化：小说创作的新走向

——新时期小说艺术漫论之三

特殊而又宽泛的文学概念

人们越来越多地喜欢用“诗化”来形容近期小说创作的一种走向。什么是“诗化”小说？在我们论述这种小说创作的走向之前，似乎有首先进行阐释的必要。

诗，除了是一种文学样式外，还经常被人们用来判断和概括其他文学艺术作品所达到的美学高度，甚至用来描述评价生活的美好程度，其实这并没有也不可能违背或超出由诗的本质特征所规范的内容。“诗化”小说，是否是用“诗”这一概念来对小说进行判断呢？回答是肯定的。但这种判断又远非“像诗”“诗一般”那种简单的评价，而具有特殊的艺术内核。

我们认为，“诗化”小说是诗的精神特质对小说的艺术渗透，以小说的艺术形态，表现出诗的审美效果和艺术价值。那种仅仅把它简单归结为“诗”与“小说”两种文学样式联姻的产物，亦即认为“诗化”小说，是诗与小说相加而形成的“边缘文学”的见解，实际上是似是而非、囿于一种相当肤浅的认识的。

考察当前的所谓“诗化”小说，我们会发现，它们都在不同层次和范围内追求着诗的精神特质。王蒙从《春之声》到《在伊犁》，尽管杂色纷呈，气象万千，但浓烈的诗情始终浸润着、流淌着；张洁、宗璞等女作家则以细腻敏感的心灵谱写出一曲曲诗的交响曲；李国文的小说在探索人生哲理时，饱含着诗的韵味；汪曾祺、贾平凹、李杭育等在风俗人情的描述里，渲染出了浓郁的诗的光彩；而张承志、邓刚、孔捷生等青年小说家在与大自然的交融中回荡着诗的音响；何立伟、彭见明、祝兴义等人又从故乡的山山水水里升腾出一股新鲜的诗美。他们的追求和创造，迥异于那种以诗的形式写的所谓“诗体小说”的概念，也不单纯是把诗的某种艺术手法、表现技巧移植到小说创作之中。总之，他们不是仅从形式的因素着眼，而是用诗的眼光和审美要求来透视生活、撷取生活、表现生活，追求诗的抒情境界、象征境界、音乐境界；追求诗的情绪、气息、氛围、气质；追求诗的凝练、含蓄、空灵，从而用诗的基因补充和丰富小说的构成因素，给传统的小说创作注进蓬勃的生命之力。所有这些追求，表明了“诗”的精神特质对小说渗透的具体内容，也正体现了“诗化”小说的实质所在。

这样看来，“诗化”小说虽然仍属于小说这一文学种类，但它自身的内涵和外延却是相当宽泛的。对一篇小说是否是“诗化”小说，只能作总体上的把握和美学意义上的观照，不宜对它进行定量分析,"定量"的结果，可能会限制我们对"诗化"小说本质的认识，妨碍我们对"诗化"小说的鉴赏，从总结创作理论方面看，使之形成一个活动范围非常狭窄的艺术概念，并把它施之于创作，这无论如何对"诗化"小说的创作和发展都是极为不利的。

我们初步说明了"诗化"小说这样一个特殊的概念以后，现在可以跟踪这一艺术走向，探寻它形成过程的轨迹，审视当前"诗化"小说的态势，以及探测它的发展的趋势了。

一种自觉意识的运动

"诗化"小说的兴起不是偶然的文学现象，而是作家自觉意识运动的结晶。王蒙很赞赏"诗化"小说，认为"那是一种褒奖，会更加让人鼓舞"，他提倡"比诗还要诗的小说"[①]，李国文在读过林兴宅的评论《小说〈月食〉中的感情诗化》后，竟激动地向作者表示"深有知己之感"[②]，他对"诗化"小说没有直接表白，但其心意由此可知。而青年作家何立伟则公开宣言："追求小说诗化的风格难度是很大的，但我要追求下去，因为小说诗化后有一种奇异的美。"[③]这三位作家的话，清楚地说明了当前"诗化"小说的走向，源于作家审美意识的一种自觉追求。

作家的自觉意识，说到底，是一种对创作自由的追求，一种自由的创作心境。按照某种意图，执行某种指令，不可能出现这种创作的自觉意识。甚至对创作哪怕不是进行行政干预，而是出于某种善良的愿望，即如有人提倡某种风格，鼓吹某种流派，或建立某种文学，固然是为了繁荣文学创作，殊不知这恰恰违反了艺术发展的规律。一种文学思潮的产生，一个创作流派的形成，小到一篇文学作品的创作，外部因素固然不能忽视，而作家自觉意识的追求，更起着决定性的作用。有无自觉意识，是作家艺术个性鲜明不鲜明的标志；允许不允许自觉意识的存在，更关乎文学能否发展繁荣。作家的自觉意识是融合创作实践和审美经验之后的一种通悟，一种能动的创造力的表现，在其支配之下的某种艺术追求，常常率先表露出新的审美趋势和文学发展动向。一个时代的文学，倘若缺乏作家的自觉意识，那将是文学的悲剧！新中国成立以后，作家的自觉意识事实上不断受到不应有的削弱和抑制，很多情况之下，用统一的思想和观念取代了作家独特的艺术思维。在新时期思想解放运动的推动下，自觉意识又在作家身上开始复苏和发展。新时期文学前所未有的繁荣状态，离不开这种复苏和发展。很显然，“诗化”小说就是这种自觉意识催生下来的一个新生儿。

具体地说，小说作家这种对“诗化”小说自觉追求的意识来源于以下四个方面。

1. 对精神世界的探索。

处于今天的时代，历史的阴影尚未彻底消失，现实的变革又纷纭复杂，而未来的色彩耀眼炫目，试图平面单向地表现这样丰富多样的生活，已经远不能适应。作家不得不把追求的目光透过现实生活的表象投射进人们的精神领域，从人们复杂、隐蔽的心理层次折射出历史、现实、未来交织杂糅、五光十色的形态。王蒙、高晓声、邓友梅等作家都表示过，必须“干预”灵魂，把“面向世界（客观世界）和面向内心（主观世界）结合起来”[④]。王蒙还进一步说，“没有人的主观精神活动，也同样没有文学所要反映的生活”[⑤]。

也就是说，他们要把表现艺术的特质和元素充实进再现艺术中，立体交叉地表现复杂多变的精神世界。

我们知道，小说艺术在再现现实的生活场景方面有独到的长处，而诗歌艺术在探索和表现人的主观世界方面更有其他文学样式难以企及的优越性：心理的波澜，意绪的闪现，情感的律动，灵魂的震颤，这一切都将得到细腻而微妙的抒写。融合小说之长和诗歌之长的“诗化”小说，能将生活的真实和内心的真实水乳般地结合起来，从而最大程度地重新创造出新的艺术的世界，似乎是自然而然的事了。

同时，作家探索和表现精神世界的目的，乃是为了使读者获得对人生、社会、自然、历史更为广阔而深邃的认识，这种认识的途径是多种的，而“诗化”小说丰富的情感表现，容易唤起读者的审美激情，产生心灵效应，从而哲理地感悟生活，用何立伟的话说，是“诱发读者的感受力、想象力和悟性。”他的《白色鸟》就是“唯感染撩拨人的情绪是图”⑥。事实上,《白色鸟》也确实取得了这样的艺术效果。由此从另一侧面说明，“诗化”小说不仅在探索表现精神世界方面，而且在向读者传达精神世界方面有其突出的功能。

不少作家自觉创作“诗化”小说，就是致力于追求人的主观精神世界的探索和表现，寻求与之相适应的艺术形式的直接结果。

2. 对小说观念的突破。

我们时代的文学是发展的文学，文学观念也应该随着文学的发展而不断更新。“诗化”小说的出现，与作家对小说观念自觉突破密切地联系着。

过去，由于种种原因，作家的思维结构陷于一种凝固的模式，对小说观念的认识无形中受到一些条条框框的限制，阻碍了作家自身艺术创造力的发展。随着外来文学思潮的冲击，文学观念讨论的持续、深入，打破了作家思维结构的僵化状态，他们开始怀疑一些旧有的观念，摒弃一些旧有观念，在创作实践中，接受新的观念，探索新的表现手法。比如，关于小说的功能，人们越来越强调它的审美属性；而所谓“典型性格”的理论也受到一定程度的挑战，情绪、心态、氛围等比较难于把握的主观性因素也可以成为小说的主体内容；至于戏剧化的小说情节结构，则被明确怀疑为：“这在美学上、在艺术形式上到底提供了些什么新鲜东西呢？”⑦戏剧化的小说受到了一部分人的冷淡和摒弃，情节的淡化、情绪化被认为是对生活真实和艺术真实的忠实。总的来看，作为传统小说的几个旧有的、也是主要的观念，在新的小说观念挑战面前显得相当的软弱无力。“诗化”小说是以新的小说观念得胜利者姿态走上当今的小说舞台的。

当前小说逐步呈现出自己新的审美特征：一种多方面接受其他艺术因素的开放性形态。而“诗化”小说在突破传统小说观念束缚上可谓锋芒毕露，成绩斐然，它较为突出地显露了上述情节淡化、情绪化等新的小说观念的实践作用，对新韵小说观念的确立是一种支持。

3. 对艺术个性的追求。

新时期以来，每一个小说作家都在寻找着自己发展的方向，探索新的艺术道路。因为他们深知，创作上过早固定自己的风格无疑是艺术的自戕。只有充分发展自己的艺术个性，才能有所成就，以丰富成熟的独特风格立足于文坛。一些作家对“诗化”小说的尝试，正是在寻觅适宜于自己艺术个性发展的突破口。何立伟在谈《白色鸟》时说，“我素不擅思辨，乃重感觉与情绪，因此这样表现是扬长避短，而更近自我的”[⑧]。

何立伟这句简单的话，不仅体现出他的个人素质与他创作的“诗化”小说《白色鸟》的关系，而且还包含着“自我”表现与创作个性之间的深刻联系。“诗化”小说由于注入了表现艺术的因子，作者的自我意识、主观情感能够得到自由充盈的倾泻。在创作中，作家“自我”意识的表现往往会突出地显示他自己艺术个性的独特，这种“自我”意识发挥得越是充分，作家的艺术个性就越能得到鲜明的凸现；反之，没有“自我”表现，也就没有作家的独特个性，作品也就没有特殊韵味，没有吸引人的奇光异彩。而由于每个作家的个人经历、禀赋、气质、审美情趣等各不相同，他们在创作中表现“自我”时都必然各具风采，因此即使同样创作“诗化”小说，也会呈现出迥然不同的色彩和风姿，这对作家在发展自己的艺术个性时，绝不重复别人是十分有利的。

当然，发展作家的艺术个性，并非只有写“诗化”小说才能实现；同样，也不是每个作家都能写“诗化”小说的。尽管如此，我们还是要对一些作家在努力发展自己的艺术个性时自觉创作“诗化”小说所显示的因果关系，给予充分的注意。

4. 对五四以来抒情小说的继承。

当前作家对“诗化”小说的自觉追求，实际上也是五四以来抒情小说的延续和承继。鲁迅的小说显然是现实主义的丰碑大纛，除了对客观现实精确典型的描写，他的《伤逝》《故乡》《社戏》等渗透了抒情的因素，具有诗的特质；而冰心、郁达夫、郭沫若、沈从文也常用浓烈的诗情来抒写小说；四十年代，孙犁的《荷花淀》则可以说是抒情小说的代表作品；晚年闻名的老作家汪曾祺，在新中国成立前所创作的《复仇》，自始至终盘旋着情感的潜流，因为那时他就有意识地要打破诗与小说的界限了[9]。新中国成立以后，这种“抒情”而切近诗的小说，命运虽不佳，常被批作“形式主义”“唯美主义”，最后销声匿迹，但一些极少数的，如茹志鹃的《百合花》这类作品，还是得到读者的喜爱，具有一定的影响。

所以，今天的“诗化”小说并不是空中楼阁，它的出现有其丰厚的文学土壤，也是对五四新小说抒情传统的回归和进一步的发展。

多种结构形态的呈现

作为一种自觉意识的文学活动的产物，“诗化”小说初步形成了一个界定宽泛的艺术系统。在这个艺术系统里，虽然“诗化”所呈现的层次相当丰富复杂，但一种以“自我”意识为轴、以“表现”为辐射线的艺术形态却是其共同的特征。为了具体描绘这种非线性状态、融和含蕴于一体的艺术脉络、局部和细胞，我们不得不采取分割的方法加以说明。

1. 主观意识的脉动和辐射。

以抒情为其主要特征的诗歌，通常不是按照生活的流向，平面地组织结构，而是打破时间、空间的局限，以主观情绪来编织作者的生活见闻、感受、印象，以至直觉。而小说则是叙事的文学，虽然也采用倒叙、插叙、补叙等形式，但基本上仍然是遵循生活事件的自然进程描写人物、表现情感，按照时间、空间的顺序来结构小说，采用客观冷静的叙述、描写手法再现生活场景，这种结构在我国小说历史的发展上有过贡献，也曾在很长时期中影响了人们对小说的审美认识，但基本上仍然是一种以情节为主体的锁闭性结构，久而久之，往往形成一种所谓开端、发展、高潮、结局程式，这种小说程式既难以表现生活深刻复杂的内蕴，又容易窒息作家的艺术想象力，也局限了读者进行再创作的艺术空间。

而以主观意识的脉动和辐射形成的诗的情绪结构，则可克服这种弊端。情绪结构可以不受时间、空间的限制，它可以不需要用表面的外在的动作来牵引生活事件，而是以内心情绪的脉动，网络、聚集生活细节，成放射形的状态。这样小说就笼罩了强烈的感情色彩，小说每移动一步都伴随着作家的感情运动。

新时期最早出现的《夜的眼》《春之声》《海的梦》等小说，有人简单地把它们归结为意识流小说，但奇怪的是王蒙始终没有表态。如果仅仅归结为作家的自谦是不够的。这些新时期心理小说的发轫之作，虽然包含了意识流手法的成分，但更多的是诗的情绪渗透于小说的一种表现，是以主观意识来结构小说的首先尝试。我们不仅可以从王蒙的小说创作理论中找到某些根据，即就这些作品而言，也异常鲜明地表现了这种特色。那朦朦胧胧闪烁不定的《夜的眼》，那骚动不安中流淌着《春之声》的主旋律，那一曲对大海深情向往的恋歌《海的梦》，则是海的赞美诗。这种情绪结构像压缩饼干一样，在浓缩中蕴含着丰富的生活容量，人们从心泉之流中感受体验到诗意的审美的享受。

继之而起的是张洁的《爱，是不能忘记的》，宗璞的《我是谁》等，都是以感情的起伏来结构小说的。值得注意的是李国文，他的短篇小说《月食》也以主人公的思想情绪来联结现实和历史，从历史和现实的交汇中表现一种诗意的思考。这种结构在他的长篇小说

《冬天里的春天》得到了较为充分的体现。一部长篇不按照一个或几个事件的发展来构成小说，而是以人物的主观情绪的流动，由主人公于而龙到石湖勾起的种种回忆、联想，依照抒情的方式来表现遥远而迷茫的历史，深沉而严峻的现实。这种情绪结构，在我国长篇小说中可以算还是少见的。

从目前“诗化”小说的创作实践看，情绪结构突破了情节结构平面地叙述故事的弱点，情节虽然淡化了，但可以高容量地包纳更多的生活内涵，还可以挖掘人物深藏的心理、意识，通过立体感受交叉地表现人物情感世界和生活形态的丰富性、复杂性。

2. 以象征为中轴的意象层叠组合。

如果以抒情为主的情绪结构打破某种固定不变的传统方式，通过心灵的感受直抒对生活的感觉。那么以象征为中轴的意象层叠组合的艺术，则进一步加大“诗化”的密度和宽度，更贴近了“诗”的本性。

在中国的文学传统中，象征，它是具象与观念的复合，是诗人自己的情绪和感觉与客观世界的交融，是对客观世界的侵染。象征是经济的，以象征为主体的小说，正是美国现代作家海明威所欣赏的那种庄严的冰山，尽管只有八分之一露在水面，但更多的蕴涵却潜在海里。它的艺术涵量往往难以用篇幅来衡量，它超越了具象本身，也超越了生活本身，有时一个短篇、中篇的审美内涵，以及读者产生的人生感悟往往会超过用传统的情节为主体写成的一部长篇小说。

象征，在新时期“诗化”小说中，不再是局部的点缀，它以繁复多维的形态加浓了小说的诗意。这首先主要在于意象的大量运用。意象是局部的象征，象征是总体意象的符号。孔捷生的《灯塔与海》《南方的岸》《大林莽》以绚丽斑驳的南方自然风物组合了一系列令人炫目的意象，这些意象遵循人物的主观情绪，按照诗歌意象组合的大幅度的跳跃方式，就产生了奇妙的效果。“灯塔”与“海”“南方的岸”“大林莽”这些具象就不是自然的景物，而变成一个象征实体，包含了丰富的人生的哲理和观念。在中篇小说《大林莽》中，作者所反复描写渲染的大森林，不是把它作为一种单纯的人物活动背景，而是一种社会的政治力量的象征，作为自然的“大林莽”流露着时代的非自然的气息。邓刚的“迷人的海”、张承志的“北方的河”、韩少功的“远方的树”以及“青浪滩”“神奇的土地”“沉默的荒原”等一系列人化的自然，都是经过象征手法提炼之后的结晶物。有人仅仅把这些归类为“返归，自然”，并且指责为逃避现实，而忽视了作者在对自然的透视中获得意象，形成了把自然社会化、历史化、哲理化的“象征”之诗美！

运用意象叠加的象征手法，王蒙、张承志可以说是达到了较之更高的境界。如王蒙的《杂色》是另一种更高层次的象征。那匹杂色的马，似有似无，似虚似实，是实现作者情绪意念的一种显现物。广泛而高频率运用象征手法并取得令人瞩目成就的，当是张承志。张承志文学创作开始于诗歌，他的小说《骑手为什么歌唱母亲》《阿勒克足球》，其实都是一首首浓郁的直抒胸臆的抒情诗。以《黑骏马》为转折点向象征化移动，他的《绿夜》《老桥》《大坂》《雪路》《北方的河》《春天》及《晚潮》《十九座宫殿》《残月》等，选择了一些内蕴有历史价值和人生价值的形象，因而它的象征的形态和意蕴呈现多种层次和结构，有最基本的意义，也有超出一般的更高的当代意识和观念，以至有些模糊，难以说清具体的意念所指。他的“老桥”“大坂”，大大超过象征体本身，成为多种（不是一种）

精神和意识的化身。他的“黑骏马”，是动物，是文化，也是意识，也是人生。他笔下流动的“北方的河”，既是民族文化史、文明史的具体显现，又是民族自强不息奋斗精神的写照。他称得上新时期“诗化”小说的一个代表作家。

“诗化”小说象征手法的运用，改变了过去小说创作中主题表现单一化的缺陷，大大加强了小说的艺术张力，在探索、表现生活时，使人们对人生、世界、宇宙的认识从艺术境界进入到崇高灿烂的哲学境界。

3. 旋律和节奏隐蔽的振动。

在所有文学样式中，诗歌无疑是最逼近音乐的，诗歌和音乐在文学的洪荒时代是同时诞生的连体婴儿。随着社会的前行，艺术的分化，诗歌更多以具体的语言形态去体现音乐特质旋律和节奏，古典诗歌大多以排行的整齐、平仄声韵抑扬顿挫来表现音乐的旋律、节奏。现代诗歌理论打破了古典诗歌的格律局限，认为诗歌的本质不在平仄格律，而在一种内在振动的旋律和节奏。“诗化”小说则非常注重于悉心表现这种旋律感、节奏感，表现出以强烈的音乐性加强诗意的特征。

旋律，作为“诗化”小说一种总体节奏，是诗化小说“诗意”得以分布扩散、传导的内在结构，它有时似乎有形可寻，有时又难以把握，往往是借助于读者的审美感受，才能够得到体验和理解。在新时期“诗化”小说中，有的以人物情绪的起伏律动来形成旋律感，一些意识流小说大致如是；有的则以主人公对生活的追求为主旋律，像张洁的《爱，是不能忘记的》，回肠荡气，余音不绝；张抗抗的《北极光》中神奇之光的反复显现，颤动着主人公的心声，闪动着理想的光辉；有的则截取我国古典诗词的一个片断作为小说的基调，祝兴义的《扬花似雪》以苏词的意境统帅全篇，每每出现的不单是一个时间与景物的对应和标记，而是一咏三叹，回环萦绕。王蒙的《相见时难》则灌注了李商隐诗的气息，并进一步扩展升华。另一种“诗化”小说的旋律极为隐蔽内向，像汪曾祺的《受戒》《大淖记事》等小说，从外在的形式是难以捕捉到的，但你从潜藏作品深处的意绪里却会感悟到，那是旋律的溪流在汩汩流淌。何立伟的《白色鸟》借鉴了唐诗“博取广阔意境且余响不绝的表现方式”，旋律的音响更为隐秘。在一个作家身上，诗的旋律也不是固定为一种形式，张承志的《黑骏马》以一首古老的民歌贯串小说的始终，深沉浑厚的格调成为小说的主旋律，而《北方的河》中作家个人的气质、禀赋、学识、追求与六条大河交汇流动着一股昂扬奋发的气韵。

小说有了旋律之后，诗意就会得到整体的联系，就会体现出流动的而不是静态的美。

这种旋律一方面与小说的内容有关，另一方面又取决作家的艺术素养，对诗和音乐的敏感和把握。

而节奏更多表现在具体的语言形式上。作为整篇的把握，便成为旋律。具体部分和段落的内在联系，就成为节奏，一篇小说节奏是变化的，急缓迟速，或“大弦嘈嘈如急雨”，或“小弦切切如私语”，才能使读者从这种变化之中获得审美的享受，缺乏节奏感单调沉闷的小说，是难以吸引读者的。一些“诗化”小说较好地掌握了节奏的辩证法，明快之中有滞重，沉郁之中又有轻捷，并注意布置艺术的空间，给读者审美创造的余地。具体到某篇小说某节文字时，这种特性，我们就会较清楚地理解了。汪曾祺的《受戒》结尾这样写道：

芦花才吐新穗。紫灰色的芦穗，反着银光，软软的，滑溜溜的，像一串丝线。有的地方结了蒲棒，通红的，像一枝一枝蜡烛。青浮萍，紫浮萍。长脚蚊子，水蜘蛛。野菱角开着四瓣的小白花。惊起一只青桩（一种水鸟），擦着芦穗，扑鲁鲁鲁飞远了。

……

这语言的短捷，境界的空灵，更接近词的格调。而节奏的变化非常明显，开头是静态的、缓慢的，之后是流动的，变得明快起来，文字看似平淡，实有一种节奏韵律的美。

“诗化”小说的种种形态，并不是单一的呈现，往往是多种形态的交叉使用，它们是共同运动的，有其内在的联系。而上述列举的三类，显然不是概观全部，但它至少政变、扩大了小说原有的构成因素，具有变革小说观念的意义。情绪结构改变了故事结构，淡化了情节，人物心理得到立体的表现，象征艺术则取代了单一表现，而具有韵律的诗的形式打破平面的客观的叙述描写格局，这一切均以多维的视角、多元的色彩抒写着复杂的生活。这就会突破传统的写法，使小说步入了一个新的历史坡段。

单一的淘汰和多元的选择

“诗化”小说的出现，实际是人们对单一的抒情和单一的叙事的不满，是对文学作品内涵单薄的一种反抗。新时期的小说创作以姿态各异的多元状态出现，呈现出多流向、多走向的趋势，“诗化”小说正是这种背景下的产物。因此，尽管“诗化”小说普遍受到人们的关注和喜爱，我们切不可把它当作目前小说创作的唯一主流，更不能以此去衡量判定一篇小说，“诗化”不“诗化”不是判断小说的唯一审美标准。以“诗化”小说的特性去要求所有的小说样式，势必会导致新的单一化，也必将为读者所厌倦、淘汰。

新时期小说创作新潮有着众多流向，还有思辨倾向、哲理倾向、散文化倾向、寓言倾向等，都各自是一股溪流，一脉山势，谁也不能取代谁。“诗化”小说作为这股大潮中的一股支流，有其特定的渠道，它可能会溢出一些浪花到其他的渠道里，但不可能淹没、改变其他流向。这不仅是多元化文学发展规律所决定的，也是由“诗化”小说自身的局限所决定。任何事物都不是完美无缺的，它们的存在就是一种限制。“诗化”小说在撷取生活、提炼生活的方式方面有其特点，它对于风俗民情题材的关注和重视，对大自然景物的酷爱，不能不在某种程度上削弱对现实生活的迅捷反应。“条条道路通罗马”“诗化”，是小说走向未来的一条道路，不是唯一的通途。

另一方面，“诗化”小说在“多种选择的缪斯”的艺术背景下，也必然要发展丰富自己的形态，要拥有更多的层次和结构。单一，只能是文学的苍白和艺术的无力。今天，既要有“白色鸟”式，也要有“黑骏马”式，要有邓刚，也要有孔捷生。每个人都不能成为一种模式，每篇小说也不能成为模式，都要不断创造出新的诗化形态。王蒙既有《春之声》，也有《在伊犁》，或绚烂多姿，或平淡隽永，都是诗的境界。“诗化”赋予作家创造的天地很为宽广，它不仅可以继承扬弃中外小说的技艺，又可以化用中外诗歌的手法，回旋的余地十分阔绰。呈现高度的开放状态，不会停滞在某种形态和程式。

“诗化”小说有着非常广阔的前景。很长一段时间内将不会衰微，因为它不仅契合了当代人的审美意识，还隐约透露了未来审美趋向的一些端倪。随着整个社会文化水平的提高，审美意识向着更高层次发展，人们越来越要求艺术的精美，对“诗”的追求将更为普遍，更为迫切；而“诗化”小说则鲜明代表了这一趋向，因为：“文学到了最高境界都必定是诗”⑩。

注：

①④⑤　王蒙《漫话小说创作》。

②《文艺科学处女地的垦荒者》，《青年评论家》1985年第8期。

③《他追求小说的诗化》，《文学报》1985年5月2日。

⑥⑦⑧《关于〈白色鸟〉》，《小说选刊》1985年6期。

⑨《汪曾祺短篇小说选·序》。

⑩《朱光潜美学文集》第二卷。

系列：小说结构的新方式

——新时期小说艺术漫论之十一

系列化小说之所以在中国兴起，是可以找到历史渊源的。施耐庵的《水浒传》虽是长篇格局，但章回之间所采用的“人物勾连法”，实是系列方式的一种。到了清人吴敬梓手里，则将系列短篇集束为长篇小说《儒林外史》，可说是中国系列小说的初步。鲁迅曾颇为精辟地指出：“……维全书无主干，仅驱使各种人物，行到而来，事与其俱起，亦与其去俱讫，虽云长篇，颇同短制，但如集诸碎锦。合为帖子虽非巨幅，而时见珍异，因亦娱心，使人刮目矣。”在现代文学史上则有茅盾、巴金等的《蚀三部曲》《农村三部曲》《激流三部曲》《爱情三部曲》等系列小说力作。

当然，系列化小说创作在新时期的复兴，还不能完全归结为“传统”的作用。一种文学倾向和形式的出现，总是与时代的社会生活方式，时代总的文学潮流和社会的审美趋向相适应的，“系列”乃是当代生活一种独特方式，如果我们稍稍放开视野，就会发现，电器系列产品，美容系列化妆品，系列灯具，电视连续剧……几乎从物质产品到精神产品，都在追求多元的综合下的系列样式，而系列化小说的繁兴，实际上是社会生活某种反射和投影，同时，这也是整个文学追求多元的动态的立体的审美创造，摒弃单调的孤立的平面的审美模式大背景下的产物。因此，在新时期小说创作中，几乎每一个有影响有个性的作家都尝试过系列小说的形式，精心营造自己的“世界”。王蒙的《淡灰色的眼珠》，蒋子龙的“开拓者家族”，高晓声的“陈奂生”，张贤亮的《唯物论者的启示录》，陆文夫的《小巷人物志》，周梅森的系列中篇《历史·土地·人》，邓友梅的京都系列，刘绍棠的运河系列，林斤澜的矮凳桥系列，从维熙的大墙系列，李国文的危楼系列，张承志的草原系列，贾平凹的商州系列，李杭育的葛川江系列，王安忆的雯雯系列，张炜的芦青河系列，何立伟的小城系列，吴若增的蔡庄系列，史铁生的清平湾系列，叶辛的“知青”系列，何士光的梨花屯系列，李宽定的“女儿家”系列，袁和平的森林系列，邓刚的大海系列，郑万隆的“异乡”系列，等等，都以独特的艺术风貌和鲜明的艺术个性受到了读者的关注和评论界的好评。

在简单述及系列化小说产生的外部原因之后，有必要深入到内部去分析和阐释“系列”作为一种新的结构方式所特有的艺术形态和美学价值。因为系列化的创作过程反映了作家对生活不断认识和把握的轨迹，这种动态的艺术思维的走向必须依据一定的结构方式才能得到体现。而传统小说那种因果关系设立十分明显完整的情节结构往往是封闭的形态，静止的格局，难以包容和表现，作家势必要寻求一种能够自由运用的发展的开放性的结构：系列化，这种“结构”方式对增加小说容量，发展作家的个性起着催化剂的作用。我们不妨结合具体的结构形态来审视一下它在小说创作中的艺术地位和审美效应。

1. 时间型。这是依照时间的流逝来展现某一（类）人物命运的方式，从时间的长度来表现人物形象的厚度，反映时代生活前行的足迹。高晓声的《漏斗户主》《陈奂生上城》《陈奂生转业》《陈奂生包产》《书外春秋》五个单篇是陈奂生的“人物志”。高晓声要“把它们联系成为融贯的圆满结构，表面却不露出意匠经营的痕迹”，这个系列整体，以陈奂生为主轴，顺时连接了他在不同时间、不同场合的际遇，及时捕捉到农村普通农民细枝末节的心理变化，从而折射出非常鲜明的时代之光，这种时间型的系列小说基本上与当代生活采取同步前进的方式，“追踪”人物性格的发展历程。这种小说往往是某篇获得成功之后，人们关心“人物的命运”“催使”作家继续写下去，往往都以一个中心人物贯穿始终。蒋子龙的《乔厂长上任记》之后有续篇《乔厂长后传》，张抗抗的系列《夏》《去远方》《雁》，陈可雄、马鸣的《杜鹃啼归》及其续篇，以及柯云路的长篇《新星》《京都》，都是由于主人公形象的鲜明、生动，得到人们的喜爱，作家才带着“人物”同行，丰富人物的性格内涵，力图呈现出一种立体化的效果。因而，时间型的小说，人物和事件之间有着较为明显的因果联系和血缘联络，它以人物性格的“阶段性”“连续性”“发展性”为特征，是一种纵向的组合。

2. 地域型。地域型小说是指若干小说取同一环境，这些小说尽管时间、人物有种种差异，但被固定在特定的地域背景之中。王蒙系列小说《淡灰色的眼珠》有一个副标题：在伊犁，就明确交代了是以伊犁这块土地作为支撑的结构，贾平凹的《商州》《商州初录》《商州又录》《商州世事》等长中篇都以商州为背景，李杭育的“葛川江”，吴若增的“蔡庄”，陆文夫的“小巷”，张炜的“芦青河”，汪曾祺的“小城”，都是选择特定的空间，给予人物活动的天地。因而尽管可能各篇人物与人物没有多大联系，情节之间没有什么瓜葛，甚至篇幅也不一致，有长篇、中篇、短篇，但小说内涵却组合为一个整体，情节、人物体现为一种相同的内在气质，这便是地域文化所熏染影响下的精神心理状态。这些地域型的系列小说，往往通过地域文化的总体表现，从而去观察民族文化心理结构，进行审美的扬弃和哲学的升华。李杭育的葛川江系列是有意识地寻求“吴越文化”的形态和生力，他在渔佬儿、船长、耀鑫等葛川江人物身上灌注了那种时代“弄潮儿”的强悍雄气，一扫蒙在吴越之地表象之上的柔弱，纤细，艳丽，这样的“寻根”便寻找到地域文化的具有生命力的内蕴。在今天，那些致力于“文化”小说创作的作家，都采用这种地域系列的小说结构，以多层次、多侧面、多形态地立体交叉地去表现地域文化的整体面貌。

3. 时空型。这种系列小说似乎融合前面两种方式而成，它既按照一定的时间顺序又选择特定的地域，但没有贯穿始终的中心人物。周梅森的系列小说《历史 · 土地 · 人》的五部中篇便是采用这种时空型的结构方式。在时间上选择了洋务运动、五四运动、“五卅”惨案、台儿庄之战、解放战争等五个主要历史时期。而各个中篇人物之间尽管有着某种血缘的或情节上的勾连，但在前一篇出现的主要人物到后一部里则纷纷退出，很少重复，不变的是刘家洼、西严镇这块古老的土地，始终是矛盾和冲突的中心，时间和人物总是与这块土地贯串始终。这种区域结构的方式把刘家洼、西严镇置于特定的地位，具有深厚的历史纵深感。时空型的结构虽不及地域型结构那么普遍，但就其“史诗化”的美学意义来讲，是值得注意和研究的。

4. 契合型。这种契合型与上述三类有所不同，它往往几篇几篇同时出现，独立构成一个小说组合体。而且，作为系列的熔连点，不具有时间、地域、人物那么十分显明的标记，需要认真地寻找，才会领悟到。它们各篇往往表现为某种内在意义的契合。因而，如果找到了系列的契合点，也就把握了整个小说的内涵。构成这样的组合体，有两篇作品的，如王蒙的《小说二题》(《在我》《他来》)，航鹰的《谐谑二题》；也有四篇，像聂鑫森的《短篇四题》(《桃花井》《呼儿湾的童话》《黑窗帘》《荒园》)；通常是三篇，王兆军的《第二个人、第三个人和第一个人》，李庆西的《张三、李四、王二麻子》，焦祖尧的《荒谷三题》，何立伟的《一夕三逝》，汪曾祺的《故里三陈》《故乡杂记》《故乡人》，都由三个单篇构成。虽然从外部看，它们没有什么具体的联系，但小说的内蕴却有着密切的隐蔽的关联。王兆军的《第二个人、第三个人和第一个人》便由登山、爱情、科研几个毫不联系的故事组合而成，个中的理趣超越了具象，涉及整个社会、人生、宇宙。这种契合型的系列小说与外国结构现实主义创作方法有着质上的联系，与我国传统的笔记小说也是一脉相承。契合型系列小说的出现，表明系列化倾向已从表面走向深入，从线性联系到多向的复合联系，从简单的结构手段开始转化为“有意味的形式”。

在简单勾勒了系列化小说的种种结构形态之后，我们便可以看出“系列”作为新的结构方式在更新小说观念、拓展小说空间方面具有怎样的意义了。但系列小说的创作，不论是当前还是今后，有几个问题必须引起注意。任何一种文学手法都有局限性，关键在于如何扬长避短。比如，作为时间型的结构方式，虽然容易引起读者的兴趣，但为紧跟形势勉强硬作，就会陷入新的图解文学的俗套中去。蒋子龙写了《乔厂长后传》就戛然止笔，另找“新人”，不像有的作家非让一个本来成功的人物拖得读者发腻讨厌才罢休。地域型的系列小说如何摆脱一隅之地的局限，去揭示更为广阔深厚的生活内涵，也将是需要继续探索的。而契合型小说怎样既微言大义而又不失于抽象空泛，怎样防止溃不成军、一盘散沙而把内蕴的关联连接得更好、更妙一些，以碰撞生成出更丰富、更深沉的审美内涵，至于时空型的系列小说，能否继续向前发展，推动现代史诗的诞生，都将不单是仅用“系列”这一结构方式就可以完成的。新时期文学开始呈现出全方位跃动的苗头，这就需要作家拥有全方位的文学意识和全方位的艺术手段，才能超越现状，将当代中国文学迅速推向世界，从而超前进入人类文明的辉煌境地。

盛世晚熟的一代

别说和王蒙这样的老一代作家比，就是和莫言、贾平凹、铁凝、王安忆这样的中生代作家相比，20 世纪 70 年代出生的作家也算得上“晚成”。王蒙这一代作家在 20 岁左右的时候已经崭露头角，王蒙 19 岁时完成了长篇小说《青春万岁》，刘绍棠更是被视作神童，他上中学时教材已经选有他的小说《青枝绿叶》，而莫言这样一代作家在 30 岁左右时也写出了自己的代表作，莫言写作《透明的红萝卜》时 30 岁，贾平凹的《满月儿》得全国短篇小说奖时也才 25 岁，而铁凝发表《哦，香雪》时也才 26 岁，王安忆发表《雨，沙沙沙》也是 26 岁。当然比之王蒙那一代作家来说，莫言们似乎晚了近十年的时间。

70 后男作家如果是 1970 年出生，该是 43 岁了，如果 1979 年出生的也是 34 岁了，和他们的前辈比起来，他们是有些惭愧。更主要的是他们缺少旗帜性的作家，也缺少代表性的作品，我们可以用王蒙们指代老一代作家，用莫言指代中生代作家，但 70 后作家很难找到一个符号性的指称。70 后的概念虽然早已流行，但概念下面却是指向不明的一群未成熟的青果。

古言说，国家不幸诗人幸。社会生活、人生阅历对文学创作的影响是至关重要的，一个优秀的作家他背后沉淀的是民族的历史、社会的风云和个人的遭际。缺少社会历史生活的作家很难写出震撼人心的大作品来。王蒙这一代作家的早熟，与缺乏正常的学生生活有很大关系，与他们在共和国成立之前所目睹到、经历到的民族的灾难和家庭的困厄有着千丝万缕的联系，他们经历旧的中国向新的中国的转折，而新旧社会的差异在他们心灵中产生的震荡是很难在常态下达到的。他们对社会的敏锐观察，对人生的超级感悟，让他们在一个新时代率先歌唱、出击、沉思，当然后来的右派生涯更是为这种人生横添了更多的元素。而莫言一代作家基本是 20 世纪 50 年代出生的一代，他们经历中国社会最频繁的政治动荡，也经历了贫瘠甚至饥饿，他们从风口浪尖到社会底层，对社会横断面的了解极为深刻，丰富了他们的人生经验。他们在学生时代或许感受不到太多的刀光剑影，一进入社会就被时代的风暴、社会的大潮卷入，催熟了他们。

70 后作家，算得上真正的“生在红旗下，长在甜水里”的一代，在 20 世纪 70 年代出生的人，一般来说没有遭遇饥饿、灾荒，虽然“文革”后期有过物资短缺，比之 50 年代和 60 年代的灾荒和饥馑来说，已经是富足了。1976 年 10 月粉碎“四人帮”以后，曾经席卷中国社会的政治运动也停息了下来。中国社会在邓小平发展经济的大旗下，进入正常的社会生活。前辈们屡见不鲜的战乱、革命、运动、饥荒、斗殴、群众事件被日常生活的琐碎、平庸和清淡所代替，那些惊心动魄的你死我活的斗争淡出了，张承志有些失望地将这个时代称之为小时代。和轰轰烈烈的革命时代相比，这 30 年的生活确实是不够波澜壮阔，确实是常态化的社会生活。所以20世纪70年代出生的人基本都能完整地享受自己的学生生活，从小学到中学，从中学到大学，也就是说，作为一个70后的作家走完正常的学生生涯已经二十出头，不像王蒙、莫言前两代人的学业过早荒废，过早地被抛向社会，被“流放”到边疆、乡村、荒野，在社会的底层挣扎与抗争，在二十多岁的时候，已经是社会的中坚了。70后在二十岁出头的时候，才开始找工作，才开始真正接触到社会的面纱以及面纱之后的社会。两相比较，70后作家的阅历是那样的苍白，期望他们写出包含高容量的、社会性强的小说来，只能是缘木求鱼。因而在相当一段时间内，70后作家的沉默也是必然的，同样也是可以理解的。生活、阅历、社会经验是一个作家最基本的资源，想象力、创造力、爆发力都是建立在基本资源之上的，没有生活的铺垫，没有社会的孵育，一个作家的创作必定是无本之木、无源之水，因而，晚熟对于70后也是一个必然的结果。或许有人说，在21世纪之初，70后女作家曾经以“美女作家”的番号在文坛内外兴起了短暂的热潮，甚至一度让人感觉到70后登堂入室、取而代之了，但当时的浪花很大、泡沫平息得也非常迅速，一些作家很快消失，仅存的作家也改换门庭，进入痛苦的蜕变期。到如今，不仅让人发问：美女作家安在哉？这倒不仅仅是大自然的规律让红颜及早消失，而是她们的开端是逆文学规律而行的，她们及其幕后的策划者想在商业和文学之间找到一个捷径，在时尚和传统文学之间架起一座立交桥。但历史很无情，美女作家借用了时尚包装的某些因素，因而短时间爆红流行，颇有流行歌星的范儿，但流行时尚的特征在于骤聚骤散，来得快，去得更快。尽管有学者想用身体写作的概念来包装，但比之更大胆的下半身写作迅速将身体写作覆盖。之后70后女作家群体瓦解、烟消云散。应该说，卫慧、棉棉等人的创作在文本意义上是有些探索的，并不是纯粹的商业性写作行为。但商业性的包装覆盖了她们在文本上的探索意义。而且最根本的是，她们被遗忘、被覆盖的根本原因在于创作资源的匮乏。她们的创作基本是源于对自我的书写，尤其是对自我身体状态的书写，但身体是有限的，生活是无限的，容貌是有限的，心灵是无限的。她们在二十多岁蹿上文坛，可谓早熟，但文学需要持续的写作能力和连续不断的作品问世，她们超薄的阅历可能比她们的衣衫还要薄，她们对自身的深处的过度开采不能掩饰她们肤浅的社会生活资源。因而，息影文坛，或转向新的路径是必然的。

当然由于80后的早熟也使得70后前进的步履更为迟缓。以韩寒、郭敬明为代表的80后作家的写作直接与市场对话，不像70后美女作家犹抱琵琶半遮面，在商业化的后面拖着一个长长的纯文学的辫子，这使她们的文学和市场都做成了夹生饭。而80后的写作彻底与原先的纯文学的传统断裂，当然他们的写作也面临着资源短缺的问题，所以郭敬明直接选用了玄幻模式，以天马行空的非现实场景来取悦于年轻一代的读者。而韩寒则依借网络采用时评随笔的方式，成为新传媒的代言人。虽然80后在商业上取得了巨大的成功，但也由于生活和阅历的限制，影响他们向更大的境界迈进，以至于今天有人开始哀叹80后怎么老得那么快呢？未老先衰是缺少创作动力的表示，这种动力的衰弱很大程度在于早熟导致的早衰。

在这样的时刻，70后作家缓缓登场，或许如果没有莫言获得诺贝尔文学奖的冲击波，人们可能将这样一群人遗忘，当然没有80后作家的衰退和萎缩也显现不出他们的存在。莫言得奖昭示着纯文学的写作在当下中国依然具有主流的位置，70后作为正宗的文学传人理所当然地凸现出来。而 70 后作家，尤其是男性作家在经历了成家立业、社会打拼之后，销蚀了身上的青涩和浪漫，他们开始正视生活的严峻、感受到历史的沧桑，因而他们的写作洗脱了早期先锋派的形式主义意味，沉浸到对生活、对人生、对人性的感悟和思考中，因而在创作上开始呈现出新的审美意向和文学态度。他们特别擅长描写新的城乡关系带来的人性冲突，像陈仓的《父亲进城》《女儿进城》写出了时代巨变对亲情、血缘的影响，而刘永涛的《我们的秘密》在透现所谓真相带来的异变，重新审视人的异化问题。而弋舟的《等深》在对下一代成长的关注中，写出了时代的软肋：少年对生命的冒犯谁之过？这些 70 后作家的落笔、切入摆脱小视角、小情调，不再是游走的一代，而是有担当的成熟一代。

虽然这种担当，这种成熟，来得晚了些，还缺少大作品来支撑，但他们毕竟出现了，而且也渐渐找到了自己的方位，他们的坚实和丰富是文学发展的希望。

2013 年 6 月 9 日于润民居

拒绝空头批评

批评界现在出现的“空头批评”现象，很容易让人想到毛泽东在《改造我们的学习》的一文中，引用的明人解缙的那副对联：

墙上芦苇，头重脚轻根底浅；
山间竹笋，嘴尖皮厚腹中空。

空头批评有这样两个特点，一是喜欢使用一些伟大而高深的词，似乎在文章中反复出现一些高尚美丽的词就能表明他们自己的心灵就是高尚而美丽的。二是喜欢高举鲁迅的旗帜，将鲁迅的战斗精神庸俗化，拉大旗做虎皮。表面看来，这样一些人理直气壮，但实质上是将文学批评引入到歧路。

文学批评一般说来可分为两种类型，一是理论型的，就是批评者自身有足够的理论素养和学术能力，因而能对作品做出比较公正客观的评价，一是经验型的，批评者往往置身当下的文学潮动之中，有比较鲜活的感受，从自身的阅读经验出发，能迅疾地对当前文艺思潮、文学创作做出反应。而空头批评家既没有学者深厚的理论修养和足够的专业知识，又缺少文学创作的实践，也没有足够的阅读经验，但并不甘寂寞，嘴巴尖得很，往往架子端得老大，动辄摆出一副教师爷的样子，用教训的口气摇头晃脑地说这个作家堕落，那部作品不行，这个批评家有问题，那个批评家迎合大众。似乎天下只有他们才是唯一的批评家，唯一的真理的代言人。鲁迅在杂文《死》里对后人的告诫：孩子长大，倘无才能，可寻点小事情过活，万不可做空头文学家和美术家。鲁迅先生去世六十年之后，空头文学家们没有绝迹，空头批评家们却在新的形势下应运而生，更可笑的是这些空头先生们还时不时地盗用鲁迅先生的批评精神和战斗锋芒来包装自己，企图以他们的那些欺世的大言和空话来玷污鲁迅代表的五四人文传统和理想精神。

鲁迅对社会生活和文学的批判无疑是尖锐而深刻的，但鲁迅的批判是扎实而严谨的，也就是说批判者自身有足够的理论根底和高深的学养，鲁迅对国学的批判是建立在他自身深厚的国学功底上的，他对新文学的纵横捭阖的评说和质疑，是因为他作为新文学运动的创始者身在其中，能够弄清新文学的发展脉络，他的言说是切中实际并击中要害。更重要的是鲁迅并不是一味地“批判”，他对新文学的建设做出了极大的贡献，除了他自身的创作实绩外，他对文学新人的奖掖和扶持，使得很多的青年作家浮出海面，鲁迅对青年作家的那些热情洋溢的赞美至今读来依然使人能得到鼓舞。

而一些空头批评家们对 90 年代的文学新人却以一种完人的要求去衡量，因为他们没有托尔斯泰、曹雪芹和鲁迅伟大就要受到责难，因为他们在小说中没有出现真理、良知、崇高、理想这些美好的辞藻就将他们的作品视为这些美好的辞藻的对立面而共诛共讨之。这些空头批评家们大言欺人的同时，往往并不仔细阅读作家的作品，就以他们想当然的“罪名”强行按到作家身上。青年作家余华曾说过这样一件事，说有一个论者硬把格非的《欲望的旗帜》置到他的名下进行批判，这种张冠李戴的学风是典型的空头批评。

由于空头批评家们平常不读作品，对当下的文学创作发言时往往会弄出笑话，为了掩饰他们的“根底浅”和“腹中空”，他们新近采取一种寄生办法来体现他们的存在，这就是对关心和阅读新一代作家和作品的评论进行慷慨激昂的批判和否定，来体现他们的“在场”。这是他们走向世俗化和出名的捷径，这既免了露馅（不读作品），而又时时显得高人一等，还可以借此推销他们私家自酿的空话大曲。寄生就成了空头批评的生存方式，而且他们的资源永远不会枯竭，只要有人写作，有人从事文学批评，他们就可以在那里高谈阔论，东征西讨，就可以充任圣洁的芦苇和崇高的竹笋。

保卫 90 年代的文学批评

90 年代的文学批评是在一种极其尴尬、极其艰难的情境下顽强生存下来的。说它尴尬，是因为进入 90 年代以后，文学的发展经历了一个分化的过程，在这个分化的过程中，文学在昔日的矜持和尊贵逐渐丧失，曾经风光万千的作家也渐渐冷落为一个艺人（更难听的是“码字的”），而与文学共命运的文学评论就更加难有昔日的风采，它本来就在创作和理论的夹缝中生存，随着文学走向低迷，批评就显得“无枝可依”了。说它艰难，一是因为批评阵地的收缩，与 80 年代竞相创办文学批评刊物的情形相比，到了 90 年代以后真正的纯粹的文学批评刊物也寥寥无几，幸存者无不惨淡经营，度日如年。二是由于受到市场的制约，批评刊物不可能有很大的发行量，而这又使批评家从事批评在经济上又遭受损失，现在有很多的批评者去从事报刊散文随笔的写作而放弃或冷落批评多半因为经济的原因，因为有时悉心写作的一篇万言评论，稿费还不如一篇千字文的随笔。批评家也是现实生活中的人，这种经济上的困扰虽不是致命的，但却是每时每刻的。好在有一批忠诚的批评家在这种尴尬的艰难处境里依然坚持初衷，依旧对当代文学的创作保持着高度的热情和敏锐，帮助 90 年代的文学摆脱困境，同时促进了文学批评的健康持续发展。

如何评价 90 年代的文学批评，就像评价 90 年代的文学一样，本可以仁者见仁，智者见智，然而不负责任地将 90 年代的文学批评说成是癔症，并说成是“真正批评家的缺场”，同时注释为这种缺场是因为学院派批评家的“胜利大逃亡”，就不免荒唐而可笑。80 年涌现的文学批评家除了少数人移居海外以外，绝大多数人仍在国内从事当代文学评论，极个别的人虽然宣称告别批评可最近又回归了当代文学批评，像才华不减当年的吴亮最近又宣布重出江湖，李庆西虽然不再做当代作家论了，可那些对批评的批评也算是一种介入吧。真正缺席的是死去的吴方，他从 90 年代之后就进入了近现代的文化研究，遗憾的是英年早逝，如果健在，也难说不会像吴亮那样重返当代批评。80 年代那样一批中青年批评家依然活跃在当代文坛上，成为当代批评的主力军，而 90 年代新出现的戴锦华、陈晓明、郜元宝、韩毓海、孟繁华、邵建、谢有顺、葛红兵等人以风格独特的批评为 90 年代文坛增添了新的活力。

说“学院派”缺席更没有道理，不知道这位论者心中的学院派是泛指治学方法，还是专指高校里的批评家。如果是后者，那么陈思和、王晓明、殷国明、张颐武、王一川、蒋原伦、李书磊、吴炫等学人这些年一直没有停止关注 90 年代的文学并加以论述，如果是泛指的话，那南帆、蔡翔、王绯、李洁非、张柠等人的文字对当代文学现象一直保持特有的敏锐，并经常做出迅捷的反应，他们和上述提及的 90 年代新兴的评论家一道强化了当代文学批评的学术性。还有一些年富力强的中青年批评家的评论文字虽然不一定能贴得上学院派的标签，但他们对 90 年代的文学的繁荣和学院派有着相同的贡献。虽然他们的批评有的是从思想方法入手，有的是从文本入手，有的对 90 年代文学出现的新景观予以充分的肯定，有的表示疑惑或不满，但都是真诚而严肃的。正因为这种多元各异的批评的出现，使 90 年代的文学繁花似锦，杂语喧哗。

文学批评进入 90 年代以后确实要比 80 年代的处境尴尬得多，特别是传媒对批评的僭入以及商业化书评的出现，使文学批评处于一个悬浮的状态，而这样一些批评家能够守得住清贫，耐得住寂寞，坚守在批评的第一线，特别是一些高校的同志，他们的文学批评多半是“业余”性质的，是在完成了教学和研究任务之后进行的，其艰辛是不言而喻的。他们在 90 年代评论领域的辛勤耕耘，每每让我想起那些弯腰收割和栽插的农民兄弟，而在一边袖手诋毁者，只能让人想到一句俗语：站着说话不腰疼。

保卫 90 年代的文学批评，就是保卫这些批评家的言说权利和自由，也就是保卫文学本身，因为 90 年代的文学批评是和 90 年代文学一起在困境中走过来的，成为 90 年代文化的一部分。目前否定 90 年代文学批评的言论主要来自一部分“空头批评家”。这些空头批评家正像毛泽东同志当年形容的那样一些“空头理论家”：

墙上芦苇，头重脚轻根底浅；
山间竹笋，嘴尖皮厚腹中空。

精准的文艺批评才有说服力

如今从事当代文学研究的人数越来越多，很多高校都有当代文学专业，载体也增加了，以前只有一家《文艺报》《文学评论》，现在有了更多的媒体，《中国文化报》《文学报》《中国艺术报》等，学术刊物就更多了，核心期刊几乎被当代文学占了一半，可为什么我们的文艺批评，“人多势众”，载体扩容，反而影响力小了？反而说服力不增反减呢？中央领导多次提出要加强文艺批评，加强，还是不够强。

不够强的原因是多方面的，我今天讲一个问题，就是我们批评的“精准性”不够。现在我们国家讲精准扶贫，这个“精准”概念是从哪儿来的？最早是从医学上传过来的，美国奥巴马推广精准医学，就是对症下药，精准治病的医学，我们现在看病，比如你发烧了，去用抗生素，但具体什么抗生素，多大量，其实是不精准的。我们的文艺批评，有它的大概念：跟时代同步，与人民同呼吸。这是没有错的，你生病了，给你用抗生素，也是没错的。可用什么样的抗生素，用什么样的剂量，葡萄糖一挂，三天合适呢，还是几天合适呢。

文艺为什么会出现不精准？首先是商业驱动，现在我们的研讨会很多，有的研讨会是受商业驱动的，尤其是出版方。这种商业驱动，就是你到会上只能说笼统，你很难精确地叫好，可能那些书有好作品，但是好作品也往往变成商业驱动才能开研讨会。第二个，就是我们现在的批评界，有一种普遍的戴帽子现象，这是从西方拿过来的，直接拿来套，至于套得住套不住，脚露在外面就不管了，反正能套，强行套。

第三个造成这种情况的就是，我们现在缺少思想的力量。刚才说到茅盾的批评成为经典，茅盾为什么有力量，茅盾当初是共产主义小组成员，他当时接受的是先进的马克思主义的思想，用先进的马克思主义思想，来指导中国的文学实践，所以他很有力。所以我们现在看茅盾，仍觉得他有思想。现在的生活结构和过去不一样了，这种碎片化也造成了我们的不精准。一些研讨会，讲了半天却跟这小说没关系。都说到中国梦，说是中国崛起，这个作家听了高兴，出版商也高兴，其实与作品的实际有差距。

从批评方式来讲，作品批评应该是从作品开始，然后到作家论，最后到研讨会。应该是我们先看作品，再谈作家，像谈恋爱一样，先看对眼了然后再慢慢一步一步发展。我们现在却相反，先开研讨会，后才看到作品。由此可见，研讨会变成走程序，不是真正的文艺批评。研讨会现在也更多了，所以它缺少公信力、说服力。我们去年开的研讨会，现在还记得吗？更不用说十年前的了。现在我们的批评家话语好像也没有力量，为什么？其实现在的文学评价是分裂的，发表的作品论与文学史是分裂的，与被评奖的作品，它是分裂的，因为很多都是无效的，很多打开一看，根本不值得开研讨会，但是各种各样的因素它又必须开。我们以前都是很崇高地开一个作品的研讨会，这个作家这一辈子，都拍板了，现在是谁想开就开，有钱就开。所以这方面是造成不精准的一个重要原因。比如登珠峰，你要从第一大本营开始，然后第二大本营，最后冲顶，现在的作品研讨会，不经过第一大本营、第二大本营，坐直升机上去，不经过攀登，就到峰顶上举举旗帜，摆个 Pose，拍个照，就表示登上了高峰了。怎么会有说服力呢？

还有一点，就是跟目前的文艺生态也有关系。现在文学批评的生态，其实很有意思，就是大家都有话说，都可以说话，众声喧哗。不同身份的人都有自己的话语系统，批评话语类型也很有意思，随着批评者的身份的不同，批评的声部也越来越复杂。我们有领导的批评，评论家的批评，学院派的批评，还有作家的批评，编辑家的批评，前些年又有了媒体批评，现在又多了网络的批评。这些批评是发散的，常常不聚焦。

各种形态的批评都有价值。以前领导式作家的批评是很多的，比如茅盾，他是作家，也是一个出色的批评家。他们的评论带有指导的性质，周扬、张光年、冯牧都写过一些有见解的文章，当然领导的身份也容易受到时代的局限。还有一种就是作家写的批评文章，现在似乎少了，以前其实写得好的批评，不少是作家写的。现在，作家的批评好像比较弱。其实有很多作家在批评史上都有很重要的位置，比如鲁迅，他是大作家，但他也是一个批评家。王蒙、汪曾祺也写过很有意思的评论。评论家的批评也在削弱，评论家在 80 年代，话语权是很大的，比如阎纲、雷达、胡平等人，吴亮、程德培属于评论家话语系统，就是作协系统内部的评论家。现在评论家批评很少了，像作协硕果仅存，那天我数了一下很少，基本上都到高校去了。另外稍微提一点，编辑家的批评也有意思，80 年代末期 90 年代以后，很多编辑家介入了批评,《上海文学》的周介人、《人民文学》的崔道怡等都写作了一些从创作实际出发的评论，他们的立足点是从编辑工作的实践来进行文艺批评，也是很有影响力的。

现在分量最重的就是学院派的批评，他们的批评有学术性，有科研价值，还与文学史有关联，他们的批评现在是主流。由于高校学术考核制度的设立，学院派批评常常注重学理和逻辑，与感性的文学批评有明显的不同。他们在强化文学批评的学理的同时，也试图让当代文学逐步经典化。这种经典化的思路和以前的文学评论是不太一样的思维方式。

最后一块就是媒体批评。媒体批评从 90 年代以后开始，80 年代报上也登一些文学评论，基本上都不是媒体人写的，他们约作家、批评家写的，90 年代以后媒体人进入文学评论领地，产生了很大的影响。由于媒体自身的复杂性，这些评论也很有意思。到了我们新世纪又出现了网络评论，各种网络平台上，都有各种各样的声音，高低褒贬，都是信手拈来，来无影去无踪。领导，学者，包括编辑，作家，还有媒体，网络，每个声部都在发声，最后发现高音低音发出来不和谐，这种不和谐也造成我们文学批评、艺术批评的聚焦不够。

评论分两种，一种是在场，一种是不在场。传统的当代文学批评是在场的，很多编辑家，作家，还有我们评论家，基本都是在场的，跟踪当代文学的脉络，然后对当代文学进行跟踪和研究。而不在场的评论，以前主要是集中在学院这一块。实际上当代文学批评，他们的优势在于后发效应，对评论进行梳理，对作品二度考察，文学史的意味更浓。现在有些评论家是用不在场的方式在场，他们是要把当代文学的作品和作家经典化。比如每年我都看到各种排行，各种活动排座次的活动，很热闹。给作家排行，排行属于商业性行为，是非学术的，意味这样对当代文学的研究，缺乏史的眼光，而文学史，它应该有时间差。没有时间差，就难以精准。

我们的文学批评要精准，精准才会服人，精准才会有读者，精准才有生命力。

（根据发言记录整理 2016 年 11 月 18 日改定）

论作家

现实主义作品中的荒诞品格

——高晓声小说新论之二

如众多的论者所言，高晓声是新时期现实主义作家中很有代表性的一位，他对现实主义的恢复、发展、丰富有着不可低估的贡献。高晓声的小说创作之所以能够拥有较深沉的历史内容和美学力量，就在于他并不拘泥于某一种人为造成的现实主义格局，能够突破规范容纳新的审美方式，来充实丰富现实主义的天地。高晓声小说中那种鲜明的荒诞品格便是他最有意义的实践。

在很多人看来，荒诞似乎不可能进入现实主义小说之中，因为它属于浪漫主义和现代主义审美范畴。其实，这是一种误解，荒诞在其外象形态上是违背常理常态的，但荒诞的本质却是一种状态的真实，就像变形是以常形作为基础一样，荒诞实际也不可能脱离生活的真实性。它或者是一种历史的真实，或者是一种心理的真实，或者是一种整体的真实，或者是一种局部的真实，或者是一种情感的真实，或者是一种抽象的真实……如果违抗了内在的真实性，或者违背了历史的真实，荒诞就会变得虚假和讨厌，丧失应有的美学力量。人们之所以觉得《西游记》《聊斋志异》《变形记》《百年孤独》这些中外名著“真实”，就因为它们遵循了上述真实性的原则。

自然，高晓声的荒诞不是“先锋派”的荒诞，像他的叙述态度一样，他的荒诞是一种有节制有分寸的荒诞，并没有冲淡他小说整体上的现实精神。他的荒诞来自对生活的发现，基于生活材料本身，有时则直接对生活原型和民间故事进行创造性处理。有的小说表象上甚至没有荒诞离奇的特征，但整体上所构成的荒诞感特别强烈。

错位感

高晓声常常通过错位的结构方式，让人物或事物离开自己生活轨迹和生存环境，在他（它）所不该存在的空间里活动，从而激起一连串的不和谐、反常、变异，让人物在一个陌生的空间里产生心理的不平衡（错位感）。在这种心理产生逆转的过程中，人物的性格因强烈的反差表现得更充分鲜明，进入一种无意识表现的意识状态。

陈奂生便是一系列错位的产物。陈奂生最初出现不是在《陈奂生上城》之中，而是在另一篇叫《“漏斗户”主》的短篇小说里，《“漏斗户”主》和《李顺大造屋》是一对孪生姐妹，“从住和吃这两个方面，写了一个农民的遭遇和思想感情”（《也算经验》）。《“漏斗户”主》在艺术的纯熟程度上并不逊于《李顺大造屋》，它写出了农民那种凄凉的饥饿感和特有的“粮食意识”“一箩箩粮食堆放到陈奂生指定的另一块干净的空地上，堆得越来越高，越来越大……他心头的冰块一下子完全消融了；泪水注满了眼眶，溢了出来，像甘露一样，滋润了那副长久干枯的脸容，放射出光泽来。当他拭着泪水难为情地朝大家微笑时，他看到许多人的眼睛都湿润了，于是他不再克制，纵情任眼泪像瀑布般直泻而出”。这泪水不单是农民对党的政策的感激之情，也是农民重新获得“自我”（在中国农村粮食构成了农民全部的生命意识）之后的一种辛酸与喜悦。应该说，陈奂生在陈家村那个生存空间中已经圆满地完成了自我。但《“漏斗户”主》并没有获得巨大的反响，也没有引起人们的关注，人们后来对《“漏斗户”主》的阅读兴趣也全由《陈奂生上城》引起的。

“‘漏斗户’主陈奂生，今日悠悠上城来”。

陈奂生就在这样一种氛围之中离开他生存活动的空间，来到了一个对他来说完全是陌生的新世界——县城的县府招待所。陈奂生本来进城卖油绳（也叫麻花），然后再用赚来的钱买一顶帽子，这便是他进城之举的全部构想。如果按照这样的构想去行动的话，陈奂生也并未脱离他原先的生存空间（陈家村）所规定的运动轨迹，也不会引起那一连串的喜剧性的审美效应，陈奂生的性格特征依然不会越出《“漏斗户”主》所表现出的范围。然而一场感冒使他遇到了县委书记吴楚，吴楚又把他送进县府招待所，他来到了当时作为一个普通农民所不能进入的天地中，他走出他的既定之轨。这便形成了陈奂生的错位境地，起初他因不适应新的环境而惶恐不安，“这哪儿是我该住的地方！”待他抖抖索索付了五元钱住宿费后，便“再也不怕弄脏，大摇大摆地走进去，往弹簧太师椅上一坐：管它，坐瘪了不关我事，出了五元钱呢”，“故意立直身子，扑通坐下去……试了三次也没有坏”，陈奂生的心理似乎又保持平衡了，但“究竟是五元钱哪！”巨大的经济反差压得陈奂生喘不出气，庄稼人俭朴的生活习惯与微薄的劳动收入怎么也不能保持他内心的平静，但陈奂生之所以成为陈奂生，就在于他有一种特殊的情感表现方式来对待错位之后的心理不平衡。“他想到此趟上城，有此一番动人的经历，这五块钱化得值透。他总算有点自豪的东西可以讲讲了。试问，全大队的干部、社员，有谁住过五元钱一夜的高级房间？他可要讲给大家听听，看谁还能说他没有什么讲的！看谁还能说他没见过世面？看谁还能瞧不起他，唔！”

在这情感迅速逆转的一刹那间，陈奂生终于完成一个作为自足的精神实体的过程，他的这种错位感不免使人想起阿Q，但终究有了新的时代内容和心理内容，当这颗压抑的心灵走向释放时，可悲的不在于陈奂生的心理状态，而在于有那么一种文化氛围和精神环境来满足陈奂生的“精神胜利”。假如换一种环境，陈奂生会“神气”么？当高晓声描写周围人们对陈奂生的羡慕之态时，我感觉高晓声已经“出离悲哀”了，他在想：哭陈奂生还不如哭陈奂生周围的人们呢！

《山中》也是一篇充满错位感的小说。宗松生平生胆小怕事，幼时在牛背上摔下来过一次，从城墙上跌下来过一回，“童年记忆”像恶魔一样在他的灵魂里，觉得“乘汽车，乘火车，乘飞机，把自己的性命交给司机去掌握，非到万不得已，一个人为什么要来干这样的傻事呢”！像他这样的性格，生存在不动脑筋、按部就班的空间里是非常适宜的，“一直是个顺当的角色”，但当他被置身于一个新的环境时他那种略有变形的心态便引出一连串和笑话。公费旅游，本是件挺开心的事情，可宗松生求安怕事的心态与这种充满动荡甚至冒险的活动发生了冲突，他时时在怕汽车翻车，火车出轨，在攀登风景秀丽的名山因体力不支一人掉在队伍之后时，又担心上不着天、下不着地的险路上会碰上谋财害命的歹徒。恰巧又遇上一位与他有同样心理的游客，两人便在山中僵持了很久，直至又路过一个游人，才给他俩解了围。而宗松生竟糊糊涂涂地随“这个朋友下了山”(宗是上山游览的)。宗松生所出现的一连串荒诞悖常行为，都与他脱离原先的生存氛围而引起的错位感有关，在这种失去平衡态的错位感影响下很自然会出现与环境不相协调的动作。《山中》与《陈奂生上城》都是写人物的错位感，但陈奂生身上所折射出的更多是社会性的文化性的差异在城市与农村两极的表现，而宗松生的荒诞行为更多与生理性的心理性的误差有关。就其具象的审美意义而言，陈奂生无疑带有更多的时代色彩和性格特色，而宗松生的心理就不单是农民或其他阶层所特有，他带有更多的抽象和象征意味。比如在山中所弄出的那一出相互对峙恐怖万分的笑剧，说明与宗松生的对峙者也同样有这样心理，也是一个“宗松生”。这就隐约暗示宗松生式的谨慎小心安于现状的国民心理一经放大处理，便现出很多可笑荒诞的意味来，处于一种与现代精神相错位的状态。

超实性

高晓声的小说是以现实性见长的，他除了能敏捷地把握住农村生活变迁的新态势外，在那些非现实性题材的小说中也总透出现实的气息来，像“飞磨”“鱼钓”“钱包”等都属于过去的故事，高晓声却能让它们溢出现实的精神来。问题在于高晓声没有把人物和故事囿限在一个平面的格局之中，他容纳了更多超现实性的因素，使之在一种立体交叉的多项审美圈中隐含着更充分的内涵。

这种现实性和超现实性所构成的荒诞感往往是在整体的现实性之中隐含着局部的超现实性，二者交融构成完整的情感形体，《飞磨》的整个故事都在一种现实感很强的氛围中进行的，但小说最后，用高晓声的自己话说“竟结束得如此荒唐”：“肉头户”姚祖荣为了能在两个月内交出八千石碎米孝敬皇上，好求得个“乌纱帽”戴到头上，便不分昼夜地发疯地赶着人和牛拼命地磨，以至“石磨的上片旋得腾空飞起来，飞过姚祖荣的头顶，飞出石磨，飞过禾场，轰隆一声，落在禾场南边的池塘里”。石磨腾飞自然是超现实的形象，但那极度紧张的气氛由此得到了渲染，增添小说的内容层次，使之改变了原先民间故事的格局。《柳塘镇猪市》是高晓声小说中一篇直接面向现实写得很冷峻很有力度的佳作，小说全篇以纯粹写实的笔法叙述了公社书记张炳生在猪市一天的工作经过，但在小说的开头却描写了如此荒诞反常的梦境：

有一部特别的机器无声地自动地旋转着，像妖怪似的张开血盆大口，把一叠叠人民币狼吞虎咽，吃进肚里，不断屙出一只只甲虫来。

张炳生正在惊愕，那甲虫已四处爬开，有的很快到了张炳生脚边，竟要爬上鞋子了。张炳生连忙抬起脚，把靠近的一只踏住。那小东西脚底在下扭动了一会，便挣脱出来，倏地变成了他所熟悉的那个年轻漂亮的女人，风骚地做着媚眼，娇声娇气地说：“张书记，是我呀！你舍得吗？”

机器吞吃钞票、屙出甲虫，甲虫又变成漂亮的女人，这种违背生活常识和正常逻辑的荒诞情景无疑是超现实性的，但由于这些形象又是白天的实事叠印在记忆和深层意识里混合变形反应的结果，因而既夸张地表现了社会生活的复杂诡异，又折射出张炳生丰富立体的心理天地。

超现实性是现代主义文学结构整个小说的出发点，借以来背叛传统的写实主义精神，把生活和情感置于多维的艺术空间之中，当然由于他们走向了极端，一些读者便觉得不可思议不好懂。而引进超现实的因素进入以现实主义方法为主导的小说创作之中，就会改变原先那种一维的线性的思维方式和艺术视野，增强小说的色彩和感觉的多面功能，丰富生活的宽度和厚度，更接近了复杂的生活本体。

倒错感

倒错在其本质上也是一种错位现象，但我在前面所说的错位主要是人物性格与环境的背异、不协调所产生的反常状态，而这里说的倒错是指事物本身违背正常逻辑的发展所产生的荒诞现象。

高晓声的《绳子》是一篇让人阅读之后顿为困惑的小说，小说在叙述的表层语象上并没有设置什么障碍，阅读时很流畅很轻松，但读完之后不禁对这个有些滑稽的故事感到惶惑，写的什么呀？这篇小说之所以超出人们的阅读经验之外，就在于它的主角不是人而是物，它写绳子一连串反常倒错的经历来折射人物的心理结构的怪异形态。绳子起初被周谷平用来捆背包，这是绳子正常的运行轨迹。但由于顾乡长借给周谷平困觉的床坏了一块，这绳子便被周谷平用来绕在棕床上掩盖住破洞，这时绳子便开始脱离原先的功能范畴，开始发生倒错。同样是这一根绳子，第二天清早又被公安人员拿去捆绑行将枪毙的犯人，晚上，这根绳子又被顾乡长用来给周谷平捆床，但周谷平心里感到不舒服，犹犹豫豫迟迟疑疑，后来顾乡长骗他说枪毙犯人前已经解下来，周谷平心里才开始变得踏实起来，“越看越相信同昨天的没有什么两样：还是那么粗，还是那么几股，还是绕那么几道，还是那么干干净净”。在这里，绳子无情地嘲讽、捉弄了人们对死亡的潜在的忌讳心理。绳子本来是被人使用的，但却反过来牵制人，这实在是一种人与物关系的倒错，写出一种异化现象，富有荒诞意味。虽然周谷平最终克服了对绳子的畏惧，取得了心理平衡，但克服的武器却是另一种变态心理：“见红的刺刀，战士佩在身上更光荣。古小说里写的宝刀，就因为那刀见红的次数多了才成宝的。可惜我那条铺盖索后来不知丢到哪里去了，其实这真是一条宝绳呢。”这种自嘲自慰的精神状态实际与陈奂生上城的心态完全同质。

与倒错相关的是反常的心理和反常的行为。《绳子》的特点在于脱离了社会背景来揭示人物心理的荒诞现象的，而《太平无事》则强化了社会时代氛围对人物心理变形的巨大的内大力量。《太平无事》写的是“文革”大串联时期周松林乘火车途中所发生的一连串反常现象，先是上火车不要票，因为“主张花钱买票的人是把革命引到资产阶级反革命道路上去”；接着周松林的钱被扒手扒了，但周松林倒好像自己扒了人家的东西似的，不敢吱声，因为红宝书和身份证明随钱一起丢了，如果拿不出“我是好人”的证据就有可能被车上的红卫兵当作“坏蛋”赶下车去。再接着在周松林身上就出现了更为反常的举动，因为没钱购买食物，周松林饥饿难忍，却对周围的红卫兵声称“多吃了”，出现了更为荒唐的倒错现象：明明需要吃东西却躲到厕所里拉肚子。“真不知是自己的脑袋出了毛病呢，还是这世道出了毛病”。高晓声通过周松林荒诞怪异的心理和举动的描写，深刻地批判和嘲讽了反常的丢失理智的年代。

当然倒错感在高晓声的小说作为人物的深层心理状态还停留在表象层次，他写人物的心理倒错完全是为了批判历史（像《绳子》和《太平无事》），他还未能把人物心理的倒错当成一个主体、一个主题来进行叙述，他笔下人物的心理倒错始终受制于客观外在环境的影响，并不像西方现代派小说的人物心理完全处于失检的状态。这构成了高晓声小说的缺陷，当然也同时是他的优点。

寓言化

高晓声不但能在荒诞的怪异的历史现象和现实情景中抽象出富有哲理性的寓意来，还对小说自身进行抽象的艺术处理，以便小说能超出本体，获得象外之象，以包孕更多的审美容量和思想内涵。新时期文学创作中有些追求哲理内涵抽象意蕴的小说往往是通过思辨的方式对社会、历史、世界、文化、人生、宇宙进行宏观的议论和抒情，来阐述自己的理性观念，像金观涛、刘青峰的《公开的情书》、张贤亮的《绿化树》《男人的一半是女人》、戴厚英的《人啊人》等小说都是以理论的阐释来获取抽象效应的。而高晓声则似乎不属于也不习惯这种思辨方式，他的特长在于讲故事，他的故事往往能超越故事本体获得更丰富更抽象的意义。因而寓言化倾向便是高晓声小说荒诞品格中有价值不可缺的一部分。

所谓寓言化倾向便是仍按照故事的方式叙述故事，但故事本身却不单是一个实在的具象的这一个故事，剥开包裹故事之外的表皮就会发现一种寓言的内核，在故事所叙述的种种细节、情绪、语调之中往往能升腾出象征的华彩来。这种外方内圆、外拙内秀的故事方式便是寓言化的主要特征，也是高晓声荒诞品格的具体形式之一。高晓声的《钱包》《鱼钓》《飞磨》《绳子》《山中》《买卖》等小说具有荒诞的寓言化倾向，但它们同时又有非常具体实在的故事框架和结构。《钱包》里黄顺泉捞钱包得而复失最终精神失常的经过是具体的故事化的，作者极为耐心地叙述了他心理浮动的一波一澜和行动的全部有效过程，应该说黄顺泉的形象在小说里是较为丰满的，但整个小说赋予我们的却是一个农民关于金钱神话的破产，黄顺泉形象是无数农民精神原型的浓缩。这不仅因为高晓声所选择的是民间故事这一具有神话原型的“文本”，而且小说整体上的寓言氛围也渗透了这种“神话”的本性。

虚化背景社会使得小说变得不那么实在而富有荒诞抽象的意义。寓言、民间故事的永恒性就在于它的非时效性，因而它的背景和时间始终是不正常的，不真实的，是荒诞的。它们常常都以“从前，有一个什么”开始，人物实际是在一个非社会非历史非时代的无背景的背景之中开始他们的命运。这种无背景的叙述特点就在于它的讽喻性，借古喻今，借此言彼，借物拟人，借小含大，蕴蓄着一种内容的抽象性与象征性。高晓声既写一些背景非常具体非常明确的小说，像《李顺大造屋》的时间曼延是非常历史化的，像陈奂生系列里社会背景几乎是纪实性的，也写一些背景模糊或者无背景的小说，像《山中》《买卖》《鱼钓》《绳子》以及《飞磨》等都极大地淡化背景的意义，背景的不确切和可移性增加了小说的荒诞感和幽默感。

高晓声身上也存在着多重矛盾的悖反与冲突，“现实的我”要求跟踪时代干预生活，“荒诞的我”又要求淡化背景远离现在，传统的品格暗示他注重社会性时效性，而叛逆的基因又将变形抽象成为真格儿的“现代派”。

高晓声的“自我”基本上是分裂的、矛盾的，他带着这种分裂、矛盾的精神状态写出一些富有荒诞意味的好作品。可当内心的分裂和冲突消失之后，一个“我”战胜另一个“我”之后，高晓声反而倒失去了原有的色蕴和风采，他皈依现实之后，荒诞的那股魔力不见了，它的小说重又变得单纯起来，变得好读而又耐读了。这不是他一个人的事情，是他们这一代的普遍现象。

这里面有好多好多复杂的心理因素、文化因素、社会因素以及童年记忆、阅读范围、批评效应等诸多内外力的作用。我不想在这里一一阐释和分析了。

三人行

韩 东

我做编辑的时间并不是很长，大约十年左右，而且用今天的话说，属于策划编辑性质的。那时候我是以文学评论和文学理论编辑的身份介入这种策划的，真正做文学编辑还不到五年的时间。从1994 年开始，我才不是客串而是名正言顺地当起《钟山》的小说编辑（同时兼做理论编辑）。当时《钟山》正酝酿着一场改革，编辑部采纳了我的一些建议，首先在外在形式上将开本扩大为大 16 开，内容上与《文艺争鸣》联手推出“新状态文学”，在编辑部内部打破原有的分工，地区不分，文体不分，充分调动编辑组稿的积极性。我就是在这种情况下，被推到文学编辑的岗位上的。

因为要搞“新状态文学”特辑，韩东是重点组稿对象。我正想去找韩东，没想到韩东倒“送货上门”来了，这或许是一种缘分吧。他刚写了一组短篇，觉得比较适合《钟山》，就找到了我。读后，我喜出望外，真应了古人那句话，“踏破铁鞋无觅处，得来全不费功夫”。当时提出“新状态”这个概念，虽然是从大批作品中抽象出来的，但要组织“专辑”，一下子又很难找到合适的作品。而韩东的这一批短篇，与新状态小说的设想非常吻合。我将编辑部“新状态”的方案与他交谈，韩东觉得很有意思，愿意参与这次活动。

其实我和韩东在 1987 年秋天就相识了。那时苏童和叶兆言是“小荷才露尖尖角”，但省作协负责青年创作的梅汝恺先生就破例召开了一次他俩的作品讨论会。当时我并不在南京工作，他们还特地邀我到宁参加了这次讨论会。在会上，我和诗人韩东初次见面。或许是他写诗的缘故吧，我到南京工作以后，与韩东在各种场合相遇，有时在会上，有时是在苏童或其他朋友处，每次见面都匆匆招呼一下，并没有深谈，也不相约聚会。我看他的小说不多，但隐隐约约感觉到他和其他人小说里透露着一股新的潮动。当时韩东正处于写作的某种巅峰状态，他送来五六篇小说，后来又补送了一两篇。我从中选了四篇，这就是后来发表在《钟山》1994 年第四期上的《西安故事》《长虫》《火车站》《重复》。这一期的《钟山》改成了大十六开，版式和内容都有了大的变化。而韩东的这四个短篇是作为头条发的，因而这一期的《钟山》在文学圈内外引起了大的反响。反响的原因是多方面的，一是改版，二是“新状态文学”的提法，还有一个表面上看是一个技术性的问题，其实也是文学观念的，这就是韩东的小说发了头条。韩东的小说以前在其他刊物上也发过，但从未发过头条。更重要的是，像《钟山》这样的大型文学双月刊，打头的都是中篇小说，没有中篇小说就用报告文学或纪实文学代替，不用短篇打头的，这虽没有什么明文规定，但也是约定俗成的惯例。《钟山》这一次打破常规，在全国大型文学期刊中开了以短篇打头的先河，与《钟山》当时整体求变求新的指导思想有关，实践证明，这一“破格”是值得的，也是有意义的。

由于工作的缘故，也由于当小说编辑的缘故，我和韩东的交往逐渐多起来，并将鲁羊介绍给韩东。鲁羊是一个非常挑剔的文人，他对朋友极其苛求。他与韩东虽同在金陵做了十年诗人，但彼此并不相识。在去见韩东的路上，他还担心能否和韩东相处，因为在文学观念上，他们是有一些差异的。没想到，他们三人（还有朱文）一见如故，成了非常要好的朋友。有趣的是，后来韩东写了一篇《三人行》的中篇，里面写了三个“游走者”的形象，这是韩东的第一个中篇，他将它交给了我，《钟山》1995 年第 1 期也以头条发了。《钟山》在短短 4 期内，用韩东的小说作了两次头条，可以说是一个奇迹。

我一直想为韩东的小说写一篇评论，但始终未能写好。我觉得韩东的小说在 90 年代是相当独特的，他的小说从形式上看不出什么奇异之处，甚至有些陈旧，但读下去，在那些近乎枯竭的文字缝隙间又发现处处暗藏“杀机”，处处有埋伏，处处有意味。套用韩东的那首著名的《有关大雁塔》诗中的“警句”，便是：关于韩东，我们又能说些什么？

鲁 羊

鲁羊的第一篇小说是在《钟山》发的。鲁羊写了十年诗，居然没有什么“成果”，几乎没怎么发表，还是他写小说成名之后才陆陆续续发表一些诗，有点“小说得道，诗歌升天”的味道。或许他天生就是一个小说家的料，他写作的第一篇小说《仲家传说》就被《钟山》用了。他姓许，名金林。我们都觉得这个名字不那么小说，就怂恿他起个笔名，于是就有了今天的鲁羊。记得当初，他拿着一张纸到编辑部来征求意见，那张纸上写着好多的笔名，最后大家一致认为“鲁羊”好。这是一次民选。

有一日，鲁羊约我到他的住处玩。那房子现在已经拆迁，但我现在还清清楚楚记得当时的情形。他的房子不大，但硬是隔出一个书房来，他在书房时弹古琴，练书法，读古书，洋溢着旧式文人的情趣。那天下午，我们谈得很畅快，从小说到诗歌，从古琴到摇滚，从川端康成到纳博科夫，从书法印章到佛学禅宗，话说得很多，也很愉快，有一种畅游长江的感觉。之后，我们的联系便逐渐多起来。当时《钟山》推出了几个栏目，都采用了我的“命名”，一是“中国小说的多种可能”，一是“三连星”，一是“钟山看好”。“钟山看好”这个栏目首批推出的便是鲁羊，我组了鲁羊的两篇小说《佳人相见一千年》《身体里的巧克力》，“看好”的栏目要配一篇评论，鲁羊执意要由我来写，我也不推让，就写了《枪毙小说》这篇鲁羊和一些朋友认为很精彩的文字。

鲁羊是一个很有趣的人，他对朋友十分信赖。到后来，他几乎每写一篇小说都要让我先过目，他写《九三年的后半夜》这个中篇的时候，写到精彩处，经常读给我听，非常在乎我的看法。这篇小说写好后，我正帮《大家》策划，就推荐给《大家》。有趣的是鲁羊自己老问我，行吗？我说行。而《大家》的编辑也问我，行吗？我说行。待《九三年的后半夜》发表之后，获得了一致好评。

鲁羊对我的信任越发加深，但我后来发现他是一个非常脆弱的人。他在写《黄金夜色》那个系列时，每写一篇我看一篇，写到《淹留于5月7日》时，我说鲁羊你不要写了，这个系列可以画上一个句号了。我当时很不喜欢这篇小说，但一年之后再读这篇小说时，感到了鲁羊内心深处的那种绝望与毁灭。我在电话里对鲁羊说，这篇小说写得太好了。鲁羊很惊喜，也很高兴。但遗憾的是他的《黄金夜色》系列因为我的“指责”而终止了，我感到非常的内疚。之后，我不再轻易地看他的“毛胚”了，他有时候很得意地告诉我，写了一篇小说，希望我能说点什么。我说不看了。我怕破坏他的情绪。他是一个脆弱的人，一个太在乎朋友的人。

前不久，鲁羊在电话里对我说，他的长篇写得很顺，要我有时间去看他的“显示屏”，我说等你写好了再“学习”吧。他有些失望，我有些难过。但我更怕我的武断和个人趣味伤害了他的写作。

朱 文

朱文在三个人中是最年轻的一位。朱文是我的老乡（南京年轻的小说家中有好几位是我的同乡，这个话题可做另一篇文章），我们都曾经在大运河边居住过，在他的那个县城里有我的很多熟人。我最初对朱文小说的亲切感来自他作品里的地名，在《飞行的大爷》这篇小说里，不仅“大爷”这个方言词让我有兴趣，更重要的是他写到了汜水，我先后三四次到过这个运河小镇，对这个运河小镇有着较深的印象。我后来将它推荐给《山花》，在“山外山”栏目中推出。

朱文是一个非常聪颖的人，他对事物的领悟能力在同辈作家中可谓首屈一指。或许是学工（他是东南大学动力系的学生）的缘故吧，他对小说叙述技术有一种天然的敏感，他的小说在叙述上总是做得很圆熟，不留破绽。他的心理素质异常好，每天都保持一定的写作量，我们称他是匀速跑的冠军。我曾经退过他的稿，但他仿佛与我较劲，第二次带来的三个短篇就让我爱不释手。这三个短篇便是后来发在《钟山》上的《食指》《傍晚光线下的一百二十个人物》《五毛钱的旅程》。《食指》写了一个精美的故事，而《傍晚光线下的一百二十个人物》则着重营造一种场景和氛围，你在那些随意出场的人物背后能猜想到很多的故事。人们对三篇小说的理解也不一样，比如韩东特别喜欢《五毛钱的旅程》，陈思和称赞《食指》，于坚喜欢《傍晚光线下的一百二十个人物》，我起初觉得《食指》写得最聪明，而现在觉得《傍晚光线下的一百二十个人物》最见功力，在一个短篇中以平淡的笔墨写出了那么多的人和事，堪称精品。

没想到因为朱文的小说，我还受到了“株连”。这就是一度在文坛引起纷争的《我爱美元》的风波。《我爱美元》这部中篇并不是发在《钟山》，而是发在天津的《小说家》杂志上，是作为该刊第二届小说擂台赛的参赛作品发的。虽然《小说家》的小康和小刘到南京来组稿是由我召集的，但这篇小说是朱文直接寄过去的。作家出版社要我主编“新状态小说文库”时，当时选了五个人，除了南京的韩东、鲁羊、朱文外，还有上海的张旻，广州的张梅。当时朱文小说集的取名为《让我们回家吧》，后来被改为《我爱美元》。朱文对这篇小说有所偏爱，他觉得书名改得不坏。没想到，就是这篇《我爱美元》被一些道德主义批评家们视为洪水猛兽，上海《新民晚报》发了一篇《你是流氓谁怕你》的檄文，一时间一些人以批朱文为荣，各种各样的贬损都泼了过来。其实大家都明白小说和生活的关系，作者和人物的关系，是不能混为一谈的。我和韩东、鲁羊同时撰稿对这篇檄文进行反批评，一方面出于自我保护（《你是流氓谁怕你》一文把我们几个人一锅煮了），另一方面则是对这种大批判式的文风怒不可遏。奇怪的是《新民晚报》却不给予这个机会，几经转折，文章最后才在《作家报》登出，没想到这极其正常的反批评遭到了更为严厉的棒喝，被他们污蔑为哥儿们姐儿们一起上，是更大的堕落。到后来，《我爱美元》成了“新状态”的代表作，我也与《我爱美元》有着脱不清的干系。好在朱文的《我爱美元》没有被定性为毒草，朱文也没被定成右派或者反革命之类，要不然，我也是在劫难逃。有时候想起来，就后怕。毕竟是90年代了，我真庆幸阶级斗争的时代一去不复返了。要不然，我现在或许正在接受金刚怒目式的批判呢。

对一篇小说，尽可以横挑鼻子竖挑眼，动用专政工具就会让文学受不了。《我爱美元》之所以引起那么多人的愤怒，想必触动了一些人的哪一根神经。我现在只隐隐感到朱文对父子关系的处理上是“越轨”的，从没有人从这样的角度去透视父子关系。至于是否成功，是否有文学价值，是完全可以讨论的。而且，有很多有争议的作品留待历史作结论更好。

除了韩东、鲁羊、朱文三位外，南京还有很多的小说家朋友，资历老一点的苏童、叶兆言，年轻一些的有毕飞宇、郭平、吴晨骏、赵刚、王大进、朱辉、祁智、楚尘、刘立杆、宁岛等人。作为编辑，我都发过他们的稿。作为朋友，有些是很要好的。以后有机会还会写一写与他们的交往。孔子曰：三人行，必有我师。我和他们交往时，要说学到了什么很难具体，但有一点是可以肯定的，他们年轻的心态常常感染我，让我没法颓废下去。

头条韩东

认识韩东很久了，久得已记不清什么时候见第一面的。有一次在饭桌上，我们两个人议论起这个话题，最终“达成共识”，是1987年秋天在南京双门楼苏童叶兆言的作品讨论会上，当时匆匆见面，匆匆分手，韩东在会上说了些什么，我记不清了，我在会上说了些什么，他也记不清了。之后，我们又见过几次面，但并未交往，也没有留下特别深刻的印象。

和韩东发生交往是在他写小说之后。1994年我因为要编小说，就与韩东有了较多的联系，他的《西安故事》等四个短篇在改版后的《钟山》作为头条发了之后，引起了较大的反响，这是因为《钟山》这类大型文学刊物一般都以中篇小说打头条，以短篇打头非常少见。半年之后，《钟山》又在头条位置发表了他的中篇小说《三人行》，连续以一个作家的小说打头在期刊中尚不多见。更有趣的是，韩东的小说在其他的刊物从没有发过头条，最多放在二条的位置。有一次我和韩东说到这两个头条的事，韩东说，“这是两个‘唯一’的头条”。

或许是韩东的小说处于边缘的原因，他对上不上头条并不在意。记得汪曾祺先生生前就说过，他的小说是不能发头条的，因为成不了主流。这倒不是汪先生谦虚，而是道出了某种现实，道出了文学期刊的“发稿标准”。或许是韩东那两次给《钟山》的稿件特别好的原因，或许是因为特别吻合《钟山》那一阵的倾向，他被破了例。在我五年的小说编辑生涯中，这是一件不寻常的事。

韩东的小说自成一家，我一直想写一篇关于韩东小说的评论，几次动笔都没有写好，不是因为没有时间，而是因为觉得难以把握。在风云变幻多端的文坛上，作家们改弦易张已是司空见惯的事，昨天还以先锋自居的理论家今天摇身一变成了传统的捍卫者，昨天还高举文本批评大旗的人今天又慷慨激昂地呼唤深邃的思想和伟大的灵魂，昨天还留恋乡村精神家园的士大夫今天又摇身一变成了都市女性文学的守护神，昨天还咬牙切齿地诅咒新生代堕落的斗士今天又苦口婆心地以年轻作家的导师自居。韩东的可贵就在于他的坚持，从写作《有关大雁塔》开始至今，已有十五年，他的生活方式和审美方式都没有发生明显的变化，甚至连他的形象与十多年前我见到的那个韩东相比，也找不出一丝老的迹象。

韩东小说以他惊人的稳定和平和的叙述在文坛独树一帜，他对汉语小说的贡献在于从现代口语之中找到叙述的美和表现的力度。人们现在一谈起汉语小说就会到古典之中去汲精盗华，而韩东写作的是真正的白话文。他一次问我写作一篇小说最少用字的极限是多少，我说老舍可能是用字最少的作家。他说，我可能比老舍用字还要少。这对他和当代小说的写作者们来说都是一次有意味的挑战。

北方图腾与命运的倾吐欲

用这样的题目来形容高光小说似乎过于诗意和狭窄，因为高光的有些小说“北方性”并不是那么强，把背景放在南方、东方、西方都可以，而有些小说则是以“反图腾”的面貌出现的，比如《墙》便是对封闭性地域文化思维一种否定。可我觉得高光小说中写得精彩的部分仍是那些关于长白山、关于参王、关于满族文化的篇章，一个作家对民族的感情总是从血管里从灵魂里流出来的。记得高光在他以“熊沐”的笔名出现的长篇小说《神木令》里对天池神奇而圣洁的描写，其叙述过程不亚于宗教徒一次朝圣的心路历程，天池实在是太美妙绝伦，读过高光的文字，我来到长白山下不敢去一睹真实容貌，唯恐破坏了那种神圣无上的意境。

不过，高光的小说并无炫耀地域民族文化的趣向（恕我借用围棋术语，我觉得此词用在这里极为妥帖），这就使他的小说没有落入文化之圈而沾沾自喜。文学的文化意识是消解文学政治性的一种有力姿势，但文学不是文化，就像文学不是政治一样，文学是一个旋转的多面体，它不是文化所能概括得了的。1985 年出现的“寻根文学”思潮由于片面强调文化对文学的制约，导致一些作品变成民俗的展览，而忽略“人”在文学中的价值。法国“新小说派”虽然反对人道主义对小说中客观世界的浸淫，但无论是罗伯－格里耶还是米歇尔，他们的“物化”小说始终没有摒弃“人”的感觉、“人”的情绪、“人”的精神，他们反对的是以个人的观念和个人的偏见去歪曲世界的真实。

高光小说的背景并没有设立在“新小说派”的理论屏幕之下，对“人”的价值思考和对现实状态的剖析仍是高光小说的重要策略。像他所有同龄人一样，在高光的小说话语中，记忆/现实像梦魇般纠缠着他们这一代人。他们面对历史时，不能平静如水让历史平面地演变成一个纯故事，他们的笔触总是暗暗涉及现实。而当他们面对现实时，同样会情不自禁地勾起诸多往事的回忆，历史与现实永远勾连着他们自身的命运。这也许是命运对他们太不公平了（比如知青作家群视下乡为人生之炼狱），也许他们过去一直不能申诉自己命运的苦衷与伤感（十年“文革”限制了他们对世界倾吐的可能），他们的小说里便显然是潜伏着对个体命运倾吐的冲动，虽然在一些小说中他们有效地控制住这种冲动，但冲动本身就是一种隐含叙述，它像光一样构成了小说中看不见的阴影与明亮的层次感。

中篇小说《北方图腾》便是这种冲动与控制的标本。小说题名“北方图腾”其内涵便不是叙写北方的地域文化和北方的历史故事，它虽在每个段落前缀一些颇多民俗意味的地域性掌故或风物的摘写，但只是为了造成了一种叙述的基层结构，旨在强化南方人数学教师傅钟在北方命运的反差。数学教师傅钟的命运有点像古代和氏抱玉无人识知的故事，他终生致力研究的课题，刚刚有可能得到社会的承认，自己却一命呜呼走上黄泉之路，应该说傅钟的故事和傅钟的性格并没有什么超常出奇之处，只是陈景润式的故事和陈景润的性格从北京中关村移到北方偏僻小镇而已，他的迂腐和固执甚至有些让人想到孔乙己。高光显然不是为了复述一个七十年代末被反复传诵的故事，他所采用的叙述人“我”（以高光的姓名直接介入小说）的口吻完全一反当年徐迟在《哥德巴赫猜想》里古典史诗方式，也不是曾获全国短篇小说奖《抱玉岩》的悲剧抒情方式，而是非英雄化的调侃方式，基本上是鲁迅《孔乙己》里小伙计的腔调，小伙计仍是对孔乙己命运的关怀，很少涉及自己的情态，《北方图腾》里则充满对自身命运的倾吐欲望，这一点很像塞林格的《麦田的守望者》，可塞林格直接面对的是现在时态，而“高光”则是以“记忆”性话语去叙述别人的身世来宣述自己的“成长史”和“发展史”。这在另一篇小说《双心树》里表现得更为明显，《双心树》叙述的是一个工宣队长草菅人命的悲剧故事，对知识分子的命运有一种“哀其不幸怒其不争”的同感。这篇小说也同样是青年教师“高光”第一人称进行叙述的，直接描写“我”在当时环境里的苦闷和压抑，虽然这种苦闷和压抑基本停留在性需要和性刺激这样的生理层次或青春性忧郁症上，但个体命运的倾吐已基本失控处于直抒状态。在《北方图腾》里，“我”的命运基本上是与傅钟的命运平行发展的，故事结束时“我”调回省城后，傅钟感到生活无望便上吊自尽了，小说让读者留了一个小小的遗憾，就是傅钟不知道他的论文（研究成果）被教授肯定了。而这正是“我”的心态的折射。是“我”的一种良好的愿望，是成功者对失败者的无价垂怜，即使在其他的一些不以第一人称“我”进行叙述的小说里，高光仍然会时时涌现这种命运倾吐的冲动来，像《墙》这篇带有抽象形式的小说，虽然主旨是对一种封闭性文化心理的批判，基本摒除对人物性格的烦琐刻画而以符号为特征，但对封闭生存状态的反复描写中，“我”对自幼生存环境的怨艾之情溢于言表。

这正是他们这一代人思维的特点。虽然文学总是个人心灵和个人精神的记录，但像高光这样关注社会关注别人命运而又注意掩饰自己倾吐的欲望，是与混合的文学影响分不开的，高光这一代人最初接受的是革命英雄主义文学和批判现实主义的文学，而后涌来的种种国外新浪潮虽然改变他们的文学观念和审美规范，一般说来，高光这一代人的思想里即使有意识去回避社会、现实、民族、群体这些字眼和这些概念，仍然无法割断与它们的潜在关联。也许过分的整体观念扼杀过他们个性的棱角，他们对自身价值的器重就显得有些敝帚自珍式的卑微和好笑，而不像第三代小说家任意蔑视、甚至践踏人道、人格、人这些在上代人看来极为神圣的字眼。对纯洁人性美的称颂和向往，对庸俗社会病态的厌恶，有时虽然以一种局外人的冷嘲热讽的口气道出，但仍是参照了理想主义的价值观念。近期在《钟山》发表的《人猿》里，一再出现“北京人”的猿人塑像，便是作为一种自然古朴而又蛮荒的浪漫主义的古典精神来映照现实的，是对远古人类精神的怀想，同时也是人与猿界限的一种警醒。小说里人物几乎蝇营狗苟，或委琐不堪，或空虚无聊，“他”与“女教师”私通，“妹妹”与“妹夫”离而又合，汽车承包商钱多得心慌意乱，用烧钞票来发泄灵魂的苦闷，他们既是现代文明的参与者，又是叛逆人和多余人，他们时而是人时而是猿，人性猿性混合在一起，作家对人性和猿性的区别是模糊的，对人性和猿性的褒贬也难置可否，有人认为这充满了“后现代”文化的消解意义，此说亦可成立，但《人猿》的结尾，仍露出了高光的“底色”：

海是漫漫的蓝，把天把宇宙都淹在澄净里了，海水啪啪地拍击着世界，拍击着苏醒的鼾睡的生命，黄沙驯服地躺在海的脚下，等着海粗暴的爱抚。太阳像一只滚动的球，在弟弟身前身后跳动。弟弟抱着儿子，脸上带着笑，在沙滩上印足迹。他把救生圈放好，把儿子放在原来总放海参海虹的兜网里。他看着儿子笑，以为儿子和海参海虹一样是生命。儿子呀呀稚语，声息像海的低语。海用伸出的脚狠蹬儿子，儿子的脸上明净净的，酒涡涡里盛着红的蓝的太阳，还咯咯笑。

这是小说里作家所想象的画面，在这幅充满浪漫主义气息的画面里，回归大自然，恢复人的本性摆脱异化的内涵自然涌现出来。“海”作为人文主义最常用的意象符号，在这里闪烁着的仍是传统的光辉，它是对现代文明的一种巧妙否定，也是对“北京人”形象的间接补充，它是人的灵性与自然的灵性的完美结合。

《引出绝境》里的“海”是莫须有的“参王”，这个“寻找”主题，典型地概括了高光这一代人的生存心态。因为他们觉得在他们的人生中总是失落了什么，失落了什么他们自己也不知道，但是他们要寻寻觅觅，上下求索。张抗抗的《北极光》是他这种寻找母题的直露表现，也可以说是导了先河。与《北极光》不同的是,《引出绝境》的写意不只是此，它有一种复杂的多项指向，这可能是由于小说的背景置换了，而中日两国人群的出现也使小说染上了另一重氛围和色调。不过，这篇小说巧妙借鉴了武侠小说里常用“觅宝”模式，可以说是一种创新。高光曾写过《挣扎》这样拷问人性的深刻之作，他对“满洲国”时期国人心态的把握有一种骇人的细腻和犀利。

虽然高光在小说创作上已经取得了很大的成就，他的个性风格也渐趋明显，但我始终有一种感觉，高光尚未进入竞技的最佳状态，或者说他创作时心态没有完全彻底放松，好像还在顾忌什么创作戒律，好像还在试图以小说去实现什么价值或观念。以他现有的创作功力和艺术感觉，大可以跻入“超一流”（又是一个围棋用语）选手之列，可他总被某种心理障碍所羁绊，影响了他水平的临场发挥。

为什么会出现这种反差？我觉得这有点像运动员的比赛成绩总达不到训练时的最高水平，还是特有的心态在作祟。高光（熊沐）写作武侠小说时，心态是极为自然和放松，心无杂念，小说只是小说，可以说是采取的一种做戏态度，写作所谓“纯文学”时就不一样了，你可以发现，他在注意形式感，他在考虑生存这些深奥的哲学命题，他在挖掘人性生成的多种内涵，他在变换叙述人称和叙述语态，他在有意无意地淡化冲突，他甚至还关心到人物性格的独特与否……这些显然都是文学的重要组成部分，其实，在高光的武侠小说里这些也同样存在，问题在于不能带着镣铐跳舞，使之成为创作时需要卸去的心理负荷。高光当然比我更明白这些，就像一个优秀运动员知道如何才能创造出优异成绩一样，实际操作远非像设想的那么简单。这是由于高光一代人早年对文学的感情太神圣，太使命化了。

不过，高光在彻底倾吐之后，可能会变得更加轻松，因而更加富有创造力和想象力。我想，他应该和我一样充满信心。

写实之纯

——王明皓小说简评

在江苏诸多的青年作家中，王明皓并不特别引人注目。这固然与他的作品数量不多有关，同时也与他质朴无华的叙述方式不无联系。近十几年的文学在经历了种种轰动和爆炸之后，渐渐归于平和与散淡。“绚烂之极，归于平淡”，是中国古代文人写作的甘苦之谈。绚烂与平淡是两种不同的审美境界，很难说出两者的高下。但绚烂比之平淡更容易引起人们的注意，用南京话说就是容易“出效果”，相反，追求平淡就相对要冷静和寂寞些，需要操作者有较强的韧性与毅力。因此，“池塘生春草”之类名诗往往不为众人所知和欣赏。这也是很正常的。

不过，我在读到王明皓三五年前写的小说时还是有些惊讶的，我为自己前些年的阅读疏忽感到有些遗憾，同时也为此有些庆幸。因为在当时新潮迭起的环境下阅读王明皓的这些平实的小说也许会不以为然，从而真正遗漏了它，而不会有这种惊讶的心境与评说的欲望。文学批评既是一种主体的艺术，同时亦受制于整个社会的人文阅读环境。

王明皓小说的质朴与简洁可谓简单之至了。前些年人们在谈论现实主义小说发展走向时，有一种被普遍接受的观点，就是要“开放”，增加小说的容量，要求丰富多彩，但很少有人想到现实主义小说追求写实的纯粹与简单亦可以获取另一番异彩与风韵。王明皓在写作《地灯》《快刀》《一个荒唐的故事》《那年我们十八岁》等小说时显然是缺乏这种理论自觉的，他的主观动机是想充分还原生活的原生状态和人的生存生态，因而选择最简单的叙述方式，这种方式简直可以用“单一”来加以概括。第一，情节简单呈线性发展，没有枝蔓和奇峰突起，几乎一篇一事，有始有终，逻辑有序，毫不混乱，《那年我们十八岁》写偷鸡，《地灯》写乡村装电灯，都有一个中心故事。第二，结构按照自然的时空顺序逐次叙来，没有“意识流”“错位”“蒙太奇”“镶嵌”之类的复杂手法，即使那些叙述二十年前的“插队”经历时，在小说中也直接以“现在时”出现，最多在标题上用“那年”或题记出现“今对于昔的”以表示其故事性质是回忆追叙性的。这种逃避作家主观感情浸入的方式，我曾经在论“后现实主义”倾向时中用“情感的零度”来加以概括，王明皓显然并未达到真正的“零度”（零度只是一种假想，一种比喻，真正的零度在实验室里也不存在），但他的这种逃避强化了小说的生活实感。

王明皓小说最简单的是叙事人和人物的同一，这对今天讲究叙事艺术和叙事人艺术的小说界简直不可思议。无论是“全知全能的上帝”还是“有限的叙事人”，都有一个角色在充当叙述者。而王明皓的《地灯》《快刀》《那年我们十八岁》则干脆取消了叙述者，叙述语即人物的语言，人物的言行在自动展开“叙述”，这就使我对颇为器重的以结构主义和解构主义为首要的话语理论发生了怀疑。在上述小说中话语几不存在，叙述语与人物言语重合在一起，我们在进行文本分析时怎样确定它的话语界限？王明皓的这一招对惨淡经营叙述视角和话语系统的先锋来说至少是一次有力的调侃。

王明皓的简约与单一便构成了写实小说的纯粹之美，但纯粹与简单并不意味着小说的内涵苍白和浅薄，纯粹在于用有限的形式表达丰富乃至无限的意味。就像质朴与粗鄙、粗俗截然不同一样，质朴是另一种优美，而粗俗则是一种丑陋的形态。王明皓的小说可以称之为一种“后知青文学”，他的寺背村系列小说在保持乡土小说风韵的同时，又较好地进行着一种“角色替换”，这种“角色替换”，实际是由上述所言的叙事人的省略来完成的。无论是汪曾祺的小城系列，还是林斤澜的矮凳桥系列，还是吴若增的蔡庄系列，它们都有一个共同的稳定的叙述视点，这就是作家那种略带伤感的旧式或新式士大夫式文人情感与视角，因此他们的批判与同情基本是温馨的旁观的，是一种观赏性质的。而王明皓笔下的那些知青完全是介入性的，他们亦缺少那种士大夫远距离的审视与忆述，他们更主要的是反思和自省，在反思农民时亦反思自身。这就使王明皓的小说比之汪曾祺、林斤澜等人乡土系列小说少了好多优美的气韵而多了更多的辛辣、酸楚和苦痛。《那年我们十八岁》叙述的是插队知青“我”、大虫偷宰了农民驼子家赖以维持生计的七只母鸡，而母鸡的女主人一气之下竟喝农药寻了短见，两个知青忽然良心发现上门道歉，最后死里逃生，在“十八岁”的年轮上刻下了一道永远难以磨灭的痕迹。在这篇小说里，我们可以看到寺背村的民风依然是淳朴的，但生存的本能又使驼子一家对两位知青施以报复。知青的天真和农民的淳厚都被生存的困境的阴影扭曲而变形。

王明皓在进行这二重反思时，也就超出了“知青文学”的一般格局，无论是叶辛的《蹉跎岁月》，还是梁晓声的《今夜有暴风雪》，里面出现的知青基本都是受虐者的形象，而王明皓则写出知青这种特定的社会身份在乡村既受虐又施虐的复杂性格。《快刀》里的主人公既没有金钱，也没有能言善辩的能力，为了争取上调回城，他几乎无计可施，他显然受到了生活的不公正对待，为了讨好大队干部，他只有用他唯一的一技之长，帮大队干部家磨刀，他把刀磨得能剃胡须，这次又特别卖力，凛冽的寒光在锋利的刀面上产生了一种出人意料的恐怖的力量。最后“快刀”领到了唯一的上调的表格。这显然是施虐的结果，也许“快刀”的本意并非如此，但他讨好拍马屁的举动实际是一场死亡的示威，而死亡的本能恐惧使“快刀”击退了所有的对手。因此，王明皓在他的寺背村系列小说里让他的人物都使上了双刃剑，他们在伤害别人时又伤害了自己，这不仅是命运的悖反，也是人生价值的一种悖反。这就使“知青”那种单一的“受伤者”的形象变得丰腴起来，从而更接近生活本身。

再者就是王明皓过滤了早期知青文学的英雄主义气息，也不追求书卷气式的叙述语言，而是以一种知青与农民混杂的口语来进行他的小说操作。这种语言往往带着生活的浓郁味道，省略了人物与叙事者的距离，时有传神之词句。不过，他还没有达到那种纯净之境，他在还原生活原生态时时常把生活的浑浊之气也带到小说之中，影响了小说的浑朴与纯净。不过，这也是一个文化视野和艺术修养诸多方面综合的结果。如果我们把王明皓的《快刀》与汪曾祺的《陈小手》放在一起比较，就不难看出，这种阅历、经验、修养上的差距。自然，一代人有一代人的文化结构特点，历史不会重复，也无法进行类比，更何况文学。不过，我倒觉得王明皓在追求“纯”的过程中不妨杂一点，多尝试几副笔墨，多几种招式，那样会写得更纯更好些。

赵刚小说中的情结

《小说家》设一擂台，欲将天下豪杰一网打尽，用心“险恶”。我又被他们任命为“领队”，也是他们的“圈套”之一，好像这些“将”是我点的，其实是他们安排好的。好在这些小说家都是我的朋友和作者，我唯一能做的就是将这些“选手”的来历和套路介绍一下，以便北京方面有所准备，也使观众看擂时有点背景材料。

韩东，场上队长。个子不高，力量不大，但脚法细腻，极善组织进攻，是中场核心队员，南京队的“哈吉”，屡屡能传出有威胁的长传球，和著名前锋朱文配对，能攻破任何球队的城门，北京队需派人卡住他的中场发动。

王大进，体能充沛，奔跑积极，有巴西队员的传接技术，门前寻找机会极有耐心，是一个笑面杀手，他曾在《钟山》《大家》等俱乐部踢过球，经验丰富，心理稳定。

孟秋，有英格兰球员的潇洒，但脚法并不粗糙，在局部常能做出很多意想不到的动作，性格腼腆，极善抢第二落点补射。能攻善守，与王大进、楚尘构成的铁三角非常默契，因为同在一足球强化班毕业。

吴晨骏，进球愿望强烈，脚法古怪，以反足球的思路踢球，常令对手防不胜防，经常先让对手把自己放倒，然后出其不意地从地上倒挂金钩或头球攻门。是南京队的秘密武器。

赵刚，身材单薄，但作风硬朗，在场上敢打敢拼，不怵任何对手，善跑位，善捕捉机会，射门脚法精良，近来苦练远射，收获甚大，面孔酷似巴西球星贝贝托，已引起各俱乐部球探的注意。

楚尘，自由中卫，是南京队身材最高的队员，头球好，力量大，防守能力强，长距离奔袭是他的绝活，曾高薪转会到广州一俱乐部踢球，现重返南京为家乡效力，为南京队的后防加了一把大锁，将是北京队前锋的克星。

由此可见，南京队身材不高，力量不猛，但体能上佳，技术细腻，讲究配合，射门准，头球也好，有点像西亚球队。如此而已。

赵刚这两年的小说行情看涨，他似乎找到了他自己。前不久，我跟赵刚在一次聊天时说到这个问题，写小说说难也不难，难在于难成大师，不难在于只要找到了你自己，你就会是一个好作家。如果找不到自己，作品数量再多，名声再响，也不入流。多年前我还在《钟山》当编辑时，看到他的中篇《紫灯》，就感到他越来越像他自己了。后来又读到他的《露天电影》《锻炼》和《我的大学》，更加坚信他是他自己了。

赵刚的小说有两个情结，一是他的修理厂情结，一是他大学情结。这一次他将这两个情结累加到一起做成了一篇“世界名著”《等待戈多》，可见他在写这篇作品的时候是何等的投入。南京大学的校园里那个遗失的戈多被修配工海啊冒名顶替了，但没有人对海啊的身份发生怀疑，倒是海啊屡屡不安，最终逃离南大。而南大的人们还在相信他们熟悉的戈多会回来。赵刚在这部小说将“智慧写作”和“个人写作”进行了某种嫁接，对后现代的名著又进行了后现代式的工艺处理，而且处理得那样不动声色。

由这篇小说我想到我和赵刚交往中的一件趣事。我和赵刚认识比较早，还是诗人赵刚的时候，我们就有了接触。我和四川诗人柏桦相识便是赵刚联系的。1991 年，有一个四川口音的诗人找到了我，自称是著名诗人某某。我没有查证身份的习惯，就将他介绍给赵刚，因为这位诗人要见南京一些高品位的诗人。没想到后来有几个朋友告诉我，这位著名诗人竟像小说中的海啊一样是冒名顶替的。当时我很生气，而现在读了这篇小说之后我对那位冒名的诗友多了几分同情。而赵刚到现在好像都不知道这件事，或许他是见多了已经不怪了，懒得向我说。而我平时想不起来说，现在读到了类似的人物，顺便告诉赵刚，多年前我写便条向你推荐的某某诗人，也是一个水货，但不必追究了，当一个诗人挺不容易的。

小说擂台赛开擂之后，南京队的成绩有点不如人意，但若赵刚这篇小说再不得三分（足球赛制），我只能说裁判有黑哨的嫌疑。我这个领队要提抗议了。

平平淡淡从从容容才是真

一

有朋友说范小青是一部写作机器，意思是说她不停地写作不知疲倦。这话多少有点调侃的意味，就像有人说德国足球明星马特乌斯是足球机器一般。不过，在现代社会里，作家就应该是一部写作机器，尤其是专业作家，如果像过去的所谓“十年磨一戏”的做法，在今天恐怕连饭也吃不上。这不是说作家无须精益求精、厚积薄发，也不是说写得越多越快就越好，但作家首先要写作，作家首先必须是一个写作者，然后才有文学。写得多与少、快与慢都不是衡量作家优劣的标准，但能乐此不疲地写作，至少要有一种纯真的敬业精神，还要有足够的才华、良好的身体做保证。

范小青写得很多，很快，传说她二十六天用电脑打出了一部长篇，传说她写作已逾一千万字，传说她的老公每天为她誉写小说（现在老公的壮举让电脑取而代之了，这使她的老公失去了“第二职业”)。不过，六年出六部长篇，几十个中篇，一百多个短篇，虽不能进吉尼斯大全，但范小青确定是一个重量级的选手了。所以，外地刊物到江苏约稿，很多男作家应接不暇，难以招架，而范小青应对自如，从不违约拖欠，在编辑中口碑甚佳。这实在难得。

可能出于一种职业的习惯，我对那些顽强地在格子上爬行的作家常常会由衷地生出一种莫名的敬意。这种敬意就像对农夫在田野上耕作的感激，出自于一种质朴而古老的情感。

二

二十四届奥运会期间，美国一位跳水名将不无感伤地说，生活在高敏时代的跳水运动员只能以悲剧结束自己的竞技生涯。范小青出生在苏州，既幸而又不幸。苏州作为历史文化名城，有深厚的历史文化积淀，也聚集了来自五湖四海的名士，称得上真正的人文荟萃。很多地方都自诩为“人文荟萃”，作为一种广告词自然可以这么用，但如果用“人文荟萃”来形容一个城市，苏州最为合适。这是范小青的幸，苏州城为她提供了源远流长的文化滋养，但充厚的历史文化氛围又很容易把人淹没了，现旅居美国的小说家阿城有一句名言，叫“文化制约着人类”。每个事物都有它的正面和负面。当我们站在传统文化丰沃的土壤上，同时也是在接受它的挑战。于是，有时候文化越是丰厚，挑战越是强烈，被“淹没”的可能性就越大。作为小说家范小青的最大不幸在于在她的前面，有位享誉海内外的小说家——陆苏州。

自然，因为生长于吴门，范小青比之其他的作家有着更多的机会直接聆听到陆文夫的教诲和指点，事实上，范小青早期的小说也有意无意地摹效过陆苏州的方式。这是不可避免地。但是这意味着范小青将会永远被笼罩在陆文夫的巨大光影之下，大师的力量常常神秘而不可测。因此，不妨套用那位美国人的话，苏州小说家生活在陆文夫时代是一个悲剧。

可到现在为止。范小青好像并没有什么悲剧意味，她似乎走出了陆文夫巨大的光影，是范小青，而不是小陆苏州。虽然可以找到这两位小说家渊源上的内在的通连，但范小青所使的招式，已不单是陆家拳，也不单是吴家剑，她在慢慢摸索自己的套路和程序，隐隐形成了一股“青派文体”，虽然不那么强烈刺激，但独特而别致。

㊁

什么叫“青派文体”？这是我为了行文方便杜撰出的一个新词，它至少可以包涵这样三个特点。

①亲，亲切。范小青的小说被认为是消除深度模式的作品，所谓深度模式说白了就是小说的叙述者往往端出一副传道授业的圣者形象，对读者实施真理的训导，基本上是一种理性的文学。拆除深度模式，首先便要以一种亲切、自然、平等的口吻与读者采取对话姿势来叙述小说。范小青在这一点上做得非常好。她用一种拉家常

的方式面对读者。今年秋天，在一次笔会上，我碰到《上海文学》的常务副主编周介人先生。我们一起谈到了范小青的小说，他说有些北方的作家对我们《上海文学》一年连续发几个范小青小说头条表示不能理解，“不就是絮絮叨叨地唠家常么？”一位北方作家这么说。周介人说，对，就是唠家常，然后他不无感叹地摇摇头，“北方人是很难理解范小青那种过日子小说的。我感到特别亲切，可能因为我是上海人的缘故。我这里没有抑北扬南的意味，但地域差异对小说的理解程度也会产生距离。你可能感到范小青的小说琐碎，却无法否定她的亲切和自然”。

②清，清澄。范小青笔下的人物可谓五光十色，三教九流，有人力车夫，也有中医世家，有评弹名角，也有二流懒汉，基本上苏州底层社会的各种类型人物都有所涉及。范小青以一种清澄的心灵来展现他们的喜怒哀乐，怜悯而慈善的仁爱之心犹如一股清泉始终灌注在范小青小说的始终。“江阴的贼，无锡的匪，苏州的佛”，这是一句过时的苏州俗语，是以对江阴、无锡的“损害”来突出苏州人的。我不知道苏州人“佛”到什么程度，但范小青的小说充满着一种佛心，一种佛意，有一种虽不能普度众生但冀望众生少一些磨难的仁慈心肠。

③轻，轻灵。这是指范小青的语言风格。生活在吴语中的作家一般说来是很容易写得清秀的，这是一种“天生丽质”。而范小青似乎格外地轻捷和轻灵，她似乎不太讲究语言的秀美，而注重语言向前运行的跳跃力，但这种跳跃很轻捷迅疾，是一种清风徐来、水波不兴（借用周介人的评语）的感觉，她有时候宁可重复，但决不“走重”，比如短篇小说《瑞云》的开头类似绕口令，但并不沉重。《栀子花开六瓣头》则寓繁于轻。

“青派文体”，均从“青”同音字出发。她在文坛发出的声音，是个“青衣花旦”。

四

1987年秋冬之际，范小青烫了一个“爆炸式”发型。这使我很吃惊。所谓“爆炸式”，就是美国著名排球运动员海曼的发型。海曼，这位优秀的举世无双的强攻手，在当时是强劲有力、自强不息、勇猛顽强的一种象征。

在范小青的内心里，是不是暗暗崇拜海曼？我因这一“发现”而激动不已。在人们的印象中，范小青是一个柔弱、胆怯、谦和的江南才女形象，怎么也不会把她和一啸千里、腾空飞越的海曼联系在一起。在女作家中，范小青是最受欢迎的一位，不但男作家愿意与她相处，女作家亦是，她不像有些女作家嗲得让人发腻，也不像有些女作家咄咄逼人，一群女作家在一起，她很少争出风头，更不会无缘无由地“酷”起来。她知道怎么让人、待人。做人有时候比做文还要重要。

当范小青偶尔用“爆炸式”来显示一下她内心的强烈时，人们就会不习惯，就不能接受，所以范小青的“爆炸式”并没有能够保持很久，又恢复了“历史面目”。肯定是周围的人觉得“爆炸”以后怎么也不像范小青了，而范小青也会惶然觉得自己不像自己了。范小青还得做一个听话的温良恭俭让的乖孩子，一直做下去，直至人们不要她做为止。好在范小青这个人比较自然，乖孩子是她的本色。

但是，她必须寻找机会来张扬她强悍的一面，来维持她内心的平衡。她选择了酒。如果我记忆不出问题，她以前并不喝酒，好像在“爆炸”以后才开始喝酒的。她的酒量出奇地大，她的酒品出奇地好，她不爱粒粒橙、椰子汁、果茶这些花花绿绿的“形式主义”，她爱喝正宗的白酒（低度酒不能算正宗白酒），俨然巾帼英雄，四处叫阵，令许多须眉不敢应战。在省作协，我和她是可以“对话”的酒友。

五

去年十月下旬，十月文艺出版社和苏州市文联在北京召开小青长篇小说《老岸》的讨论会上，我提出范小青的作品风格特点可称之为“三平（评）小说”，由于时间匆忙，我在会上未能充分展开陈述，这里略作补充。“三平”即平民化、平面化、评弹化。

①平民化。纵观范小青所有的小说，基本上以城市的平民阶层为主体，即使描写家族兴衰的《顾氏传人》也是败落了的家族中沦为平民的人们，极少出现贵族和英雄，可谓彻底扫荡了贵族气和英雄气。我当时在会上曾开玩笑地说，范小青不写处级以上的人。这种平民气息不仅对前些年一度被人们称颂的贵族文学以反拨，更主要的是对新旧时期文学普遍流行的英雄主义主题和理想主义的一次消解性叙述行为。范小青的小说之所以被称为“新写实”，主要得力于她平民化价值取向，平民化的结果使她无意去表现具体理想观

念的冲突，而把笔端追近人的生存状态、社会的生存状态。生存状态虽然缺乏理想的光环，冷漠而残酷，但它增加小说的可触摸感，生活不再是“黑骏马”（张承志小说的名篇）在草原上的放逐，有“烦恼人生”，还有“一地鸡毛”。不过，范小青不像刘震云、池莉那么投注心血，把所有的细节调度到个别场景和个别人物身上来集中表现，她的小说往往是线索人物，像《老岸》中的巴豆，《光圈》中的吴影兰，都有点《老残游记》中老残的味道，借他们的行踪来展现某一生态群落的原生态。

②平面化。由于范小青注重生态群落的表现，她无力去把生活现象进行理性的哲学的过滤，生活现象的感性化势必要拆除一度在新时期文学中占主导地位的深度模式，走向平面化的“后现代”境地。范小青进入“后现代”完全是一种不自觉的状态，她主要是觉得在小说里表现哲学过于疲倦，她实际是逃避深刻，逃避尖锐，逃避的结果反而使她在二元对立的模式中成功遁逸出来，在新的开阔地里自在地没有负担地对待她的人物和读者。在“新写实”作家当中，范小青的“平面感”到了几乎不肯涉猎人物心理波澜的程度，故意把生活现象平面地有时还会无节制地展开，完全不顾罗列之嫌。

③评弹化。这一点已有很多评论家注意到，范小青小说语言的“轻拢慢捻”，娓娓道来，不慌不忙，追求叙述语与人物语的无隔离效果达到了出神入化的境地。她善于对小说语境、语调、语气、语感的把握，极为成功地将吴语句子与普通话词汇杂交在一起，以一己的努力强化小说语言的活力。

虽然不能说“新写实”小说一定要具有“三平”的特征，但范小青的“三平（评）”却显示着强烈的“新写实”倾向。《钟山》杂志举行“新写实小说”评奖时，范小青的《顾氏传人》很自然地列入其中，这是当之无愧的。

六

范小青“平面化”的叙事态度，在于进入写作之前并没有确定象征深度体系，以一种类似即兴的方式来进入小说世界的。这就给阅读者某种误读的可能，而这种误读正是文学的趣味之一。围绕她的长篇小说《老岸》题目的象征含义，人们纷纷阐释自己的见解，每种见解都有道理，都似乎能够切近小说的本体，但又不尽然，也许众多的解释之和正是“老岸”的本义所在。近读《扬子晚报》，发现朱红先生著文亦“纠”住“老岸”的含义不放，他的认真劲，他对姑苏地域文化的熟稔，让人佩服，为“老岸”的注解确实令人耳目一新。奇怪的是范小青对人们种种象征寓意断然否认，她甚至在书中后记里明白告诉读者只是“一个直觉”，实在坦率得可以。记得艾青曾说过这么一个笑话，说有一个人用手捂住茶杯，让人猜茶杯里有什么物品，有人说是茶叶，有人说是糖，有人说是咖啡，而实际上里面空空无也。艾青是借此来讽刺一些自恃高深实质空洞无物的朦胧诗的。有趣的是范小青非但不自作高深，而且告诉大家杯中无物，没有谜底。可是人们还是要去猜测，还是要去探究“寓意”“象征”所在，这到底是什么样的阅读心理在起作用呢?

尽管如此，我还是要抑制不住自己的“破译”心理，在此对《老岸》作一番阐释，也许《老岸》的象征对应物已不是至关重要的，而作为一种智力测验，人人都不甘落后。在我看来，《老岸》，这个题目起得很好，它不仅与小说地域文化风俗密切相关，更主要的是与巴豆这个线索人物的情绪呈反讽格调。作为一名劳改释放犯，巴豆的新生活用流行的词语叫“走向新岸”，什么叫“新岸”？可能谁也说不清楚，但告别过去的意思是很明显的。可巴豆并没有告别过去的任何一丝迹象，反而执着而顽强地纠缠于“过去”，要把昔日的事情弄个水落石出，实在称不上“新岸”，只能说他依然停留在《老岸》，可我们现代的语汇里根本没有“老岸”这个词，也没有谁去把“新岸”“老岸”作简单的稚拙的对比。可范小青在生活里居然发现了“老岸”的实在存在，而且是一处风景，当然怦然心动。这是一种偶然，也是一种必然，所以说，老岸不是一种象征，而是一种情绪，一种复杂的难以言清的情绪，也就没有谜底。

七

没有谜底是“后现代”文化的一个特征，当一个作家把大量的深刻的思想观念意识形态用复杂的象征外衣层层包裹起来抛向读者的时候，他只是设置障碍阻隔与读者的交流，或者为了设置一个圈套，让读者钻入进去而不能出来，受其灌输，任其浸淫，腐蚀读者独立的主体意识。

范小青最富“后现代”倾向的不只是没有谜底的做法，而是她善于抑制高潮。无论是古典主义小说还是现实主义小说，他们或是在戏剧激烈冲突中展现高潮，或者借人物命运来表现高潮。即使现代主义的作品也不避讳高潮的出现。如何设置高潮，把故事与人物命运或者人物的情感推向高潮是文艺复兴以来的作家的刻意追求。没有高潮的作品是不可思议的。范小青正是这样一个不可思议的作家，她在有意回避甚至抑制高潮。在中篇《栀子花开六瓣头》里，几次欲出现人物情感的高潮（冲突、交锋或对话），都被她轻抹慢捻淡化掉，而《光圈》里，则始终稳态平静地向前推进，让“波澜不兴”牢牢控制人物情绪的操纵杆，唯恐失控了产生一些波澜壮阔的事体来。长篇小说《老岸》的整篇都在设置高潮，主人公巴豆莫名其妙被牵入到走私案中而服刑，弄得妻离女散，痛苦不堪。出狱后，巴豆自然要追查案情真相，自然要寻找真正的幕后人，几经周折，山重水复，柳暗花明，巴豆找到了“凶手”——毛小白癞子，可没有半点激动人心之处，读者期盼已久的复仇场面居然没有出现，故事在高潮处平淡得让人绝望，范小青如此驾重若轻地躲过了这一幕重头戏，不得不令人对其艺术手腕刮目相看。俗话说，上山容易下山难。设置高潮并不是特别困难的事，问题在于只设置高潮的整体氛围，待高潮来临时悄然逃遁，作家要顶住多大的诱惑啊！

正因为没有高潮，范小青的小说也容易被误解为平乏无奇的作品，这使她可能丧失了一部分习惯传统故事观念的读者，同时却可造就新型的读者。当人们整日浸泡在那个虚拟的高潮之中，来一点平实、冲淡、从容的口味，有何不可呢？

答问

问：你认为范小青目前写得最好的作品是什么？

答：最好的短篇应是《瑞云》，对范小青来说，这是一部划时代的作品。法国文学大师罗兰·巴特说每部作品可用一个句式加以概括，那么可以这么说，范小青的近作都可以从《瑞云》找到发源地。

问：那最好的中篇呢？

答：范小青的中篇写得不错，《光圈》《栀子花开六瓣头》《清唱》《顾氏传人》都写得富有特色，我以为《顾氏传人》最好，可能是我特别喜欢的缘故。它描写一个大家族的衰落过程，写出人的命运沧桑，富有悲剧感但又不是悲剧。

问：长篇呢？

答：范小青尚没有最好的长篇，不过她的长篇倒是愈写愈好，她自己也认为《老岸》才像个长篇。最好的长篇可能是下一个，或者下下一个。

问：那么你对范小青的创作是充满信心的了？

答：没有理由灰心，范小青的潜力有多大，她自己也不知道。她的特点在于不断吸取新的养料来充实自己丰富自己改变自己，满足于已有的格局，就有可能停滞不前。我最近看到一篇介绍罗兰·巴特《空心的日本》的文章，谈到日本的发展为什么会那么迅速而持久，原因在于“空心”，能够容纳各国文化的长处，不设立禁区，一切为我所用。范小青最近先后尝试了推理小说的写法（如《天砚》），尝试了武侠小说的写法（如《老岸》），努力打通俗文学与雅文学的隔阂，这样的实验将会给她的创作带来新的活力。

问：范小青是在苏州好，还是在南京好？

答：两地走走最好。

问：范小青在江苏青年作家群中地位如何？

答：自成一家。她的平淡、从容与苏童的飘逸、灵秀，叶兆言的儒雅、闲逸，周梅森的激烈，雄浑，赵本夫的古朴、沉厚，储福金的机智、润达，黄蓓佳的热情、瑰丽，相映成趣，竞相争辉，他们都是很有希望的。

问：你对范小青其人其文还有什么高见？

答：已经说得够多的了，不是高见，最低见。恐怕能被接受百分之五十就不错了。谢谢。

面对灵魂，我们黯然神伤
——吴玄中篇小说集序

吴玄的中篇小说集要出版了，他打电话嘱我写序，说随便写几句就行了。我也随便答应了他，但几次动手，都落不了笔，实在是不敢随便。吴玄喜欢把很重的事情说得很轻，他不像有些作家让你写评论的时候关照你写“好”，写“好”不仅是让你自己文章写好，而且要把他写“好”。应该说吴玄还是很在乎他的这本小说集的，这毕竟是他的第一本书。他说随便，我得认真对待。

说实在的，我是从内心里喜欢吴玄小说的，喜欢不喜欢一个作家，从文章上看不出来，文章尤其是评论文章出于各种各样的原因往往在表面上都做出一副喜欢状，而内心里到底如何只有他自己知道。一个评论家、一个编辑，喜欢的作家、作品不会很多，都喜欢了只说明他是一个不挑食的人。我喜欢吴玄小说的原因，大概因为他是南派的写法，所谓南派的写法其实是相对北派而言的，北派的作家重社会、重力度、重内容，而南派的作家重感觉、重灵性、重语言。当然这种说法只是相对而言，不能误解成南派作家无社会、无力度、无内容，更不能误解成北派作家无感觉、无灵性、无语言。重只是一种偏重、倚重、器重，或许说所重之物作家比较敏感、容易把握。吴玄所承传的小说做法是汪曾祺、林斤澜、高晓声那一脉的南派性灵的路数，这一脉作家在当代文学创作中能够自觉地不以政治的、道德的视角去关照生活，而以人性的、审美的目光去关注人物的命运，他们选取的人物往往都是社会底层的弱小人物，用今天流行的概念来说都是生活在边缘的人物，常常被宏大叙事所忽略的一些人物，宏大叙事之中即使出现了，也都是一些点缀或过渡性的人物，大致如《沙家浜》中的沙四龙、刁小三一类，写其美好，也是小善小德，纵使奸坏，也只是小奸、小坏一类。他们要表现这类人身上自然的人性。所谓自然的人性，便是他们在日常生活中所表现出的人性状态，那些忠善完美的英雄和违背人性的奸佞往往被历史置于某种特别的场景挤压的非常态的人性美和人性恶，可能都是被迫进行表达和完成的，在更多的时候是意识形态的产物。日常化的生活、边缘化的人物所流露出的人性，虽然它并不标志人性的高度，也不揭穿人性的底线，可最大可能接近人性的本质。吴玄的《发廊》结尾写妹夫李培林在车祸中丧生，被丈夫李培林折磨蹂躏多日的方圆该是解脱了，可谁也没想到，方圆反而失去了目标，方圆转让了发廊，一个人回到家乡西地。我们满以为方圆终于离开了那个遭人唾弃的发廊，然而，“方圆在家待了一个月。一个月后，她去了广州，还是开发廊”。

这是颇让人吃惊的一笔，我看到这里可以说是一种震惊。我想起了雨果那句著名的话来：“人在面对自己的灵魂时，会黯然神伤。”我们面对方圆的选择时，黯然神伤。方圆，是在城市生活最常见到的打工妹，她们糊里糊涂从乡村来到城市，又糊里糊涂地选择了发廊的职业，从打工妹做成了小老板，方圆的故事让人们很容易联想起曾经遍布各地城市的“温州发廊”。在世俗的眼光中，方圆开发廊显然不道德，至少不光彩，人们总以为在发廊做活的大都因为找不到工作，如果能跳出发廊这个“火坑”，她们肯定也会欢欣鼓舞。因而方圆的嫂子托人帮方圆找了一位工厂的工作，她以为拯救了一个失足女青年，可没有一个星期，方圆就辞职不干了，她又回到发廊里重操旧业，回到发廊的方圆就像鱼儿回到水里一样自如、欢乐。当然发廊本是是非之地，李培林后来因为“保护”发廊被打成了残疾，方圆忍辱负重收养了残疾的丈夫，但丈夫却不堪妻子方圆的卖身生涯，带着自杀性地走向了死亡。方圆也舍弃了给她命运带来灾难的发廊。小说到这里结束，可能会带有道德谴责和道德劝谕的意味，发廊改变了人的命运，毁灭了美好的家庭。可是作者奇峰崛起，让方圆重新回到广州去开发廊，至于原因，吴玄写道：

> 但是，故乡西地也没给她什么安慰，西地，在她的心里已经很陌生，她还延续着城市的生活，白天睡觉，夜里劳作，可是在西地，夜里根本就没事可做，更可怕的是，每到夜里二点，她的乳房就有一种感觉，好像李培林的灵魂也跟到了西地，照常在这个时候吸奶。

回到故乡之后的方圆并没有找到灵魂的栖息地，她已经成了故乡的陌生人，她的心已经城市化、发廊化了，更可怕的是她的生理也已经城市化、发廊化了，她已经回不去了。这种回不去的痛苦，按照我们习惯的批评用语是：现代生活对乡村生活的异化，是城市文明对人的灵魂的扭曲。问题是异化了的方圆仍然必须到异化的环境中生活。扭曲的灵魂必须到扭曲的空间才能安宁。我不知道这是怎样一种悲剧，我不解的是一大批的城市大名人千方百计地表达对乡村生活的渴望，渴望回归到西地那样的“家园”，而生活在西地的方圆却死心塌地要到城市，哪怕是到那个暧昧乃至龌龊的发廊。这莫非就是人性的悖反？西地和发廊，哪一个更符合人性的需要？

吴玄没有去回答这个问题，但是他描写了城市文明对人的吸引、对人性的改变。“乡村其实不过是城市的影子，城市走到哪里它也跟到哪里”。《西地》里的父亲便是一个城市生活的狂热追求者，当然，父亲的城市是公社干部这样一个具体形象，他像公社干部一样刮胡子，一样穿皮鞋，戴手表，插钢笔，当然还偷偷地跑江湖，做买卖。后来，城市的象征又转化为女知青林红，父亲的身体终于进入了城市，在林红身上父亲完成了对城市的想象。《西地》描写的是父亲的性史，也是乡村生活不断被城市文明侵蚀的过程。父亲强烈的性欲望和性能力与城市文明的内涵暗合，因为在农耕生活转向商业生活的过程，父亲当上董事长，到达了人生的顶峰，但欲望之流最后毁灭了他，“父亲最终死在对性的渴求上”，他喝毒酒壮阳，丧失了生命。“一年后，美国人制造出一种名叫‘伟哥’的蓝色药片，效果奇佳”。这意味深长的一笔，让父亲的死亡变得不那么贪婪了，美国是中国人心中的城市，美国的欲望与中国乡村欲望在人性的平台上是那么的一致。父亲的终生追求似乎也就不那么奇耻了。

《发廊》和《西地》两篇小说并不是姐妹篇，唯一的相同之处就是都出生在西地，但《发廊》里的方圆仿佛是《西地》里父亲血脉的延伸，这就是他和她对城市的向往和无条件的认同。父亲以西地为基地，不断向城市出击，而方圆则割断故乡之根，在城市飘浮，回到家乡反而如处异域。两人理解城市、征服城市的方式也是那么的一致，都是通过性的表达来实现的。父亲通过性的满足来实现对城市的梦想，方圆则是通过性的服务来成为城市的一部分。发廊不论是斑点，还是肿瘤，都成为城市肌体里的不可缺少的组成。乡村和城市被这样奇异的欲望方式连接着，人性的软弱和灵魂的幽暗成为小说的底色，让我们黯然神伤。

吴玄以人性的褶皱作为小说的起点，并不影响或削弱小说的社会性内容。像《西地》通过父亲的一生折射了中国农村半个世纪的种种变迁，而《发廊》里处处透现出当下生活的种种世俗风情。汪曾祺生前评点另一位温州籍小说家林斤澜时用了八个字：详处略写，略处详写。套用一下也可用八字评点吴玄：实处虚写，虚处实写。他写的都是人性的悲剧，却以非悲剧甚至喜剧的方式来叙述。自树一帜，并不随风招展。

2003.6.8 于核桃园

这一刻，文字如水般温柔光亮

有一种文字是火，它能点亮热情、希望和理想。有一种文字是水，它能呈现智慧、人生和世界。这是文学的两面，像篆刻里的朱文和白文一样，朱文如火，白文似水。水火在文学里相容，但水火在一个作家身上相容，却是比较难的。因为个人的气息和时代的要素以及地域的影响常常制约一个作家的单向性，像苏东坡这样集婉约和豪放于一身的大家实在不多，而像秦少游这样风格鲜明的作家在文学史上倒不乏其人。

为石才夫的诗集作序开头就立这样一个伟岸的标杆，实在是有点仗“古”欺人，石才夫显然不是至少现在还不是苏东坡，以后也很难说就能追上这位文学大师，中国几百年也难得出一个苏东坡。但是我们可以向苏东坡学习、向苏东坡致敬，石才夫的诗作就是在向这种“水火兼容”的大师致敬。

石才夫的诗歌有气势，有激情，特别是那些歌颂时代和祖国的诗尤其有激情。激情曾经是青春的产物，我们年轻时候多曾有过激情，但随着时代的变化和年龄的增加，我们的激情也像荷尔蒙那样在消退，但石才夫依然保持着那股激情，那样对时代对人民的激情。这让我很惭愧，让我们很惭愧。虽然时代和人民在怀疑主义看来已经变得很抽象，但诗歌从来就需要抽象，如果诗歌具体到像论文那样拘谨、像小说那么琐碎，诗歌就没有生命力了。

这可能与石才夫的诗歌启航的源头有关。每个作家都有一个启航的点，这个点可能会制约他一生的写作。鲁迅从《狂人日记》出发，他的忧愤和深沉贯穿一生，郭沫若以《女神》为起点，狂飙直至晚年，王蒙《组织部新来的年轻人》奠定不可改变的“少共”情结。石才夫是从哪儿启航的？我阅读这本诗集，发现他的热情源自于他曾经是少年诗人。

石才夫在大学校园里，就发表了很多诗歌，在今天看来，虽然青涩，但没有过时。那份热情和自信，在我们的大学生身上依然清晰可见。上个世纪 80 年代的诗歌运动，是文学启蒙，也是思想解放，同时也是人生历练的开始。我在 1986 年《深圳青年报》办的诗歌大联展上，曾经发过诗歌，还作为某一派的代表人物起草过宣言，宣称“诗歌是一种呼吸”。那时我已经离开了校园，但校园诗歌的热流依然激动着我，推动着我。石才夫生逢其时，他作为校园诗歌的参与者留下了很多的“少作”，他收集在其中。“不悔少作”是一个作家应有的品格，何况石才夫的少作是那么的“意气风发、挥斥方遒”呢！

校园诗歌的一个特点是具有广场感，校园诗人写作时，会想象面对广阔的空间和汹涌的人流，石才夫的诗歌很多有这种广场感，他诗歌想象的受众不是小我，而是大我，是人流如织的群众，是蓄势待发的大军。这让他的诗歌有一种声音感，你发现他的诗歌用词是洪亮的，是穿透的，是在空气里能引发共鸣的。有一种诗歌是有画面感的，比如那些意象派的诗歌，看上去很美，但读起来很别扭，因为这些意象诗歌不是通过听觉而是通过视觉来让读者进行联想的。石才夫的诗歌继承的是朗诵派的传统，他让诗歌的声音饱满而嘹亮，因而他的诗歌有吟诵感。在这个意义上，他继承的是中国重声音的诗词传统，不是那些重视觉轻诵读的“看”的诗。

看才夫的诗，仿佛看到水中的我，仿佛看到了我年轻时候的身影和心思。书名叫《以水流的姿势》，和我的一本油印诗集名居然异曲同工，我那本油印诗集叫《水上诗叶》。这本油印诗集，是我结婚的纪念和见证。1982 年 5 月我结婚的时候，用现在的话说，属于裸婚。没有房子，没有车子，夫妻分居两地。我们的结婚纪念是妻子把我的诗歌油印成一本书，送给参加婚礼的人。而那时我还没有发表过一首诗歌。时间过去三十年了，我至今仍保存着当年没送出去的油印诗集。

我和才夫的见面，事先没有预约。有预约的见面，往往是带有功利性质的。短短的相聚，我发现，他喜欢的，也是我喜欢的，他要说的，常常由我帮他说了，因为在广西的活动，我是客人，总是先说话。当然，他还有很多的思想，我是想不到的。在读了他的诗歌之后，我更加坚信这一点，他的柔软，他的睿智，他的内心的丰富和敏感，是我所不及的。

在粗粗谈了对石才夫的印象之后，我觉得有必要对他的作品进行细读。限于篇幅，我选了一首《树的影子》来看待这位曾经的校园诗人，是如何的柔软而忧伤。

树的影子

很多很多的树
知名和不知名的树
被搬到了这里
它们是被连根挖来的
根上有颜色丰富的泥
它们被栽在这里
树枝和树叶都被剪掉了
像一根根被剔掉肉的
骨头
立在风里

后来 它们慢慢长出叶子
慢慢 适应这片新的土地
慢慢 知道这里是城市
风吹过，它们也会
互致问候 也会打探
故乡的消息

没有人知道
它们是从哪里来的
我们只关心它们能否在这里成活
为这座城市

添一分新绿

肯定有另一片土地
因为它们的离去而哭泣
那些因它们的离去而留下的深坑
无人填埋

题目叫《树的影子》，其实也可以理解为石才夫的影子，我看石才夫的散文知道他也是乡村的孩子，如今被“移植”到城市里，起初身上也带着“丰富的泥”，后来“慢慢长出叶子”“慢慢适应这片新的土地”“为这座城市添一片新绿”。如今的石才夫显然已经是一片新绿了，但不变的乡土情结和恋根情怀，让他思考“另一片土地 / 因为它们的离去而哭泣”，哭泣的土地让我们看到水样柔软的石才夫，看到诗人难以更改的农耕基因。他悲哀那些无人填埋的“深坑”，于是他用诗一首一首地填埋，诗歌本质上是来填埋那些心灵的深坑的。

2010 平安夜于润民居

等待唤醒：来自北国的悲哀

——关于《沉睡的大固其固》及其他

记住迟子建这个名字，是因为《沉睡的大固其固》。虽然几年过去了，但大固其固大头鞋踩雪的声音以及风雪般的悲凉之雾一直萦绕在记忆里，只要提起迟子建，只要提起大固其固。她和它是连在一起的。

有时也不免产生一种悲天悯人的情绪：大固其固还在沉睡吗?

1985 年，迟子建的《沉睡的大固其固》问世不久，曾有人把她纳入寻根文学之列，也未尝不可。所谓寻根文学是一股非常宽泛和模糊但很有意义的文艺思潮，我曾在一篇文章中说过：不论这股潮流发轫之初在观念上如何模糊、如何偏激、如何玄奥，但是它注重地域文化、注重民间神话、注重历史积淀的思考方式大大改变了作家截取生活的单一走向，使他们的小说有了土壤的古老气息和种族的精血，内涵变得丰富和厚实起来，而它的副作用今后自会在文学现代进程中逐渐脱落。较为奇异的是，一九八五年初寻根文学才露出一点端倪，还未产生《爸爸爸》这种作为寻根文学经典的力作，而地处北隅一侧的稚气未脱的小女孩居然有某种超前思维地极其沉重地推出了“大固其固”，遥遥呼应着这一富有历史意味的文学潮流。而这之后，迟子建又陆续写出了一些中短篇小说，不断丰富和充实她的“大固其固”，以逐渐成为一个个性鲜明的艺术世界。

这个世界还不伟大，也不深奥，也还有待发展，但是她迟子建的，别人占领不了，也侵略不去，自然也有可供评论者阐释和发挥之处。这里对迟子建所作的文字不是判断，不是估价，也不预言迟子建将来如何如何，更不去指导她如何才能得奖，而是一种描述，是作者在阅读时所产生的一种感受，一种心态的再现，算是本人与迟子建以及她的读者和评论者的一次交流。

黑龙江这块土地上常会冒出才禀超群的女作家来。第一次读萧红的《生死场》，我被震惊了，几乎有很长时间都不敢阅读其他东西，唯恐破坏小说给我的那股深沉新鲜的美好印象，唯恐庸俗之气混淆了那股明亮忧郁的纯情至诚，唯恐有其他的艺术风味和审美品性会取代她……事实上，我们的担心是多余的，萧红就是萧红，《生死场》就是《生死场》，她们的存在是因为她们自己，不因为别人，也不因为我的阅读情绪和记忆效应。

显然，迟子建还未能与萧红相提并论，她在描写人物对“生的坚强”和“死的挣扎”还很难说“已经力透纸背”，当然这种简单的类比未必就很贴切。但就表现形式而言，迟子建确实还缺少萧红那种“越轨的笔致”，她往往用一个相对陈旧的叙述形式来表现一个并不新鲜的故事，与当今那些致力于形式探索、文体实验的先锋小说相比是显得有些“老相”的，而把萧红的《生死场》放到今天的小说新潮中来考察，则是丝毫也不逊色的。

那么，迟子建还有什么价值呢？人们怎又会记住她的大固其固呢？

迟子建的价值在于她的感觉、她的情感。

不论文学观念如何拓展、如何开放、如何变异，不论小说形式更新递嬗的速度如何迅疾、如何仓促、如何令人眼花缭乱，而文学的质的规定性总是永恒不变的，文学的内在本质就在于它是感情的、情感的，这种情感可以充溢在形式之外，也可以深潜在复杂的形式之内而被外壳冷冷地包裹，但必须是真情、纯情、人情，而虚情、矫情、无情则是文学的大敌。矫情、虚情做出的文字虽然也可以热闹一阵子，但终掩饰不久，终究会被人遗忘的。无情当然更进不了文学的殿堂。

迟子建无疑是一个真情女子。她自称她的作品是“哭”出来的。在《长歌当哭》的一篇短文中她是这样认识文学的：“我素来以为哭是人生的一大幸事。人高兴了要哭，不如意了要哭，不管是哪一种形式的哭，都可以给人带来精神上的一丝慰藉。所以，每每写完一篇小说，我总愿意在内心说，我又哭出了一篇作品。”“我不知别人会怎样对待这哭声，理解这哭声，然而我的的确确是发自内心地哭着。是的，就从我的心中捧出一汪泪水，慢慢、慢慢地去洒。”

于是：

她哭“大固其固”的媪高娘悲苦而博爱的一生；

她哭小镇沉郁窒息的岁月之河中孤游的小鱼——楠楠；

她哭专爱捏老鼠令全镇人都恐怖的魏疯子；

她哭那块土地上轰响着的几十年、几百年、几千年滚涌不息的乐曲的恬淡与感伤；

她哭北极村慈祥而温和的俄罗斯老奶奶；

她哭大兴安岭善良的女人和善良的男人；

她哭父亲带着原始习性的粗暴和野蛮；

她哭她的五彩项圈、哭她的小泥人、哭她的充满灵性的“晦唔”……

哭并不是软弱，也不仅仅是怜悯，在迟子建的小说中，她往往是一个哀挽昨天、审视昨天的过程。《沉睡的大固其固》《北国一片苍茫》等小说自觉不自觉地流露出一种审父意识。所谓审父意识，即是对前人的文化准则和思维归向用现代文明的尺度进行理智的或情感的审视和反思，从而确定自我在现实中的存在方位。审父意识的出现，是人类要求超越现状、寻找发展、扩张自我的自觉行为。这使迟子建区别于其他的具有国粹癖和考古癖的寻根作家。迟子建虽然饱蘸着热情写她的媪高娘、写她的野蛮而粗犷的父亲、写她的愚钝而善良的老女人、苦婆、友客，但在这热情的泪水里面，却冷冷地隐藏一双审视的眼睛。地处北极之侧的大固其固，因长期处于一种封闭的状态，“过着年复一年、日复一日的单调、刻板的傍晚生活”，相面人的摇铃声更加重了这种沉闷的氛围。媪高娘为了全村人消灾避难，将自家的一头肥猪宰了，请全村的男女老少来吃，“就把灾吃没了”。但“灾难”并未能消除，她死于魏疯子的木头之下，魏疯子也卧倒荒野，大固其固依然在沉睡，相面人的摇铃声还会响起。《北国一片苍茫》中依旧展现了这种沉睡的原始状态，小芦花整日在绳上打结，以打发时光，父亲视妻子、女儿如动物，轻则训斥，重则鞭打，甚至当着妻子、小女儿的面将尿撒在小动物晦唔身上，野蛮、残忍得几乎丧失了全部人性。因为母亲与“新来的人”有了共同私奔的念头，父亲竟残忍地用刀捅死了可爱的小晦唔，一把火将小芦花的母亲和“新来的人”烧死在茫茫的古老的森林之中。虽然在《北国一片苍茫》中那个新来的年轻人作为现代文明的象征只是一个简单的抽象的符号而已，迟子建也并未能赋予他更多的可感的形象意味，但作为原始林的守林人形象的父亲却异常的丰满。他那沉睡的精神状态虽以一种“刚”的形态力的方式出现的，但与媪高娘那种“柔”的情感形态在质上是一致的，都需要现代文明的呼唤与冲激。迟子建的独到之处，在于写出他们对现代文明所采取的一种防守的戒备的姿态：等待，甚至抵抗。前者是媪高娘的愚钝，后者是芦花父亲的野蛮。《北国一片苍茫》中芦花的这样一段话大致可以表现出迟子建这种为文情结的内核：

> 我怎么会是那个把娘杀掉了的人的女儿呢？哦，我这血液不洁的痛苦的肉体……
>
> 我从来不对人谈起爸和娘，从来不愿。死去的都死去了，新生的和存在的我，该怎样不断更生，才能创造出永恒的幸福和快乐？

父母在这里已不是简单的血缘关系上的一种联系，一种称谓，一种存在，而是作为一个整体巨大的文化背景——大固其固而存在的。我们每个人都脱胎于一种精神的“大固其固”，又都必须挣脱这种“大固其固”的禁缚，才能“新生”。传统的孕育于旧时代的文化作为一个巨大的隐形的母体并未完全消失，时时在困扰、制约我们的思维、语言、行动，我们随时有可能被其淹没、同化而不知不觉，因而“等待唤醒”，不单是大固其固一个小镇的群体意识，也会成为人类文化进步中一个难以解脱的悲剧性过程。

温情的迟子建并不如我解剖的这么冷静和残酷。面对现代中国所面临的令人困惑纠葛不清的文化选择，迟子建作为一个情感性的作家（其实所有的作家都应是情感性的，只不过因为有不少人在用意念和智力写作，才需要特别提出而已），不可能也不需要有如此文化批判和文化反思的逻辑力量，她更多的是表现她的情感波动，创造她的情感价值，成为批评阐释的一种契机。事实上，迟子建对待“父亲”，更多时候采取一种善良的、哀婉的、忧伤的人生态度，她在那些愚昧、原始、古老的生活图景中常常发现父辈们的善良的、人道的品质，真诚地表现他们掩藏在一片混沌之中的明亮之心，丝毫也没有那种揶揄、调侃的意味，更不进行善意和恶意的讽刺挖苦，而是以挚诚的情感热烈地为他们哭，为他们忧伤，为他们流泪。这与她的那种“长歌当哭”的人生态度和文学态度有关，虽然少了几分冷静和沉着，但却赢得了真情的饱满和炽烈。媪高娘的迷信落后是可笑的，但她又是真诚的、善良的、人道的，为了消除全村人的灾难，她不惜乎家里的肥猪，甚至不惜乎自己的生命，当她莫名其妙死于魏疯子之手时，“还在内心里深深地祈求着，不要把这灾祸带给孩子、带给小镇，让她一个人顶了吧！”这种理想的人道的有点近乎宗教的品格，虽是迟子建以叙述者的口吻表示出来的，但这不正反映了迟子建自身那颗善良、诚朴的爱怜之心？即令对杀害媪高娘的凶手魏疯子，甚至迟子建也充满宽恕的原宥的感伤的情绪，并没有多少责斥和批判的锋芒。“他冻死在塔头甸子里，他的四周是塔墩上枯黄的败草和塔墩间丰莹的白雪。远远望去，那一个个塔墩宛若一朵朵盛开的黄菊花，而魏疯子，也好像是卧在菊花丛中一样。”这样诗意的死亡，迟子建竟赐给一个失去正常生活能力的精神病患者！迟子建是太善良，太仁慈了。

在《北国一片苍茫》中，迟子建固然竭力铺写父亲野蛮、粗暴的一面，但亦未忽略父亲作为父亲、作为丈夫的另一面，两者强烈的距离和反差更使小说浸满浓郁的悲哀和忧伤。小说写芦花与父亲的最后一次见面：

> ……他望着芦花，贪婪地发疯地望着，抓起她的手，颤声说：
>
> “我跟你后爸爸说了，让他给你要个狗崽儿，再养个嗍唔吧。”
>
> 说完，他低下头，肩膀剧烈地抽动起来。芦花木然地冷漠地望着他。接着，他费了好大力气从腰间解下一根绳子，抖抖地递给她，说要是她想娘了，就看看绳子。芦花认得这根绳子。这是娘想用来上吊的，而她用它计算过日头的。她不知道爸怎么会带出这根绳子。可惜绳子上的小星星都死了。

父亲慈善的这一面完全投射出迟子建那种哀婉的乞求人性美好的善良愿望。“绳子”贯穿在小说的始终，像舞台上的道具一样，充分表现了情感的丰富性、复杂性。迟子建写人类的苦难，写苦难的世界，写苦难世界里人的悲剧，人性的悲剧，他哀感人的不自由、不开化、不文明，又忧郁人的淳朴、善良、忠厚、愚顽。

她在表现人类这种生存困惑时，使用的不是阴蓝的解剖刀，而是企图用她那温暖的情感之流来消融这种困惑，透过她所设立的遮掩的文字之幕，我看到了一颗心在流泪，在哭泣。

这是一颗女人的心。一颗爱的心。一颗大心。

笼罩在迟子建小说上面的，是忧郁的悲剧氛围。虽然不像梁晓声的小说那么撕裂人心，震撼灵魂，那么富有力度和气势，那么富有阳刚和悲壮，但迟子建小说那种悲剧的底蕴渗透了北国的忧郁，她抒写的都是寻常生活中寻常人的悲剧命运，这些人物生活在社会的最底层，最为人们所遗忘，他们平平常常地生存，平平常常地死亡，对这个世界没有过大的奢求和欲望，以至于《苦婆》中的苦婆由于过惯了苦日子，对野菜念念不忘，时常埋怨青年人不爱惜粮食，没有吃过苦，最后因看到家中的小狗叼走一只白面馒头而奋不顾身扑过去，生命因此也就结束。没有崇高庄严的古典悲剧色彩，一切都很平凡，如同生活本身一样。

这类平凡的死亡，在迟子建的小说中时常出现，但迟子建有独自的形象联系与审美追求。《旧土地》中的老女人，《北极村童话》中的俄罗斯老太，《沉睡的大固其固》中的媪高娘，《北国一片苍茫》里的母亲……死亡者都是母亲，都是在生活中承受着重辗的女性，生前没有惊天动地的业绩，死后也没有巍峨矗立的纪念碑，她们自己面对死亡也很安然，很恬静，不遗憾，也不痛苦。正因为有了她们，人类才得以延续，生活才变得如此充实，虽然她们愚昧，她们憨纯，但没有这些女性的努力和牺牲，生活是不可想象的。迟子建的小说可以说是写给这些女性的沉挚的悼文和挽章，她既解开传统的英雄悲剧的模式，也摒除了描写女强人的小说套路，而以普通女性的平凡的悲剧性命来营造自己的悲剧天地、情感世界。

迟子建的女性悲剧中，缺少那种刻骨铭心撕裂心肺的爱情悲剧，《北国一片苍茫》中的母亲也是因为生存不下去才落入到护林人手中的。这与当代一些擅长描写爱情悲剧的女作家不同，她更忧郁地关注底层妇女的生存形态，在她小说中那种沉闷抑压的死亡气息面前，一些轻飘飘的无病呻吟的爱情悲剧也就显得浅薄和无聊。

迟子建的诚挚和深沉来自于这些悲凉的北国母性身上，她的这种尚未完满的悲剧观念里还隐隐潜藏她对这个世界的一些哲学态度，比如对性别、生存、历史、文化等问题的独到见解。

神秘也是一种境界。“大固其固”便是一种神秘的隐喻和暗示，尽管它原是鄂伦春语，是指有大马哈鱼的地方，但它毕竟为读者提供了一种神秘的阅读氛围。大固其固自有其神秘之处，楠楠奶奶死后，人们在塞满破棉絮的纸箱中发现有两棵扎得紧紧的线。再如，魏疯子生前为什么总是爱捏老鼠？而且，他的屋子里为什么老有那么多的老鼠，以至于他死后，在几个鼠洞前都放有食物。在《旧土地》中，老女人居然能够知道死亡的来临，安静地迎接死亡，“细心的人打开棺材一看，果然就是她躺在里面。她睡得很安详，姿势十分端正，好像预备着接受什么检阅。”这种神秘在《小说三篇》(《乞巧》《苦婆》《支客》）里就得到了更从容、更充分的发挥，苦婆在死前居然能写下“翁氏李灵芝八十八寿终”的家谱续章，与《旧土地》中的老女人不期而一，仿佛都能感应到死亡似的。《支客》更弥漫着的宿命的神秘之雾，支客本不是男主人公的名字，而是一种职业——葬礼的主持者，但人们逐渐将他们真姓实名遗忘了，他自己也自称是“支客”，这实在是对底层人物的异化。由于赌博成癖，他输尽了家产，连老婆古丽娃也输掉了，弄得古丽娃整日神经质地唱那支戒赌歌。当古丽娃生命垂危时，支客为了采集疗治百病的仙草而舍身去闯蛇山，然而，支客非但没有遇到蛇的威胁，反而在绝望中偶然发现了母亲的坟，生命终于找到了归宿。小说因此也给读者留下许多的谜：支客的父亲为什么要把妻子葬在蛇山上？蛇山上为什么没有蛇？村民们为什么会忌讳恐怖蛇山？而支客夫妇在找到母亲的坟之后为什么再度焕发了青春……这些难解的现象非但在小说中得不到解释，在小说之外也不能够清楚地说得明白。因为生活本身并非按照某种线性的因果关系设置的逻辑程式，而是复杂的纷纭的多种因素的胶粘体，故而常常会出现一些神秘的色彩，也是很自然的。迟子建生长的大兴安岭莽莽森林荒无人烟，更增添了小说的神秘之气，这亦是地域文化折射的结果。另一方面，也不能排除拉丁美洲魔幻现实主义对迟子建的影响，这种影响的结果使民间文化色彩成为迟子建小说的一个重要的构成部分，淳厚的风格，古朴的葬歌，民谣，神秘的相面人，诡秘的魏疯子，诱人的传说，都氤氲着神秘的气氛。

迟子建也曾力图用现代文明对古老文化形态的冲突来结构她的小说，以强化小说的社会内涵，这显然是她力所未能及的，有时则显得非常幼稚，《旧土地》这样结尾：

然而有一件事可以得到肯定，那就是人们眼里的事实，是老女人死后半月，她那消失了茅草房的旧土地上，横过了两条钢轨。这钢轨是从远方笔直的伸来，又从这里伸向另外一个更遥远、更曲折、更古老、更荒僻的大山的。

“钢轨”在这里是作为现代文明的象征物出现的，但“现代文明”的发展、传播简单到如钢轨那么容易伸进偏僻的古老的土地上，实在是迟子建天真的美好的愿望。这种愿望在《沉睡的大固其固》的结尾处亦有同样的表示。很显然，迟子建是力图借“钢轨”来求得审美的反差，表现历史与现实、文明与愚昧的巨大距离，但事实上是适得其反，人们之所以感到“大固其固”的沉闷、愚钝、迟缓，不是因为作者用“钢轨”“电视”之类的象征物点缀而得到实现的，而是通过读者的阅读来实现的，因为读者的阅读现实（作品）和生存现实（生活）存在着巨大的惊人的历史的文化的反差，人们愈感到“大固其固”更加“大固其固化”。这并不是要小说回避这种新旧交替时的冲突，而是迟子建不适宜表现这种冲突，就迟子建的禀赋和气质而言，她的笔触是那块旧土地赋予的，一旦离开那块土地就会失去她的灵性、英气、才情，而变得枯涩、僵硬起来，达不到应有的力度和深度。《白雪国里的香枕》的女性意识表现得突出鲜明，是迟子建小说中少有的。她的用意旨在反抗封建意识，表现两种文化现实的冲突，尽管她描写儿时的美好记忆充满了良好的艺术感觉和独特的女性心理，但在展现这场冲突时只是浮光掠影地“提出问题”，缺乏更深入的情感的历史多层次的内涵，显出“理念化”的倾向。她毕竟不像张洁、张抗抗她们能从更高的层次进行更有力度的历史的理性的反思和解剖。这不是她的长处。

迟子建必须解开它，或者超越它。

显然，迟子建作为一个女性的年轻的小说家，她的才力和灵性更体现在她的“自我”身上，这个“自我”，童话般透明、芦花般飘逸、雪花般纯洁，它是大兴安岭古老森林孕育的自然的精灵，它是孩提的梦幻所凝成的诗境。大固其固里的楠楠、北极村的灯子以及芦花、牧童，还包括她笔下那可爱的小精灵，这些都是她透明心境的外化和依托。狗，是东方人不可缺少的伙伴，它的孔武、机警、勇敢、顽强，已为人们所熟知，但迟子建的“狗”却充满灵性、童性，往往与小主人滚为一体，像傻子、哃唔都是。即令那些不出现楠楠、芦花这些孩子形象的小说中，我们仍然可以发现有一双孩子的眼睛在观照世界，在洞察人生。“太阳像个玩累的孩子，一屁股坐到山下去了”。多么孩子气，多么透明而单纯。

童年视角作为文学窥照历史、窥照人生的一种方式是永远不会陈旧的，永远会给人以陌生而亲切的新鲜感觉。因为历史和人生的苦难太多了，它几乎吮吸净人们儿时的种种幻想和憧憬，生存的艰难与无聊又迫使人们用童年的美好记忆去驱逐忧郁、烦恼、苦闷、悲伤，它使我们返回精神上的家园。

与莫言等人运用童年视角不同，迟子建并不是借助童年视角来拉开时空距离和心理距离，她的童年视角既是手段也是目的，她用一颗童心来观照世界，来理解人生，同时又用生活的平庸、乏味、单调来映衬童年的纯真、多彩的梦幻色调，把童年当作理想的圣境来朝拜、供奉。人们最爱回归童年，膜拜童年，就心理分析的角度来看，是一种潜在的自恋心理，但在迟子建的小说是运用儿童天稚的方式来观照人生、寻找语言、寻找结构，以保持情感的纯真、透明。就像惠特曼所吟唱的：

> 有一个孩子逐步向前走去；/他看见最初的东西，他就倾向那东西；/于是那东西就变成了他的一部分，在那一天，或者那一天某一部分，/或继续了好几年，或好几年结成的伸展着的好几个时代。
>
> 早开的紫丁香变成了这孩子的一部分，/还有草，白色和红色的牵牛花，白色和红色的苜蓿花，和鹟鸟的歌，/还有三月里的羔羊，母猪生的一胎淡红色的柔弱的小

猪，牧马生的小马，母牛生的小牛，／还有在棚里的，或者在池边泥旁的一胎喧噪的小动物，／还有鱼儿，把自己有趣地悬在水中——和美丽的有趣的流水，／还有水生植物，生着优美的平顶——这一切都变成了他的一部分。

——《有一个孩子向前走去》

1987 年 12 月 11 日于百岁巷

论作品

落花时节又逢君

用唐人的诗句来作为这篇文章的题目，是因为好多年来我一直想写作一部类似的反映青少年时代（1966–1976）的长篇小说，由于笔力有限，也由于用心不专，这部长篇便成为一个“计划”而久久在“酝酿”。现在读到荆歌的这部长篇，仿佛有一种与青少年时代“重逢”的感觉，作为同龄人的叙述，荆歌的小说勾起了我少年时代的很多记忆，那些“照相馆”“军帽”“宣传队”“手抄本”“地震”“冻疮”“电影放映院员”“上海知青”的昔日情景恍然重现，美国一个红得发紫的摇滚歌星唱过一首叫《昔日重来》的名曲，《漂移》在某种意义上是作了一次“重来”的尝试。

《漂移》这部长篇是一部时间跨度很大但空间跨度有限的历时性文本，它以盛湖这个古风浓郁的地方（不知是虚构还是实有）为圆心来组织人物和事件，空间上除了让人物去了一下上海外，并没有越出盛湖的地域。在这样“定点”的结构中，贯串小说的主线便成了一个难题。荆歌对此似乎有点漫不经心，只是娓娓道来，从容叙忆，但隐藏在小说后面的有一个成长的主题。虽然小说中叙事人经常以貌似过来人口吻站出来去评说当时的情状，但读完之后发现，小说始终取的是一个未成年者的视角来讲述这一切的，虽然小说中的少年成爱民最终患了精神病住进了医院，但成爱民的同时代人却艰难地成长起来。现在文坛流行一种“60 年代人”的说法，但对这一代人自身的“背景”的叙述却鲜见文字，荆歌的《漂移》就是提供了这样一个“资料性”的读本，在成爱民、成拥军和苗老师等人物的身上，人们不难读到所谓的“新生代”或“60 年代出生”人们“成长的烦恼”。

荆歌把小说取名为《漂移》，一方面是人物命运和时事格局的漂移（在小说中的代码就是那座雕花大楼），一方面则是时间和岁月不可逆转的漂移，他在小说中写到一个名叫戴菊花的女性，有特异功能，“她确确实实是一个能影响时间（或者说是时钟）的人”的。她枕下的三只手表，向她明白无误地揭示了这一点。她惊奇地发现，所有的计时器，只要与她靠近，都将不可避免地出现时间的偏差。那些表，不是快了，就是慢了。这种对时间的奇异敏感和超常功能，我们可以把它看作小说家的自喻，荆歌在多年之后来复现他昔日的所见所闻所经历的场景时，他有了一种“特权”，就是可以让旧日的时间延伸或缩短，甚至可以定格，虽然小说是用顺序的笔法娓娓道来，但仔细推敲，我们会发现，隐藏在小说内在的结构恰是倒叙述的，是一种“追忆性”，那些经常跳出来说话的叙事人是站在“现在”的叙事时间位置上说话的，他在“影响时间”。新生代作家一般很少以伤感的心态去面对时间的，或者说他们更多的是关注当下，更相信当下的真实性，荆歌是当中一个比较伤感的一位，但对当时社会现实的理解就带强烈的当下色彩，他对于阶级斗争氛围的淡化，对情爱和性爱的执着的不厌其烦的描绘，都是当下文化筛选的结果。我无意于去否定这些，但还是感到对生活素材的选用过于单线条，偏锋用得太多了。

荆歌的小说是用一种“苏州刺绣”的方法来进行叙事的，他的用笔异常柔软，并不惮于琐细和重复，在局部细微处时常会奏出精彩的华章来。《漂移》这部长篇也是用苏州刺绣的“针法”进行操作的，由于长篇的特定格局迫使作者采用一种长卷形式来展现较大时空的生活情状，他尝试采用块面拼贴的结构方式进行叙述，因而单卷的多彩和整体的单调就形成了一种反差，依旧给人过于密切的感觉。好在荆歌的小说叙事就是以密切取胜的，想从中读到大起大落和急转急停的情节是注定要失望的。

现代人寻找精神安居之门

——评金学种的长篇小说《安居之门》

在读金学种的这部长篇新作的过程中，我老是想到海德格尔的那句广为人知的名言，“人，诗意地栖居”。可以说金学种的这部长篇就是关于现代精神栖居的小说。海氏说过这样的话，或许就是金学种的创作意图：“在我们这个匮乏的时代，安居的状态是什么呢？关于住房紧张的议论所在皆是……但住房紧张无论有多么严重紧迫，无论多么有害或多么有威胁，都不是安居真正的困境，因为安居的真正困境决不在于单纯的住房紧张。”安居的真正的困境是什么呢？金学种的小说一开头就写道：“这是什么地方？这就是我住了将近 30 年之久的家门？他使劲揉揉眼睛。这院门怎么变得那么陌生？是因为暌离了 14 年才感到陌生？不不，14 年中没有一个梦不和我这家乡故园有关，如果有梦的话——我怎能淡忘得了这大门？”

小说由这扇大门开始，用发问的句式来为自己设置难题，就像海德格尔说的那样，现代人的真正的安居困境在于一再地追求安居的本质，金学种的困惑也在于对安居本质的追问，但人的困惑亦即是哲学的出发点，自然也是文学不可忽略的命题。金学种的《安居之门》可以说是一部富有哲学思考的哲理小说，在小说篇末，“安之居”与“居之安”互文性的思考，虽然并不是结论，但把人的这种困境状态表现出来。

小说以现代都市生活的光怪陆离作为思考的切口，以昔日乡村生活的古朴为对照，加重了这种困境的反差。联结这种反差的精神纽带就是“我”的祖母，可以说小说的主人公便是祖母，虽然“我”是贯串小说的重要人物，但“我”的形象更多是情绪型的、理念性的，而祖母则是描述型的刻画型的，她有具体的可触摸的细节，祖母的具在，也让“我”的飘浮和失重显得更是无枝可依。“我”曾试图将精神的家园之门安居在故园和祖母这样的传统的轮廓之中，但追忆与漫叙并不能解决“我”的真正的困惑，如果金学种简单地把现代人的困惑最终净化在旧日文明的窠臼里，就像有些作家用“融入野地”来否定所有的城市文明，来解决所有的精神症候一般，也就太简单了。在《安居之门》里，作家具体而优美地展现了这种回归的必然性，可以说是诗意的。然而小说中他与女儿结尾的对话，却否定这种归宿性，他对女儿说，你不能喜欢！你不该喜欢！然后说，“明天我们就离开这儿……”困惑依然，明天的困惑未见得比今天就少，但昨天的风景显然不是今天的归宿。安居之门不在哪一处，安居之门就在寻找的过程中，困惑就意味着安居的开始。如果没有困惑，也就没有真正的安居之所。这不仅是海德格尔命题的反命题，也正是《安居之门》的立意不凡之处。

这部小说是采用了与一般传统小说不太一致的叙述格局，也对作家的写作提出了挑战，光是叙述人称的变化就有 3 种之多，作家和叙述人的关系时紧时松，有时复合一体，有时则在局外冷静审视，还有“你”第二人称的直面读者，使小说的哲学性思考有了一个合适的载体。

城市目击：像卫慧那样像宁岛那样

1998年的《钟山》第1期、第2期先后发表了宁岛的短篇小说《钻石和痣》、卫慧的中篇小说《像卫慧那样疯狂》，为低郁而沉闷的98小说背景增添了一道绚丽而明亮的城市文学风景线。

现在小说界的朋友普遍认为，城市文学将是今后文学的一个新的生长点。这不仅是由于近十年来的中国社会从计划经济走向市场经济之后，城市化的进程以人们意想不到的速度迅速展开，更重要的是在城市文化的熏陶下，城市的新一代也开始以他们的独特姿态向我们款款走来。他们的身影也逐渐投射到文学中来。王刚在长篇《月亮背面》就通过牟尼的视角展现了李苗这样一个都市女的新形象；而邱华栋《城市战车》里更是以一个外省人的目光对城市作了夸大的欲望化叙述。由于个人经历的缘故，他们对城市都是以局外的目光来进行描述的，而宁岛、卫慧的小说与他们相比，有一种根本的差异，就是不再以局外人的冷漠来旁观城市的一切，而是以当事人的身份进入城市的舞台，置身城市的风景之中。卫慧的《像卫慧那样疯狂》可以说是她个人的精神自述，也可以说是70年代人的“成长的烦恼”。她所采用的那样一种独白式的语流，堪称城市目击者的宣言。在卫慧、宁岛的小说中，我们依旧读到伤痛、隐忧甚至仇恨，但这种伤痛已不是某种意识形态的产物，这种伤痛来自城市的撞击，来自个人内心的焦虑。

焦虑的主题在这一代城市目击者中得到了新的阐释。近20年的当代文学不乏表现焦虑主题的作品，但这种焦虑往往不是从内心之中涌现出来，而是来自于观念的冲击和图解。在1985年，曾经出现过两篇表现城市状态的青春小说，一篇是刘索拉的《你别无选择》，一是徐星的《无主题变奏》，他们所表现的主题也该是焦虑一类。但当时的文坛热衷于他们的“现代派”是真是伪，关注的是他们小说模仿与否，以至在文坛引发所谓“伪现代派”之争。这两篇小说中城市青年的精神的深度焦虑被忽略了，“吃饱了撑的”，这类评价虽然出于戏谑，但也道出了当时社会文化一种价值关怀倾向，对于还沉浸在刚刚获得的温饱的喜悦中的人们来说，刘索拉和徐星的城市情绪理所当然受到怀疑。因为前不久，人们还在为高晓声的《陈奂生上城》叫好，在那篇小说里面，连县城都是那样的堂皇，都是那样的令人惶恐和不安甚至感动，这种惶恐不安和感动不仅是陈奂生，连叙事者也在内。可几年后，城市在一群青年的眼中就是这么的不堪，显然是“吃饱了撑的”。但毋庸置疑，刘索拉和徐星对城市的理解观念还是大于情绪，他们之所以让人去论争他们的真伪，与他们小说文体的横向移植不无联系，人们觉得他们吃饱了，但还没有被撑着。存在决定意识，不论刘、徐是否同意这一哲学认知方式，人们对他们作品的评价还是要从这一基本的理论出发。

如今，在我们的城市生活中，昔日被视为“吃饱了撑的”的人已经形成了一个人群，不论称之为“新人类”也好，“新新人类”也好，他们作为城市的一代骄子正标示着一个新的文化时代的来临。尤其是那些70年代出生的人们，“文革”的记忆更像一部动画片里的闹剧，再晚一些出生的如宁岛等76年以后出生的作者对“文革”的了解，只剩下经历者的历史讲述，他们面临的生存困境，不是来自书本哲学，而是生活本身。或许这样一代的“空心人”，才是90年代城市文学的支柱。在宁岛的《钻石和痣》中，城市这样巨大的意象，被浓缩到“钻石”和“痣”这样的微型语码之中，《钻石和痣》开头那段关于化妆的浓墨重彩的放大了的描写，对面部的无微不至的“语言关怀”，让人想起这是一个战争场景的刻画。这或许是一个象征，这些琐碎平庸我们以往文学陌生的场景被用一种虚拟的“大叙事”方式展现在我们面前时，我们看到的将不再是一张新的面孔，而是一种视野，一种思维，一种新的价值正像鸡雏啄破坚硬的外壳那样毛茸茸地面对这个世界。

语言的碎片与洪流

——评文浪的《浮生独白》

一

1994年即将结束的日子里，我正在埋头撰写一部有关“新状态”的专著，《大家》的主编李巍先生来电话请我为文浪的《浮生独白》写篇评论，我有些迟疑。可等我读完这位新人的作品，忍不住又动心了，又动笔了。我几次想从当代文学评论这块领域退去，可几次总是遇到《浮生独白》这样阐说与议论的诱惑，让我不能停下来歇一歇。在过去和现在的岁月里，我们始终被话语的欲望燃烧着。

二

《浮生独白》是一部燃烧着的文本，这是一部语言和欲望双重燃烧的话语集装箱。我之所以将《浮生独白》称为话语集装箱，是文浪在这部篇幅不长的小说里，拼贴了当代中国颇为复杂而奇异的文化景观和语言景观，从形而上的《旧约 · 全书》开始，直至叶子楣、麦当娜的“波霸”这样形而下中的形而下，几乎无所不包，无所不纳。我只要把小说中有关的书名、谱名、曲名以及影名略作罗列，就可以发现这种“集装”的特性了：《梅花三弄》《春江花月夜》《十里埋伏》《通往上帝的心灵历程》《道德情操论》《感觉和被感觉的》《心灵与世界秩序》《古文观止》《雅科夫·巴生科夫》《纯粹理性批判》《青青世界》《形而上学》《道德原理研究》《论人类不平等的起源》《感觉的分析》《存在与虚无》《包法利夫人》《深圳特区报》《哲学人类学》《浮士德》《欧洲哲学史简编》《古希腊罗马哲学》《悲惨世界》《厚黑学》《从混沌到有序》《假日》《红粉先锋之女机械人》《金瓶梅》《中国古代房内考》《玄女经》《百年孤独》《把根留住》……

在一部中篇小说中拼贴了这么多的书名（还包括未列出的那些古今中外的男人姓名与女人姓名以及诗词警句和格言箴言），仿佛这不是一部小说当中的内容，而是一部博士生的毕业论文的注释，或者是自诩为学院派导师们开给研究生的参考书目似的。如此这般放肆地引用、搬用书名、人名，虽不是开了创作的先河，但就其密度和强度来说，在中国当代小说中恐怕是创造了一个“之最”。奇怪的是这些冗长乏味的“学问”并没有增加小说的阅读的难度，在有些段落有些章节还起着一种润滑剂的作用，推进小说叙述的速度和叙述的灵活性。或许这些流行的语言景观已经成为当代文化史的超简短写本，它已经潜在地转化为我们每个书写者和阅读者的微型档案卷，所以我们很自然地会产生一种亲近感和熟悉的语境，作者正是借助这种熟悉而亲近的语境由阅读者来推动小说向前滑行的，当然在更多的情景之下作家亦是以一种阅读者的身份来展开叙事的（这个话题将在后面仔细阐释）。也就是说这种“话语集装”的前提是书写者与阅读者拥有共同的文化语码系统。在这样的语码系统里，书名、曲名、影名以及人名已经消除了能指与所指的裂痕，而具有了一种类似公分母的普遍性的通用值。这些书名、曲名、影名、人名便开始脱离了自身生存的文本环境（比如书的结构体系、歌曲、影片的情景性内容，人物的历史指向），而抽象为一个名词和代码，在一种语言的磨损中有了文化的消费性。当人们恐惧新名词大爆炸的同时，人们却又必须依靠这种爆炸来为生活增添新的景观和气象，寻找新的机遇。在一个文化消费繁荣的年代里，被不断消费、被不断磨损而又不断产生的则是新的概念、新的名词，它们有点像货币，旧的不断消亡，新的不断印制、发行，面额还在不断增容。我们可以埋怨它，却离不开它。

《浮生独白》也不只是满足于这样共同文化语码背景之下写作者与阅读者的自由进入与自由出走，它要透过语言隐喻的魔镜呈现文化的碎片和生存的碎片。毋庸置疑，由于《浮生独白》采取“独白”的话体，叙述的中心不可能停留在故事、情节、人物甚至细节这些具象的层面，而必须缠绕着情绪、情景、情思、情怀、记忆、想象、幻觉这些流动的语象。《浮生独白》的故事框架并没有为独自的洪流湮没，稍加梳理便加以整合出来：一个男人和两个女人相爱的故事，我弟岸与一个叫桥的女人和一个叫草的女人的爱情纠葛。岸是一个沉思冥想的苦行的民间哲学家，而“草是东方女性的优秀代表”“她身上突出表现东方女人的有两点：超度淡泊；勤劳俭朴”。桥则是作为草的对应物存在，她到了深圳以后急剧地发生了质变，她的这段话或许是她的“世界观”：“现在的女人比夏娃更加堕落，但犯罪淫乱的根源并非女人，而是女人背后那只巨大的罪恶之手。现在你和我结婚，我还是单纯的干净的，以后可不能保证这样。以后我可能是在跟你谈结婚的同时，也可以和另外两个男人谈论结婚。这是人类共同的事实。我同时可以骗取三个男人，和他们讨价还价。”“爱情是一生幸福，恋爱是相互欺骗，结婚是一时误会，离婚是真正了解。”小说的最终，由于岸终生为枯燥的哲学所痴迷，荒误了他的前途，也荒芜了他的人生，深圳的桥他不喜欢，前往美国的草也留不住，最后独自一个撇下草也撇下桥奔向永恒的天国。

这样的故事没有丝毫的新鲜感，桥和草各自的性格不但缺少那种“圆形”效果（借用福斯特），甚至连“扁平”也算不上。因为桥的浮浪和草的贤惠并不是从她们的语言和行为这些具象中体现出来，她们没有机会（作者不给她们这样的机会）以自身的言语和行为来证明她们的性格特点，而是叙事人自说自语赋予她们的一种标签，这种标签化的方式在桥的性格质变上表现得极为清楚。桥本是充满古典美的女性，小说伊始便以她弹弄《梅花三弄》的美妙情致征服了读者的心，可在“下篇”中她突然变成了麦当娜的崇拜者，这之间的距离之大自不待说，可这转变的过程被轻轻带过，纯粹是为了屈从于作家的叙述之流。小说中的岸就其形象特点来说本是有些新意的，可由于他被以“我弟”这样的叙述方式出现，他的真实面貌也被“我”的大河奔流的语言洪水遮掩了。岸和桥、草都是叙述时的浮标，他（她）们的命运沉浮、他（她）们的喜怒哀乐、他（她）们的语言行为都听命于“我”的意绪之波、语言之澜。

很容易将《浮生独白》视为象征主义的意象小说，因为不论是桥、草、岸这些人物的名字还是草堂、美国、深圳这些地名都有极强的隐喻性，都可能生长为一种独立的能指意向。可当我们企图将这些意象进行整合进行符号性的阅读，就发现这些语码之间的冲突、分裂和隔离，即使同一个语码内部也隐藏着悖反，并不存在着一个固定的价值形态、意义程序。比如“我弟”岸的形象，这是一个哲学的化身，似乎是“彼岸”的符号，可岸是一个只知阅读不知行动、只有知识没有思想的人，他在现实面前的拒绝状态并没有给予他一个宁静安谧的心境，他的忧郁、他的欲望、他的感伤、他的惆怅都正好是“终极关怀”所要抛弃的，他或许是一个文化的守望者，然而他又不能在文化的废墟上找到真正的慰藉心灵的价值面包，糟糕的是他更不能采取游走的姿态面对种种价值秩序、文化规范，在一个文化失范的年代里，岸并不是岸，只有在渴望和焦虑中死去。岸的死亡，意味着终极的人文关怀在现实面前的消解，此岸非彼岸。小说意味深长地写到岸在现实和潜意识里两种分裂状态。在小说的下篇里，岸来到了人欲横流的深圳（这只是岸和叙述者的错觉，并不代表笔者的观点），他在桥的枕边读到了“淫心秽语”的书刊：“天下男人尽好色，波霸成名人人知”“香港巨无霸，肉弹轰炸日本市场”，岸为此感到气愤，感到“环境真是可把人变坏，直至吞噬人的心灵和本质”。可是小说的结尾，在岸对草的放情倾诉的结穴点，居然与他所气愤的对象是同一物，“我的心何其愉悦，我的头何其凉爽，我的膂力何其充足：我终日这样地玩耍，我是累了干渴了，你的两乳如同树上的果子累累下垂，我攀援树上，愿你两乳如草堂架下垂下的葡萄果子，让我含在口里为我下咽舒畅流入我的丹田”。这种劳伦斯式的浪漫主义笔调所歌吟的对象，仍然是那种强烈的欲望化的再现，只不过让“肉弹”转化为“葡萄”，由“波霸”转化“双乳”而已，岸的内心并没有升华到不食人间烟火的非凡境界，只不过把欲望进行审美化的装置，从而获得一种崇高的许诺，这种许诺便不能超越感性和肉体，它依然是非哲学的方式。这种欲望化的叙事法则让象征的意象辗碎为语言的碎片，这些闪闪烁烁的碎片既相互分离又相互吸引、即相互构成又相互消解、即相互照顾又相互遮掩，形成一股状态的激流横贯小说的开端与尾部。小说中有这样一段文字，很能表现这种相互构成又相互消解的特性：当我弟谈到哲学历史或者文学，草就装着肤浅和认真听讲的样子。其实直到后来，我弟才知道草能背诵很多的唐诗、宋词，一部《古文观止》也能熟背大部。草说，读文章可算天下第一等美事。可是桥说，音乐是唯美的至上的高山流水，要不，我给你做《梅花三弄》。这是桥说的话，我弟这么对草说。

这样一种回环式的结构便将一元终极的价值秩序消解为无数个闪烁的碎片，这些碎片之间的价值转换、语码更替，形成了一个混沌无序的状态文本。

三

在《浮生独白》中很多奇异的拼贴、组合和捩转，隐藏在拼贴、组合、捩转的背后则是价值失范之后的文化冲突。这种冲突迫使人物置于无可奈何的情境之中，哲学/欲望，东方/西方，古典/现代，这三重困惑的选择不仅缠绕着岸、桥、草这些波动不停的人物心理，也让小说的叙事者和小说制作者陷入无可选择的选择之中。岸作为一个民间的哲学家，在对形而上的极度焦虑和忧思之中死去，可在死亡之前却渴望草的肉体、草的双乳；桥本是古典美的化身，“一剪寒梅剪破月面浮浪在桥的头上，桥纤细妩媚的手指月光流水般地在琵琶上斑斓飞舞”，可没想到她迅速转为麦当娜的崇拜者，性解放的实践者；草原是具有东方智慧和东方神韵的女性，可她居然要飞往大洋彼岸的美国，要在西方世界里成就“正果”，这种价值的捩转和更换，使得小说更加缺乏终极的一统性，而必须在悖反中寻找叙事的方位。

《浮生独白》有着一个奇异的叙事方位，这奇异的方位由三个双重的叙事品格构成。第一个双重叙事品格便是在东西文化中冲突缝隙之间形成的。小说题名“浮生独白”便是这样一种双重叙事品格的产物。“浮生”显然是高度中国化的，而且是高度文人化的话语系统，“光阴者，万代之过客也”。而“浮生若梦，为欢几何”，李白《春夜宴从弟桃花园序》一文中给予的“定义”大致能表述中国文人的某种心境。而“独白”这样的小说方式则显然是西方文学的专利，是中国小说极少使用的叙述手段，独白是与话剧、与乔伊斯、与《尤利西斯》、与普鲁斯特、与《追忆似水年华》、与弗洛伊德、与现代派联系在一起的，属典型的西方话语，文浪很自然地把它们拼贴在一起，就使得小说具有双重叙事的可能性。事实上，小说的叙事角度也没有囿于一个方位，它始终在东西方文化之间游移、摇摆，企图以价值的不断游走获得新的叙述状态。小说开始是对《圣经》的引用，小说的结尾则是中国古训的实录，“晦暗思想”与人生格言之间形成的极大反差增加了小说的弹性和空间。再比如草堂在小说中被美化为美仑无比的圣境，这种国粹化的意象却是岸死亡的墓穴，灵魂的归宿。小说另一个双重叙事品格是由叙事人与当事人的视野错位构成的。《浮生独白》显然是以第一人称的方式进行，是“我”在叙事，而不是“我弟”在叙事，但“我”叙述的又是“我弟”的事情，因而就必须在叙事的过程中同时出现“我”和“我弟”两种不同的视野，“我”尽管努力贴近“我弟”的方位去叙事、描述、抒情，可“我”的方位却以一种全知全能的方式存在于“我弟”之前，而“我弟”的“目光”也会时常脱离“我”的制约而出现一些匪夷所思的情景来。这种叙述方式显然受到莫言《红高粱》里“我爷爷”“我奶奶”那种今日视为经典话语的影响。事实上，后来出现的一些小说也都未能在“我爷爷”“我奶奶”这种语体上有所突破，《浮生独白》可以说是灌输了新的内容。因为那些仿莫言的小说语体基本上是进行历史叙事，运用“我爷爷”“我奶奶”的叙事定位可以跨越时空，也可以摆脱历史事件和细节的真实性的限制，是后人观照“历史”的产物。“我弟”看似与“我爷爷”“我奶奶”相似，但在时空却有本质的区别。“我爷爷”“我奶奶”是不同时空下的叙述模拟，而“我弟”则是同一时空下的叙事更换；“我弟”叙述的不是历史传奇，不是往事的钩沉，而是当下人生、当下状态。在新状态小说中，作家们普遍讲述自己的故事、自己的状态，以浮出地表的方式表现心灵状态和生存情境。《浮生独白》要讲述的也无疑是心灵的历程和生存的境遇，可如果以纯粹的独白方式道来，不仅不能区别于韩东、陈染等作家，而且就作者文浪的知识结构与文化结构来看，也未必能做得从容和自如。这样叙述的套层结构给文浪以较大的回旋余地，他可以在叙述“我弟”的过程中虚拟一点历史的空间、文化的间隙，这使他在古典文学方面的修养化腐朽为神奇。

《浮生独白》叙事方位还体现在建构与解构这样“元小说”的双重品格上。“元小说”方式是新状态小说的重要特征之一，西方文艺理论研究者将“元小说”称为“作者与文本的对话”，实际上是作家在叙述时放弃固定价值视角的一种游走方式，作家随时随地都在反审自己、反审小说，一边叙述，一边阅读，一元化的叙述观被瓦解为意义的碎片和语言的碎片。《浮生独白》由于采取“我弟”这样独特的叙述方位，为作家“反审自己、反审小说”提供了极大的自由度，作者时而是“我”，时而是“我弟”，相互构成又相互消融，在下篇的七、八两节“我”与“我弟”重合在一起，以第二人称抒写了一曲对“草”的颂歌。这种叙述人称的跳跃在传统小说创作规范里正是一大忌，而《浮生独白》真正的“独白”亦在这里释放出真正的光彩。这个非常浪漫主义的激情段落，让人想起了莎士比亚、惠特曼和郭沫若，也让人想起了劳伦斯、黑塞和郁达夫，说明“新状态”在叙事学上层而拥有融古典主义、浪漫主义诸多流派之长的吸附能力。可即使这般高度投入的情景之中，作家仍提醒读者、提醒小说中的人物这是在写小说，“草啊，我写到这里不禁泪如雨下”“我们记叙的事实自以为时间和空间已浑然漠漠，有好多的环境我已混杂不清。我是从混沌到有秩序，再从有秩序变作混沌。我只觉得人生敞开灵魂只有一次，我写到这里，有阔别数年的朋友来至草堂和我饮酒，我朋友说他过着一个披着人皮的畜生生活，我想他对我是一句真诚的袒露。我以此篇敞开我的心扉。桥，也不知你如何看待”。文中出现“写到这里”这种元小说的叙述情状，将作家书写时的状态也如实呈现出来，并直接与小说中的人物对话：“桥，也不知你如何看待。”这样多重对话的结构使小说的文本既开放又关闭，有了阅读的多重可能。

元小说方式之所以被新状态小说家们经常使用，这与他们对知识分子叙事人命运的关注有关。作家做了多种多样的“代言人”，始终没有确立自己的叙事方位，没有形成真正的叙事人形象，新状态小说所提供的叙事人或许现在仍是迷惘的、游走的形象，但“浮生”毕竟“独白”了，新的叙事可能出现了。我们不必苛求他，也不必挑剔他的完美。在一个碎片化的阅读时代里，碎片有时比完美的真理还要真实。

四

在结束这篇评论之前，我想对文浪说的是艾略特的一句颇为悖逆的格言：

诗不是表现感情，而是逃避感情。

诗不是表现才华，而是逃避才华。

小说呢，不是要表现语言，而是要逃避语言，不是要表现状态，而是要逃避状态。那样才会有新的语言、新的状态。

为情造文　质朴取胜

——评散文集《半世情》

我和苏子龙认识较早，在各种公开场合碰到，或讲一句客气话，或碰一杯酒，他是江苏文化界的几大忙人之一，身边总是簇拥着大堆人马，总有办不完的公事。我们也自然没有机会多交谈，片言只语中的交流，感觉这个人虽然整天被各种俗务包围着，但他是个雅人，至少也有强烈的雅的追求。

这只是几次见面的最直观的感觉，并没有具体地接触和了解。如今的文化界是忙乱而无序的，不能凭借社交场合这种光环下的印象去判断一个人的，我对一个人的评价，现在采取最古老的方式，阅读他的文字。布封说过一句话，曾受到马克思和恩格斯的极力赞赏，叫风格即人。我觉得这是文学最基本也是最重要的原则。当现实生活的各种泡沫让我们不能明明白白清清楚楚去认识一个人时，看他的文字就是最好的“鉴定”。鲁迅先生说过，从血管里流出来的是血，从喷泉里流出来的是水。人陷世俗中，其言辞往往分不清是出自血管还是喷泉，而文字这类艺术类的形式如不是有意矫饰的话，往往都是赤裸裸的真性情的流露。

对苏子龙这个“雅”的猜测，后来慢慢得到了证实，先是在《雨花》和《钟山》上读到他的散文，再后来看到他书法，还看过他写的一些关于电视文化思考的文字，都很能表明雅的价值取向。特别是江苏电视台在全国独创一格的“文学欣赏”节目，虽然这不是哪一个人的成绩，但苏子龙肯定对这个节目是有所偏爱的，说实在的，用电视的方式来传达文学的底蕴，一方面千秋大计，另一方面又是吃力不讨好的事，因为文学性太强的电视往往收视率不会高，则收视率不高则意味着广告收入可能受到影响。可江苏电视台坚持下来了，并越办越好。这是大雅，也是大俗。最近我看到了由今日中国出版社出版的《半世情》，更加证实了我当初对这个雅人的判断。

苏子龙把自己的散文结集为《半世情》，并在书的封面上用一个大的行草的“情”字来突出“情”，全书分为“乡情篇”“友情篇”“闲情篇”“风情篇”“寄情篇”“寓情篇”六大类，虽然这当中有不少是属于说理性的文字，可苏子龙还是将它视作一种“情”的流露，这不仅是为了书的体例连贯，更重要的是体现了他对情的挚爱和执着。人间重真情，刘勰在《文心雕龙》的《情采篇》中说“昔诗人什篇，为文造情，辞人赋颂，为文而造情。何以明其然？盖风雅之兴，志思愤，而吟咏情性，以讽其实，此为情而造文也”。很显然，苏子龙的写作宗旨就是按照“为情造文”的古训进行的。如今的“情”字，一方面被一些铜臭利熏之徒所不齿，另一方面又被流行歌曲唱滥唱俗，被通俗电视剧和广告文字将其庸俗化、平面化，而苏子龙的散文则为情而造文，以表达真情来作为他文学的理想。这或许算不上什么时髦的文学观和散文观，但却是他进入文学的成功之门。

因而在《半世情》中，我们虽然看不到多少花里胡哨的形式主义技巧，也没有见到多少引经据典的学问，他所写的都是他见到的、做到的、想到的实事、实情，可用他那支朴素的甚至有些过于简朴的笔法道来，就有一股淡淡的情愫飘溢出来，就可以看到一个活生生的来自乡土而今居于都市传媒中心的文化人站立在你的面前。苏子龙在他文中时时不忘他的乡土，不忘他的童年，不忘他的旧友，这或许与他现在的生存空间有关，电视台的工作在空虚信息爆炸的时代里，可以说每天都要处理大量的剩余信息，应该说很少有闲暇去遥想童年、乡土这些缺少实用性的事体，或许故乡的水土让苏子龙实在难忘，或许都市五彩生活的巨大反差让他寻找一个更为安宁的精神家园，因而即使远在他乡异国，他想到的首先是生活艰辛而无忧无虑的父母以及他们生于斯长于斯的故土。他的《村中往事》《青纱帐黄沙滩》《家恋》都是这方面的代表作，我特别欣赏他的《乡情难忘》，我读了以后是被他的赤子之情感动得流泪的。这篇散文写的事情，可能是很多从乡村来到城市的人都有过的经历。儿子在城市经过不停地工作，不停地努力，终于可以有条件将自己的父母接到城市来住了，苏子龙也不例外，“很小的时候就听父亲说，他是 13 岁跟人逃荒到苏北的。几十年来，父亲和母亲吃苦受累，从我走上工作岗位那天起，我就下决心要把他们迁到城里来，以报答养育之恩”，可父母起初不答应，后来母亲经再三动员同意来住，可没几天母亲愁眉紧锁，天天牵挂家乡的事，最后只好让她回家，“汽车开动的时候，只见母亲从车窗探出头来，微笑着招手向我和爱人及孩子们告别。而我，望着老人家那多日来少有的笑容，却不禁滚下两行酸楚的泪来”。这情景，这意境，很容易让人想起朱自清的《背影》，但这是 90 年代的《背影》，除了那股朴素的亲情（一是父子之情，一是母子之情）之外，《难忘乡情》还涉及另一个层面的问题，这就是海德格尔说的人的精神居所问题，城市和乡村到底哪里更适合人的生存呢？在浓郁的乡情里面包含着对人的生存境地的追问。

1996年末，我在金坛参加完电视剧《华罗庚》的关机仪式，和苏子龙同车返宁，一路上他唱京剧、越剧、淮剧、锡剧、梆子戏、黄梅戏诸种剧种，还能模拟京剧梅派、马派、麒派的唱腔。他说他小时候父亲爱唱京戏，要不是母亲阻拦差点给戏班子带走。他解嘲地说，说不定现在还是一个挺不错的旦角！

我惊奇于他的学之杂、学之广，他则为这杂这广而不能深而遗憾。或许有了这遗憾，才有了文学，才有了他的散文。

对生存困境的预设和解构

——简评随笔集《向》

张维将他的随笔集取名为《向》，并加以“一个东方学人的深思录”这样的副标题，其用意也非常明显，是表明他的沉思，沉思的焦点是“向”的问题，是关于倾向、方向、走向这样一些复杂的生存命题和心灵命题，但张维的思考并不是哲学的，而是诗学的，这不仅在于他没有完整的哲学的体系框架，而在于他的思考出发点和结穴点都是感性的、抒情的、变异的，而非分析的、理性的、稳定的。

海德格尔认为人类的生存困境在于人对生存本质的追究，“真正的安居的困境在于凡人一再追求安居的本质，在于他们必须学会安居”。因而人的很多困惑和烦扰其实是自己预设的，然后沉浸在自己预设的困惑之中，上穷碧落下至黄泉，企图越过这种困境，所谓从此岸到彼岸，就是这种超越的写照。人类对这种对困境的迷恋和欣赏，有点像把一个不太会游泳的孩子扔进游泳池里，让他向岸边泅渡，如果发现他实在不能到达彼岸，然后抛给他救生圈，让他得救。可人类有时会把自己扔进水里，在自设的困境中完成升华和自救，于是哲学就由此而诞生。张维的困境无疑也是自我预设的，但他更多是“此在的”即兴的，而非终极的探索，我们从他那些无序的写作日期和无序的写作命题，就可以看见他预设的随意性和多元性。虽然他再三提醒自己“切忌把自己的随笔庸俗化，浅表化，只表达一些随风而动的风月水草，微波心态，而不涉及灵魂、生命与神”，然而他还是经常在灵魂、生命、神之外思考问题，他很多日记式的文字不乏浮泛之作，有些从书本中得出的随想也常有尘世之俗，与那些天问式的警句有巨大的反差。这就构成了《向》预设与解构的双重效应，他虽然一次次将自己置入困境，但他又很快告诫自己，这并不是真的困境，这困境是我自己画的，它并不真的存在。于是，他自以为东方式的智慧其实是解构这种困境的消解之策。这有点像一个穿着救生衣游泳的人，虽然看似苦渡，其实他一直没有离开此岸，或者说彼岸就一直在他身上。这种安全的精神冒险，张维把它称之为“体悟”，并把它解释为亲临、参与和介入，《向》就是这种特殊“体悟”的产物。我们并不指望它能给我们新的体系，但却可以阅览到一个曾经痛苦过、思索过、省悟过的心灵，这或许正是《向》出版的意义。

中国文化传承的历史奇迹
——评章剑华的纪实文学《承载》

2009 年在巴黎的某拍卖会上，圆明园的兽首被拍卖，引起了海内外华人的极大愤慨。这种被侵略者掠夺走的中国文物居然在光天化日之下进行交易，中国政府方面表示强烈的抗议。虽然由于多方面的努力，这次圆明园兽首流拍了，但这中国人民的痛，也是中国文化的痛。这种文化之痛民族之痛的来源是二十世纪之初八国联军的圆明园之劫。

时间到了 1931 年，“九一八”事件之后，随着日军入侵东北三省，北平危在旦夕。1937 年七七卢沟桥事变之后，北平沦陷。但这一次，圆明园的悲剧没有重演，接受了历史教训的中国人成功在卢沟桥事变之前将故宫的文物迁出北京，在烽火连天的抗日战争岁月里，故宫文物四处迁徙，但没有损失一件文物，创造了战争史上文物迁徙的奇迹。

章剑华的长篇纪实文学《承载》以饱满的激情和丰富翔实的史料，全方位地记载了这样一次时间长达二十年横跨几千公里的故宫文物流迁的艰难过程，成功地塑造了易培基、马衡等一代中国知识分子的典型形象，展现中华民族不屈不挠的韧性品格和自强不息的民族精神。这部作品的问世，弥补了中国文物史上的一段空白，在建设文化中国的今天，有着非常真切的现实意义和深远的历史意义。

《承载》虽然讲述的是历史上的传奇，但作者以高度的文化自觉和深邃的历史眼光，看到了在文物迁徙这样看似战争轶事背后的民族精神的文化传承。毫无疑问，文物无疑是一个民族文化的精神图腾，也是一个民族赖以自豪的精神财富，同时文物所蕴含的文明也是一个民族的根。在上个世纪六十年代，美国国内兴起的寻根运动，其实是因为这些移居美国大陆的移民们，丧失了文化的根。而文物则是物质化的文化的根，至今台湾海峡两岸之所以血肉相连，之所以没有出现朝鲜半岛那样的断裂，这当中的原因固然很多，但是有一条是明显的，就是台湾人不会出现美国人那样的寻根的恐慌和焦虑，因为台北故宫博物院里的文物随时随地提醒他们的文化始祖和家园归属。文物没有声音，但它能为历史说话，文物没有双脚，却能记载历史的足迹，文物没有温度，却涌动着民族滚烫的记忆。《承载》将书名取名为“承载”，就是意识到这些文物本身承载的历史分量是沉重的，承载的文化分量是沉重的。而迁徙这些文物的过程也是一个巨大的历史承载。在决定故宫文物是否迁徙时，当时是有很多争论的。

书中有这样的记载。

《承载》的另一个特点就是塑造了几个个性鲜明的人物，展示了中国知识分子的人文情怀和民族道义。文物是一个物化的文明符号，文明的传承、文化的传承需要载体，文物载体本身不会传承，文物的传承最终需要的是人，是人文知识分子。每个民族文化和文明的创造来源于这个民族的全体人民，但文化的传承的重任由知识分子来承担。在和平的日子里，这些文化的传承可以正常的延续和发展，在烽火连天、硝烟弥漫的战争岁月，这种传承就是以非常的代价。所谓的富贵不能淫威武不能屈那样一种儒家文化的精神品格在易培基、马衡等人身上得到了充分的体现。他们历经千辛万苦，历经万般艰难，完整地将文物保存下来，居然在那样一个非常的岁月里做到，实在是奇迹，文物运转收藏的奇迹，也是人格的光辉，敬业精神的光辉，同时也说明了中华民族的文化巨大凝聚力和生命力。联想到现在一些文物失窃的现象，更衬托出他们精神的高洁。《承载》善在冲突中描写人物，将人物置于复杂的历史背景下来描写，首先是放在民族危亡的关键时刻，“沧海横流，方现英雄本色”，在抗战的大背景下，故宫文物就是民族文化的火种，他们进行的是火种保卫战。

在抗战的历史背景下，对于故宫文物价值的理解和保护以及保护的方式，也会产生不同的观念和方式。这样的冲突虽然是民族之内的，但有时候也是非常激烈的，甚至是残酷的。易培基为保护故宫文物可谓鞠躬尽瘁死而后已，但他的死其实是含冤而死。易培基的自杀，其实背后也是说明他的气节，但也写出了一个知识分子的困境。尤其是在国难当头之时，他被误解为借机发国难财的小人，这种错位是发人深省的。同时，这也说明了振兴民族文化的艰难。作为易培基的继任者，马衡在动荡时局中临危受命，但他在组建新班子中没有任用张继、周旬达等人，而是唯才是举，在重重阻力中闪现出知识分子少有的果断和刚毅。正是因为有易培基、马衡等人的存在，这个文物迁徙的举世奇迹才得以完成。

《承载》讲述的历史故事自然并不是第一次解密，之前有过一些文字和影像作品曾经接触到这样一个历史传奇，但《承载》的作者经过大量的调查和采访，获得了第一手的资料，第一次全方位地讲述了故宫文物迁徙的来龙去脉，理清了迁徙过程中的细节和谜团，客观地呈现了文物史上的大迁徙奇迹，也生动地展现了那个历史时期的世情百态，尤其在为易培基、马衡等文物保护者立传方面做了开创性的贡献。《承载》作为一部纪实性的作品，在尊重历史真实和人物的真实的基础上，进行了合理的想象和适合人物性格的细节描写，大多生动贴切，符合历史的真实和人物的真实。

想象是没有极限的文学探险

——从阳阳的科幻作品说起

当人们正在为中国作家的想象力发愁并费尽心机开出药方的时候，更年轻的一代以全新的思维方式向人们证明中国人从来就不缺少想象力，中国作家的想象力之所以匮乏在于他们过多的现实欲望阉割了他们的“想象腺”“想象腺”是我读了阳阳的《阳光魔琴》《秦人部落》之后想象出来的词。假如每个人都有想象腺的话，那么阳阳的想象腺肯定特别发达，他上天入地，穿越时空，跨越古今，连接未来，令人眼花缭乱、目不暇接。说实在的，我刚开始看阳阳的作品时，是产生了一点眩晕，对我这样习惯阅读中国当代文学那种写实的文字的读者来说，阳阳是一个惊喜也是一个挑战。

想象力是人类飞翔的翅膀。伟人的科学家爱因斯坦说过：“想象力比知识更重要，因为知识是有限的，而想象力概括着世界上的一切，推动着进步，并且是知识进化的动力”。中国古代的神话传说以及后来的《西游记》等小说都说明中国的文学有着想象和幻想的传统，想象对文学来说是没有极限的探险，写实虽然可以真切到像左拉那样的自然主义的科学层面，也可以客观到像罗伯－格利耶那样的“物化”，但它终究是现实的模拟和刻画，是小于现实的文学活动。而想象则是无边无际的，它可以源于现实，也可以背叛现实，它可以基于科学，也可以超越科学。阳阳的《阳光魔琴》就是虚拟了一个卡特星球世界，让现实世界的好多逻辑都发生了不可思议的变化，年少的高吉拉仿佛是一个神奇小子，他胆大好冒险，时常陷于死亡的困境，但总是能凭着不可思议的力量化险为夷。高吉拉是一个很有特色的儿童形象，他生活在童话的世界里，又被现实的灾难困扰，而未来世界的繁复和无序让他智慧和烦恼同时产生。

随着中国在世界的和平崛起，全球化对中国社会的影响也日益强烈。阳阳的作品充分体现了和平崛起之后的中国社会特征，在他的作品里我们看到是一些全球化的语符，而不是我们过去童话和科幻的语符，连人物的名字也是西化的。这倒不是阳阳对中国的符号的忽视，而是全球化思维需要借助一些非本土的符号来进行想象。或许是因为我们类似的文学作品缺少应有的资源，也许是为了和世界科幻作品接轨的原因，新一代的同类小说体现着这种全球化的倾向。虽然如此，阳阳还是把全球化和本土化努力结合起来，他在《秦人部落》一书中，成功地将中国的古老传说和科幻童话自然地整合到一起，当年为秦始皇去寻找长生不老药的五百童男童女没有到日本，也没有全军覆没，而是来到了阳阳创造的卡特星球世界，中国传说中的八仙也来到了卡特星球，这样古老的传说和未来的科幻便有机地打造成中国式的文化符号。

当然，作为此类的文学作品，中国和整个世界科幻文学的创作还存在着巨大的剪刀差，西方式的语符大量涌入中国，而中国式的语符在西方的作品中还处于一种被遗忘和忽略的地位，即使有意出现中国式语符，也是由于对中国市场的觊觎和模拟。年轻的阳阳和他的朋友们致力于中国幻想文学的创作，并努力创造出更有中国文化的科幻形象，充满着希望。科幻无国界，在全球化的今天，科幻更是体现了解放全人类就是解放自己的最高理想。不久前，神舟五号载着杨立伟将中国人的飞天化为现实，中国大地的空气里都充满着幻想的元素。一个民族如果没有幻想，就会失去热情和希望，就是没有生机和活力的民族。同样，一个民族的文学如果没有想象力，不能高扬着民族的灵魂飞翔，也是没有活力和希望的文学。阳阳的作品虽然有些稚嫩和浅淡，但他对文学想象力的发挥和尊崇，是对成人文学的一个有益的提醒。

杂文及其他

借　口

编　龄

我从事编辑工作的时间不算很长，也不算很短，现在回想起来，早在上小学四年级的时候我就当上了编辑。那时候，学校要求每个年级都出一期专栏，我们这些红小兵自然要投入到第一线，由于我年龄小，班主任就没让我参加。谁知那几个同学怎么也搞不好，班主任一着急，就让我临阵受命，我按时出好专栏，并受到了好评。那时的专栏和现在的黑板报不太一样，都是用毛笔字写成的，而且必须张贴在校门外，关心的全是一些国家大事，当然也全是一些空话和套话。自此我几乎成了出专栏的“专业户”，上了几年中学，几乎每个星期都要出专栏，替班级，替学校，也替其他单位出。

我对文学的兴趣是不是从出专栏开始还很难说，但在出专栏的过程中，我的写作能力是得到了极大的锻炼，由于专栏经常需要一些“补白”一类的东西，我也即兴编一些儿歌和民歌来填空，有时还激情洋溢地创作“诗歌”，在专栏的大合唱中留一点个人的乐趣。总之，对出专栏这种特殊时期的特殊工作，我是乐此不疲，尽管经常熬夜，也没有报酬。

如果出专栏也算一种编辑工作的话，我的“编龄”已经快三十年了。

从《珠湖》到《文艺报》

按照国家正式规定的编龄标准，我的编龄应该从一九八二年算起，我当时从教育部门到党史办公室工作，后来这个单位评职称是按照编辑系列的。我正式从事文学编辑生涯应该从一九八七年算起，我调到高邮文联编一份叫《珠湖》的文学小报，我起初接手小报，雄心勃勃，请汪曾祺先生撰写刊名，在北京开会时向当时正火的朦胧诗人顾城约稿，还准备为当地的几位年轻诗人开设专版。顾城的诗稿拿到了，汪老题写的刊名也寄到，但汪老却在来信当中说，编这个小报意思不大。小报只编了一期，我就离开了高邮被借到《文艺报》工作。尽管如此，这份小报还是给我留下了很深刻的印象，一是我第一次可以按照自己的想法去组稿画版，二来它是我文学编辑生涯的开端。现在的《珠湖》依旧是汪老的题词，我每次见到它总会怦然心动，想起当时的热情，我有些厌倦的心又重新振作起来。

在北京《文艺报》当编辑让我学到了不少新的知识，也增长了见识。《文艺报》在当时绝对是一份“大报”，对全国文艺界的影响很大，在报社工作接触面也很广。《文艺报》当时的几位领导给了我很大的帮助，谢永旺、陈丹晨、吴泰昌几位老师以各自的个性给了我很深的印象，同事们对我这个“外省青年”的种种帮助至今想起尤充满了一股暖意。我当时在理论部做编辑，负责理论部的陈丹晨先生对我的工作比较满意，最满意的一次是我组了乐黛云先生的《现实主义的两次论战——卢卡契与布莱希特、周扬与胡风》一文，他说看不出来王干还挺能干。陈丹晨先生在报社不轻易夸赞人，所以对他的这一次“表扬”我格外在乎。后来我才知道陈先生一直想组织有关不同现实主义观念的比较文章，似乎总是找不到合适的文章，而我却得来全不费功夫，全是运气好。1988年夏天在《文学评论》编辑部开会，我听乐黛云先生的一次发言很感兴趣，就请她将发言写成一篇文章，没想到乐先生成文在手，我想也没想便将稿子索取到手。此文发表以后，在文艺理论界引起了极为强烈的反响，对当代的文学创作也产生了意想不到的影响。在这里记上这一笔，并不说明自己如何有眼光，想说的是，一个好编辑就是一座桥梁，或者是一个纽带，联结“供销双方”。陈丹晨“踏破铁鞋无觅处”，而乐黛云在将稿子交给我的时候将信将疑地问：《文艺报》能发这样的文章？

文章发了，他们都很开心，我也很开心。

新写实与新状态

人生的很多选择都是不由自主的。我本来是想当作家的，从没想过当评论家，更没想过当一个编辑。而现在做一个专业作家已不可能，即使有机会我也不愿意了，我现在已经习惯于评头论足了，偶或客串一把小说家也是带有玩票的性质。评论家的头衔看来是想脱也脱不了，我写的小说也被刊物当作“评论家小说”，随笔也被称作“评论家随笔”，我想换一副面孔在文坛上看来是难了。其实这几年我做编辑干的活要比评论干的活多上十倍，我的评论始终是业余性质的，可给人的感觉却是专业又专业的。

编辑工作是我又爱又恨的，恨它是它与最初做一个作家的选择那么格格不入，为他人作嫁衣裳，而且编辑工作又是那么烦琐那么吃力不讨好，每天的工作量远远超过一般的小说家，更重要的是这项工作非但不像创作那么充分的个人化，可以想自己所想，写自己所写，也不如评论那般可以阅读自己喜爱的作家喜爱的作品，来稿当中大多是你不喜爱的作品，而你必须看，这种阅读就无异于受罪了。一个编辑对作品的感受能力下降与这种长期枯燥的阅读不无关系。就像一个小学的语文老师很可能不会写文章一样，编辑和老师都是蜡烛，燃烧自己，照亮他人。可我又非常喜爱编辑工作，那种在沙里淘金的喜悦是一般的工作所难以想象的。小说是自我发现的喜悦，评论的发现已经是二手化的，评论家发现的小说已经是被编辑咀嚼过的馍，而编辑的每一次组稿、看稿、选稿都会有新的清香相随，正是这种清香伴随着无数编辑走过了无数默默无闻的岁月，我也是这股清香的痴迷者。在南京，有很多的雨花石发烧友，他们成年累月地在各种各样的有石头的地方去寻觅心爱的雨花石，很长时间才能觅到一两枚珍贵之物。而这种寻找发现的过程或许倒成了人生真正的寄托所在。

作为一个文学编辑，当以发现优秀作品、发现优秀作家为己任。或许由于一个文学评论者的习惯，或许是在《文艺报》工作经历的惯性，1989 年我回到南京《钟山》编辑部工作以后，不自觉地将对文艺思潮的发现和归纳带入到编辑的“程序”，并通过发表作品来体现。早在三四十年代形成的一些文学流派多与各自的文学刊物相关，进入八十年代以后一些刊物的思潮意识有所强化，原先由作家发起和倡导的“思潮”渐渐由文学刊物来完成。“新写实”的出现，便是由刊物和评论家“共建”的结果。我个人对新写实的概括是用“后现实主义”一词（当时的“后”并不像今日这般泛滥，这般随意），我当时归纳的三点（“还原”“零度”“对话”）至今在一些写实小说中还时时可见。

一九九四年，我和几个朋友提出了“新状态”一说，“新状态”作为“新写实”的补充和发展，它的实际意义已经超过了小说本身，甚至超过了文学而进入文化，毫无疑问这一次对创作思潮的介入已带有某种暗示和催化，这种主动出击的编辑机制是建立在九十年代作家特有的惰性之上的，这种惰性理论术语又叫“失语”“新状态”便是在文化失范和文学失语情境下对哑穴的一次到位的针灸，它或许是异常刺激，但毕竟开音了。时至今日，被“新状态”“包装”的那些青年作家已稳稳屹立在九十年代文学的阵地上，“新状态”

作为编辑方式的一种冒险和批评话语的一次实验可以说达到了超过预期的效果。在“新状态”的运作过程中，我自己的身份也陷入一种莫名的状态，我不知道自己是以编辑的身份说话，还是以批评家的身份说话，甚至是以小说家的身份说话，这种角色的边缘化在带给我话语的自由时也带给了一些人理解的困惑，这种困惑源于编辑往日特有的定义，编辑和刊物从来都是跟跟派怎么能对作家说三道四喝东吆西呢？

这是九十年代编辑界的一次革命，岂止是《钟山》岂止是王某岂止是新状态，新市民、文化关怀、新体验、新都市、小说擂台赛这些由编辑们和评论家们策划的栏目和话题都表明编辑这个身份的内涵和外延都扩大延伸了。这些编痴们的“越位”操作，实践证明对文学的繁荣、对文学刊物的活力有着不可低估的影响。

我和《大家》

《大家》的出现有点怪，一是它出现在远在文化和经济边缘的云南地区文化，一是它出现在纯文学的低谷。我在《大家》的刊物上是以特邀策划的名义出现的。《大家》原是云南人民出版社的一家通俗刊物，一九九三年开始想办一家大型纯文学刊物，体现这个地区和出版社对文学特殊的偏爱。一九九三年春天他们先后到北京、上海、天津等地“取经”，最后一站到了南京，向南京的一些作家组稿。当时他们的主编李巍因为有事提前回了昆明，韩旭等人直夸南京的作家没有架子，南京的饭菜比北京价廉物美。我当时忙着搬家，对刊物的具体走向也没有多问。我答应在南京帮他们组些稿。

苏童、兆言等人的小说稿很快组到，李巍对我的热情和能力表示感谢，我们在电话里有了更多的交流，从小说品格、作家动向到刊物定位、杂志形态，聊了好多次，当时我家里还没有装上电话，让楼上的沈乔生喊来喊去，弄得三个人都不好意思，到后来李巍一打电话就近乎“求情”，我一接电话就感到不安，幸亏有好脾气的沈乔生为我们的“策划”“搭桥”，要不《大家》肯定是另一种模样。你想李巍远在边陲，光靠通信无论如何是撞不出那么多的火花来的。《大家》的幕后英雄谁曾想到有我的邻居小说家沈乔生呢。

进入九十年代以后，文学的地位下降，文学期刊的日子大多不怎么好过，以至《收获》这样的名牌刊物一度也受到困扰。相反的是一些非文学类的综合刊物反而走俏，这不能把它简单归结为读者素质的下降，文学刊物多年来一个面孔一种模式也是受到读者冷落的一个重要原因。我当时正写文探讨九十年代文化转型问题，由于身在编辑部，意识到文学期刊也面临一个转型的问题，这种转型不是大家向某种共同的模式靠拢，而是每个刊物都要办出自己的个性，向多元的方向发展。很显然，《大家》并不是最好的模式，但《大家》是九十年代最重要的刊物之一，文学期刊的繁荣也是文学创作繁荣的重要前提。这些想法是慢慢形成的，有些想法也在《钟山》上得到了实施和尝试。但作为一个全新刊物的设想和策划是面对《大家》这么一个实在的对象才焕发出灵感的。毛主席说得好，一张白纸，没有负担，好画最新最美的图画。《大家》提供了这么一个机缘，我是很兴奋的。

光在电话里聊是不能解决什么实在的问题的，《大家》到了具体操作的关键时刻，李巍打电话邀我利用休假时间昆明面谈一次。

7 月 20 日正是南京流火的季节，而昆明凉凉的高原之风让人头脑异常地清醒，我一下飞机就喜欢上这个四季如春的城市。我对刊物提出这样的思路：

①刊物要办出全新的面貌来，办出九十年代的刊物，让人感到这个刊物只有在九十年代才能办出。

②要讲究包装，刊物出来，不热爱文学的人拿到这个刊物也不会轻易地扔到垃圾筒里。

③定位放在“诺贝尔文学奖”这个大背景之下，每期封面用诺贝尔文学奖得主的黑白照片。

④采用国际流行开本，大十六开，纸张精良。

⑤借鉴电台、电视台主持人的方式，利用名家独特的眼光和自身的效应来吸引读者。

⑥版式要新颖，插图用世界名画。

我的建议提出以后，《大家》编辑部的朋友一致认为是好的创意，同时提出了一些更有想象力的主意。长得精瘦精瘦的李巍当即拍板，认为《大家》就该照这样的思路去行动。后来云南人民出版社的领导也同意这一思路。说实在的，这一思路是一个好的思路，但又是一个很难付诸实施的计划。我没想到他们会采用这一高超而又艰难的方案，说实在的，我心里是有些担心的。

当然，我提的建议有些也是要我做的。由于长期从事文学评论和编辑工作，我认识了很多的作家和学者，人缘不错，请主持人的事就理所当然地落到我的头上。短篇小说主持人苏童好办，我在南京已经跟他打过招呼，主要任务是找北京的那些“大腕儿”。八月的北京闷热异常，我带着《大家》编辑部的请柬在北京的五天（包括往返）时间先后找了王蒙、汪曾祺、谢冕、刘恒四位，请他们担任《大家》的主持人，虽然他们对这个未曾出世的刊物一无所知，还是答应了。我从内心里非常感激这几位师友对我的信任，对高品位文学刊物的一腔挚诚。最为可贵的是这几位老少名家担任《大家》主持人期间，未取一分钱报酬，全是义务的。

一九九四年一月，《大家》的创刊号出生，李巍在电话里说刊物相当漂亮，请我到北京参加新闻发布会。刊物比我想象的还要好，我坐火车到北京后，接我的西里到隆福大厦买胶卷，我在大厦门口等他，拿着一本刚出炉的《大家》翻阅，就有好几个人问我在哪儿有卖。新闻发布会开得异常简单，中午吃的是三十几块钱的自助餐，但气氛很热烈。中间还有一个小插曲，作为《大家》的主持人，汪曾祺老先生肯定是要参加会的，很多人都说他到台北开会未回，到会议临开的清晨，才知道汪先生已在北京。情急之下，我一大早就叫了一辆出租车赶到他家，老先生重感冒在家，后来还冒着三九严寒带病参加了发布会，让人很感动。

对《大家》的新闻发布会有种种议论，说《大家》是花重金炒出来的，这实在很可笑，会上发的礼品是一盒普通的普洱茶。《大家》为了节约经费，住的是没有卫生间的招待所，和我同住一室是三个毫不相关的东北旅客，我至今还记得那些东北人深夜喝酒吵闹的情形，由于连续几天睡不好，回到南京以后就生病到医院输液。有人以为我帮《大家》策划得了一笔可观的经费，我说我并不是冲着钱去策划的，而是想干一番有意义的事情，是为了文学期刊。我没有拿一分钱的策划费。《大家》问世之后，我对它的关注之情和爱护之情颇似舔犊。

《大家》还产生了一个副产品，这就是“联网四重奏”。《大家》的创意尚属于一个刊物的构思，“联网四重奏”则属于合作性质的举动。一九九四年贵州《山花》开始改版，我的朋友何锐担任执行副主编，老何虽人到中年，可文学观念却非常年轻，有很多想法和我不谋而合。一九九四年七月我们到贵阳去开笔会，我在一次座谈中说到，跨世纪文学新人的造就不仅影响到二十世纪文学的兴衰，而且还关系到二十一世纪文学的繁荣，推出新的实力派作家意义深入，而到了九十年代随着大众传媒的勃兴，文学期刊的影响不免显得轻微，既然大家都把目光放在新人身上，孤军奋战还不如协同合作，联网势在必行。说者无意，听者有心，这一席谈，引起了著名作家、《山花》新任主编何士光的注意，他充分肯定了这一设想，并提出了一些建议，为以后联网的正常展开打下了坚实的基础。

之后，我积极与各方联系，得到了《钟山》《大家》《作家》的响应，四重奏有了四方。有趣的是，九十年代的文艺报刊的后起之秀《作家报》在得知四家联网的消息后，主编魏绪玉感到这是百年树人的大事，主动与我联系，要求为联网担任“伴奏”（为联网作家配发评论研究文章），这样“三家（《大家》《作家》《作家报》）二山（《钟山》《山花》）”的多重奏便顺利展开。

想写小说

我现在最想做一个小说家，可各种各样的事情让我难以静下心来创作小说，分内的分外的事情永远做不完似的。一部长篇开头一年多了，现在看看还是四五万字，不知什么时候才能完稿。我现在觉得写小说最能够品味人生，也最能够品味文学。当编辑，搞评论，时间长了，就觉得在文学的圈外转，并不能深入到文学的内核当中去，小说家就不一样了，他是置身其中的。或许他并不能体验到这种内核的滋味，但他是核的一部分，是文学的，而不是其他的附庸。

或许命定我就是一个评者、论者、编者，是优秀的看客、观众或导演，可就是当不了一个好演员。于是编和评就成了我写不好小说的一个堂而皇之的好借口。

《神州纪事》：给纪录片“增容”

闲话视听

纪录片栏目，江苏没有得风气之先，却有点后来居上的意思。这是我断断续续看了江苏电视台的《神州纪事》之后的感受。纪录片与观众是面对面的交流，作品的感染力是直接产生的。纪录片不需要还原，它的画面是直接存在的，是生活的原生态与观众的直接交流。

但纪录片容易产生平面感，缺乏足够的主体意识，特别是电视台播放那些已经时过境迁的带有时效性的纪录片，更会淡化新鲜感。而《神州纪事》采用了扬长避短的再度创作，把原有的纪录片当作一个素材进行再度加工，同时对原片中的人物和事件进行重新采访，记录了人物的新的故事，叙述事件的发展情况。这样就有了两个时空的存在，一个是过去纪录的时空，是过去的，是与观众有隔离效果的；一个是现在纪录时空，是当下的，与观众身处同一时空，使观众对纪录片的播出时段产生认同效应。这两个时空的同时存在，给原先的纪录片进行增容，加大了信息量，更重要的是给予观众最新的信息，打破了原先的平面的格局，特别使片中人物的命运有了延伸和发展。比如《壁画后面的故事》，中央电视台曾经播过，而《神州纪事》则对主人公为什么这么做和人物的近况作了采访，增加了背景材料，使观众对人物的命运有了纵深的理解。这种双重时空都是纪实的，信息量明显比原先要宽。

《神州纪事》还邀请一些专家、学者、当事人、制片人和普通观众谈论对所播纪录片的看法，这种特殊的“画外音”，有助于观众对纪录片的理解。由于纪录片本身要求客观再现，不能把编导者的意图强加给观众，这些“画外音”可借助某种意见来参照自己的看法。

突围表演与表演突围

当我把这套丛书取名“突围”时，其实是了却我十年前的一个心愿，十年前，我写过一本书题为《世纪末的突围》，副题为“新时期文学的误区”。没想到一晃十年过去了，十年来我非但没有能够突围出去，反而越陷越深，我原本以为是我个人的文化记忆和思维习惯造成的，没想到更年轻一些的作家也有这种突围的情结，无论是年轻的汪淏、程青、墨白，还是更年轻的吴晨骏、卫慧、棉棉，他们在小说里都表现出一种往外挣扎、往外撕、往外撞击的“形体动作”。

这种语言形成的“行为”，我们过去习惯称之为“喧哗与骚动”，或者称为“愤青”（愤怒的青年的简称），最近流行的词叫“断裂”，而我认为是一种身陷困顿的突围，因为有诸多的有形之围和无形之围在影响作家的写作。在时间上，我们面对新旧世纪之交，是世纪末向新世纪初的突围，在文化心理上我们要突破“大预言”给人类的宿命，在技术层面，人类要摆脱“千年虫”的干扰。如果说时间尚可具体到数字来表达的话，那么文化的转型则是一个非自然递进的突围。告别旧的文化范式，塑造新的文化性格，超越中西方文化传统的樊篱，是自五四以来中国作家的共同理想，一百年来中国文学和文化都是以突围之势前行的。发展到 90 年代便出现了多元、多极而又相互干扰的混合型文化。对文学发展来说，混合多元是其前提，因为单调、统一是文学的大敌，但对作家来说，混合多元的文化格局既是保护个性的掩体，又同时是遮蔽个性的屏障。多元混合给作家多种选择的机会，也给作家增加选择的难度，这就像大家都穿灰、蓝、黑衣时，你只要穿着鲜艳一点就会显出个性来，而今什么色彩、什么样式都很难充分地将你与其他人划开一样，多元选择造成的混合、混沌乃至浑浊使当代文学变得暧昧起来。可以说，今天文学的困境在于一种暧昧情绪的滋长，而这种暧昧情绪的迅速繁衍又是我们对多元文化认同和培育的结果。

于是，有了突围者。

卫慧高呼“像卫慧那样疯狂”，要以“疯狂”来撞击“暧昧”，而棉棉则以一种撕裂的嗓门沙哑的嗓音对小说之范进行数落，程青不像卫慧、棉棉那么激烈，她以一种釜底抽薪的反讽将世俗之墙悄然撬开然后独自逃走。如果三位女作家的突围之剑面对的是男性话语，汪淏、墨白、吴晨骏的突围之矛则带有自渎性质。汪淏检点的是知识分子自身迷惘和萎靡，墨白对生命热烈讴歌的同时对时下文化生命力的衰弱表示了愤怒的感慨，而吴晨骏在《梦境》中对那个自由撰稿人的自怜、自叹、自嘲，乃是逃出围城之后的精神凭吊。鲁迅写过一篇《娜拉出走以后》，对女性解放进行深刻地反思，而《梦境》则是“吴晨骏出走之后”的自我反思，在这套丛书里，我们发现出走不是吴晨骏的个人行为，还是新生代在全国 90 年代别无选择的选择。只有出走，才能突围。

突围，作为一个军事术语本意是要冲出敌方的围困，可今天的文学并不存在一个明确的敌方，“没有方向，似乎又有一切方向”（杨炼《飞天》），他们有些为出走而出走。这样目的性不明确的出走，减弱了突围的悲剧性，增添了突围的表演性。80 年代的文化突围带有强烈的悲剧性，那时候强调文化抉择（注意这个抉字），确信二元对立，90 年代的突围者身陷暧昧不清的文化多元情境，有点像与风车作战的堂吉诃德们。突围，不仅仅是突围，而是带有表演性的抉择，那种呼天抢地的悲剧感消失，卫慧表演卫慧，棉棉克隆棉棉，程青嘲弄程青，汪淏书写汪淏，墨白化妆墨白，吴晨骏操作吴晨骏，他们都是自己的“风车”，都是自己的敌人。五年前，我曾将这种小说方式称之为“互文性”，还是从技术层面分析的，现在看来这种互文有某种无奈的文化表演成分。

突围本是悲剧性的，可他们将悲剧演成了喜剧，诙谐剧，他们甚至不会演正剧。或许人们会不习惯这种表演，其实，文学艺术是离不开表演的。表现也好，再现也好，都必须有人在模拟某种场景和情景。悲剧也是剧，也是一种表演。

吃什么

吃什么是物质贫困时期困扰人们的大问题，经过战乱、灾荒、动乱的人们都记得为吃什么而犯愁。榆树叶、槐花、树根、野菜甚至观音土是那个时候经常用来填肚子的替代品。可现在生活好起来了，我们也常常为吃什么犯愁。经常一家人不知道下一顿吃什么好，不是没有吃，而是吃什么都不香。人啊，就是贱，少一顿，犯浑，多一顿，没胃口。

所以，聚会。

中国人聚会，基本是聚餐，是为聚餐找理由，为吃找由头。开会是必须吃饭的，如果不吃饭，这会是没法开的，或者说主办者是拎不清的，北京话说，是有点二。备了饭，没人吃，不要紧，但不备饭，这会等于白开。

吃会，是干部们经常的工作，因会而吃，因吃而会，正常得很。在物质贫困期，干部们为了改善伙食找理由开会也是司空见惯的事情，那也是当时老百姓恨得牙齿痒痒的主要原因。平民饥肠辘辘，而干部借开会大吃大喝，这是“文革”期间大字报最常见的内容。

老百姓没会可吃，就吃节。节日是一个民族的风俗，但很多的节日是和吃联系在一起的，至少中国的节日是少不了吃。春节吃年夜饭、元宵节吃汤圆、端午吃粽子、中秋吃月饼，一个节一个吃法，一个节吃一个品种。唯一的寒食节是不动火的，但好像没传下来，中国很多人现在已经不知道寒食节。在寒食节发端的时节，就没有认真地执行，“日暮汉宫传蜡烛，轻烟散入五侯家”。既然不能完全推广，寒食节自然就废了。没有吃喝的节日，是没有生命力的。

光吃节日是不够的，因此又添了红白喜事，生日、满月、过周、祝寿，这些年又添了年会、谢师宴、光棍节、店庆、社庆、厂庆等等五花八门找吃的名目。当然现在的这些事有些变味，最早的红白喜事，往往是邻里街坊、亲朋好友为某家的一个仪式大家凑份子吃一顿。而现在有些变成另一种“拉赞助”，贪官常常借请客敛财，以至于某地有限制官员请客不能超过几桌的硬性规定。明星、财主则借机来显摆奢华，网上直播，民间艳羡。本人今年曾为婚宴联系过诸多饭店，起步常常是三十桌。这是吃什么啊？二三百人是公司开年会啊。如此可见社会风气之浮华。

贺晋也是吃饭最大的理由。晋升了，自然要庆祝。向来有贺晋不贺退的说法，因为进步、成功、晋升是喜事，退位、离岗、“二线”则有点不那么风光，一般是不会再去作投资性的宴请的。近来我听说老作家王蒙为一位从领导岗位上退下来的朋友办了一席酒，明确表示贺退。贺晋，人之常情，贺退，能见境界。

吃会所，是京城近年来的风气。会所也成为高档消费的代名词，京城处处会所可见，或隐或现，或远或近，或雅或俗。但会所常常吃的不是菜，不是味道，不是情分，是人脉，吃人。

和谁吃

吃饭不是问题，和谁吃是个问题。

一约吃饭，就问：都有谁啊？生人太多是不愿去的，生人多了，你一个人就是局外人，也是多余人。每个人都不愿意自己是多余的，都觉得自己是必需的，平常在单位边缘化，到个饭局也叨陪末座，很不爽的。

如果有脾气不投的也不愿意去的，话不投机半句多。中国人吃饭，必须叽叽喳喳的，如果吃得冷冷清清，是组织者的失败。吃饭前，档次、环境重要，但开吃后，气氛比档次更重要。有两人专门抬杠，或者主人老是吃啊吃啊地劝，这饭局多半是失败的，中国有句成语叫一人向隅，满座不欢，那向隅者，是饭局的大敌。

中国人的表达欲在正式场合大多比较含蓄，但在饭局上异常活跃。尤其是三杯下肚，合适的人在一起，那妙语接着妙语，调侃接着调侃，豪气接着豪气，爆豆似的热烈。平常少言寡语的，在这个时候，也忍不住竞相发言。

改革开放初期，胡耀邦曾经竭力倡导分餐制，分餐制的好处自然很多，但是分餐制在中国不大行得通。中国人的大家庭，几代同堂，是福气，也是文化。所谓钟鸣鼎食之家，也是说大家庭的繁荣气氛，但肯定不是分餐制。开会天天吃自助餐，不吃桌餐，大家情绪就比较压抑。患有忧郁症的人，大多是厌食的，尤其厌烦和大家一起进餐，如果整天和人吃喝，这人的忧郁症是可以缓解的。

西方人习惯一个人吃，中国人很不习惯一个人吃。分餐制是西餐的吃法，西餐适宜分餐，比如西餐很少动物内脏，他们爱吃的是块状的肉。中餐分餐就有问题，谁吃鱼头，谁吃鱼尾，谁吃鸡翅谁吃鸡爪，是个问题。中餐任由大家选择，各取所需，爱吃鱼头就夹鱼头，爱吃鸡爪就搛鸡爪，同好者看谁下手快，中国人吃饭倒是体现了充分的民主精神和自由竞争的意识。

如果给大家出两道测试题，你最喜欢和谁吃，最不喜欢和谁吃，不知道回答的结果是不是一样的。最喜欢的不会是家人，最不喜欢的也不是家人。因为家人是不用选择的，所以难言喜欢不喜欢。但恐怕所有人都不喜欢吃饭一声不吭的闷子，他既不劝酒，也不愿意被劝，他不评点菜的好坏，对你的评点也不置可否。闷头吃饭，不是饿死鬼投的胎，就是乏味的哲学家。

好的饭伴，除了口才外，还要胃口好。如果口才好，不动筷子，你只能当听众，你也不好意思盯着吃。好的饭伴会说，让你开心开胃；他的胃口好，也刺激你的胃口。比如北大教授张颐武是著名的学者，又是电视脱口秀的明星，能吃善饮，和他吃饭不但长知识，而且吃啥啥香。他平常很忙，但逢年过节公务少些，我们约上他全家一聚，秀口才，秀味蕾，秀酒量。小饭店，家常菜，淮扬系，酒自带，必备足。

其实，现代人更多的时候常常一人独吃，中午单位的盒饭质量再高，你也是不能拉人喝酒的。当然下班回家，孤独感自然消失。但假如还是一个人吃呢？张楚的歌词唱道：孤独的人是可耻的。一个人吃饭并不可耻，但孤独时常会袭来。唐代大诗人李白是诗中仙，他化孤独为神奇，一人饮酒，常常是苦酒，但他却饮出境界："举杯邀明月，对影成三人"，孤独的快意，快意的孤独。明朗的孤独，孤独的明朗。2008 年太太去美国探亲，时间长了点，我一个人在快餐店吃饭，常常有一种挥之不去的孤独感滋生。面对李白，我很惭愧。

在哪儿吃

在哪儿吃好？

家里，太烦。

排挡，太乱。

酒店，一般。

每次和亲友吃饭，似乎都要为选择地点费点思量。

以前请客吃饭好办，无疑是在家里，因为在饭店酒店吃饭的被称为客官。客官者，无家可归者。不能说那些饭店、酒店都是为那些行色匆匆的旅客专门而设，但饭店、酒店的兴起肯定与人口的流动关系密切。本地人，即使办红白喜事也在家里，最多在外面拉个帐篷。

今天吃饭店不是旅行者的专利了，饭店作为第三产业已经成为生活不可或缺的组成部分了。当然饭店分级，酒店标星，让吃饭也成为一次身份和等级的确认。三十年前，请客常在家里，进饭店被视为奢侈的举动。而如今，饭店遍地开花，各种层次和等级的饭店分工明确，在家做饭作为上班族的累赘，已经被社会化的第三产业切除。做饭者，常常是有闲者、爱好者和非高薪者，社区里那些快餐小店发挥着当年食堂的功能。

美食爱好者、饕餮之徒则常常为何处用餐发愁。

五星酒店，环境优雅，但味道常常不如人意，甚至牌头越大的味道越差。前不久全国作代会代表住在一家老牌的五星酒店，这家与共和国名声差不多响亮的饭店的自助餐，让代表们头疼不已，很多人都跑到附近的小饭店吃饭，有的女作家甚至去吃麦当劳。当然也有菜味好的五星酒店，但价格昂贵，不宜常吃。

在北京吃饭更麻烦，因为这个移民城市，口味东南西北，爱好酸甜苦辣，饭店更是琳琅满目，五味杂陈。当然如果是老食客聚会，好办，就是那几个点儿。比如我与朋友聚会，去得最多的是云腾食府，那儿的云南菜对我们的胃口。但也有差点失算的时候，有一次我们出版社请江苏赵本夫、范小青等一干作家吃饭，社长潘凯雄说，请他们吃江苏风味的吧，我说，他们天天吃江苏菜，到北京还吃？于是根据我的建议，就去了云腾食府。没想到，刚坐下，范小青因为是老同事，就毫不客气批评我：王干怎么安排我们吃云南菜，又酸又辣。其他人的表情也在附和。

我说，云南菜不只是又酸又辣，有非常对江苏人胃口的。大家将信将疑，还好，这一顿吃了一半，大家就很开心，云腿小月饼、蒙自年糕加了三次，酒喝了四瓶。事后想想，这样的安排带有一定的风险，因为范小青们在开心之余，还怀疑这是不是正宗的云南菜。

很多人到北京来，想吃北京风味，而北京风味对异乡来的人，是不大对胃口的。尤其是那些游客，匆匆排队，急急忙忙吃烤鸭（很可能是凉的），味道是可想而知的。所以很多人对北京的风味是口头赞誉心里低估的，很多人对北京人的饮食生活是深表同情的。我的妹妹到北京来，我们一家带她吃烤鸭，吃炸酱面，吃涮羊肉，吃我们认为有北京特色的菜肴，她也高高兴兴地走了。没想到去年春节回家，妹妹很认真地说，你们退休以后还是回家养老吧。我说，为什么？她迟疑了半天，说，那儿的菜太难吃了。

天哪！原来我选错了吃饭的地方！

酒桌上的红颜

秀色可餐，形容美貌动人无比，只有用吃来作为最高的境界。中国文化一大特点是善于用吃来比喻，“治大国如烹小鲜”，说的是治国这样的大事，“狗行千里吃屎”，是说本性难易，“吃亏”，是说失利、失势、失败，是亏损、溃退、蚀本，但无可挽回，因为吃进去了。

秀色可餐，这秀往往不好吃，吃下去，也吞不下，吞下去了，也消化不了。消化了，也会带来倾国倾城的隐患，因为“自古红颜多薄命”，于是有女人祸水的错误之说。但餐桌上无“秀”，也往往缺少了很多的滋味。八条汉子、十条汉子在那喝酒，是一种变相的斗殴，是酒劲的较量，但如果有红颜的加入，就另有意味了。原因古代君王饮酒，必有美女歌舞，今日权贵聚餐，少不了靓女名模。酒色财气，财气最能通过酒色体现。

喝酒不是男人的专利，酒桌上常常不缺红颜高手。女性微醺，会比平常多几分娇媚和柔情，《红楼梦》里史湘云被人称颂，除了那一手好诗外，还离不开那次著名的醉酒。第六十二回，史湘云和林黛玉比才斗诗玩谜语，先赢后输，被罚醉，因而有了文学史上的著名描写："果见湘云卧于山石僻处一个石磴子上，业经香梦沈酣。四面芍药花飞了一身，满头脸衣襟上皆是红香散乱。手中的扇子在地下，也半被落花埋了，一群蜜蜂蝴蝶闹嚷嚷地围着。又用鲛帕包了一包芍药花瓣枕着。"芍药花瓣，蝴蝶蜜蜂，煞是迷人。

《红楼梦》的时代，女性饮酒属于半禁忌，只有大观园中的女眷们方可如此醉卧芍药。近百年来，西风东渐，男女平等首先在饮食上实现，原来女人不上桌的陋规早破，女人饮酒也就顺理成章了。就我所知，当代女性饮酒者并不比女烟民少，早先的三里屯酒吧、现在的后海酒吧美眉们的数量和须眉相比，男女比例绝对不会失调，而是旗鼓相当。夜色降临，夜风习习，红颜们和知己或非知己们在略带消沉的音乐中碰杯，一吐块垒，一解心愁。设想一下，如果后海的酒吧，少了那些风姿绰约的红颜美眉们，会是怎样灯火不辉煌、夜色不迷人！当然美眉红颜去后海，也是为了看风景，但她们也成立了风景的一部分。

不过，酒桌上的红颜常常不是为知己而饮，她们会带着任务去喝，是另一种的牺牲。记得几年前曾有某地发生女公务员因陪酒身亡被追认烈士的事件，当时舆论一片哗然。从受害人来说，要求赔偿是正常的，但作为一级政府，把喝酒作为任务交给她，是可耻的。

看到这则新闻，我想起了那个著名的荆轲刺秦王的故事。荆轲为什么愿意去充当人体炸弹，除了对秦始皇的不满外，还有一种传说，说是燕子丹为了让荆轲刺秦，花了很长时间让荆轲花天酒地，"车骑美女恣荆轲所欲"，凡事都顺他心意让他高兴，过着神仙般的生活。有一次，燕子丹和荆轲饮酒，饮酒必有美色相伴，当时一美女古琴弹得极为美妙，荆轲称赞女琴师的那双手太动人了，不一会，燕子丹让厨房上了一道亘古未有的菜肴，盘子里放着一双美丽绝伦的纤纤玉手。燕子丹为讨好荆轲，将那个年轻美丽的女琴师的双手砍下来，作为荆轲的下酒菜。荆轲无以回报，于是舍身刺秦。我对燕子丹的行径充满厌恶，燕国后来的灭亡也是必然的。如此视人民、视女性如草芥的王朝，岂能不亡？

点菜是个美学问题

我第一次在电脑上看到“菜单”这个词有些不解，电脑是高科技，是很雅的事，怎么和吃喝这种日常生活的俗务联系到一起呢？因为当时我是用电脑弄文学，对文学有一种莫名其妙的神秘感。等时间用长了，才发现菜单这词真的很准确。

菜单意味着什么？选择。选择是一种自由，也是一种限制。在电脑上的菜单选择，相对简单一点，你的路径比较明确，所以鼠标不会特别为难。而到生活中吃饭的时候，面对菜单，颇费思量。

点菜的活不好做，常常是吃力不讨好的事情。众口难调，每个人心中都有一个理想的宴席。但每个人又说不出理想宴席的太具体的明细，如果说出来，不见得菜单上就能够提供。更何况每个人的口味相异，尤其北京吃饭，朋友们五湖四海，天南地北，能让每个人满意是需要足够的统筹学本领和心理把握能力。

首先是价格问题。请客是个面子工程，是给被请者的面子。这面子，基本是通过饭店格局和点菜来体现的。当然是越奢华菜价越贵，越给面子，但是，请客常常是有计划地花钱，不是花钱如流水。花钱如流水，是给对方面子了，但对方不见得就领这个情。因而，在大饭店里，不见得一定点最贵的菜。而在小饭店里，如果再点最便宜的菜，这可能比不请客还糟糕。照顾价格，大菜要点，小菜也要点。菜要显得丰富，表示主人热情好客，但如果菜过多，则显得浪费不环保，同时也说明主人的协调能力和统筹能力较差。如果是合作伙伴，当然就会对你的团队的能力产生怀疑，连点菜这个小事都安排不妥，甭谈大的合作了。

搭配问题。刚才说到了大菜和小菜搭配的问题，自然也有荤素搭配的问题，还有地方特色和“普世价值”的问题。我看过开国庆典的菜单，虽然开国元勋里面的湖南人、四川人、江西人、湖北人不是少数，但周恩来按照淮扬菜定的菜单，除了芥末墩和菠萝饭以外，清一色的淮扬菜。这是因为淮扬菜有“广谱”适用性，所有人都能接受。如果用了湘菜、川菜可能会让毛主席、朱老总大开胃口，但怕辣的人就可能下不了筷子。

一般饭店里，往往有几十种上百种的菜肴供你选择。点菜就变成了一个考试，既要考饭店厨师的能力，也要考你捕捉美食的能力。很显然，并不是每道菜都精彩，更不是每道菜适合每个人，加之当天的主客，这点菜就变成复杂的美学问题了。

美学的复杂性在于审美的不可量化和简单复制，杨丽萍的舞蹈自然可以通过电脑分析出数据，但这数据很难培养出杨丽萍式的舞蹈家来。即使饭局能够复制相同的美味来，但赴宴者不见得喜欢，何况美食的难度在于千篇不一律。单位的食堂为什么办不好，因为菜单不变，哪怕品种再多，久而久之，就没胃口了。

美在变化中，美在流动中，美食其实是厨师、食客、点菜人之间的合理组合，构成那道看不见的黄金分割线。规律就是嘴巴怎么调度手，而手如何牵动整个的口腔神经，吃得好，说得才好。

喝酒是个军事问题

聚会不喝酒，如同喝茶不放茶叶。

聚会的类型是各种各样的，有的是公务，有的是私情，公务如开会，如宴请，私情如同学会、老乡会，公务私情凑到一张桌子上来，都是要气氛的。这气氛，不光是吃几个菜，喝一碗汤，肯定要喝几杯。这几杯如何喝，可是有说法的。

喝酒是有主题的，主题各种各样，但酒桌上的人，总是希望有人被击倒，但这个喝倒的人们是谁，千万别是你，请客有主宾，一般主人希望主宾喝高兴，什么叫喝高兴，就是喝高了。如果你是陪客，你喝倒了，属于喧宾夺主，浪费了主人的酒，还伤了自己的身体。如果你是主宾，喝倒了，有失仪态，弄不好还酒后乱许愿，乱承诺，如果再乱签字，就更糟糕了。所以，把握好自己，做好主角和配角，是不被击倒的基本酒德。

也常常出现一些无主题的酒局，但这种酒局常常混战一团。因为酒桌上从来不乏较劲的人，这一较劲，就要分出高下来，高下不见得是酒量，而是酒智。喝酒的智慧，如同用兵打仗，如何团结一切可以团结的力量，结成最广泛的统一酒线，“打击”最强大的对手，是酒客的军事哲学。酒桌如战场，你要审时度势，观察好“敌情”，合理分布酒力，何时劝酒，何时敬酒，把握好良机。笑到最后。

最常见的是高调喝酒者，气势如虹，先声夺人，咕咚咕咚几杯下肚，赢得满堂彩。气氛因此产生，于是你一杯，我一杯，觥筹交错，其乐融融。高调进入者，往往低调退出。像打仗打冲锋的人，易损兵折将。而那些不动声色，常常开局号称不能喝的人，往往会是潜在的杀手，待众人皆半醉他独醒，再出招，一剑封喉。

那些酒场老将们，也会常常遭遇到挑战。北京作家刘一达是写老北京的高手，我读过他的《掌上日月》《胡同味道》，那股老北京的味儿和老二锅头一样，足有68度，浓烈醇厚。他是饮者中的高手，在电视上夸过海口，摆过擂台，是酒坛上的常胜将军。常有不服气的，上门斗酒，刘一达来者不拒，他的惯用战法，是重武器先用，每人一大缸，足有三两，如不认输，再来一大缸，基本摆平。我问老刘，你怎么受得这猛酒了？一达兄说，一我是主场，养精蓄锐，以逸待劳，他车途劳顿前来挑战，先输了一阵。二是，酒量大的，往往是慢酒。喝快酒的常常是馋酒。果然是军事问题，扬长避短，攻其不备。另外，刘一达还私下告诉我一个小诀窍，就是斗酒前，先吃一个二两大馒头，海绵似的吸酒。我在这里透露秘方，希望刘大将军不要见怪。

也有不畏醉酒的，甚至醉后不悔的。评论家孟繁华属于酒桌上的高调进取的先锋，他是那种“尽管筛来”型的，喝不到位，是不肯离桌的。所以作家们吃饭，常常会想起他，我看过一位女作家写他的印象记里写道，孟教授酒品甚好，喝高了，身份证、钱包随时乱扔，说是身外之物。多可爱啊！

当然，可爱是别人眼中的感受，而当事人就不一定了。我在北京醉得最惨的一次，是十几年前，刚到北京，为刊物扭亏为盈，要拉一万块钱的封底广告，请人吃饭，咕咚咕咚表示热情，豪言壮语，胡言乱语，然后钻到桌子肚里，醉得不省人事。第二天醒来，发现躺在单位的宿舍里，不知道怎么被送回来的。想吐，又吐不出来。喝酒的都知道，醉了不怕吐，就怕吐不出来。吐了，就轻松了，好多人还可以接着喝，但吐不出来，意味着内脏中毒了，难受无比。那次我昏沉沉睡了一天，直到傍晚，好心的同事看我一天没动静，敲门知我醉了，拉到医院输液，才慢慢缓过来。

而且，酒后出尽洋相，当时一位好友因我言语伤人，当场退出，与我绝交，而我浑然不知。人生败仗，不堪回首。

汪氏父子之美食

汪朗的书，让我写序，颇感意外。

汪朗是汪曾祺先生的大公子，资深媒体人，烧一勺子好菜，写一手好散文。

和汪朗的交往一直追叙到 25 年前。那时候汪曾祺老先生住在蒲黄榆，我被借调到《文艺报》工作，因为孤单，周末节假日隔三差五地到老头家蹭饭。蹭饭是一个原因，更重要的是，汪曾祺先生是我们这一代人的偶像，当时没有粉丝这个词，我是汪先生的追随者、模仿者、研究者。能和自己的偶像一起进餐，是粉丝最幸福的事了，精神上的享受也是最高级别的。

汪曾祺在文坛的美食大名，跟他的厨艺有关。据汪朗统计，除了汪先生的家人，我是尝汪先生的厨艺最多的人。因为吃多了，总结老头的美食经，大约有三：一是量小，汪先生请人吃饭，菜的品种很少，但很精，不凑合。量也不多，基本够吃，或不够吃。这和他的作品相似，精炼，味儿却不一般。二是杂，这可能与汪先生的阅历有关，年轻时国家动荡四处漂流，口味自然杂了，不像很多的江浙作家只爱淮扬菜。我第一次吃鸡枞，就是 1986 年在他家里，炸酱面拌油鸡枞，味道鲜绝。直到现在，我拿云南这种独特菌类招待人，很多北京人、很多作家不知鸡枞为何物。三爱尝试，他喜欢做一些新花样的菜，比如临终前十几天，他用剩余的羊油烧麻豆腐招待我，说：合（ge）味，下酒。

因为周末汪朗带媳妇孩子看老爷子，我们就认识了。汪朗一来，汪先生就不下厨了，说：汪朗会做。老头便和我海阔天空地聊天，当然我开始是聆听，时间长了，也话多起来。汪朗则在厨房里忙这忙那，到十二点就吆喝一声：开饭了。汪朗做的饭菜好像量要大一些，我也更敢下筷子些，味道更北京家常，不像老头那么爱尝试新鲜。

老头走了，我们都很难受。

之后看到了汪朗怀念父亲的文字，不禁惊喜，文字的美感也会遗传吗？又看到他谈美食的文章，就更加亲切了，因为我也写写关于吃喝的文章，但基本是借题发挥，和他的“食本主义”比起来，我像个外行，以致他发现我文章的常识错误，将麻豆腐误作豆汁儿。十几年前，我曾在文章里写到汪先生用羊油做豆汁儿，去年汪朗忍不住说，豆汁儿从来不进他们家的门。至于对食的历史渊源和掌故，他更是如数家珍，信手拈来，当代文人，鲜有其格。

他也有不及的时候，有一次我说到汪先生送我朝鲜泡菜的事，他很惊讶。他不知道老头儿居然还会做泡菜，他自己都没有尝过。我就更加得意了，老头儿用的是当时流行的装果珍的瓶子，我至今记得很清楚。记得老头儿很得意，说泡菜可以这么做。不知道老头在泡菜里面加些什么，汪先生说了，我当时没记住，也没吃出来。

我到北京十余年，与汪朗的往来也慢慢勤了些，时不时地还在一起切磋下食经，他的嘴巴很刁，我推荐的饭店他总能品出其中的最好味道。我写的一些小文，他时不时鼓励一下。前不久，他电话邀我吃北京的卤煮，那家位于蒋宅口的老北京风味确实地道，我们几人咀嚼出卤煮的结实和韧劲。那一天他从家里拿来茅台酒，酒过半巡，他说出原委，我的书重版，你写个序吧。哈哈，原来是鸿门宴。我们都乐了，其实还是想找个理由在一起喝酒聊天。那天喝得很高兴，手拉手兄弟般的。

汪家的人厚道，实在。汪朗显得更为宽厚，我一直视他为兄长，但他的一次举动却让我意外。2011 年 5 月，我女儿结婚，汪朗自然要作为座上宾。宴毕，众人散去，发现汪朗还在电梯口，我说你还没走啊，他说，我帮你送客人呢。我说，都走了。他说，我得等他们都走了，我才走。我虽然比你大，但你和我父亲是一辈儿的，家里有事，晚辈我该最后走。

家风如此，文风自然。

马铃薯的文学素

每个地方的马铃薯，味道都是不一样的。它在什么地方生长，就和那个地方的气息融到了一起，然后变异，因而马铃薯的品种之多，让植物学家们为之挠头。

马铃薯的名字太丰富了，好像还没有一个农作物有如此复杂的“笔名”。山东叫地蛋，云贵称洋芋，广西叫番鬼慈薯，山西叫山药蛋，安徽又叫地瓜，东北各省多称土豆，广东人叫薯仔。我的家乡在苏北泰州，和上海人一样叫它洋山芋，我们把红薯叫山芋，马铃薯是舶来品，加“洋”前缀，自然。国外怎么称呼它，我现在无力去考证，但按照马铃薯随性生长的适应能力，它在国外也会有其他的叫法。

1978 年我开始接触中国现代文学史，知道两个著名的文学流派，一个是山药蛋派，一个是荷花淀派。荷花淀派以孙犁为代表，山药蛋派以赵树理为代表。他们的出现改变了现代文学史的农民形象，尤其是赵树理的一系列小说，为我们塑造了一些欢乐的喜剧农民形象。比如小二黑，和鲁迅笔下的闰土、祥林嫂、阿 Q 是不一样的。赵树理的出现，改变了中国现代文学的生态，原先在启蒙者笔下“被启蒙的农民”，有了喜悦的表情。现在想来，当年为山药蛋派命名的人真是太有才了——山药蛋的质朴、深厚、皮实、实用，和赵树理们的小说十分吻合。

汪曾祺曾在一篇题为《马铃薯》的散文里，写到他与马铃薯的故事：老先生被打成右派，下放到张家口的沙岭子农科所，居然画成了一本《中国马铃薯图谱》。他自己认为这是他一生中“很奇怪的作品”，遗憾的是在“文革”中消失了。被毁了？不知道，或许被人悄悄收藏了？现在献宝出来，献给现代文学馆，功德无量。

汪曾祺爱戴花鸟鱼虫，对马铃薯也充满感情。他说，“我对马铃薯的科研工作有过一点很小的贡献：马铃薯的花都是没有香味的。我发现有一种马铃薯——‘麻土豆’的花，却是香的。我告诉研究人员，他们都很惊奇：‘是吗？我们搞了那么多年马铃薯研究，还没有发现过。’”这就是汪曾祺，对生活的爱意使他不放过每一个生活的细节与角落。

我有机会到各个地方，吃过各地的马铃薯，并且品味出各个地方马铃薯的差异。我印象是这样的：山东的宜做成土豆丝，东北的适合乱炖，西北的烤着吃，香。评论家阎晶明带我到大同吃过那里的山药蛋，烤炒炖煮，都有嚼头，让我对山药蛋派增加了更直接的认识。

这一次来到宁夏西吉，有人告诉我：西吉有三宝。我好奇地问：哪三宝？他说：洋芋、土豆、马铃薯。大家哄堂大笑。我没有笑，我觉得这貌似民谣的笑话里，潜藏着西吉人的自豪和苦涩。西吉就是张承志笔下“西海固”的“西”（其中，“海”是海原，“固”是固原）。张承志笔下的西海固贫瘠而强悍，血性而坚韧。西吉县甚至曾经被列为“不适合人类居住的地区”。马铃薯成为西吉县的特产，让我对马铃薯这个普通植物肃然起敬。西吉被称为“苦甲天下”，是中国西部最贫穷的地区，马铃薯成为西吉人的“三宝”，可见它对他们生存的重要。正因马铃薯的出现，才让这里的人们有了生存的可能。

让人想不到的是，西吉还是全国第一个被授予“文学之乡”称号的县，这里的文学创作异常活跃，形成了颇有气候的创作群落。西吉籍的作家获过鲁迅文学奖、骏马奖、春天文学奖、冰心文学奖，这马铃薯之乡居然是文学之乡！是因为贫穷吗？我隐隐地想起了山药蛋派。记得 2004 年评春天文学奖时，王蒙听说青年作家了一容是东乡族，来自西海固，顿生敬意。他说，在那样的艰苦环境里写小说，难得。了一容肯定是吃土豆长大的，我在一篇文章里看到他对马铃薯心存感恩。西吉的作家是马铃薯派吗？

南京有个诗人叫马铃薯兄弟，给人兄弟组合的感觉。他在网上微博的名字叫“马铃薯兄弟 A”，其实就是一个叫于奎潮的人。我怀疑他年轻时被起绰号是马铃薯，因为他生得挺拔结实，与之颇有几分神似。他的诗写得简洁，富有骨感。我有个老乡叫庞余亮，1990 年我在《钟山》杂志当编辑，他在沙沟中学当老师，给我寄了一组诗歌，内容是写农民与庄稼的感情的，其中写到马铃薯。我回信给他，高度称赞，说让我想起了艾青。遗憾的是当时的《钟山》不发诗歌。我们的家乡很少种马铃薯，而且味道吃起来，酸酸的余味，一点也不粉……难道马铃薯中含有一种天然的文学素？

知青饭店

很多城市都开了知青饭店。人们在吃够了粤港海鲜楼、北京烤鸭店、四川火锅城之后，会到这里来调剂一下口味，开一次“土荤”。

“知青”的含义在新版的《现代汉语词典》里是这么解释的：知识青年。而该词典的“知识青年”的条目中又是这么解释的：指受过学校教育，具有一定文化知识的青年人。如果依照《现代汉语词典》的解释，70年代以后出生的人对“知青”这个词是不能理解的，因为在初中普及义务教育之后，所有的青年人都必须接受学校教育，都具有一定的文化知识，“知识青年”这个词就可以取消了。事实上，在我们今天的词汇中，知识青年几乎消失了，而它的特指“知青”倒时时会出现，因为那些在“文革”期间从城市（很多是从学校）走向农村的一大批人，正年富力强的人到中年，他们不时地想起这个由特定历史指派的身份。为了纪念，为了反思，也为了怀旧，“知青”会时不时地聚一聚，有关“知青”的文字不时可见，近期以“知青”为主题的老照片画册也进入图书市场，据说销路还挺好。

知青饭店也就是在这个意义上出现的，它最初的创意可能是为了唤起老知青们的怀旧之情，提供一个聚会的地点。而现在，到知青饭店的人则已不全是“知青”了，甚至不是“知青”们的后代。知青饭店成为城市的一道风景，成为城市食谱中的一道口味，像傣族的竹楼、南京的鸭血汤、新疆的羊肉串一样，是人们想品尝到的一种风味。怀旧的本义被亵渎了，怀旧被作为一种商品开发了。连韶山的毛家饭店也四处“连锁”“知青”也更难免俗了。

很多知青饭店便是依照这种风味的模式去做的。它们大多按照那个年代的生活方式来装潢店面，军帽、草帽、搪瓷缸、桅灯、语录牌、毛主席像、毛主席像章、红宝书（一种特制的毛主席语录本）等一些具有时代特征和生活特征的用品一应俱全，而且都是旧货，颇有一点微型博物馆的味道。菜谱上很多标上了“知青”的字样，比如：知青红烧肉、知青青粉皮，但实际上很多是当地农家的家常菜。比如我吃过的一道知青韭菜汤，实际上便是苏北农家最常见的应急之作。我的一个朋友程军插队在宝应，发现韭菜做汤味道很好，回宁以后也就变成了他们家的家常菜了。

虽然各地都叫知青饭店，但还是体现了不同的地域特色。比如北京的知青饭店里，那种民间的非慈禧御用的窝窝头，粗糙得难以下咽，还是让人想起艰辛的岁月。而无锡知青饭店的包间的名称就别具一格，它不像一般的饭店以“北京”“上海”这样的地名或“红星”“铁手”“修地球”等当时的流行词命名，而是用“盐城”“大丰”“射阳”“滨海”“东台”这些苏北地区的地名，足见其地域色彩。不难想象，当时无锡的“知青”就是插队到这些地区的，而老“知青”们一见到这些地名便会有一种亲切感涌上心头。我印象最深的是昆明翠湖边的一家知青饭店，一进店堂便见一张锈迹斑斑的犁，犁铧渐秃，犁把黯黑而光滑。饭店的经理就是这犁的主人，插队十年，他就扶着这张犁耕耘了十年，十年的青春热情就浸入到这张犁和犁下的土地上。返城时，他就从西双版纳带着这张伴他度过青春岁月的木犁回到了昆明。或许是这张犁启发了他，开饭店时，又将这沾着西双版纳泥土的犁“陈列”在饭店的中央。每天，他和它相对无言，亲切而感伤。

初吃河豚

拼死吃河豚。此言流传甚广，使得这一水产品蒙上了神秘而又可怖的色彩。河豚鱼的鲜美有时居然要以生命为代价，其味实非人间之物。当然，拼死吃河豚还有另一种解释，这就是人们在饥饿时以此作为食物聊以生存，宁可胀死，不做饿死鬼。记得在学校学现代文时，读过著名作家王任叔（巴人）的小说，就是描写一户农民因缺少食物而误吃河豚全家身亡的。这个短篇小说简约有力，写出了灾难岁月的人性美，至今难忘。

现在已经不会有人因为饥饿去食用河豚了。人们在春江水暖时节去烹尝河豚是为了享受或者说刺激，当然每年都会有人食用河豚中毒身亡，告别人世。

吃河豚，实在是一件了不得的诱惑。

去年便想冒一次险，但错过了时节，清明一过，便无河豚上市了，只得抱憾而归。2001 年 3 月 25 日，正好《雨花》在扬中开会，便又去了，以了却悬挂了一年的心思。

中午，未到扬中，便看到《镇江日报》上的一条消息：前天扬中一人因食河豚中毒，抢救无效，身亡。这给我们一行平添了一层恐惧的阴影，奇怪的是，又隐隐担心这次吃不到河豚，再度抱憾而归。

出人意料，热情好客的主人专门备了这道菜，当热气腾腾的河豚上桌之后，我们竟惊慌失措，不知如何是好。扬中文联的同志热心介绍这道“长江三鲜”之一的名菜，但并不劝我们吃（据说这是规矩，虽说县政府招待所烹烧此菜万无一失，但万一呢？），我看场面挺尴尬，有一种充当好汉的冲动，便夹起一大块鱼皮大咬大嚼起来，在座的人都盯着我（现在想来，这是心里紧张导致的错觉），好像是在欣赏我的勇气。据说若是中毒了，在十五分钟之内必然出现反应，当然，等发现反应是无可救药了。不知谁说了一声，河豚的皮很嫩，如果洗不干净最易中毒，我一下子浑身起了鸡皮疙瘩，脑子晕眩起来，一个念头跳出来：是不是中毒了？之后便强作镇静，不再去“禁区”伸筷子，偷偷窥看餐厅墙壁的挂钟，希望时间早些越过十五分钟。真是度时如年，我几乎嗅到了死亡的气息。后来我发现，我们同座的“客人”都在暗暗地接受十五分钟的残酷煎熬，都有口无心地在偷偷地“读秒”。

死神肯定没有光临。要不然，我怎么会在这儿津津有味地渲染这一经过呢？不过，河豚的滋味如何，实在说不出，神经太紧张了！

明府鲞

去光明村的路上，我没有想到会吃到明府鲞。光明村是镇海区的第一村，虽然那叫作村子，但已经全无乡村的痕迹，像城市里的一个新的小区，老的小区是没有那么多树木和绿化地的。说光明村是社会主义新农村，不如说是社会主义新城市，因为现在的城市建设很多方面是要恢复乡村文明，将乡村的绿水青山、乡村的自然和谐、乡村的无污染、无公害移植到城市中。光明村在保存乡村文明的基础上，又建立了现代化文明，堪称新农村或新城市的典范。

在光明村，我们吃到了明府鲞。明府鲞是宾馆里吃不到的美味，它应该是光明村曾经的渔村记忆。《宁波日报》的老朱是个小说新秀，他在向我介绍这道菜时，始终解释不清楚，村长说，这是最好吃的。我们就一起下筷子。来自北方的韩小惠、王祥夫等人，吃了一口，私下里对我说，怎么有点味儿？我当时不知道明府鲞这几个字怎么写，但那味道很熟悉，类似我小时候吃过的萝卜鲞的味道。有点咸，有点酸，当然还有点臭。他们不好意思说出那个臭字，我就告诉他们，是不是有点臭豆腐的味道，他们点头称是。

我就趁机向他们宣扬我的美食经：人的口味是随着年龄的增长而变化的，随着经历的变化而变化。童年时代最喜好吃甜，小孩子生下来你给他吃酸辣苦，他会哭着拒绝，但如果你给他甜水，就会止住哭，很享受地吮吸。等稍稍长大了，就可以吃一些酸的，比如调料醋。再大一些的时候，开始接触辣味，川菜、赣菜、湘菜都是靠辣出名的。灌辣椒水虽然是被视为酷刑的一种，但人们对辣味的热爱却经久不衰，改革开放以来，辣菜红遍大江南北。酸甜苦辣，是人生中的多种况味，人生对酸苦的认识，常常在伴随着失利、失落、失败情绪的滋生。苦瓜之类的食品对应着人生的苦涩。吃苦，吃苦，是小时候大人教诲孩子的口头禅，能吃苦常常对一个人的褒扬和称赞，不能吃苦常常是对不敢大用之人另类的称呼。

但说到臭，很多人就会掩其鼻子远而避之，但爱吃臭味菜肴的人不在少数，杭菜里有一道油炸响铃，就是油炸臭豆腐，无论是老杭帮菜还是新杭帮菜，都大受欢迎。徽菜里的臭鲑鱼，是徽菜的经典菜，去徽菜馆几乎无人不点。而武汉人，号称他们的臭豆腐煲，天下最臭。那不是贬抑，而是自我颂扬。

明府鲞显然也是臭的，光明村的村长告诉我们，明府鲞是用墨鱼加工而成。墨鱼，俗称“乌贼”，晒干成鲞，是宁波非常有名的海特产品。宁波古时候称明州，明州府的鲞就是明府鲞了。墨鱼每年三至五月为旺产期，除鲜食外，大都被加工成明府鲞。用刀把墨鱼的腹部切开，再切头部，穿过眼球。再由尾部起摘除全部内脏，保留骨片，经在阳光下多次翻晒成干品，就成了鲞。

《红楼梦》里也有对“鲞”的精彩描述，不过说的不是明府鲞，而是“茄鲞”。

读者之所以对“茄鲞”产生怀疑，大多是由于对古代的饮食典籍较少阅读，更不必说深入研究之故。首先，人们对“鲞”字的理解有片面性。一提起“鲞”字来，就想到鱼鲞，非鱼不鲞。生活于南方的人，尤其如此。其实，除了鱼可以“鲞”外，果蔬类也可以“鲞”。例如，元代食谱《居家必用事类全集》已集有“造菜鲞法”。其文云：

造菜鲞法：盐韭菜去梗用叶，铺开如薄饼大，用料物糁之。陈皮、缩砂、红豆、可仁、甘草、莳萝、茴香、花椒，右件碾细，同米粉拌匀，糁菜上，铺菜一层，又糁料物一次，如此铺上五层，物重压之，却于笼内蒸过。切作小块，调豆粉稠水蘸之，香油炸熟，冷定，纳瓷瓶收贮。

此即“韭菜鲞”。文中详述了其用料、制作经过。将文中的“切作小块，调豆粉稠水蘸之，香油炸熟，冷定，纳瓷瓶收贮”，与《红楼梦》中“茄鲞”“俱切成丁子，用鸡汤煨了，将香油一收，外加糟油一拌，盛在瓷罐子里封严，要吃时拿出来，用炒的鸡瓜一拌就是”对看，二者异曲同工，如出一辙。

“韭菜鲞”之外，还有一种“萝卜鲞”。清人舒敦在《随园诗话》中所写的批语有一则记载，文曰：“承恩寺瓶儿辣菜极佳，萝卜鲞尤妙。”以上二例说明“鲞”法也适用于果蔬，非限于鱼类。仅就我自己生活中所见，经过晒干的果蔬还有南瓜干、豆角干、葫芦干、地瓜干、山楂干、梨子干、蕨菜干……北方人多称某某“干”者，也就是“鲞”。所谓“茄鲞”“萝卜鲞”，只是见于记载者，不见于记载者更不胜枚举。

至于有人说“茄鲞”有“九蒸九晒”不合理，这恐怕也是想当然耳。2001 年上半年，我应邀去洛阳师范学院中文系讲学，这期间主人请我吃著名的“流水席”，其中有一道“牡丹燕菜”，美味可口。于是我向主人请教其中主料是什么，主人告之曰：“此乃当地出产的萝卜切成丝，经过‘九蒸九晒’之后用鸡汤煨过而成。”传说这个制法从唐代武则天当政时即有，流传至今。这件事我之所以记忆深刻，一是美味难忘，二是此即“萝卜鲞”制法的活证据。既然“萝卜鲞”可以“九蒸九晒”制成“牡丹燕菜”，那么怎能说“茄鲞”九蒸九晒就不合“烹饪常识”呢？

从 20 世纪 80 年代初起，北京中山公园内来今雨轩的厨师们就开始研制“茄鲞”这道菜，他们是用鲜茄子削皮切成丁，然后过油与各种干果仁（研末）热炒，可谓改良的“茄鲞”。京内大观园红楼酒家则是冷拌，用料也不尽相同。两家的“茄鲞”各有特色，为“红楼”美食增添了新的品种，同时也给研究者带来新的话题。我以为小说中的“菜”都是艺术化了的，倘若制出来，只能是各有其味，好吃就行了。

味 道

有人把人生的体验与人的味觉联系起来，说可分甜酸辣苦四境界。第一阶段是爱吃甜，婴儿刚刚降生，见了甜水就爱喝；第二阶段是吃酸，十七八岁的女孩往往都爱吃话梅，一般人家都是用醋作调料；第三阶段是吃辣，在我们日常生活中红辣椒和绿辣椒，是很受欢迎的，家家都不拒绝它们进门，只是因家制宜，根据口味来选择辣味不同的品种。至于苦的境界似乎有些“小众化”，很多人畏苦怕苦。这或许是人们尝够了生存的困苦和艰辛，不想自找苦吃了。

这种说法显然有它的局限，因为忽略了不同地域的饮食习惯，比如云贵川湘鄂地区人好辣喜麻是多年的习性，我们就不能说他们的人生境界就比其他人高，而上海周围的人喜好酸甜，不能认为这些酸甜族的境界就低。四境界的分法只是一种比喻，旨在说明人生便是各种滋味的混合体。

我小时候特别爱吃甜食，长大以后发现，几乎所有的人都爱吃甜食，现在发现，很多地方的名优特产食品，无论是什么酥什么糕什么糖，都是由糖和油这两大成分搅拌而成，号称辣不怕的西南地区如此，以口重出名的山东、东北亦如此，中原如此，西北也是如此。地方特产的一个共同特点，就是保存了人的童年记忆、童年口味。当然也是贫穷的记忆，贫穷岁月的味觉。小时候曾听说过这么一个民间故事，乾隆皇帝下江南时，在极其饥饿的旅途中，一个村夫做了一道叫“翡翠白玉”的菜让他填饥，他觉得味道鲜美异常。回到宫中以后，老是让御厨做这道“翡翠白玉”，御厨费尽心机，也不能满足皇上的要求，待侍臣千方百计找到那位村夫才发现，“翡翠白玉”乃江南人家日常所做的菠菜豆腐汤，乾隆将信将疑，感叹：“怎么宫中的什么东西都没有味道！”

乾隆的感慨是今天很多人都会有的，我们发现很多风味小吃、地方特产都变得没有记忆中那么好吃，常常感叹制作工艺的失传、原料的不地道，很少去想我们的口味变了，我们现在是“宫中”，不是在村野的童年岁月和饥饿的日子里。我们的口味变了，菠菜豆腐便不再是“翡翠白玉”了。人的味觉离不开生存处境，我们的下一代，在甜水中泡大，他们还会不会有我们这种对童年食品的美好记忆和眷恋？

苦 味

小时候常听的一句话，至今不忘：旧社会比黄连还苦，新社会比蜂蜜还甜。这是“文革”忆苦思甜时最流行的词，妇孺皆知，比今天那些最流行的广告词还要流行。现在看来，这句话挺有意思，它朴素的话语里面折射了很多时代内容。今天的小学生听了这比喻一定会不以为然：蜂蜜并不是最甜的，比蜂蜜甜的还有蜂王浆、蜂皇精，而且，甜食对健康也不利。可见时代的前进伴随着那些可爱的流行语的消失。

黄连到底有多苦，我始终没尝过，对它的敬畏之心，至今犹存。可对苦的恐惧却消失了，甚至爱吃带苦的食品，爱喝苦味酽酽的饮料。这对我少年养成的偏爱甜食的胃口实在是一个大大的悖逆。

第一次品出苦的味道来是在十多年前，当时在北京开会，到一个朋友家里做客，这位朋友以新潮著称，他拿出当时很少见的雀巢咖啡招待我们，并要让我们喝正宗的雀巢风味，在咖啡中没有加任何东西。同去的连连称赞这听从外国带回的咖啡味道地道。我从未喝过这么苦的液体，尝了一口，发现这“清咖”的味道比中药还可怕。为怕别人瞧不起我这个外省人没见过世面，我也跟在后面人云亦云地叫好，并咕噜咕噜地喝了一大口，像喝中药似的勇敢，也像喝啤酒似的豪放。现在想来真脸红，当时在座的人并没有发出笑声，我从内心里感激他们。

由于这次出了洋相，我回家后就努力要尝出清咖啡的味道，专门买了雀巢，不像过去那样加糖加奶加伴侣，而是要喝出苦的真谛来。或许是久炼成钢的缘故吧，我慢慢习惯了清咖的怪味，品出了那浓烈的香味，喜欢在写作时喝它，既清心又提神，成为我写作时不可缺少的“伴侣”。只是后来我因长期写作患有神经衰弱，晚上不轻易饮用。

或许是有咖啡的苦垫底，我第一次吃苦瓜时一点也没有感到意外，更没有龇牙咧嘴叫苦不迭。我暗暗喜欢这种江浙沪地区少见的蔬菜，出差到外地下餐馆，有苦瓜必点。这几年南京的菜场也有苦瓜卖了，只要见到，必买。而且苦瓜的做法也多种多样，清炒、炖汤、凉拌，可做主菜，也可配菜。其中有一两样做法居然让四川的厨师也感到惊讶。清香的苦瓜，在炎热的夏季真是一道绝妙的好菜。

还有一种茶也是苦的，它叫苦丁，苦丁是贵州高原上的一种野生植物，用它制作的茶汤色橙黄，苦而不涩，解暑去腻，我很爱喝，第一次在贵州喝过以后，就买了一大盒回南京，慢慢地喝。

怪 吃

我原以为南京人吃臭豆腐干是一种南京特色，没想到走了几个城市以后，发现爱吃臭豆腐的人居然不仅仅是南京人，这多少有些让我失望。人们常说某人香的不吃吃臭的，是说该同志不识抬举，不分好歹，不会做人。可人们不仅要吃香的，臭有臭的味道。圆滑固然是为人处世的诀窍，可耿直亦是人的另一种价值，虽然多数人并不是耿直者，但在价值的天平上人们无疑倾向耿直而鄙视圆滑。

暂且打住，还是回到吃的主题上来，人的价值和食的价值其实是不可作简单类比的。我这里着重介绍几种自以为有悖常理的怪吃，或许有的朋友特别是云贵川的读者会觉得我说的太平常了，我还是把我的感受与熟悉和不熟悉这些怪吃的朋友进行交流。

鱼腥草。鱼腥草名不虚传，有一股浓烈的鱼腥，这种鱼腥是未作剖膛去鳞之前的那种鱼腥，进口之初，是鱼腥气，接着是鱼香，最后是植物本身的清香和甘甜。再加之鱼腥草多半用辣的调料凉拌，在腥香清甜的同时还有辛辣，真可谓信息量大矣。女作家迟子建每餐必点此物，另一女作家林白尝了一筷之后则坚辞。出生东北北极村的迟子建嗜鱼如命，因爱鱼而及鱼腥草。据说鱼腥草含有大量的维生素，具有清火去热的功能，可有一点我弄不明白，既清火去热，为何又用辛辣生火的辣油为调料呢?

竹结虫。竹结虫是一种动物，是寄生在竹叶之间的昆虫，其形状也颇似竹节，油炸之后蜈蚣式的躯体和爪足依然栩栩如生，我大胆地搛了一口放进嘴里，不免有些迟疑，后咽了一口唾沫把它运到牙齿间，嚼碎之后味蕾也恢复了。油炸竹节虫的味道与炸蚂蚁的味道相近，有点像我们江浙一带的油炸河虾，准确地说是那种没有虾仁的油炸虾的味道。早听说山东有道名菜叫炸蚂蚱，可去了几次山东都没有见到，而 1993 年在昆明白族的一家食馆里首次尝到。还有一种小动物也常被用来油炸当作下酒的菜，这就是蚕蛹。据说蚕蛹和上述两种动物都含有丰富的氨基酸，是高质量的防癌食品。然而，这两种食品总有些怵人，记得我在昆明的农贸市场上看到一大堆活生生、白花花的竹节虫在那里蠕动，我禁不住联想到电视画面上那些甲壳虫一样的“面的”和房屋。

生鸡血。动物的内脏一般都能吃，而动物的血液就不一定了，至于食用生的动物血，就更怪了。为什么说是怪，是因为古代的人在火发现之前是生食生饮的。苗家人至今还保留食用生鸡血的习惯，这显然是一种古风的沿袭，而不是缺少火源和燃料。更重要的是生鸡血还有奇异的药效功能，它有特别的吸附作用，能吸附停滞在肺和胃当中的尘埃和杂质，起着清道夫的作用。贵州地区的纺织系统女工就经常饮用生鸡血来清洗肺部的污染，据说效果异常地好。生鸡血作为药物和保健品，人们还是容易接受的。可作为风味小吃，是有些让人却步的，它的生冷和血腥多少给人以野蛮和不洁之感。1994 年 7 月我们参加《山花》笔会的几位作家在苗族风味小吃店里，碰到了生鸡血。叶兆言和苏童先后打了退堂鼓，胃口极佳的林斤澜先生当仁不让。我起初也有些起鸡皮疙瘩，可林前辈连连叫好的声态，鼓起了我的勇气。我随之要了一碗。这鸡血是当日的新鲜鸡血，除加些盐和香油外，还有葱花和香菜，鸡血在水里成豆腐块状，因是生的，味道鲜嫩无比，远远胜过我们常吃的豆腐脑。虽是生鸡血，却没有一点血的腥味。我吃（其实是喝）完一碗，又要了一碗，而林前辈一口气用了三碗，仍有不肯罢休之意。苏童和叶兆言在一旁傻傻地看着我们如痴如醉的食态，将信将疑。

我小时候吃过的一种怪味现在可能很难吃到了，它的名字该叫烤青虫。我八九岁的时候每放暑假就到乡村的外婆家，去和舅舅家的表哥表弟厮混。表哥家的生活可用“贫穷”二字来概括，很少吃到荤腥，可表哥能变着法儿为自己改善生活，钓鱼、捉鸟、打蛇，除了自己吃以外，还常常带回家去。有一次，表哥说太馋了，可既抓不到鱼又逮不住鸟，更碰不到水蛇，他灵机一动发现杨树上爬行的青虫，这种青虫我至今叫不出它的名字来。它肥硕的身躯像一头青色的大蚕，充满了脂肪和肥肉似的，表哥的口水都掉下来了。他用一张包装香烟的锡箔纸将青虫放在上面，然后点燃一堆枯草烤了起来。青虫摇着笨脑袋挣扎来挣扎去，最后在焦煳中“升向天国”（表哥的词语）。表哥迫不及待地把青虫咽进嘴里，又连烤几个，我吃过一只表哥烤的青虫，味道奇异，既有动物的鲜美，又有植物的清香。我至今再没吃过这般奇异的食品。

酿酒颂

现在想来，我见过的最早酿酒师是母亲，我很小的时候，就看到母亲开始做一种叫“酒酿”的食品。酒酿学名应该叫醪糟，是糯米发酵而成。

做酒酿的程序比较复杂，在我们家是件大事。先煮好糯米饭，这糯米饭有讲究，不能太硬，也不能太软，所以煮饭前糯米一定要泡一泡，泡到一定的时候才可以上锅。母亲说，饭要一粒一粒地不相黏，酒酿就成功一半了。当时，没有电饭煲，也没有蒸笼，这煮饭的火候很难把握。有时候，太软了或太硬了，我们就兴高采烈地吃一顿糯米饭，至今我对黏食依然保持着浓厚的兴趣。如煮成了，我们就兴高采烈地嚼锅巴，咔嘭咔嘭地响，香。

饭做好后，就是晾，但不能晾得太久，饭冷了，拌酒药（酒酵）就不热，就会影响发酵。饭这个时候会铺在桌子上，像北方人擀面一样，这个时候，母亲在用酒瓶子碾酒药，南方很少自己擀面，所以没有擀面杖，用酒瓶子或酱油瓶凑合用。酒药子碾碎后，母亲就开始用手拌进米饭里，拌得越均匀越好。拌好以后，趁热装进一个坛子里，后来有钢精锅之后，也放在钢精锅里。装好之后，在糯米饭上面，用筷子搅几个圆孔，据说是让透气的，然后盖上棉垫或旧棉衣，放到一个饭焐子里，焐上三四天，等酒酿的香气溢满屋子时，就可以开吃了。

酒酿发酵的过程是个让人焦急等待的过程，母亲更是带着神秘甚至神圣的神情去观察酒酿的生产过程，我们有时候大气不敢出。现在我明白酒酿发酵的要素主要是温度，一般要三十度左右最好发酵，但南方的冬天屋里没暖气，如果碰上冷空气降温，发酵的时间会长一些。在酿酒的过程中，母亲是不让打开看的，说会漏了气。有时候我和妹妹们偷偷看一下，不知为什么我们每次偷看，总会被母亲发现，总会遭到母亲的斥责。后来我发现，母亲也偷偷地看，等夜深人静我们都睡了的时候，她也偷偷揭开棉垫看动静。根据我的观察，如果酒酿酿制顺利的话，酒酿就像孕妇的肚子一样会悄悄地鼓起来，饱满的白白的米粒每一颗都闪着晶莹的光。如果发酵不顺利的话，米粒就显得有些憔悴，颜色有点发暗。如果酒酿成熟了，那些原先用筷子捅开的圆孔，一个个溢满了乳白色的米酒汁，泛着甜蜜的笑，这时候，你就明白为什么有酒窝这个词，为什么“一笑两个酒窝”那么迷人，原是另一种通感。

如果三天还没动静，母亲就开始想办法加温了，加温的方法就是把烫焐子放进去，来增加热量。烫焐子就是后来的热水袋，冬天睡觉用来取暖的。烫焐子外面要包一层布袋子，防止烫伤。我们家有两个烫焐子，一个是纯铜的，一个是锡的。一般先是用铜烫焐子加温，如果还没动静，再用锡的，有时候加温管用，有时候加温不管用。酒酿不发酵，就像人长僵似的，怎么给他营养液都不长。但有时候，你把它忘了的时候，酒酿会突然一夜之间成熟。记得有一次夜里，我被一阵浓郁的桂花酒香惊醒，酒酿的香味直往鼻子里钻，直往胃里钻。一家人，都被这酒酿的芬芳催醒了，索性起来尝几口，那味道在舌尖上舞蹈。因为这一次做酒酿母亲尝试加了点桂花，但迟迟不好，本以为做砸了，没想到在几天之后，在大家以为它只能喂猪的时候，忽然飘香醉人。

酒酿做砸了，是很让人沮丧的，我现在还记得母亲当时沮丧的表情，好像一部艺术作品毁了似的。这酒酿很奇怪，做好了，人人抢着吃，做不好，喂猪，连猪都不爱吃，非让猪饿几顿，猪才勉强吃几口。没有酒味，那米是木渣渣的，不是味同嚼蜡，而是啃树棍一样难以下咽。

说了这半天，其实是说酿酒的难处，因为在古贝春酒厂，我参观了他们的酿酒车间，看到工人们在辛勤地劳作，我想到了年迈的母亲做酒酿的往事，也知道古贝春这些年能够美誉四方的原因了，他们在精心酿造佳酿和美酒，是有根的企业，不像有些酒厂忘了做酒的根基在于酿酒，而只想通过勾兑投机取巧。古贝春人在酿造美酒的同时，还时时刻刻不忘酒文化的建设，不忘弘扬中国文化的传统。“诗酒一家”，我们看到了诗酒碑林“桑恒昌诗苑”，看到了诗歌大道，我们在那里和前辈的诗魂、酒魂相遇。还读到了诺贝尔文学奖得主莫言书名的《四季飘香》的散文集，在那里我们又和当代的文人墨客悄悄邂逅。古贝春人酿出的酒味浓，营造的酒文化深厚，所以我斗胆挥毫写出了这样的词：古贝春浓仙境出，武成秋深诗意来。

不拿枪的敌人

因为工作的关系，最近读了天津作家李唯的中篇小说《暗杀刘青山张子善》，产生一些感慨。刚看到题目挺奇怪的，刘青山、张子善不是被我们政府作为腐败分子枪毙了的吗？怎么会被暗杀呢？历史就是这么奇怪，作家李唯在尘封的档案里发现他俩当年居然是国民党特务暗杀的对象，因为他们位居天津地委书记和专员，是中共的高官，便有了一连串“暗杀”的故事。当然，最后国民党特务的暗杀阴谋失败了，失去民心的国民党很难在大陆建立他们的群众基础。记得毛泽东有句非常经典的话，“在拿枪的敌人被消灭以后，不拿枪的敌人依然存在”。“拿枪的敌人”指国民党的有形的军队，而“不拿枪的敌人”当时是指国民党的特务以及隐藏的反对共和国新生政权的敌对势力，因而毛泽东高举阶级斗争的大旗，时时要和不拿枪的阶级敌人做斗争。毛泽东可谓高瞻远瞩，他说这话时，还没建国。

60 多年过去了，共和国的政权稳定了，当年那些“不拿枪的敌人”似乎已经烟消云散了，但是威胁共产党作为执政党的敌人依然存在。这个不拿枪的敌人就是腐败，小说《暗杀刘青山张子善》以冷幽默的诙谐叙述方式，清晰地展现了这个不拿枪的敌人比那个拿枪的国民党的特务要可怕得多，也要顽强得多。国民党特务费尽心机地要暗杀的天津地委的一号人物、二号人物，在灯红酒绿面前，在金钱女色面前，很快缴枪了，不是死于国民党的枪下，而是无形的敌人——腐败。乃至刘张二人觉得自己死得冤，死得不可思议，就是死于这种无形的腐蚀和难以抵御的享受本能。所以，现在有了那句著名的“把权力关进笼子”，如果不能正确地使用权力，自己就会被关进笼子。

小说当然是一种虚构，但是在虚构的同时，又是脱离不了现实生活的，当年刘青山张子善没有倒在敌人枪下，而是死于自己组织的执法。从某种程度说，他们变成了共产党的敌人，因为他们的存在，共产党才意识到，不拿枪敌人的危险一点也不小于拿枪敌人的危险。刘青山张子善腐败的基础在今天没有垮了，反而随着经济水平的提高，这些个不拿枪的敌人升级换代，变得更强大、更狡猾了，反腐防腐，任重道远。

大到一个政党，小到一个人或一个公司，在奋斗的路途中，必须经历这样几个阶段。首先必须有朋友才能从小到大，从弱到强，所谓一个好汉三个帮，说的是草创阶段，你不可能拥有很多的资源和人脉，要借用人家的资源和力量来发展自己、壮大自己，才能获得成功。等你成功以后，你的敌人自然会出现，因为你的出现，可能占了人家的资源，分了人家的蛋糕，或者挤缩别人原本宽敞或者独自拥有的空间，让人家感到了某种威胁或者不舒适、不自在。总之，你成了别人地盘的入侵者，你成了敌人。甚至你当年的朋友也成为你的敌人，因为你的成功、成长慢慢超过了他们，你的优秀让他们面子上挂不住、不自在，也同样影响他们的生存。

另一方面，在你的身后还有一些奋斗者，他们的明天就是要坐上你现在的位置，他们视你为偶像的同时，也将你视为假想敌。这样你就面临挑战，超越、击溃、打败或避掉这些敌人，你就会拥有更大的空间，意味着总值的提升和地盘的扩大。当然，你也可能被敌人击溃、收编、吞没，你也因此丧失了自己。

一个奋斗者，一个不甘落后的人，一个愿意向前走的人，总会遇到障碍，都会遭遇到敌人。出现敌人是必然的，敌人也是必需的，乡村社会比之城市文明为什么相对稳定和谐，就在于乡村的上升空间小，面临的敌人要少。走出乡村，其实是为了寻找自己的敌人，有了要超越的对象，他就会刺激你的力比多，唤起你的潜能，释放出所有的战斗力。所谓鲶鱼效应就是敌人效应。那些移民城市的生命力，就在于不断涌进异乡的鲶鱼，那些饥饿的鲶鱼。

强大的敌人毁灭对手的同时也会造就强大的成功者，你的敌人越来越强大说明你的力量越来越大，你的理想也越来越近。

当然最大的敌人，是你自己，这个不拿枪的敌人如影相随，隐藏在你体内，时时诱发你的惰性、你的贪婪、你的颓废、你的腐败、你的恶劣、你的疯狂、你的反人性甚至反人类，把你带向病态、死亡和肮脏。所谓“生于忧患，死于安乐”，其实是说，在没有敌人、没有对手、没有牵制、没有制约的情况下，容易自我陶醉、自我丧失导致自我戕杀。

忧患是拿枪的敌人，安乐和腐败是不拿枪的敌人。

杭州夏调

杭州初游

有些地方一辈子可能就去过一次，就再也没有机会去了，也不想去了。有些地方你去过无数次，可能还要去，心里还想去。杭州就是这样一个你去了多次还想再去的地方。我到杭州多次，印象最深的还是第一次，1980 年的暑假。

因为是第一次去杭州，我还写了诗，并且至今记得清清楚楚。人们对初恋格外珍惜是有道理的，因为是张开的全部感情对一个新的生命的接触、感受和环抱。一个人去一个新的地方虽然不是初恋，但他的感受却是张开的，是用接纳的姿态去面对的。第二次、第三次再去的时候，往往会变得迟钝甚至麻木了。

杭州不是我的初恋之城，但是我的首游。二十世纪八十年代初期，旅游对国人来说是奢侈的，也是高端享受。我之所以能去杭州旅游，实在是运气好。1980 年，我在一所乡村中学实习，这一年，这所中学的高考成绩奇好，受到县教育局的表扬。学校为了表扬高二班的老师，就兑现了事先承诺的苏杭游。我是半途被拉到毕业班教语文的，当时我 20 岁，个别学生比我还大，初出茅庐就教两个毕业班的语文，可见乡村中学之缺少人才，也可见学校领导之大胆。还好，那届学生高考语文考得不错，很多人爱上文学，至今还有交往。我也就有机会参加学校百年一遇的旅游了。

去何处游？当然是苏杭了，“上有天堂下有苏杭”，说了几百年了，她是我们的一个梦想。当时有一本刊物叫《文化与生活》，正好介绍苏州、杭州的旅游景点，我们就照刊物的介绍，按图索骥，一个景点一个景点地游玩，唯恐漏掉一处。

去杭州的行程被安排在一个晚上，我们从苏州古运河出发，坐船向杭州夜游。那时的运河，河水没有污染，时有渔船和帆船行过，两岸的农舍，在月色下也泛着农业文明特有的自然和亲切。我们坐的其实不是游船，而是客轮，但客轮的喇叭不时地介绍两岸的景点。全船好像都是卧铺，一觉醒来，已是杭州。不知苏杭运河客运是否还有？那也算“世遗”级的。

杭州是我们此行的盛宴，是乐曲的高潮段落。和苏州的园林比起来，杭州的西湖是开阔得多，也自然得多。初次出门，几乎每个景点都兴奋得大呼小叫，用笔记录景点楹联，用别人的相机为我四处留影，以致同行的都觉得我有点贪了，每个景点都要拍。从花港观鱼开始，一直到三潭印月。当时的感受是我第一次到这么仙境的地方，而且以后恐怕也没机会再来了。我学的是师范专业，基本定位就是乡村教师，能碰上这样的苏杭游，已是千载难逢。所以，我把自己的杭州首游，也当成了最后一游。用自己的眼睛、脑子和笔努力刻录下这些世间仙景，我要把她吸进我的神经脉络里，永远铭记。

入夜，天气炎热，我们入住的西湖饭店没有电风扇，睡得床上全是汗，当然因为我们选的房间要面朝西湖，西晒的余热难以离去是一个原因。后来我就索性卷起席子，走出饭店，直接跑到西湖边打起了地铺。这时发现，西湖边上，已经躺下一大片。尽管时不时有一阵湖风飘来，但还是睡不着，干脆坐起来，饱览夜色下的西湖，看湖光山色，看荷叶上的闪闪烁烁，星星点点，陶醉。

回来以后，我写了一首诗，投了很多刊物，没刊登。33 年之后，我仍记得这首诗：

西　湖

如果祖国是美丽的西湖
杭州则是一页绿色的荷叶
西湖则是荷叶上晶莹的水珠

杭州有个书吧

关于杭州自然有一些有趣的记忆，第一次到杭州是 1980 年的暑假去旅游，住在西湖边上的一个饭店，记得天气特别热，没有电风扇，更没有空调，热得睡不着，我看有人拿着席子睡到西湖边，我也仿效，西湖边凉快些，但有蚊子，望着远方的山色、近处的湖光，想想那些美好的西湖八景，心里倒也另有一番滋味。

之后又去过几次杭州，感觉这地方有些艳丽得过分，有些妖娆得不像现实中的城市，像画里画的和诗歌写的，总有些虚幻的美妙。

好像是 2001 年的 9 月 18 日，浙江文学院要我给青年讲习班讲课。巧的是我住在那家饭店的 918 房间，更巧的是我的老友盛子潮这一天过生日，三个 918 凑到一起，难得。

晚上，子潮说，到书吧去坐坐吧！

北京有很多酒吧，但，安静的不多，除了三里屯北街有家金谷仓外，其余的印象不深。金谷仓很有文化气息，但更像一个画家开的。北京的艺术家开酒吧的很多，但作家好像没有，或者很少，王朔曾经开过一阵酒吧，但是以画廊名义开的。设计师艾未未，水泥决定一切。

王朔的酒吧是个挺不错的去处，老朋友相会，在那里还可能见到其他的老朋友。但后来，可能朔大爷忙其他更重要的事，不开了，好多朋友都挺怀念的。

子潮说的这书吧，我一看就是江南文人们适合的地方，环境雅得自然，像茶楼，也像朋友家的客厅，后来听说是盛子潮太太开的，没准子潮把这书吧当成他家的大客厅呢！

子潮的书吧，人气很旺，我去过几次，总能感觉到高朋满座似的，而且套句俗话，往来无白丁似的。看来杭州这地方，人的消费欲望也不只是物质的庸俗的，还有精神的和高尚的。

我喜欢到这书的酒吧来，一来可以看到很多朋友的书（这书吧有很多熟悉的作家的书），二来还可以遇到很多不期而遇的老朋友。到一个地方，肯定希望见一见认识的朋友，但不大可能一一拜访。而书吧，起到了这个意想不到的功效。比如，我在书吧里，就见到了很多久不相见的朋友。像李森祥、程蔚东、任峻、徐剑艺、阮向阳等，都是在书吧里见到的，叙叙旧，喝点酒，发现人生也就如此畅快。

从那以后，每次去杭州，每次去书吧，每次能见到老友，还能结识一些新朋，说文学和不说文学一样精彩，谈艺术和不谈艺术同样过瘾。

有时候，我在想，北京的那么多酒吧，好像缺少这样的一个吧，供朋友不期而遇的一个大客厅。

云南七章

雨季版纳

西双版纳本是一个迷人的地方，可到过版纳的人居然有两种不同的感受，一种说一般一般，一种说真是人间仙境。我非常奇怪，同一个地方怎会反差有如此之大呢。后来，我明白了，两种说法都是合理的，因为我在不同的季节去过两次版纳，一次是雨季，一次是旱季。

先说旱季。由于版纳无四季的转换，我们从春寒料峭时节的内地出发，下了飞机便是烈日炎炎的盛夏，人们不停地卸衣服，脱去羽绒服，脱去皮夹克，直脱到只剩下一件衬衫，还是热，当地人都是夏日的穿着。版纳给人的第一印象就是与内地巨大的温差，可适应下来，发现这个美丽的地方并不像想象的那么神奇，虽有点边域风情，可自然景观好像也没有什么特别之处，旱季的版纳除了有些南国特征的棕榈树以外，其余的好像与普通南方城市的夏天风景相比，并无超乎人的想象之处。那些穿着五颜六色筒裙的傣族少女，如出现在我们生活的灰色背景的年代，无疑是一种色彩的诱惑，像“文革”期间少数民族的歌舞和服饰是人们审美的潜区域。可现在城市的一些女性穿得比傣族还要傣族，不仅是色彩的毫无顾忌，在展示女性身段的美感方面更是有过之而无不及。更何况遍布全国各地的民族风情园、风情村，已经让人们领略到傣族歌舞和傣族少女的魅力。这，并不会引起初到版纳者的惊喜。

旱季版纳雨水稀少，路上不时还有一些尘土飘起，越发让人觉得版纳的寻常。本应充满傣族风情的橄榄坝却人山人海，像一个超级农贸市场似的，最糟糕的是由于气候炎热，人流不息，整个橄榄坝有一股酸酸的气味荡漾，老远就闻到。

雨季的版纳就不一样了。

我在雨季到过版纳。

雨季的版纳迷人。雨季的版纳是一个美丽的地方，神奇的地方，迷人的地方，只有亲自到过雨季的版纳，你才会觉得这些形容词不是重复，也不是夸张。我印象最深的就是那种玄妙的热带雨林，仿佛一切都在拔节生长似的，那充满生命张力的绿色不是普通城市常见的装饰性效果，它是主角，它主宰着生活似的，铺天盖地的绿色不知从哪儿来的，在路边，在屋顶，在山野，在湖畔，都是蓬勃的绿，摇曳的绿，自由的绿，疯狂的绿，用手在空气里轻轻一揉，仿佛也沾到了青汁，所以当地有一种矿泉水叫“绿风”，绿风，一点也不错。我清楚地记得那“独木成林”的人间奇观，那棵老榕树一点也不谦虚地向四下里繁衍后代，几经岁月，一棵树蔚然成就一片树林，葱葱郁郁，并肩而立，谱写生命的奇篇。而那在细雨中撑着色彩艳丽的花伞、光着脚丫行走的傣族少女，宛如戴望舒笔下“像丁香一样的姑娘”，只不过她们没有那么多的忧愁和惆怅，而是放射着青春的快乐。她们是版纳的精灵，是绿色的使者，是生命里一束美丽的光芒。

傣家女

傣族是一个很有特点的民族，这个民族是一个艺术化的民族，或者说是一个被人们审美化的民族。我对傣族的了解，最初便是从艺术作品开始的，很多的人对傣族的了解都是像我这样从艺术的审美开始的。我最初知道这个民族是因为多年以前的一幅壁画的风波。这幅壁画是名噪一时的《泼水节——生命的赞歌》，它是中国结束了十年“文革”之后率先将女性的人体“示众”的，用“示众”这个词是因为在当时有特定的文化背景。对女性人体的艺术表现，在我们今天已不成为什么问题，不用说以油画、壁画这样的“再加工”形式不会受到责难，即令人体摄影这种非虚构的形式也可以被接纳，一些女明星的写真集更是“直面人身”。但在当时，人体美是一个禁区，而且，袁运甫、袁运生兄弟将这组壁画用到了首都机场，放在国门，引起巨大的争议也是在情理之中的。

这场风波怎么平息的，我已经记不清了。可当时有人为袁氏兄弟辩护的理由给我留下了很深刻的印象，他们运用有关文艺和生活关系的经典论述来论证《泼水节——生命的赞歌》的真实性，说傣族少女便是像壁画上一样生活的。这对我这样在内地长大的青年来说无疑是天方夜谭，我对这种融生活与艺术为一体的边寨生活充满了向往与好奇。

等我真的到了西双版纳去目睹傣族风情时已是十多年以后的事了，1994 年我去参加当地的一个笔会，这一独特的风俗已经寻不见了。当地的朋友告诉我，袁氏的壁画反映的是“水傣”的生活，“汉傣”没有这一风俗。水傣因为生活在水边，每天黄昏时节都要到河里去沐浴，她们卸了筒裙便在水边嬉游，确实是无遮拦的，她们也不觉得害羞，与今日西方的天体运动也没有联系。由于旅游业的迅猛发展，影响了她们的正常生活，她们的生活方式也改变了，已经很少看到往昔水边傣家少女沐浴的情景了。

虽然如此，傣家女还是给人留下很深刻的印象。她们热情大方，天性善良，加之傣族信奉小乘佛教，使得她们更加性情柔和而不张扬。她们五颜六色的筒裙使得本来就俏美的身材更加富有动感，让人心旌摇荡。傣家女虽然美丽异常，但她们并不是花瓶式的美女，她们是生活的主人，承担着巨大的责任，在田里干活的全是妇女，男人则在家里看孩子。然而，她们的地位与她们的付出并不相称，傣族社会里地位最高的是僧侣，其次是男人，再其次是女人。据当地的导游介绍，女人的衣服无论如何是不能晒到男人的衣服上面的，这是一个原则性的大问题。这是我在版纳旅游时印象最深的一点，每当我在城市里穿行，看到阳台上那些红红绿绿的男女服饰混杂一起飘飘荡荡，我就会想到那些美丽而勤劳的傣家女，不知道她们现在是否能够将她们美丽的筒裙和男人的汗衫并排晒到一起。

泸沽湖畔的摩梭人家

我不知道泸沽湖是不是世界上最蓝的湖，但在我见过的湖泊中，它是最蓝的。它蓝得让人怀疑这不是人间的湖泊，而是想象之笔画出来的。我在泸沽湖拍过很多照片，但总是没法拍出那股浸人心魄的蓝来，再精密的照相机也会过滤掉那些难以言传的色彩的韵味的。

泸沽湖无疑是阴性的，它散发出的气息仿佛是乳汁般的稠厚和柔情，连阳光照在水面上也是软软的，不耀眼，不灿烂。泸沽湖这般女性化，有一个女儿国在那里生存，也就不奇怪了。

说泸沽湖有一个女儿国是因为那里居住着摩梭人。这个被称为“中国最后的母系氏族社会”的群体，是因为他们实行“阿夏”婚制。“阿夏”是摩梭古语，意为亲密的情侣。说“阿夏”是一种婚制并不准确，因为他们并不举行婚礼，“阿夏”是相爱男女的互称。平常男女双方各居母亲家，男子只是夜晚才到女阿夏家过夜，清晨返回母亲家生活。“阿夏”所生子女，随母姓，属女方家庭成员，归女方抚养。生父与子女没有经济上的联系。因而有人将这种“阿夏”称为走婚。

在摩梭人家中，妇女是家庭的中心，由于所生子女属女方家庭成员，一家全是清一色的同一血缘，“舅掌礼仪，母掌权”，是典型的母系社会的格局。

由于这种“阿夏”带着更多的自由结合的色彩，男阿夏与女阿夏之间的聚散并不受太多的约束，有的人可以有几个阿夏，但近年来，也有的结婚组成家庭，过着一夫一妻的生活。十年前，我到过泸沽湖，并在一摩梭人家住过两个晚上。这个神秘的群落居住在高高的山上，与世并不隔绝，有公路通到那里，有商店和小吃店，还有小学校。我住宿的那个人家的“准丈夫”，在那个时候就有了较强的经商意识，用独木舟划我们五个人到泸沽湖上去玩时，每人收了五元钱。

摩梭人的女儿大了，就让她单独住靠近家门的“花楼”，以便结交“阿夏”。我居住的那家有两个儿子两个女儿，大女儿十八岁了，果然单住一屋。那天晚上，我们几个人和他们全家唱歌联欢，就是不见大女儿的身影。第二天清晨，我有意识地起个早，看见一个小伙子从“花楼”掩门而出。

十年过去了，那时，泸沽湖没有通电，当地人听录音机用电池，记得我到小学与一位纳西族的教师聊天时，他兴奋地告诉我明年就要通电了，我说泸沽湖就会变味了，这位师范学校毕业的年轻人很愤怒，你们有什么理由不让泸沽湖也过上现代化的生活？我无言以对。

不知道现在泸沽湖通电没有，也不知道那位愤怒的青年是不是还在那儿教书，有了诸多现代化电器的摩梭人会不会婚姻生活也“现代化”起来呢？想象不出，只有再去游览一次。

海 埂

球迷们都知道昆明有一个海埂，海埂为昆明增添了很多的色彩和花絮。海埂已不是昆明的海埂，海埂是中国的海埂。海埂的知名度在上升，它与中国的足球热有关。

我对海埂心仪已久，第一次到昆明的时候，是1995年的夏天。夏天的海埂是寂静的，陪我前去的老陈在这之前问我对昆明的哪处景点最感兴趣，我说海埂，他说你是个球迷。我说，算不上AA级的。他说很遗憾，海埂现在没有一支球队，可能连足球都看不到。我说那可能另有一番意趣。

汽车进入海埂基地之后，我们找了一个地方住了下来，我试图寻找那些球队的足迹，也想聆听球场的厮杀声，可除了蝉的叫鸣之外，海埂是那样寂静，寂静得像一个放暑假的学校。我在几处绿茵地徘徊，幻想出现范志毅这些健儿的身影。滇池清凉的夏风吹过来，提醒我现在不是春训的季节，他们正在各地逐鹿足协杯。虽然没见到球员和比赛，可海埂给了我一个广阔的想象空间。

我第二次到海埂的时候，是1996年的3月中旬，当时国奥队正在马来西亚参加奥运会亚洲区预赛的决赛。我参加的“联网四重奏”年会在版纳召开，在昆明有半天闲暇时间，我和中国青年出版社的李师东不约而同地想到海埂去看一看。让人感兴趣的是，国安队的领队杨群原是李的同事。我们的海埂之行便有了内线。我们到了海埂之后，进入基地时，看门的大爷让我们买了一张门票，这张油印的门票面值五角，可能是最便宜的门票了。

我们两人找到了国安队的住地，但杨群刚回北京，我们访友的计划便告落空，就成了自由自在的游客。我们把每个球队的训练都扫描了一遍，最后在申花队的训练场地停了下来，看了徐根宝的一节（或是半节）训练课，觉得申花队是那天所有队里训练最认真也是水平最高的。回来的路上还看了女垒的训练，觉得那气势就是比男足强，而且特别投入。她们有一种奋发昂扬的精神，同时还有一股不容置疑的“霸气”。虽然她们在奥运会上与美国队争夺冠军时屈居次席，但她们的斗志和精神状态是让人称道和难忘的。离开海埂几天之后，我们在电视上便看到了国奥失利的情景，中央五台黄健翔和他的同事们对这场失败诗意的解说和剪辑，更让我们的海埂之行成为一次伤心之旅。

事后，我对海埂作了小小的考证，海，在当地泛指湖泊，埂，就是大堤。这海埂原是当年围“海”造田的产物，也就是说它的出现本是对生态平衡的不尊重，可有谁会想到它会成为中国足球的一块风水宝地，球迷们心中的圣地，昆明最受传媒关注的景点呢？这是个美丽的错误。

过桥米线和菜泡饭

饮食文化也是交融的，南北会交流，中西也会碰撞。扬州炒饭是淮扬菜的看家菜，但这扬州炒饭其实经过粤菜的厨师加工之后才变得这么好吃有影响的，我是吃淮扬菜长大的，蛋炒饭是小时候常吃的一道，基本上鸡蛋炒饭，最多加点葱花。而现在流行的扬州炒饭，又是火腿又是虾仁，加了无数的配料，这是广东厨师调味出的结果。

这扬州炒饭非但是南北餐饮的结合物，后来也成了中西餐的一个共赏物。没有吃过中餐的老外，最能接受的中餐据说是扬州炒饭。当然西方人在吃炒饭的时候还要浇上醋、咖喱之类合他们口味的调味品，与我儿时吃的蛋炒饭大相径庭。

是先有米线还是先有面条？没做过考证，照我的理解，该是先有面条后有米线、米粉、河粉之类，但筷子似乎又是专门用于吃面条的。南方把米粉做成元宵，北方把面粉做成饺子，就是一种很好的对应。

而蒙自过桥米线产生于明末清初，这就坚定了我米线是面条的替代品的想法。明代朱元璋开始，就把不断有中原人士南迁到西南地区，西南不宜种麦子，吃惯面食的北人很自然就想到了替代品，这米线该是改良的成果。

而蒙自过桥米线则是更加北方化的文化杂交饮食。明末清初，大量北方游牧民族南进，他们的饮食比中原人更加的粗犷和简捷，过桥米线的产生，实在让人不能不联想起北方游牧民族的涮羊肉，所不同的是，由于南方物产丰饶，加之南方人的精细，这过桥米线就明显比涮羊肉要丰富和复杂，主体也改变了，由涮肉变成了涮米线了，当然总体风格上还是一个：简捷。

说实在的，我吃米线很晚了，大约在我快三十岁的时候，我才第一次吃上米线，那时候人的胃的文化结构已经形成，很容易排斥另外的非本胃文化的饮食。但我第一次吃米线，就喜欢上这种方式。而且当时还不是过桥的方式，等尝过过桥米线之后，就欲罢不能了。以前在南京的时候，家门口就有一家云南人开的蒙自米线店，经常带家人去过馋瘾。现在到北京不像过去那么方便了，我仍然执着寻找米线店，终于在东便门云腾宾馆发现了心爱的过桥米线，因此我的舌头和胃又一次找到幸福的家园。我带朋友吃饭，最多的是云南菜最多的是过桥米线，好多朋友因为我爱上了过桥米线和云南菜，还有一些朋友爱上了普洱茶。朋友们开玩笑说，你快成了蒙自米线的代言人了！

蒙自过桥米线有一个美好的传说，说蒙自的一个读书人，在南湖用功读书，废寝忘食，妻子怕饭菜凉了，就急中生智发明了鸡汤“过桥”这个方法保温保鲜。这个传说是对中国传统文化的一次褒扬。读书人，考试，贤妻，昏倒，鸡汤，当然还有这米线。所以在蒙自县城的南湖，还有一座传说中的“过桥”，风景秀逸，浮想如云。

传说当然美好，也可能是真实的，但蒙自过桥米线广为流传的原因，除了它的美味外，还在于它方便和节俭。在我的家乡，有一道菜泡饭广为流行，当时其实是被穷困逼出来的，富贵人家，饭是饭，菜是菜，断然不会饭菜混在一起煮的。而穷人则没那么多讲究的，菜泡饭，一锅全煮，又省材，又省油，还省时间，且少洗碗。颇有些类似过桥米线。

不过因贫穷产生的饮食不一定就不好，而那些讲究排场、讲究奢侈的大菜也不见得就好吃，就能流传。比如，满汉全席，名可谓响矣，可有几人吃得起，又有几人能吃到真味呢。而且，那些高脂肪、高胆固醇且以野生动物为原料的大菜，大悖科学发展观！

倒是那些因为贫穷而产生的美食反而更健康更环保，比如这蒙自过桥米线，比如这菜泡饭，省了多少油，省了多少原料，省了多少煤气，又省了多少人工！如果评选最佳节能美食奖，蒙自过桥米线当获第一名！

城中瀑——极边之水

对很多地方的理解，是从地名开始的，腾冲也不例外，腾冲地名的形象容易给人起飞后翱翔的感觉。当然，还会给人一种进步向上、努力奋进的印象。等我到了腾冲之后，发现可能有另外一层含义。

我到达腾冲的时候，正下着雨。下雨并不是什么特别的景观，但腾冲下雨的时候，我远远地在县城里听到轰轰烈烈的声音，很让我吃惊，那声音是排山倒海狂放无羁之声，那声音是摧枯拉朽更新万物的声音，那声音是咆哮奔跑激情四射的声音。

我奇怪，我好奇，问当地的朋友。声音来自何处？

朋友说，叠水河。

很多县城里都有河流通过，这叠水河怎会如此磅礴如此嚣张？

朋友说，那是叠水河瀑布。

瀑布？在城里有瀑布？我不敢相信自己的耳朵。

是，全国唯一的，在县城里有瀑布的就是腾冲。

朋友用带着浓郁的云南口音的普通话不紧不慢地告诉我，我放下行李，说，我们看城中瀑去。

雨有些停歇，雨点还不时地打到我们的脸上，凉爽而不冰冷，我们听见水声越来越近，轰鸣如交响乐团般地震荡，待我们行到瀑布前，乐曲也奏响了高潮。水流撞击到石头上，发出的是金属般的声响，仿佛是怒江奔腾到县城。

瀑布飞泻的崖顶，那巨石似龟蹲立，若鳖仰望，形态不一，距瀑布十几米处，有一古石桥跨越江上，名叫太极桥。这太极桥让瀑布分为两部分，桥上观瀑布，宛然看大江东去，桥下看瀑布，则怀疑银河落下人间。我看过多处瀑布，从上下分别看去，别有一番滋味。桥上大江奔流，滔滔不绝，桥下激流奔驰，破青崖，白练雪云，水色蒸腾，珠沫四溅。我们来观望时，正巧雨后阳光初现，绚烂的七色彩虹从江这边连到江那边，好像现实和梦幻联系在一起。

听朋友介绍，原来这城中瀑是大盈江的一部分，大盈江属于伊洛瓦底江水系，沿途众流汇合，到达县城地面时，遇到一个巨大的断层崖。崖旁三峰突起，比肩兀立，水从左峡中夺路而出，从 46 米高的崖头跌下深潭，然后继续奔涌向前。这里，河水一分为二，仿佛被叠为二折，才有“叠水河瀑布”之称。徐霞客曾到此，他写道：“其水从左峡中透空平坠而下；崖深十余丈，三面环壁。水分三派飞腾：中阔丈五；左骈崖齐涌者，阔四尺；右嵌崖分趋者，阔尺五。盖中如帘，左如布，右如柱，势极雄壮”。“从西崖绕南崖，平时而立，飞沫倒卷屑玉腾珠，遥洒人衣面，白日间真如雨化雪片。”霞客先生当年记载的景观依旧，只是当年瀑布的周围不会像今日这么繁盛，而这繁盛让城中瀑显得弥足珍贵，在喧嚣的现代化城市中，能够享受到如此壮美的山水，是天赐大福。

一个地方能够给你深刻印象的东西并不太多，我到腾冲也仅仅两天，但腾冲能给人印象深的东西太多了，和顺小镇的古朴和深厚，艾思奇故居的深邃和亲切，巍巍松山的悲壮和肃穆，云峰山的超凡和包容。当然，腾冲给我印象最深刻的还是山和水的多种组合，怒江的雄阔和壮伟来自于岩石的阻隔，热海的奔放和热烈来自于火山的造化，还有这城中瀑更是水和山的完美组合，人和自然的亲切交融。

我知道腾冲这个地方，是读了熊清华先生的散文《至爱极边》之后，他用了“至”和“极”这样“最”的组合来形容古称“极边”的腾冲，我在到过腾冲之后，觉得城中瀑——极边之水，水之至爱。

夜游黄果树

风景总是一种诱惑，风景的诱惑在于人们没有能够亲眼目睹置身其中，人们置身于风景当中还会感到它的诱惑吗？黄果树瀑布对于人们来说总是一种巨大的诱惑，它的巨大的水流从我的头顶上走过的时候，我才明白它是真正的名不虚传。这些年来怕受风景的诱惑，因为很多的风景是虚传的盛名。这种虚传不是因为历史的过错，而是时过境迁，人物已非，再加之人们片面而无知地开发和利用，很多的风景便只能成为可向往而不能前往的名胜。想象比事实更美好，要不然你会大失所望的。

黄果树据说也曾让人失望过，因为它受制于自然。当它进入枯水期时，它的景色便会让游客感到原先的诱惑带有某种夸张，这也是黄果树的真实之处，就像泰山的日出、峨眉山的佛光并不是什么时候都能看到一样，那要看你的运气，这种运气不是抽象的，它其实是你的选择，比如你登山时机、气候、人员的选择。运气即选择。

我的运气不错，我看到了辉煌而磅礴的黄果树瀑布。一九九四年七月我和参加《山花》笔会的朋友们在一场特大暴雨之后观赏到它最雄奇的景观。我看过很多的海，也看过很多的江，还游览过很多的湖，可我在游览过黄果树之后，认为作为水的景观黄果树瀑布可谓达到了极致。湖泊是优美的，可过于秀气而沉湎于静谧；江海的水流是流动的，可它的流动基本上在一个平面上进行，缺少一种立体的放射的感受；而瀑布之水天上来，奔流咆哮，雪白的水柱冲击起震撼人心魄的涛声，你仿佛给水声淹没在雪白之中，被巨大的水流环抱着，你变成了水的一分子。特别在过水帘洞的时候，水是那样地慈祥那样地无微不至，迷人的水汽从脚下升起，从头上升起，从岩石边升起，从洞外的阳光里升起。我有一种从上向下飞出去的欲望，我把手中的花伞抛向深潭，红色的雨伞飘飘然在瀑布的激流中行走，对面的人群发出一阵欢腾，于是陆续有彩色的飞行物在游动，彩虹一样在瀑布的气流中发出灿烂的微笑。

好景难再，今年春天又一次来到黄果树，路上有人告诉我春季水小瀑布不够壮观。我便坐在招待所里休息，不想破坏第一次留下的美好印象。晚上和《青年文学》的李师东喝啤酒斗酒量，其他人在一旁推波助澜，几瓶啤酒下肚，就想走动，没想到窗外月色竟那般动人，远处传来瀑布的轰鸣声，在深夜的寂静中显得异常幽远，乘着酒兴，我们一行十人便步行夜游黄果树。

如果说去年夏天在黄果树看到的是血肉丰满的形体，那么，这一次则看到了黄果树的筋骨、黄果树的结构，我们接近黄果树时水声似乎反而消失，瀑布静静地躺在悬在夜色中，水流显得纤细而拘谨，是一种凝练、简洁的美。最为奇妙的是从山顶悬下几注雪流在迷茫的夜色中会不时变得粗一点细一点，像变魔术似的。我们刚来时左边的一挂水流极为丰腴，可渐渐变得消瘦起来，待我们离开时，这股水流竟无声无息地消隐了。夜色中的瀑布似静而动，在平淡中孕育了变异，颇有沧海桑田之感。

我不知道下一次会在什么时候和什么样的情景下再去看一次黄果树瀑布，我想还会看到另一番的景象，黄果树是不会让我们失望的，它的每一个季节、每一个侧面、每一个角度都会给我们以新的感受。当然，我们每一次也应以新的感受、新的情怀去观照、环拥它。

在临沧参茶

来到被称为“天下茶仓”的临沧，自然是要对茶文化感兴趣。

茶是古老中国文化的象征，甚至在英文中国“china”的称呼里，也有人认为是丝绸和茶的中国词组的拼接，或者说是瓷器和茶的拼接。丝绸也好，瓷器也好，它们都是中国人对世界文明的巨大贡献。或许有学者对这一说法持怀疑的态度，但反过来证明了世界对中国的认识是从茶叶、丝绸、瓷器开始的，“茶马古道”“丝绸之路”记载的是中国文化在世界长河的辉煌足迹。

云南是茶的故乡，而云南的茶产量又以临沧居首。说实在的，在来临沧之前，我不太熟悉临沧这个地方，我到过西双版纳，到过当年的思茅，到过大理的下关，也到过保山的昌宁，我知道那里的茶名很盛。这一次来到临沧，才发现原来是井底之蛙，不知道天下茶仓和第一茶树在哪里，还奢谈什么茶文化。

我在临沧看茶的第一站是双江县的勐库大叶茶厂。据当地人介绍：勐库地处紧邻北回归线，是国家级有性系茶树良种勐库大叶种茶的原产地，属典型的亚热带立体气候。在海拔 3228 米（东经

99°46′－99°49′，北纬23°42′）的勐库大雪山原始森林中有着近万亩的野生茶林群落，茶树树株最高达22米，基围粗3.25米，是全国群落面积最大、海拔最高的野生茶林，树龄大多在2500–3000年左右，如此大规模的古树茶树林的发现，在世界茶叶历史上实属罕见，从而进一步证实了双江是世界茶树原产地之一，是生物多样性的活基因库。

我很兴奋的是，我们来到普洱茶的生产车间，看到工人们压茶。压茶的工人多是中年妇女，她们的压茶的生产方式基本是手工的，压茶的石头已经被茶叶磨得光滑，幽幽的石光记录着岁月的流痕和工人们的勤苦。我和同行的几位作家曾经试图去启动那石头，最后还是放弃了，因为怕沉重的石头扭伤了肩和腰。而那些妇女们日复一日、年复一年地在不断上下启动着那块石头。当我们在品茗论茶的时候，有谁会想起那些辛勤劳作的妇女呢？谁知盘中餐，粒粒皆辛苦。在茗香飘溢的茶楼里会所里，其实也有劳动妇女的汗水在飞。

后来又来到了“滇红”的故乡——凤庆。滇红是我接触最早的红茶，在我童年的时候，每年到春节的时候，我们全家每人可以喝到一小杯的滇红。后来我才知道，因为当时滇红全部出口了，只有极少量的茶流入国内市场，父亲当时在供销社工作，春节可以分到一小袋的滇红。滇红在我的记忆里，就充满了节日的气氛。“文革”期间，喝茶本来都是奢侈的，父亲喝的是茶叶末子，能够喝到国宝级的滇红当然是莫大的幸运。大年初一的清晨，父亲用搪瓷缸泡滇红，然后轮流给我们尝一口。后来我和同学们显摆家里有滇红的时候，同学问：什么味道啊？我想了想，说滇红的味道像蜂蜜，带着酒的醇香的蜂蜜。

蜂蜜的记忆是童年不准确的记忆，那时候我们把最好的美味都比作蜂蜜，因为我们压根儿就没有尝过蜂蜜的味道，但当时“比蜜甜”是形容最高味道的说法。待后来我喝到蜂蜜，再尝滇红的时候才发现是何等天真可笑。这一次来到了滇红的公司，尝了各种风味的滇红，才发现滇红的醇厚、滇红的丰富远远超过蜂蜜的浅薄。杨厂长热情洋溢的介绍，让我看到滇红的传奇史，也看到了临沧茶文化的深厚。

1938 年，“滇红”在凤庆试制成功，成为中国的出口名茶，年出口量均占全省茶叶出口量的 40% 以上，创汇占全省茶叶出口量的 50% 以上，云南凤庆滇红茶叶集团股份有限公司是云南目前最大的茶叶生产企业。全区茶叶面积达 65 万亩，年产量达 2 万多吨，面积和产量均为云南第一。当然滇红时常作为国礼被馈赠给各国的元首、精英、名人，也提高了滇红的国际影响。

临沧和凤庆值得骄傲的还有一棵全球最古老的茶树，被称为神树的茶树。这棵茶树有一个非常美好的名字，叫“锦绣茶祖”。因为它在滇西凤庆小湾镇一个锦绣山村的境内，古茶树高达 10.6 米，树冠南北 11.5 米，东西 11.3 米，基围 5.84 米。1982 年北京农展馆馆长王广志先生以同位素方法，推断其树龄超过 3200 年后，广州中山大学植物学博士叶创新亦对其进行研究，结论一致。2004 年初，中国农业科学院茶叶研究所林智博士及日本农学博士大森正司对其测定，亦认为其年龄在 3200 年至 3500 年之间。2005 年，美国茶叶学会会长奥斯丁对其考察认为，锦绣茶祖是迄今世界上发现的最大的古茶树，如果考虑到它是栽培型的，对人类茶文化的历史将具有无与伦比的意义。从其树龄超过 3200 年推算，其“年龄”甚至比商纣王还年长近 100 岁，比春秋时代的孔子年长近 700 岁，比秦始皇年长近1000岁……就在这棵茶树王的身边，至今还有她的子孙1400多棵，茶海绿波，子孙同堂，郁郁葱葱。

神树得天地之精华，阅人间之沧桑。神树笼罩的周围没有其他的树种，一副唯我独尊的气概。这树的叶子也是神叶，远近的茶农不得前来采摘。神树受到乡民的供奉和朝拜，也受到茶友们的膜拜。2006年5月，来自台湾、香港、马来西亚的茶界名人以及云南省澜沧江流域的苗族、傣族、佤族、藏族等8个少数民族祭拜队共5000多人汇聚在香竹箐，祭拜了这株“地球上最大的古茶树”。当然，以这棵古茶树树叶制作的499克茶饼，也成为文物级别的稀有物。在2007年普洱茶文博会以25万元起拍价并被以40万元的天价拍出，每克800多元，价格接近当时黄金价格四倍，创下当时新茶拍卖最高纪录。

当然，茶的价值不是仅仅通过金钱来衡量的。临沧的茶孕育着的文化丰富多样，深厚，值得慢慢追寻。回京后，偶然读到佛教名僧虚云大师的一首诗：

寸香陪客坐，聊将水当茶。
莫嫌言语寡，应识事无涯。
岩树井藤命，驹光过隙嗟。
佛言放下着，岂独手中花。

临沧夏冬无热无寒，临沧人淡定从容，原来临沧的茶文化深含着禅意，也就明白它的声名如此低调了。

王干最新文论选

观潮

在废墟上矗立的诗歌纪念碑

——论“5·12”地震诗潮

这一刻，诗人被震醒

公元2008年5月12日下午14时28分，历史记住了这一刻，中国四川汶川发生了特大地震，数以万计无辜的人们被夺去了生命，几十万人遭遇了伤残，几百万人流离失所，到处是瓦砾，到处是呼救，“汶川啊，汶川 / 此刻你让整个共和国寝食难安”（高洪波《致汶川》）“冰冷的数字一直在涨潮，每一张报纸的头条都是黑色的”（南蛮玉《哀歌》），这是死亡的数字和死亡的黑暗，“如今却只剩下发白的太阳在头上——山河破碎，亲人离散。五月，没有温暖的房子 / 只为悼念而存在”（苏浅《亲爱的家园》），“夜晚，中国失眠了 / 灾难敲击着中国的土地”（《手颂》）。

中国被震醒了，世界被震醒了，一场拯救灾民的战役迅速打响，一场与灾难争夺生命的特殊战争以一种特殊的方式展开，“共和国一声呼唤 / 神州大地顿时 / 涌起一片真情的大海”（徐明德《生命的色彩》），“每个人都成了红十字会，捐献着爱与安慰，祈祷着平安”（潘维《为汶川地震写下的》）。“我们的心朝向汶川，我们的双手朝向汶川，我们阳光般的心朝向汶川，我们旗帜般的双手朝向汶川，我们十三亿双手向汶川去！”（邹静之《我们的心——献给汶川的血肉同胞》）中国政府和中国人民展开了空前的大抢救，谱写了一曲曲动人心魄的悲歌。

诗人被震醒了，沉寂多年的诗歌突然爆发了。没有人号召，没有人倡议，没有人串联，一夜之间，我们读到了那些感人肺腑的诗歌，我们读到了那些久违的情深意长的好诗。中国大地汹涌着诗歌的浪潮，新浪、搜狐、网易等各大网站的博客上出现了大量的以汶川地震为主题的诗歌，其他的文学网站、诗歌网站也贴满了哀悼的悲怆的诗歌，甚至在一些博客的留言板上也贴满了诗歌。昨天，5月 19 日那一天，内地一个网站的聊天室就有全国各地网民上传和转贴超过 15000 多首诗歌和评论。他们用传统的方式来表达自己的震惊，对生命逝去的痛惜，对父母、老师、救援者以及其他拯救生命的人的赞美。很多地方的广播电台，也在朗诵带着泪水的诗歌。传统的媒体也不甘落后，一些很多年没有发表诗歌的报纸，都拿出一定的篇幅来发表诗歌，一些诗歌团体和诗歌刊物也组织了诗歌朗诵会和诗歌的征文，《诗刊》、中国诗歌学会、《星星》诗刊、《扬子江诗刊》等在全国范围内出版诗歌专辑和诗集。在一些民间组织的哀悼活动中，烛光和诗歌一起痛悼大地震中的遇难者。在《爱的奉献》的晚会现场，众多的明星一起朗诵诗歌。

一首《孩子快抓紧妈妈的手》在网上一出现，便被广为传诵。这首写给汶川大地震中死难孩子和母亲的诗歌，在央视、东方卫视、湖南卫视等多家电视台赈灾节目中被朗诵，被《南方日报》等全国近百家报纸刊登，甚至法国的一家报纸也用整版刊登了这首诗歌，人们听到和看到这首诗后最多的反应就是“我哭了”。上海一企业家陈某读了此诗后，再次向灾区捐出了 600 万元，捐款总额达到 1000 万元；法国巴黎埃菲尔铁塔下，在千余名旅法华人为遇难同胞举行的烛光祈福会上，当一名女子读到这首英文版的诗歌时，在场的人再也忍不住悲痛的泪水。

老诗人重新燃起了热情，屠岸、韩静霆、孙绍振、金波、赵恺、孙友田等写出了新作，高洪波、李小雨、梁平、王久辛、陆健、大卫、柯平、子川等中年诗人也诗如潮涌，年轻诗人伊沙、大仙、叶舟、陈朝华、赵丽华、俞强等更是写了一首又一首，连多年未写诗歌的一些人也加入诗的行列。邹静之也在地震带第二天就创作出《我们的心》这样感人肺腑的诗作，高洪波等诗人更是奔赴抗震第一线。当然更多的是一些无名的诗人、一些没有写过诗歌的人也成了诗人。我这里想引用《南阳日报》副刊编辑的一段话来说明这场诗潮的群众运动性质，“每天每天，我打开邮箱，众多的诗稿塞得满满地，一个个饱含真情的字符，一颗颗悲悯滚烫的心，催促着我，抽打着我，不推出这期抗震救灾诗歌专号，我将寝食难安。而诗人陈立红、王立虎、林颐、红袖蝶、蒋平等，更是来信要求将这次的稿费直接汇往红十字会。感动，感动，从来没有哪一次，有着这么多的感动。相信在这肩并肩、手挽手、心贴心的众志成城里，灾区人民一定能战胜灾难，重建家园，迎来幸福美好的明天！”

当几万首抗震诗歌涌现在网络上时，多部抗震诗集也陆续出版与读者见面。其中由中宣部出版局组织策划、人民文学出版社编辑部编选的诗集《有爱相伴——致 2008 汶川》已经面市。由群众出版社出版的《汶川诗抄》也在近日出版，该书汇集了抗震原创诗歌近 100 首，有中文和英文两个版本。

诗人被震醒了，诗情复活了，诗的读者也回来了。

祖国的意象被重塑被放大

汤养宗好像并不是一个著名的诗人，但他的这首《瓦砾中的中国》很能够传达这次诗潮中的一种情绪，就是对祖国的重新认识和重新塑造。他这样写道：

2008 年 5 月 12 日 14 时 28 分 04 秒
我的祖国被压在自己的瓦砾中
许多花朵突然被白云带走，天开始下雨
……

瓦砾中的中国正在站起来，她依然是一道巍峨的风景线
她对所有死去和活着的
儿女说："一定要记住，妈妈爱你
我们有一个永不会塌陷的家，名字叫中国！"

“祖国”是近百年诗歌的一个重要母题，也是新文学运动中被作家、诗人反复书写的一个巨大意象。祖国的意象在新诗创作历史上经历过三次大浪潮，第一次是五四新文学滥觞初期，郭沫若的《凤凰涅槃》表达了对旧中国毁灭、新中国新生的渴望，而闻一多的《死水》《一句话》也表达了同样的思想感情。抗战爆发以后，民族危难，国破山河在，艾青、田间、臧克家、光未然等人又写出了不朽的诗篇，艾青的名句“为什么我的眼里常含着泪水，因为我对这土地爱诗深沉”至今在汶川地震中人们还经常引用。第三次高潮，是1976年开端的一次全民诗歌运动以及后起的伤痕文学浪潮，怀念周总理，痛斥“四人帮”，继而对中国的命运、民族的命运忧心忡忡，祖国的意象被反复吟咏。梁小斌《中国，我的钥匙丢了》、江河的《祖国啊祖国》等都在反思中表达对祖国复杂的情感。最著名的是舒婷的那首《祖国，我亲爱的祖国》，“我是你河边上破旧的老水车 / 数百年来纺着疲惫的歌 / 我是你额上熏黑的矿灯 / 照你在历史的隧洞里蜗行摸索 / 我是干瘪的稻穗 / 是失修的路基 / 是淤滩上的驳船 / 把纤绳深深 / 勒进你的肩膊 —— 祖国啊！”在改革开放初期，舒婷以深沉而忧郁的歌声唱出了人们渴望变革的心声，诗的调子并不激越，但感情无疑是深沉的真挚的。

汶川地震发生以后，人们把对灾区的关注，升华为对祖国的关注，把对灾民的热爱升华为对民族的热爱。这种升华，是自然的升华，是发自内心的升华。中国在地震诗中，成为一个坚强的坚固的庞大的形象。《我要让世界知道，感谢命运让我生在中国——为512四川大地震而作》（李开发）、《中国，我们不哭》（打工诗人编辑部）、《妈妈，你的眼泪砸痛了中国》（王小弘）、《国难 · 祭日哀歌》（大仙）等直接以“中国”命题的诗歌数不胜数，来自抗震第一线的叶浪（成都市抗震指挥部成员）的《那一刻，我感到自己有一个强大的祖国》，在中央电视台、北京电视台的赈灾晚会朗诵之后，广为传播。而“梨花体”的代表诗人赵丽华的《哀悼日，让我们13亿人一起痛哭吧》更是一反“梨花体”琐碎的日常风，在诗里使用了“13亿”“全国人民”这样的大词：“今天下午14点28分，全国人民将默哀3分钟/13亿人将一起沉默/这将是13亿中国人共同的沉默！这将是多么令人窒息的沉默”。悲哀，伤痛，流泪，诗人们充满激情，悲痛欲绝，但没有怨言，中国的形象被重新塑造，不再是“破旧的老水车”、“熏黑的矿灯”“失修的路基”“淤滩上的驳船”，有的是“亲人解放军，武警官兵们，/举着火焰般的心啊在黑夜的泥石中奔袭。亲人的哭泣就是滴血的号角。/那些伟大的脚步呵，在传递着十三亿人的心声，在飞机上、在火车上、在运输的兵车上”（邹静之《我们的心》）。汤养宗的《瓦砾中的中国》，自豪地说，“我们有一个永不会塌陷的家，名字叫中国！”

这话在以往我们太熟悉了，并不感到有太多的力量，但加上“永远不会塌陷”这样的定语之后，你会觉得祖国是那么地有力、那么强大。我们在诗歌里读到了一个前所未有的强大的而实在的祖国，这是在郭沫若、闻一多、艾青、舒婷的诗歌里所没有的。所以旅居海外的程宝林的诗直言：“中国人是我！这个句子颠倒/也符合语法，却不那么地道/像是出自学汉语的外国人之口/但它更为自豪，口气狂放/当废墟里抬出/和我儿子年龄相仿的孩子/总有泪水涌出眼眶/我好想找个地方，嚎啕大哭/那些在场的中国人，谁比你们更棒！”

悲情、激情、豪情，构成了“512”地震诗潮的主调，这在理论家们看来已经过时的一种“宏大叙事”重新释放出光辉来，但即使祖国这么强大的意象并没有排斥柔情。

今夜，我写下“祖国”这两个字
比往日有着更为复杂的感情
只敢轻轻、轻轻地念出来，生怕
稍微一用劲，就碰着它的伤口
其实它的心，比伤口还要疼

——洪烛《废墟上的祖国》

人的光辉：人民和人性的自然融和

早在80年代初期的朦胧诗论争中，关于人民和人性的论争一直没有停止过，这一论争，也被简化为“大我”和“小我”的争论，“大我”论者认为，小我必须服从大我，而小我论者则认为，个体生命才是文学的生命所在。这场论争的结果，朝着不好的方向发展，“小我派”认为大我是假大空，“大我派”认为小我是极端的个人主义，自私。争论自然也就不了了之，但缝隙也没有弥合。 到本世纪初，诗歌界年轻的一代又爆发了“口语诗派”和“知识分子诗派”的论战，前者以“下半身”为代表人物，后者则以学院派为代表，争论的焦点虽然话题不一，但其实还是围绕“大小”的纠缠。比之上次火药味更浓，也更加狼藉。

可以说，这些争论某种程度伤了诗歌的元气，双方都以真理在握的姿态去看待对方，去找对方的破绽，其结果是争论好看，诗却无人看。其实，诗人有大小，题材无大小。小诗人把大题材写俗，大诗人把小事件写大。“床前明月光，疑是地上霜，抬头望明月，低头思故乡”，李白写的是个人的失眠，属于精神忧郁症，属于个人的私生活范畴，最多也是乡愁，但却写出了大境界。

在“512”诗潮中，也有一首流传极为广泛的《孩子快》（也有题为《孩子快抓紧妈妈的手》），写的是母子或母女被困废墟下面对死亡的对话，纯粹用口语写成（如果分类该属于口语派），说的也是最普通的家常话，没有多少大词和圣词，属于“小叙事”的范畴，但境界不小。

孩子快
抓紧妈妈的手
去天堂的路
太黑了
妈妈怕你
碰了头
快
抓紧妈妈的手
让妈妈陪你走

妈妈
怕
天堂的路
太黑

我看不见你的手
自从
倒塌的墙
把阳光夺走
我再也看不见
你柔情的眸

孩子
你走吧
前面的路
再也没有忧愁
没有读不完的课本
和爸爸的拳头
你要记住
我和爸爸的模样
来生还要一起走

妈妈
别担忧
天堂的路有些挤
有很多同学朋友
我们说
不哭
哪一个人的妈妈都是我们的妈妈
哪一个孩子都是妈妈的孩子

没有我的日子
你把爱给活的孩子吧

妈妈
你别哭
泪光照亮不了
我们的路
让我们自己
慢慢的走

妈妈
我会记住你和爸爸的模样
记住我们的约定
来生一起走

——佚名

这首诗写的是亲情，是人类古老的情感，是最常见的人性本能，但由于置放在特定的背景下，地震的废墟里，没有阳光的废墟里，黑暗的废墟里，母亲与孩子的对话显出了母爱，也献出了博爱，大爱，“哪一个人的妈妈都是我们的妈妈 / 哪一个孩子都是妈妈的孩子”，悲悯的人性情怀，超越了阶级、财富、城乡、国界、种族的限制，也正是人类面对灾难的共同态度。这也是汶川地震传达给人们的美好情愫。

在这些诗歌中，描写孩子的篇章占了很多的篇幅，也是最为感人的诗章。俞强的《废墟上的书包》、廖辉军的《孩子，请一路走好》

陈让的《母子》、胡弦的《招魂》等都以一种人类悲悯的情怀悼念那些死难的孩子，写出了人性中璀璨的光芒。

尊重人，热爱人，尊重生者，也尊重死者，构成了诗潮的主体结构。朦胧诗潮中，北岛那首《回答》里“在没有英雄的年里，我只想做一个人”的名句，是对“文革”时期践踏人性、人的尊严的控诉。那个“人”其实是普通的一个人，却被视为大写的人。在今天的地震诗中，充分体现了以人为本的人道主义思想，洪烛《没有一个倒下的人》里写道：“地震的现场没有一个倒下的人 / 我心中装着的死者，都是站着的 / 他们以生前的模样活在亲人的回忆里”，没有一个倒下的人，写的多么庄严和悲壮！洪烛歌颂的是人性，也是人民，不倒的人民！

伊沙作为口语诗的代表人物，某些诗是非常地日常生活，或者说有意放大日常生活，但在这次地震灾难里写的诗却发生了变化，他差不多坚持每天写诗，关注灾区的情况。“父亲忽然问：/（吓了我一跳）/‘诗人，你写诗了吗？’/‘写了，写了不少’/‘写，应该写 / 但你不要像平时那样 / 写得太灰 / 你要看到这个民族的长处 / 多灾多难但又生命力顽强 / 是灭绝不了的 / 我始终认为 / 熊猫会灭种 / 我们民族不会灭’。”诗的写法依然是伊沙式的，但诗的内容已经是民族这样的大问题。可见所谓的“大我”和“小我”并非水火不相容，或者说泾渭分明的。人民首先是人，美好的人性也是人类的共同感情。

谁拯救了诗歌

毋庸置疑，这些年来，文学的边缘化首先是以诗歌的边缘化乃至淡出为特征的，诗歌逐渐丧失了自五四运动以来在人们心中的皇冠位置。虽然写诗的人数比过去有增无减，但读诗的人数却并不乐观。读者的流失，才是文学最根本的失落，也是真正的边缘化。虽然有些诗人把诗歌称为贵族的艺术，小众艺术，但中华民族的诗歌发展史表明，真正的诗歌高峰都是以广泛的群众基础做铺垫的。唐诗、宋词、元曲之所以能够流芳百世，并不是因为他们把诗歌当作小众艺术来做，而是因为有了广大的受众（读者）之后才闪现出神奇的艺术魅力。

曾经广为流行的功能转化论为诗歌的边缘化找到合理的解释。功能转化论者认为，诗歌原有的功能被报纸、流行音乐、电视、网络、手机等新兴的媒介所取代，失去了读者也是必然的。但这一次汶川大地震，这些媒介依然存在，尤其是不少电视台 24 小时的滚动直播，对受灾的现场同步报道，可以说开创下中国新闻史的先河。加之网络这个民间媒体的补充，人们掌握的资讯及时而丰富，是诗歌难以承载的信息量。按照功能说的理论，人们应该得到满足了，但是客观的资讯并不能表达人们心中的悲情和热情，人们反而使用上诗歌这个古老的手段。这是什么原因？别林斯基在《诗的分类和分型》中说过：“事件构成史诗的内容，像风飘过琴弦一样震动诗人心灵的瞬间感觉，构成抒情作品的内容。”资讯和信息虽然充分，它们震动人的心灵，但要表达心灵的瞬间感觉，还必须是诗。汶川地震像飓风一样震撼了人们的心灵，人们的感情淤积在那里，要抒发，要表达，诗歌就是最直接也是个人的方式，从这个意义上说，诗歌没有消亡，诗歌的价值依然是其他载体无法替代的。关键在于，诗歌如何拨动人的心弦。

国家不幸诗人幸，吟到沧桑句便工。古人对诗歌命运的概括不无道理，但诗歌本身亦有其特殊的艺术规律，我们这些年对诗歌的理解和认识是不是进入了某种误区？“512”地震引起的又一次的民间诗歌运动的浪潮，说明诗歌的艺术生命常青。同时也说明，文学创作需要尊重艺术规律，好的艺术作品往往产生于作家情感的自然流露。再一个就是文学创作的非功利性能释放一个作家的创作能量。“512”诗潮中，写作者没有想到得奖，也没有想到稿费，甚至没有想到发表，更没有想到去讨好谁，很多的诗歌都是佚名传播的。出自心声，源自真诚，诗歌回到了它的源头，文学回到了它的源头，诗的生命力、文学的生命力就复活了。

最有意味的是这一次诗潮的传播方式，恰恰是前两年对诗歌进行恶搞的网络。2006 年网络上出现的“梨花体”，是网民对诗歌的一次全面性的恶搞，以至于有人嘲笑在电脑上回车（分行）就是写诗，让诗的尊严和唯有的神秘荡然无存，诗歌进入有史以来的低潮。但这一次地震诗的发布、传播又凭借于网络，那些前不久还在嘲弄诗歌的网民一夜之间又成了诗的“粉丝”，很多人自己也成了诗人。从来没有哪个国家像今天的中国这么热爱诗，中国也从来没有任何时候像今天在短短的时间内会涌现这么多带血带泪的诗歌，哪怕在 1958 年大跃进和“文革”时期倡导的全民诗歌运动，甭说质量，就说数量也难以企及。而这又不能不感谢网络这么一个公众自由参与的平台。

在一个资讯发达、传播快捷的时代里，网络在制造垃圾的同时又屡屡制造创造很多奇迹，这一次“512”诗潮虽然不是网络单方面创作的文学奇迹，但它昭示着一个共同的理念：正义、善良、悲悯、爱，是永不消失的人类的大主题，是诗歌也是文学必须紧紧拥抱的。

2008 年 5 月 28 日完稿于润民居，泪不能禁

不断拓展延伸的文学
——当前文学态势的分析

文学界面的延伸

文学在发生着深刻的变化。

以前我们认为这种变化是一种文学的边缘化，但边缘化的描述显然不能说明当前文学的面貌，边缘是相对处于中心而言，而文学从 21 世纪 80 年代末期就远离中心，也已经 20 年了，边缘了 20 年就不是边缘了，而是一种常态了，所以有人认为文学在进一步边缘化的说法，这是一种偷懒的做法。边缘本身是一种比喻，并不能说明文学的内涵和外延。

进入 21 世纪之后媒体的迅速发展和膨胀，造成了媒体的多样性、快捷性和个人性，原先的纸质媒体和电视媒体并驾齐驱的局面被日益发达的网络、手机等多媒体瓜分、侵蚀，多媒体的共存造成了信息爆炸，信息堵塞，同时又信息厌倦和信息匮乏。

文学这一农耕时代就出现的特殊载体，它的信息域在宽度上变小，在深度上也难以掘进，文学和读者的触发点在减少。

文学以前能够家喻户晓的原因就在于它是前传媒时代的一种准媒体，因而是火炬，是匕首，是投枪，新时期的文学较好地发挥文学的巨大功能，或者说释放了文学所有的功能，但随着媒体的发展，文学慢慢回归到一个应有的地位。

今天文学边缘化的同时，又是文学的参与的无障碍化，以前是少数精英从事的高端行当，如今因为网络的无门槛介入和手机的普及，文学变得越来越大众化和日常化。博客的火热，在线阅读的火热，说明这些软文学的载体已经日渐取代没有互动的文学单向传媒。博客的最大特点不仅仅个人情绪的无障碍表达，而且是在于它的受众（网民）的介入，跟帖留言是博客的一个重要部分，阅读博客和跟帖正是开放的文学开放的文本的一个重要表征。一方面文学被认为边缘化和圈子化，另一方面文学网站和写作者数以千万计，韩寒、郭敬明的书又畅销无比，大大超过传统作家。文学的状态正在越来越难以言说和概括。

我认为当前文学难以言说的原因，是文学在新的历史情境下“界面”得到了延伸、拓展，“界面”是借用 IT 业的术语，因为在人和机器的互动过程（Human Machine Interaction）中，有一个层面，即我们所说的界面（Interaction）。从心理学意义来分，界面可分为感觉（视觉、触觉、听觉）和情感两个层次。

这些年，人们感觉到文学的边缘化更多是从情感的层次上，如果单纯地从文学期刊和人气指数上看，文学是不能与以前相比了，文学也确实不是社会阅读的主流，已经毫无悬念地让位于娱乐。二十世纪八十年代的文学阅读的主流地位是由于当时的文化载体和通道狭窄的情况造成的，由于其他的载体和通道的关闭或者没有开启，所以在文学的通道上拥挤着过多的读者，也负载着过多本不该属于文学的使命和价值。

当时的文学几乎成了众生之门，文学肩负着媒体、娱乐、认知、审美、教化、历史、哲学诸多的功能，文学的作用因此也在特定的历史情状下被放大，尤其在七十年代末期八十年代初期文学的社会性空前绝后，文学的使命感卓尔超群。也就是说，文学往往在历史的转型时期，特别是在一个相对专制的时代转向相对民主时代的时候，具有超强度辐射力和穿透力，也就是名噪一时的“轰动效应”。这是文学的最高境界，但并不是文学的正常状态。也就是说，我们不能把文学在一个非常社会的语境下的放大的功能，来作为判断文学在常态社会里的参照系数。

虽然在二十世纪八十年代后期，已有敏锐人士预感文学失去轰动效应，但文学真正失去轰动效应还是在九十年代以后，尤其在1994年以后，因为九十年代中期媒体的迅速发展，娱乐文化的广为流行，文学慢慢要借助媒体和娱乐来推销自己了（这以前文学是蔑视娱乐和小觑媒体的），作家要出名也要媒体炒作，甚至还要制造点八卦新闻来“装饰”自己了。文学的面貌被还原了，或者说在一个商业社会里一个以经济建设为中心的时代里，文学回归到一个应有的位置。“边缘论”也就由此产生，当然参照系是以八十年代的超级辉煌为依据的。

进入新世纪以后，文学在发生着深刻的裂变，一方面是传统的文学领地在缩小，传统的文学影响力也在受限；另一方面新的文学形式、新的文学的影响又在聚集人气，又在影响新的人群。同时，这新旧两股的潮流也产生了一些碰撞和交叉，围绕文学在网上产生过的一些争论，就是这样有趣而无序的“秀”。在另外一层面上，传统文学的界面已经被突破，文学的延伸正酝酿文学的裂变，这种裂变并不是让文学更加边缘化，而是催生新的文学运动甚至会产生新的文学潮流。

文学的拓展和嬗变

首先，作家身份发生了变化，原先的外延和内涵被拓展，作家和作家队伍比以前更为庞杂和丰富。以前确立作家的身份，寻找作家资源，一个非常可靠的依据就是在当地作家协会注册的人员。因为那个时代的作家基本上是以作家协会为圆心画圆的，也就是说，这些作家的身份也是通过作家协会来进行确认的。当时作家的队伍基本是相对稳定的，而今天作家队伍呈现出多元发展的趋势，一方面是传统组织作家协会的功能依然在发展作家、繁荣文学方面尽心尽力，另一方面随着自由撰稿人的广泛出现，随着网络作家的大批涌现，作家协会已经罩不住这些新作家新人类，作家的概念在某种程度上被迫拓展、重新命名。比如，我们以前有业余作者这个概念，但今天看来这个概念有些多余。“业余”是相对专业而言，而现在专业作家的发展虽然没有被禁止，但发展的前景不可乐观，也不被政府提倡。更重要的是，“业余作者”这个概念，原先是作为作家的候补力量和基础力量出现的，也就是说作家和“作者”是有区别的，中间的距离有时候是不容易逾越的。有人写了一辈子文学，也可能没有获得作家这样的称号，从作者到作家的提升是必须达到某种标准，是必须得到某种机构确认的。但今天，作者几乎成为著作权人的代名词，写作者都可能被称为作家，网络作家也好，80 后也好，原先的业余的非专业作家的内涵剥离殆尽。今天作家从原先的社会身份已经转化为一个社会职业。作家，多指靠写作生存的人。很多草根，在一夜之间就成为作家。作家原先被钦定的光环消失了，但作家的人数和社会影响反而在发散。我们已经很难认为专业作家是文学创作的唯一主流力量了，至少在图书出版方面传统作家和非专业作家相比，非作协系统的作家在文学市场上的份额要强于所谓的专业作家。这些新的作家和网络这些新媒体一起成长。

在网上很多有匿名写作者，带着马甲写作也是作者身份的变化的一种，光是网名和笔名就完全不一样，笔名大多两个字，而网名常常四个字甚至五六个字，很多网上的匿名写作者在获得广泛认同之后才露出真实的身份，2008 年汶川地震后，流传的那首《孩子，抓紧妈妈的手》，很长时间内都以匿名的方式被传播。

第二，文学的载体在延伸，在发展。原先承载文学的载体比较单调，主要集中在文学期刊上。八十年代作家的成名之路都是以期刊作为跑道的，今天期刊固然是文学的跑道，但网络、图书、博客、影视也同样成了文学的跑道，在这些新的文学通道上，已经成长了一批文学新人，传统的作家、传统的文学也开始正视这些新的跑道的功能。2006 年风云突起的博客写作，不仅让很多的网络文学青年迷恋，同时也聚集了一些知名作家。2008 年，汶川地震发生以后，在网上掀起了一股民间诗歌浪潮，通过转帖的方式被人们迅速传播，这是又一次震撼民心、表达民意的诗歌运动，让沉寂多年的诗歌在一夜之间复苏。这比我们的诗人和诗歌刊物去呼吁拯救诗歌要有效得多。还有开始在国外流行在国内也渐渐兴起的手机小说，通过手机这一更快捷、更方便的载体来传递小说，谢望新的手机小说《中国式燃烧》虽然只是尝试，但表明传统的作家也开始对新的文学载体的运用。

在线写作也是值得关注的真正的网络文学，以前的网络文学基本上还是书面文学网络发表。而在线写作则是海量的、变化的、不确定的和未知的，它势必比较粗糙，但又是和读者互动的、鲜活的、不规则的。这样的文学在脱离了三审制度之后，更自由也更无序了。这无序正是网络文学比传统文学更有诱惑力的原因。罗兰·巴特曾经想制造作者之死读者诞生的理想文本，但没有真正地实现，《恋人絮语》这一实验文本也没有得到认可。今天通过网络这一理想得到了完美的实现，网络的开放性和共时性为开放文本提供了硬件，读者（网民）的及时介入和随意的发挥，罗兰 · 巴特说的读者真正诞生了。读者不再是被动地接受，而是有了发挥创造的可能，这也就是今天网络文学为什么火爆的原因。还有就是困扰出版社的一个原因，就是为什么一些网上火爆的作品变成纸媒以后，销路平平了，因为那些在网上火爆的作品有共时性参与的功能，变成纸媒以后参与功能丧失了，读者成不了作者了。

网络的出现让现代人对信息变得贪婪起来，网络提供的海量的信息、海量的流量都是传统文学难以企及的，比如网络作家跳舞的一个长篇小说动辄几百万字，常常是一个传统作家一生的创作总量，这在文学的形态上让阅读走向浏览，让精致走向批量生产。传统文学的载体常常是非商业化的，而新的文学载体的背后都是资本在运作。

第三，文学的类型在延伸，软文学悄然问世。以前我们划分文学的类型，无非是从文体上去确认，小说、散文、诗歌、戏曲四大块，或者从纪实、虚构的两大块去区分，最多也就划分为纯文学、非纯文学两大阵营。而近年来，出现一些新的文学品种，比如玄幻小说，既不是纪实也不是虚构，也不虚幻。像博客更是一个新的文学综合体，博客本来应该是纪实性的文字，因为它是一个人日记的连续。如果作为文学，也应该属于私文学的性质，但它实际上已经变成了个人的微型文学刊物，而且它的互动性，大量“跟帖”的产生，已经让这个私人空间变成了一个新的公共空间。类似博客这样的载体，虽然和传统的文学反差极大，但博主都是以写作者的身份在开博，而写作者我们以前往往称之为作者，以区别专业写作作家，也就是说是文学的后备力量，而且，博客里文学的元素又非常多，所以它应该是一种软文学。前网络作家安妮宝贝或许可作为软文学的代表，2005 年她出版的那本按照日记方式写就的《清醒记》，可以说开了博客文学的先河。安妮宝贝的文章经常游移在小说和散文之间，是一种交叉的跨文体写作。

当年明月的《明朝那些事儿》、天下霸唱的《鬼吹灯》都难以用长篇小说和历史小说来概括，不规则、边缘模糊、文体杂糅。文学的版块被冲击。文学的类型随着商业的阅读而划定界限，传统的界限已经打破。

评价体系的再建与归位

很显然，文学界面的延伸，文学功能的拓展，撑破了原有的文学的内涵，它给我们带来新的变化的同时，也带来了新的困惑。

文学的界面扩大了，文学的纵深并没有相应地得到发展，可谓是得到了长度和宽度，丧失或淡化了深度，文学的深度问题平面化和简单化了甚至被娱乐化了。

进入文学的门槛低了甚至是无障碍进入了，意味着文学的平民化和草根化，但同时文学的快餐化和垃圾化也与之共生。原先文学的门槛和台阶被网络这个自由进入的自由港取代，当读者等于作者，文学的那股神秘力量和应有的自尊也不自觉地打了折扣，文学的泛化让文学的含金量更加稀缺，这也是文学的受众减少的另一个原因。

文学的界面扩大了，文学评价的体系并没有随着界面的扩大而得到相应的改变，传统的评价体系在面对新的现象时极为尴尬，因为两个不同文学系统要求同一种话语来评价，就容易出现不对称、不买账、不得力的情况，因而文坛出现了内在的冲突和不平衡。曾有人善意地以教导者的身份去捧 80 后文学，但遭到了 80 后无情的奚落和痛斥，反而加深了新旧文学的裂痕。因此迅速探索、建立一套适应新的文学界面的价值评判体系，或者调整原有的价值系统，是重新确立文学尊严和文学权威的关键。比如，什么是好的值得提倡的博客，什么样的文体具有软文学的价值，传统文学的哪些要素是不适合今天文学发展的，等等，都要进行清理和甄别，否则，就会出现以往那种批评和对象不对称，长此以往文学就真的会出现巨大的鸿沟，一边是恪守传统的文坛，另一个是在新媒体时代如鱼得水。

当前文学内部一个深层次的差异，就在于传统的文学是反商业的社会活动，而以网络文学为代表的新文学活动则是建立在商业性的基础上，前者是要作用于人的心灵和思想，后者则是首先吸引住读者的眼球，不同的出发点必然会导致不同的目标，而不同的目标评价系统也是不一样的。再往深层次里说，传统的文学是作者为中心的文学，要写革命文，先做革命人，作者常常被人格化和神格化，所以鲁迅有文学家、思想家、革命家的美誉，而后者是读者为中心主体的文学，作家要适应读者，而不像传统文学那样让读者去适应作家。中心不一样，就出现不同的主体价值观，评价的错位也是必然的。

新世纪文学出现的动态的不规则的运动，提供了许多鲜活的文学情况，也为我们提出了很多的难题，不是边缘的难题，而是不规则的困惑。文学在今天依旧是我们社会生活重要的精神现象，我们无法也不能去回避，文学界和批评界也面临自身的拓展和延伸，才能应对新的现象、新的命题，才能正确解释或者进行真正的对话和沟通。

网络改变了文学什么

网络的出现，应该说不是文学所期望的，但网络还是无情进入了文学，并且毫不商量地改变着文学。有人把网络文学和100年前的白话文运动相比，一度有“网话文”的说法，但好像没有流行开去。没有流行的原因是两者有着本质的区别，白话文运动的前提是因为文言文脱离了当时的中国语言实际，所以“我手写我口”成为白话文取代文言文的最基本的理由。网络的出现，并没有改变文章的基本元素，网络某种程度上还是对现实的语言进行了某种虚拟，网络和纸质的差异在于载体发生了变化。

虽然网络最早是和科学联姻的，是现代科技的结晶，但真正影响到人们价值和思想的元素还是那些和文学相关的事件和人物。比如网络上的超级人物韩寒就是一个作家，虽然韩寒说这个p那个p，但韩寒如果只是一个赛车手，他的那些言论是不会产生如此大的影响的。文学和思想家如此之近，在我们的文学回避政治、回避思想多年之后，韩寒通过网络再次将文学和政治、思想纠缠在一起，网络改变着文学。

网络改变了文学的主体结构

二十世纪 80 年代中期，刘再复先生一篇《论文学的主体性》引起了轩然大波，现在看来刘再复说的都是一些常识性的话题。之所以能够引起那么大的动静，在于我们原有的文学忽视主体的研究。文学的主体是人，具体到某篇作品时主体是作家，作家有理由充分发挥自己的主体能动性，甚至可以淹没其他客体，甚至笔下的人物。当然对文学的主体性的认识也有两种，一种认识就是作家主体应当是潜在的，这就是恩格斯说的作家的倾向应当“自然而然的流露”，还有一种就是显主体论，就是认为文学的功能就在于点亮火炬、唤醒“愚民”（愚民是启蒙的前提，如果民众已经苏醒已经是智者，那启蒙就是多余）。

以作家为中心的文学主体结构也是新文学的基本结构，所以现代文学的领袖基本是新文化的领军人物，《新青年》这样一个作为现代中国标杆的杂志也渗透着强烈的文学气息。文学的革命、文化的革命和社会的革命息息相关，文学赢得了前所未有的荣誉和成果。新文学的这样一个传统被继承下来，一直沿袭到上个世纪开始的新时期文学，作家正义凛然，文学浩然正气。文学的主体结构是作者至上，作者是代言人，也是圣音的传递者。

网络对文学的改变首先在于对这个主体结构的篡改。这个篡改甚至不是作家决定的，而是网络这个特殊的载体决定的。载体的革命常常引导着文体的革命和文学的革命。无论是竹简还是印刷文本，它所承载的文本都是固定的物化的，不能和读者进行活性的交流。而网络和纸质媒体的差异在于它的“界面”是活性的，“界面”是一个 IT 业的术语，因为在人和机器的互动过程（Human Machine Interaction）中，有一个层面，即所说的界面（Interaction）。网络的界面的活性，让写作者和阅读者置于平等的位置，阅读不再只是收听和收视，不再是接受，还可以发射和表达，写作不只是发布和宣谕，还必须聆听和接受。这就改变了文学原先的主体结构，原先的文学结构是以作家作为发射主体，读者则是被动接受，可以说作家掌握话语权，读者是没有话语权的。但网络将这个话语权平分了，读者阅读时也可以共时性地发表自己的看法和观点，甚至影响作家的写作，一些网络小说在线写作时，常常受到阅读者的牵引。

话语权的平分让网络在这个重视民主和参与的时代成为天之骄子，网络让人人都拥有话语权，让人人都成为作者的可能。显然当初在网上混的肯定是一些没有话语权的作者，当网络授予他们足够的话语权之后，他们便成了网络红人。文学的主体结构改变了，作家独霸主体的时代被终结。

其实一些有识之士早就意识到文学发展的瓶颈，这就是它与现代社会生活精神的脱节。早在 20 世纪 60 年代，法国著名的思想家罗兰 · 巴特一直呼吁文学的对话功能，他认为传统的文学的缺点在于是一个封闭的文本，只能听到作者的声音，因而他认为文学必须是开放的文本，他提出的“作者之死”，就是解放读者，每个读者也是作者。罗兰 · 巴特为了体现这种作者之死的理念，曾专门和他的学生进行过一次对话，就是把世界名著里的恋人在各阶段的对白集中一起进行探讨，这些自由探讨的声音被记录下来，收到《恋人絮语》（此书后来在中国再版时改为《一个解构主义的文本》）。但这个开放的文本由于受纸媒体历时性的限制，并没有真正做到彻底的开放，《恋人絮语》依然署上了罗兰·巴特著，作者没有死亡，至少从知识产权的角度讲，没有死亡。

罗兰·巴特理想中的开放文本，今天通过网络得到了完美的实现，网络的开放性和共时性为开放文本提供了硬件，读者（网民）的及时介入和随意的发挥，罗兰·巴特说的读者真正诞生了。读者不再是被动地接受，而是有了发挥创造的可能，这也就是今天网络文学为什么火爆的原因。还有就是困扰出版社的一个原因，就是为什么一些网上火爆的作品变成纸媒以后，销路平平了，因为那些在网上火爆的作品有共时性参与的功能，变成纸媒以后参与功能丧失了，读者成不了作者了。

在线写作也是值得关注的真正的网络文学，以前的网络文学基本上还是书面文学网络发表。而在线写作则是海量的、变化的、不确定的和未知的，它势必比较粗糙，但又是和读者互动的、鲜活的、不规则的。这样的文学在脱离了三审制度之后，更自由也更无序了。这无序正是网络文学比传统文学更有诱惑力的原因。

软文学的出现

我在探讨网络文学和传统文学的差异时，曾将网络文学称作是软文学，传统的文学是硬文学。甭说遥远的古代文学，光五四以来的新文学就经过了近百年历史，形成了一套完整的规范和价值判断系统，它是成熟的、有形的、稳定的，简单地说，虽然作家和作品是流动变化的，但框住这些作家和作品的系统却是刚性的硬性的。而方兴未艾的网络文学之所以被软文学，首先在于它不能简单纳入传统文学的范畴，和传统文学相比，它是欠规范的，是流动发展的，是有弹性的。它的很多地方会逸出传统文学的规矩之外，或放大，或变形，或缩小，在一些独特的地方才华横溢。尤其在文体上，打破常见的小说、散文、诗歌、戏剧以及评论的局限，或者将这些文体杂糅在一起，不拘一格，不是带着镣铐跳舞，而是在跳舞时砸碎镣铐或化镣铐为道具。

我们发现现在的文学尤其活跃在网络上的文学仿佛有撑开的感觉，一些新鲜的文体我们很难用已有的标准去衡量和界定。文学的类型在延伸，软文学或非文学的文学悄然问世。以前我们划分文学的类型，无非是从文体上去确认，小说、散文、诗歌、戏曲四大块，或者从纪实、虚构的两大块去区分，最多也就划分为纯文学、非纯文学两类。近年来，出现一些新的文学品种，像博客更是一个新的文学综合体，博客本来应该是纪实性的文字，因为它是一个人日记的连续。如果作为文学，也应该属于私文学的性质，但它实际上已经变成了个人的微型文学刊物，而且它的互动性，大量“跟帖”的产生，已经让这个私人空间变成了一个新的公共空间。前网络作家安妮宝贝或许可作为软文学的代表，2005 年她出版的那本按照日记方式写就的《清醒记》，可以说开了博客文学的先河。安妮宝贝的文章经常游移在小说和散文之间，是一种交叉的跨文体写作。当年《明朝那些事儿》《鬼吹灯》都是难以用长篇小说和历史小说来概括，不规则、边缘模糊、文体杂糅。文学的版块被冲击。

文学的类型随着商业的阅读而划定界限，传统的界限已经打破。

博客可能最能代表软文学的一些特点，它的文体变革的背后是文学观念的嬗变，是对传统文学悄无声息的一场绿色革命。博客的以下特征就是对传统文学的悄悄位移。第一，亚媒体性。博客之所以能够广泛吸引眼球的一个重要原因，在于它的亚媒体特征。博客的媒体特征，在于它能够发布或传递新闻消息，汶川地震、成都公交起火等一系列的新闻事件最早都是通过博客来传播的，博客已经成为媒体的媒体，一些媒体往往借助博客来寻找新闻源。博客的亚媒体特征，又因为强调个人的现场感，而个人的视野、个人的判断、个人的言说恰恰文学的本质，文学区别新闻的一个差异在于文字是经过个人情感发酵的，媒体强调的一个固定立场的真实。第二，高度个人性。博客的高度个人性不仅体现在写作方式上，也表现在发表方式上，90% 以上的博客是带有个人日记性质的，也就是以往记录在个人笔记本上的文字，如今被公开示众了，这种示众以前是极少数人物才能享有的权利，而博客因网络的公共空间平台的公众使用被群众或人民（准确讲叫网民）分享了，虽然网站在博客主页推荐时主管依然厚名人薄草民，但草民毕竟有了自由展示的空间。绝大多数人把自己的博客称为小园子、自留地，其实是“我的地盘我做主”“我的博客我管理”的主人意识。夸大一点说，一个博客就是一个小报刊，一个小传媒，这媒体的拥有者是“我”自己，“我”是主编，也是主笔，“我”是记者，也是编辑。

网络改变了原有的一些文学类型结构，呈现着高度自由和变化的特性。新的类型小说也在风起云涌，职场小说、玄幻小说、灵异小说、穿越小说、悬疑小说等等，都在丰富这文学的品种。而微博的出现，被称为“网络时代的俳句”，又在形态上再次挑战我们传统的文体学。

低碳生产的可能

低碳是时代的要求，也是未来的要求。文学的生产和阅读，理当坚持低碳的原则。探讨文学的低碳，是一个新的话题。我想从两个方面来说明网络让文学具有了低碳的可能。一是从载体的物质构成来讲，网络的文学是消耗能量最低，网络的写作载体和阅读载体可以反复使用，而传统的纸质媒体不仅消耗大量的木材和油墨，还有无数的人工，作品出来时候阅读的使用也是受到限制的（必须人手一册，且有一定的使用限制）。但网络作品的无限循环使用，具有高度的效率和使用值。近来文学网站的兴起，就对文学期刊造成了新的挤压，因为以前文学期刊是文学新人的摇篮，而现在网站的快捷和高效受到新的作者的青睐。

从作家队伍的建设和维护来说，网络也是高度的节能和方便。网络文学的非专业化，改变了专业作家队伍的模式。专业作家的队伍一直是争论巨大而难以彻底解决的问题，如果继续设立，作家被养懒了，浪费纳税人的钱，如果不设立，作家的培养和队伍的延续又得不到保障。网络的文学之旅是一支看不见的队伍，又是一支随时更新和发展的实力军，对管理者而言，只要及时地掌握动态熟悉情况，就不要担心文学人才的断层。这样文学运作的成本最低，减少了很多不必要的能量损耗和经济成本。

论当前现实主义的优化
——当前现实主义小说优化的几个问题

从文体的自觉到写实的自觉

毫无疑问，新时期文学以来现实主义的小说创作取得了巨大的成就。从 20 世纪 80 年代到今天，现实主义的小说经历了回归、分化、深化的过程。从粉碎“四人帮”之后，文学向现实主义回归，解决了文学的真实性问题。到 80 年代的中期，现实主义小说创作由于受到改革开放思想的熏陶和现代主义的潮流的冲击和影响，发生了前所未有的变化和动荡，现实主义家族也因此产生种种变化得到了极大的丰富。现实主义小说的创作形态呈现出前所未有的繁荣，出现了意象现实主义、魔幻现实主义、笔记体现实主义、结构现实主义等等小说新品种，这些小说类型有些是从西方流派中获取营养，有些是从中国传统里受到启发，但都极大地扩展了写实主义小说的可能性，使作家的个性得到了充分的发展。

如果说 80 年代的现实主义小说侧重于文体的变革，关注小说形态的变化，那么到了 90 年代，作家由文体的自觉转向写实的自觉。这种写实的自觉首先表现在对现实生活的关注，特别是当下日常生活的关注，通过对日常生活的关注来体现对人的关注和社会的关注。在这些小说中，以“新写实”的风格作品最为明显，其成就也最为突出。“新写实”的一些代表作家刘恒、刘震云、刘庆邦、方方、池莉、叶兆言、刘醒龙、陈源斌、何申、谈歌、关仁山等都写出了一些很有分量的作品，后来获茅盾文学奖的《白鹿原》(陈忠实)、《长恨歌》(王安忆)、《茶人三部曲》(王旭烽)、《抉择》(张平)等都是这一时期的重要作品，它们在表现人性的社会深度方面可以说产生了重大的历史性影响。和 80 年代的分化一样，90 年代的深化取得巨大成就的同时，在一些作家特别是年轻作家那里也出现了一些偏差，尤其是对人性的深度的理解、对日常生活的理解有过于形而下的倾向。

因此，在经历了分化、深化的历史性的发展之后，如何在原有的基础上将现实主义的创作推向新的高峰，怎么优化资源组合、在一个更高的平台上发展现实主义，是新世纪文学的当务之急。我想联系近来自己阅读作品的实践，谈几点想法。本文所说的现实主义涉及创作思想、文化精神和具体的创作方法，因而不是一般的创作方法研究，而是一个在更大范围内的广义的概念。

原生态与精神链的衔接

现实主义小说最早的时候，是一位法国叫 G· 普朗士的反浪漫主义的批评家在 1833 年提出来的，当时现实主义被当作唯物主义的同义语，他说现实主义“关心的是墙上有一个什么样的有花纹的盾，旗帜上绣的是什么样的图案，害相思病的骑士是一种什么样的脸色”，在普朗士看来，现实主义的意义就等于地方色彩和描写的精确性。现实主义的概念与一位平庸小说家尚勒弗里有关，1857 年他出版了一部题为《现实主义》的论文集，他的朋友迪朗蒂又办了一份短命的刊物《现实主义》。在这些文章中，一个文学纲领就清晰可见了，就是：艺术应当是现实世界的真实再现，作家通过细致的观察和小心的分析研究当代的生活习俗，作家这样做的时候应当是冷静的、客观的、不偏不倚的。

应该说后来的现实主义创作始终受到早期理论的影响，包括后来的最为先锋的“新小说派”也是对“物化”传统的回归。只是 20 世纪的现实主义因为革命、战争、民族解放原因，现实主义的功能得到了空前的扩展，成为非常重要的启蒙话语，主观的战斗性有时大于了客观的描述性。90 年代以来的中国当代小说加强了写实性，慢慢地消解了一些意识形态的理念，对事物和人物的描写比之以往要空前的精细和详尽，这种被评论家称之为“原生态”的小说观念在新写实作家和新生代作家那里具有较大的市场。他们刻意表现人在生活中的日常的未经理念过滤和阉割的生存状态，展现的不是原先那种“大写的我”的精神风貌，而是在日常生活里的烦恼和困境。进入 90 年代中后期，由于市场经济的热潮和商业大潮的冲击，一些作家又着重描写人被激发起来的欲望和物质化的追求，因而又被称之为欲望化写作。

从原生态写作到欲望化写作，说明现实主义在以一种超短距离贴近生活，小说的纪实性和信息性在加强，小说的视角也扩展到生活的各个领域，以往我们小说不大注意或回避的一些生活死角也被挖掘出来，写得栩栩如生，人的能量和欲望也因此得到了前所未有的释放。这种小说在强调人的主体和人的欲望的同时，同时也夸大人的主体和欲望，特别是后来出现的“身体写作”的倾向，可以说是欲望化的极致。

原生态的写作在全息化展现生活的层次和细节方面极大地提高了写实小说的丰富性、复杂性的同时，不高明的写作者也将生活的琐碎、平庸乃至无聊也大量地带入了小说，导致了小说的平面化和思想的溃疡。而欲望化写作在丰富人的七情六欲的同时也忽略了人的社会性，小说中的人物可以被物化、被身体化，但物化和身体化之后毕竟不是动物，至少作家应该有充分的理性来隔离这些人性的泛滥。

由个性泛滥到人性泛滥乃至性泛滥（下半身写作），部分小说家向早期的现实主义和自然主义靠拢，诱发了一些争论。小说的充分物化和自然化，在获取原生态最大信息的同时也慢慢地锈蚀了文学的精神链。文学的精神链不是意识形态的简单外化，也不是单纯的时代精神的传声筒，文学的精神链是融贯在作品之中流动的血液。鲁迅说过，从血管里喷出来的是血，从喷泉里喷出来的是水。

过度强调原生态的小说不是没有内核和精神链，而是把水当成了血液和沾粘剂，因而小说难免显得苍白和软弱。

原生态小说的出现是对那些极端理念化和概念化小说的一种有力的反拨，它标志现实主义小说进入到自觉的层次，但原生态显然不是写实小说的最高境界，原生态是写实小说的路径而不是目标。原生态对解构那些过度宏大叙事造成的空洞和虚妄无疑是对症下药，但过度解构也易造成小说内涵的溃疡和腹泻，作家可以描写一地鸡毛的生活，但一地鸡毛式的生活并不能让一地鸡毛式的精神来统治。

精神链的提出，是对当下小说的思想溃疡症状的一种校正。精神链不是简单的粗暴的理念和观念，是作家融化在小说中的价值取向和情感伦理，它联系整个作品的生活内容和全部环节，这种联系是有机的、无痕迹的，是文学自身发展规律的必然。伟大的现实主义作家，无论是法国的巴尔扎克、福楼拜，还是俄国的托尔斯泰、陀思妥耶夫斯基，他们的小说总是能够用合适的精神链来衔接小说，来组合生活内容，来表达人类和人性庄严的主题。

因而强化小说的精神链，避免小说的无序和精神的缺席，能否让小说的原生态和精神链有机的衔接已成为衡量一个小说家高下的试金石。老舍的小说对老北京市民的生存状态的刻画不能不说是细致到每根毛孔，但老舍的小说里那种悲悯的人道主义情怀是一条特别值得珍惜的精神链。王安忆的《长恨歌》也是原生态写实的代表作，但小说在展现王琦瑶的一生的过程中，有时代的印记，还有王安忆对资本主义生存哲学的批判和解构。今年出现的铁凝的新作《笨花》也是用原生态的叙述方式来写就的小说，在叙述态度的冷静和客观方面，不仅到达了零度，甚至可以说是冰点，但向喜及其家族的命运的变迁，折射的是近代中国社会的“现代性”的大主题。2005 年在网上出现的长篇小说《元红》因其网络写作的自然特性，其原生态和毛边化极为明显，但那个乡村少年存扣的成长的烦恼也同样记录了中国改革开放 20 多年来的精神变迁。《元红》的作者顾坚是个新人，写作也颇受流行的思潮影响，可依然能在原生态的写实中透露出一种不凡的精神姿态，已属难得。

如何将原生态和精神链更好地衔接起来，已成为当前写实小说创作的一个瓶颈，也是现实主义在新的历史情境下面临的考验。

故事性与超越感的整合

有一个有趣的现象并没有引起理论家和批评家足够的注意，这就是近年来根据红色经典改编的电视剧获得了极大的收视率，为什么？红色经典不仅是地道的现实主义作品，而且绝大多数是按照革命现实主义的模式创造出来的。这对我们的小说创作可以说出了个难题，因为我们的作家和理论家经过这些年的观念更新和思想更新，小说的理念可谓先进又先进了，但为什么不如看似落伍的红色经典受读者的青睐呢？红色经典里英雄主义和理想主义能够引起今天的读者共鸣以外，在其他观念方面并没有特别的新鲜之处，有些观念甚至是与今天的政策和思想相悖反，但它在今天依然没有完全失去读者。

其实，传统小说的生命力并不在于它的观念如何陈旧或新潮，而在于它自身的故事和人物具有生命力。新鲜的观念是人们读出来、研究出来，而生活本身永远大于观念。《三国》《水浒》《西游》《红楼》四大名著至今为人们津津乐道，并不是当年的写作者在中间隐藏了多少深奥的观念留给后人去阐释、去发现，而是因为他们把故事写好了、把人物写好了。可以这样说，现实主义的超越性和象征感是隐藏在精彩的故事和人物背后的，浮在表层的超越和象征看似热闹，其实是缺少生命力的。

1985年以来的文学变革浪潮，大力张扬文学的象征性、抽象性、符号性，强调小说的象外之象、境外之境，这本身没什么错，优秀的现实主义小说作品肯定是能够生发出许多超越故事本身的价值和内涵，但这些高级的价值内涵必须建立在完整的故事情节和生动的人物形象基础之上。如果把那些象征性、符号性比作宝塔的塔尖的话，那它必须拥有足够的塔基和塔阶，如果一心一意只去营造塔尖的话，这样的塔尖是很难营造出来的，即使勉强营造出来，其塔尖的高度也是有限的。一个伟大的塔尖如果建筑在一个很低的层次上，其伟大也必然要大大地缩水。刘震云是这些年当中写实功力深厚的作家，他的《新兵连》《单位》《故乡天下黄花》是在新时期文学史上不可忽略的重要作品，即使如此，他受到后现代主义影响写出的《故乡面和花朵》，由于专注于塔尖的建设，刻意追求抽象性和超越感，其作品的影响力和感染力也大不如前。而其他写实功力不那么过硬的作家，其营造出来的塔尖更多的时候就显得矫情和飘忽，因为他们的小说缺少坚硬的塔基。

现实主义小说最基本的塔基就是故事，故事在现代美学中是一个比较土气和过时的概念，但并不意味着现实主义小说不需要故事，更不意味着现实主义小说不需要把故事讲好。写好故事的重要性就有点类似高楼大厦的土木工程，它往往在高楼大厦的底层，看不出太多的豪华和壮观来，但正是所有豪华和壮观的前提。

应该说，当下很多作家都具有了非常强烈的超越意识和尖顶观念，是过去的很多作家不能及的，但他们却缺少基本技能的精通和圆熟，就像篮球运动员有强烈的扣篮意识和表演欲，却疏于传接球甚至运球的基本功的锤炼。这种对故事性的冷淡、对抽象性的狂热，使得很多作家的许多想法和创意流于言表，而不能溶化到小说的故事当中。这就好像现在有些产品不在产品的质量上下功夫，光有华丽的包装是不能成为经久不衰的品牌的。

让小说重新回到故事的层面来，让故事具有消费功能，可能是现实主义的古老传统的复兴。我们这些年来在注重小说审美功能的同时，往往贬损小说的故事消费功能。小说的故事消费功能肯定不是小说的最高功能，但却是小说的基础功能，是小说的物质基础。再美好的思想功能、语言功能、审美功能如果放弃了最基础的建设，往往容易建成空中楼阁，建起来容易，倒得也快。实践是检验真理的唯一标准，新时期文学里经得起时间考验的小说，往往是故事性和超越感水乳交融的作品，而那些概念大于形象、那些形式大于内容的小说可能好评一时，但很快就被读者忘掉，也自然不会成为真正的传世之作。

审美穴与读者源的同构

把小说作为审美结穴点是 20 世纪 80 年代以来广为流行的一种文学观，这是对以往轻视文学的审美功能而片面强调文学的教化功能的成功反拨，也在一定程度上主导了文学创作和文学批评的价值观。这对于提高文学的审美价值和艺术品格无疑是极大的帮助，同时也对读者的鉴赏能力和审美水平提出了新的要求。

比审美说更进一步的观念是智力对弈说，就是作家和读者通过小说文本来进行某种审美的交流和智力对弈，小说被想象成智力角逐场，不在场的读者被作家设定为审美能力高超的假想敌。这对作家提出了挑战的同时，也对读者提出了挑战，然而，这种新的小说观与中国传统的小说读者观的差异，很快让小说家受到了“报应”。1985 新潮之后的文学期刊和文学读者逐年下降，这其中固然有其他媒体新兴的原因，但小说家挑战读者、放弃读者也是不争的事实。

对于更为广大的中国读者来说，阅读小说首先是要获得一种愉悦，这种愉悦固然有通过审美实现的，更多是通过消费故事来实现的。小说的消费功能、娱乐功能是这些年来评论家和作家一直回避的问题，过于强调小说的审美功能和过于强调小说的教化功能一样会导致读者的反感，如果说“文革”期间小说过于强调小说的意识形态功能引起了读者的不满，那么今天的小说的审美至上主义也是导致读者大面积流失的一个重要原因。

对于现实主义小说来说，读者是极为重要的因素。其他类型的小说，可以设置很多的阅读障碍来“为难”读者，但现实主义魅力之一就是对读者的亲和力，因为亲和力，现实主义的小说才长盛不衰。关注读者也是现实主义的优良传统，我国唐代杰出的现实主义诗人白居易关注现实、关注民生疾苦，他写的诗歌要求“老妪能解”“老妪能解”是白居易的现实主义的诗歌美学，也是白居易的现实主义的读者观。流行已久的西方小说叙事学对读者的研究特别是对“隐含读者”的研究，显然提高了读者的地位，但由于我们一些作家和评论家理解上的差异，夸大了与读者的对弈性，“隐含读者”变成了评论家或智商高超的读者甚至是文学史的撰写者，最可笑的是极个别的作家以哥德斯尔摩的瑞典皇家学院评委的口味作为隐含读者，这就必然摒弃了普通的读者，影响了作品更大范围的传播。

现实主义小说可以产生诸多的变化和变异，但千变万化也不能放弃读者，尤其不能放弃最普通的读者。这也是现实主义与其他探索类文学的最大区别。现实主义的优秀作家赵树理的小说，因为做到了“老妪能解”，所以他的《小二黑结婚》等作品不仅在美学上吹来一股清新的民间之风，同时也受到了读者的欢迎。赵树理的意义是率先把小说俗化的第一人，他不仅让农民成为主人公，还让农民成了真正的读者。

对于现实主义的小说来说，在今天恐怕首先要解决审美穴和读者源的同构，而不是对立和对抗。特别是今天畅销书在与文学争夺读者的时候，我们不能将读者拱手相让，而要发挥现实主义自身的优势，将审美和阅读完整地结合起来。其实，审美和阅读并不是矛盾的，阅读是审美的初级阶段，而审美是阅读的升华。伟大的人民艺术家老舍的成功经验对我们今天的很多作家会有启迪。老舍的小说《骆驼祥子》《四世同堂》等植根于北京老百姓的日常生活，至今仍然被当作北京历史的活教材，他的创作开创了现实主义的新风，多年之后对刘绍棠、苏叔阳、陈建功、刘恒、王朔、邹静之等人“新京味”流派影响极大，根据老舍小说改编的电视剧依然火爆，可以说他的创作达到了“读者源”和“审美穴”的完美统一。老舍之所以被称为“人民艺术家”，是他的“隐含读者”始终是“人民”这样一个大众群体。他在写作时没有想到那么多高深的“隐含读者”，更没有想到文学史家。

现实主义优化的可能

提出“优化”的概念，是因为现实主义的小说已经取得了很大的成就的同时，也留下了一系列的问题需要去解决。这些问题的解决，不仅对现实主义的发展起着促进的作用，同时也有利于新世纪文学产生伟大的作家、伟大的作品。

新文化运动近一百年的历史，也是现实主义小说不断发展和丰富的历史，可是今天能够达到和超越五四以来像鲁迅、茅盾、老舍、赵树理这样的现实主义的大作家实在是少，不能不说这是新时期文学以来的一大缺憾。而克服上述瓶颈的局限，优化资源的组合，实现现实主义创作的最大值，让现实主义迈上一个新的台阶，是时代的需要，也是历史的呼唤。

优化现实主义也是理论创新的尝试，有助于树立重建的文化理性。近年来，随着西方以解构为特征的后现代文化的进入，文学界的一些模式和格局被消解，现实主义首当其冲，一方面是现实主义原有的不合理部分被去除，另一方面也造成了理论的平面化和概念的碎片化，这就更需要创造性的思维、建构的理想。

今天提出现实主义优化，也是当前的社会现实和文化现实提供了这种可能性。从文学反映的现实来讲，我们的生活如此丰富如此多彩，各种新的事物和各种新的矛盾是前所未有的，矿藏的含金量贮备充足。从现实主义发展的过程来看，在经历了分化、深化的艰难探索，需要向更高的境界前行，尤其是现实主义小说多元发展之后，需要新的整合，才能熔铸出宽阔而深厚的新型的现实主义。这也是对文学规律的尊重。

畅销书的文化传播与挑战

市场·排行

畅销书（Bestseller）的概念来自西方。但畅销书并非现在才开始出现的，按照法国文学社会学家埃斯卡皮在《文学社会学》一书中能冲破10万大关作为畅销书的一道分界线的标准（王美华、于沛译《文学社会学》，安徽文艺出版社，1987年版），过去有很多的图书都超过了这个数字，比如我们耳熟能详的一些红色经典，发行量超过百万的不是少数。那么今天畅销书的概念能够被业界内外重视或者反复提起，原因在于这些畅销书和我们以前说的那些畅销书的概念不一样。

当时很多图书的发行量都很大，但由于当时图书品种的稀少，它发行的数据如果以全国的图书品种总量作为参照，就很难确定畅销。更主要的是这些红色经典在当时是和主流的宣传配匹的材料，常常是作为一种思想的辅导读物推广的。图书资源的匮乏，加之计划经济的特殊发行渠道，它们并非严格意义上畅销书。

畅销书只能产生在市场经济的背景之中，20 世纪 90 年代中期以后，畅销书摆脱了 80 年代那种准地下的状态（这种“准地下”说的不是那些非法出版物，而是在业界内得不到认可）开始登堂入室，余秋雨的《文化苦旅》开启了当代畅销书的航程。由于受到计划经济和纯文学概念的影响，畅销书的范围仍然是作家的专利，一些作家的重要作品也往往被当作畅销书包装出场，比如贾平凹的《废都》，比如卫慧的一些小说。而关于这些作家的作品的争论，也影响了当代畅销书的发展，尤其是一些专业作家对畅销书的热情受到了抑制。

进入新世纪之后，随着文学期刊的逐渐边缘化，随着文学自身的瘦身和泛化，也随着长篇小说创作的繁荣，畅销书的市场蔚然成型，先后出现了《狼图腾》《杜拉拉升职记》等一些受到读者欢迎的小说，同时也出现韩寒、安妮宝贝、郭敬明、当年明月、慕容雪村等优秀的畅销书作家。

主导这些畅销书的推手很显然是商业运作，根据我对这些畅销书的初步调查，他们几乎全部来自于民营出版人之手，一些作家也是由某些公司进行整体包装进入市场。比如郭敬明的团队，就是一个商业运作的成熟模式。而引导这些畅销书的一个引擎，就是排行榜。畅销书的成功往往是通过排行榜的体现，继而排行榜又成为畅销书的风向标。虽然排行榜也是舶来物，但在当下中国图书市场也成为一种公认的游戏规则。一些机构和媒体适时公布榜单，比如开卷的排行榜，一些书店、媒体的榜单，都在为畅销书的涌现呼风唤雨。

在这些媒体当中，网络成为后起之秀，安妮宝贝、慕容雪村、当年明月就是网络制造出来的神话。他们都是在网络上成名之后进入纸媒出版的。纸媒的出版反过来又推动了他们成为网络达人。这样的畅销模式影响了图书的运作，一些出版人常常借助网络来进行畅销书的推广，往往在成书之后，在网上爆得大名之后，报纸、电视常常跟进宣传，再进行图书的市场运作。

知识·类型

畅销书的出发点是商业出版的模式，码洋、版税、利润是其终结点。但畅销书的形成并不以人的意志为转移，埃斯卡皮在《文学社会学》一书中曾说过这样的话，一个青年小说家想通过一部小说稿挣十万法郎，比中彩票的概念还要低。炒作畅销书是所有出版人的理想，但炒作成功的概率是有限的。在“内容为王”的自由选择阅读的时代，再成功的包装，也必须依赖于图书的内容能够吸引住读者的眼球。而且由于图书市场炒作风气日盛，读者对很多的夸大的包装已经产生了疲劳感。

以精彩的内容打动读者，是畅销书畅销的真正内核。当下的畅销书，在内容明显加强了知识性、实用性、娱乐性。《狼图腾》雄踞排行榜多年，达 80 个月之久，可以说成为当代文学的一个市场奇迹。《狼图腾》的策划人安波舜在谈到《狼图腾》时，用知性写作、诗性写作、神性写作来概括优秀畅销书的一些特点。如果说这些年文学强调诗性写作、神性写作而忽略了知性写作，那么畅销书在这点上对我们的文学是一个极大的补充。《狼图腾》是一部充满知识性的小说，很多方面都是非虚构的，关于草原的知识、关于蒙古族的历史、关于知青的故事，显然具有很深的社会学背景。作者姜戎是学者，丰富的知识面和学术功底让这部书成为一代人的新的《钢铁是怎样炼成的》。连姚明在美国 NBA 拼搏身边都要带上《狼图腾》。另一部小说《杜拉拉升职记》虽然说的是小白领奋斗晋升的事儿，由于带有某种职场指南的知识功能，也广受奋战在职场的青年尤其女青年的喜爱。畅销书在某种程度上重新恢复了文学的教科书功能，传播知识的同时，也传播人生感悟、社会经验。

畅销书的另一个特点，就是采取类型化的写作。类型化的写作是畅销书写作的最基本的形态，金庸的武侠小说、琼瑶的言情小说在 80 年代都是读者爱读的类型小说。风靡一时的《哈利·波特》也是类型小说。新世纪的畅销书里也出现了种类不同的类型小说，像步非烟的新武侠小说《诛仙》，蔡骏的悬疑推理系列，当年明月的说史系列，郭敬明的青春系列，安妮宝贝的言情系列，李可的职场系列以及鱼龙混杂的官场系列。

作为主流文化的延伸和拓展，类型小说并没有背叛文学的基本特点，而是放大文学的单项功能，有时甚至将某种单项功能放大到极致，悬疑、言情、推理等都是文学的基本元素，但这些单项的元素成为整体的框架之后，能够在阅读方面获得特别口味。类型小说的特点是分众传媒，某类小说针对特种的人群，符合这类人的审美阅读需求，满足培养这类人的文化消费需求。类型小说很大程度上是“粉丝经济”，但作为为人民服务的文学，其实是应该考虑到读者的需求，而不是一味地强迫地去提升读者。优秀的类型小说总是在愉悦的阅读中传授给读者思想、艺术的享受。类型小说的程式化倾向比较明显，但优秀的类型小说的含金量和我们一贯倚重的纯文学是可以比肩的，像金庸的武侠小说已经被文学史家和“鲁郭茅巴老曹”相提并论，中国的四大名著也是从类型小说升华为经典的，《三国》说史，《水浒》武侠，《西游》灵异，《红楼》言情。

传播·挑战

畅销书在拥有文学的认知功能时，也在传播价值观念，整体上说来，畅销书并不以主题的新颖和深刻见长，而是以实用的价值来成为读者的参照，这种价值观念往往是放之四海而皆准的常识性的。虽然是常识，往往对个体的针对性强，比如《狼图腾》里的拼搏和争先的价值观正吻合了近三十年中国崛起的国民所需要的气质，而《杜拉拉升职记》更不是什么宏大理想，是个人天天向上的自我奋斗。不过，由于畅销书追求猎奇、新异，一些说史的小说也常常跳出传统的历史观，按照今天职场、官场的价值来解读历史。因而畅销书的价值传播其实也带来了巨大的挑战，比如盛行一时的官场小说，写作者常常是一些官场之外的人士，他们对官场的理解常常带着某种偏颇，杜撰虚构一个不真实的官场，其传达的价值也不可信。另外一些说史和说古的小说，常常借着盗墓的名义传授一些不正确的历史知识和文物知识，甚至将早已被否定的迷信和伪科学的内容广为传播。畅销书有着很多的先天性的缺陷，在今天因为传播的迅捷和发达，缺陷也被放大。

而畅销书的受众面比较广阔，因而会造成某种混乱。怎么做到传播知识而不造成混乱，怎么做到让读者喜爱而不危言耸听，怎么做到引人入胜而又不离奇古怪胡编乱造，都是畅销书需要处理好的关系。

还有“伪畅销书”的问题，这里包含两个概念，一是伪书，假托的，国人写的，而化名国外名家的。再一个就是商家炒作出来的畅销书，通过“买榜”来诱使读者消费。由于排行榜的畅销效应，一些出版人和机构就通过买榜（自己买书或收买制榜人）来制造伪的畅销书，这已经是图书销售中公开的秘密。

今天的畅销书虽然和市场经济的机制有着密切的关系，按照西方的畅销书理念很难加以简单判断，主要由于传媒的多样化和传媒的群众化，对畅销书的形态也产生了引导作用。以前媒体主要掌握在政府和资本的手里，但网络的博客和微博等自媒体出现后，形成了“群媒”效应，这种“群媒效应”在畅销书文化中也担负着推波助澜甚至导引市场的作用。网络的海量阅读需求让畅销书越写越长，越来越系列化，而跟风书的粗制滥造更是有垃圾化倾向。这都需要监控和管理，精神食粮的安全也同样重要。

畅销书是当前流行文化的一个重要组成部分，流行文化大多数来得快去得也快，畅销书大多数也是速朽的，但经过时间磨洗而留下来的往往成为经典。经过读者发酵的作品，不一定是经典，但没有经过读者发酵的作品，就很难成为文学的经典。这也许是畅销书给我们的启示。

文学期刊的去魅

近年来，文学期刊在边缘化的过程中也在努力地调整自己的办刊指向和读者定位，打开一些文学期刊我们发现，有淡化文学性的痕迹，创刊以来一直注重纪实文学的《当代》更加强调了非虚构的篇幅，而《人民文学》《收获》《十月》等也在努力开辟一些栏目在谈论历史、钩沉往事、访谈名家、追寻文化记忆，作为虚构的小说篇幅反而在减少，以往那种小说一统天下的局面被打破，而读者的阅读兴趣也从小说转向这些非虚构的栏目。

准媒体　窗口　堂会

文学期刊不仅在当代文学史上有着辉煌的业绩，在中国传媒史上也不可忽略。五四新文学的传统确立文学的灯塔、匕首、投枪的功能，确立文学启蒙的历史地位。文学期刊在一个图书出版周期漫长的时代里，扮演的角色是多种的，承载的使命也是庄重的，尤其在70年代后期80年代初期的中国，当时媒体的欠发达，数量少而发稿程序复杂，文学期刊的快周期和审稿程序的简约让它充任了媒体的角色，因而文学期刊获得了前所未有的辉煌和空前绝后的发行量。文学期刊的媒体性也非常明显，当时刘心武的《爱情的位置》发表后，让《十月》洛阳纸贵。而小说探讨的只是一个常识性的问题，爱情在我们的生活中要不要有一席之位，现在看来要笑掉牙。那个时候的文学期刊有着极强的辐射力和影响力。

90年代中期之后，随着电视的普及、报刊的快速增长，中国社会的媒体已经形成，文学期刊发行急剧下滑，但由于80年代的文学基础深厚、文学读者人数庞大，文学期刊虽然退出了大众传媒的视域，但在文学的粉丝中仍有足够的市场，文学还是能够成为一扇了解中国社会、了解中国文学的窗口，尤其是中国文学的发展，中国作家的动向，还是要阅读文学期刊的。

进入新世纪之后，文学期刊的再度边缘化，让文学期刊渐渐变成了堂会性质，大多数的刊物发行量在几千册，那些传统的文学读者也常常借助于《小说月报》来重温当年的文学热。随之而来的是刊物的评奖热，但这些评奖有点自娱自乐的性质，自己评，自己得，少数人评，少数得，变成了没有观众的堂会秀。而原先认为文学期刊是文学新人跑道的神话在网络时代也被无情地粉碎，姜戎、慕容雪村、郭敬明、安妮宝贝这些影响当下文学阅读的作家几乎没有在文学期刊发表过作品，就迅速成为读者喜爱的作家。而那些在文学期刊频频露面频频领奖的作家新秀则无人问津，文学期刊这个窗口的功能亦已丧失，因为从这里已经看不到文学发展的全貌。

对虚构的去魅必然

文学期刊这三十年的风云变幻，从峰巅到谷底的体验，让很多的办刊人反思文学期刊和文学的出路，因为一个缺少足够受众的载体，政府再重视，金钱再重奖，最后也难逃脱一种“准非遗”的命运。而文学本身有足够生命力，文学期刊虽然衰落了，但文学网站异常繁荣，文学读者虽然减少了，但一些作品网上的点击率超过了文学最盛时期的读者参与量。

《收获》是最早开辟专栏的文学期刊，1988 年，余秋雨还是一个默默无闻的教授时，《收获》最早开辟了《文化苦旅》的专栏。“文化苦旅”兴起的大散文或文化散文的热潮至今仍未消退，也揭开了中国畅销书的序幕。但在 80 年代的文学期刊的拼图里，散文是不受重视的，散文比诗歌还要不受文学期刊的待见。一般文学期刊的设计是这样四大块，小说、诗歌、散文、评论，小说是重中之重，小说必须是头条。极少的期刊也发一发报告文学，但那时的报告文学基本是问题性的，到 90 年代央视有了“焦点访谈”之后，这类报告文学基本没有了市场，一些刊物的报告文学基本成为歌功颂德或创收的栏目。这种对报告文学的歧视，实际源于一种对虚构的崇拜。这种虚构崇拜在 1985 年的文学寻根热时达到了顶峰。当时不仅对纪实类的文字排斥，甚至对写实性的小说也时有微词。抽象、符号、变形被视为审美的最高境界。文学期刊在这样的审美思潮影响下，也常常把非虚构作为非文学的元素。

《文化苦旅》在当时并没有受到人们的热捧，也是可以理解的。因为《文化苦旅》属于非虚构类的作品，按照文学期刊的划分法，该属于游记类文字。在崇尚虚构的年代里，余秋雨没有获得足够的荣光，进入90年代以后，余秋雨因《文化苦旅》成为大众明星，而他的纪实性、打捞历史的文字也是对崇尚虚构文学风尚一次有力的去魅。

“去魅”一词来自德国社会学家马克斯·韦伯。1918年，他在慕尼黑大学发表了题为《以学术为业》的讲演，第一次使用了“去魅”(deenchanted)这个词。他当时的原话是：“只要人们想知道，他任何时候都能够知道，从原则上说，再也没有什么神秘莫测、无法计算的力量在起作用，人们可以通过计算掌握一切，而这就意味着为世界去魅。人们不必再像相信这种神秘力量存在的野蛮人一样，为了控制或祈求神灵而求助于魔法。技术和计算在发挥着这样的功效，而这比任何其他事情更明确地意味着理智化。”(三联书店2005年3月版《学术与政治》，冯克利译)。“去魅”也译作“脱魅”。去魅是对现代性的一种概括：现代化过程是去神秘化和神圣化的过程。

而文学本身的神秘化和神圣化来自于虚构的魅力，刘勰在《文心雕龙》中的这样描述虚构：“文之思也，其之神远，下笔远矣。故寂然凝虑，思接千载。悄然动容，视通万里”。这里从时间空间两方面来言说虚构的“神远”，这种“神远”按照韦伯的“去魅”理论其实是一种“魅”，是神秘莫测的。但进入新世纪，虚构的这种魅力在慢慢淡化，网上那些漫无目标的虚构，尤其是那些无厘头的穿越更让虚构变得不那么神秘。加之一些电影大片和网络游戏让虚构变成可以触摸的现实图像，人们对虚构的世界渐渐有些冷漠。对一些真实的历史和非虚构的现实，更加情有独钟。《明朝那些事儿》是一部今年来广受欢迎的网络小说，原因在于作者用今天的视角来解读历史，如果用虚构的方式来写作一部历史小说是很难获得如此多的读者认可的。

在这样的情景下，我们在《人民文学》《收获》《当代》《十月》等文学刊物上读到了李辉等人的文化钩沉，也看到一些文化名流的回忆追述，当然也有慕容雪村的便衣潜入到传销组织的卧底实录，无论是文化史实还是现今实录，一个重要的特征都是非虚构，都是可以找到现实依据的文字，而不是凭空想象的产物。这是对流行多年文坛虚构神话的彻底颠覆。

文学期刊的这种去魅的办刊指向，一方面是适合读者的阅读需求，另一方面也是一个实用主义社会的价值折射。当理想和信仰在场的时候，虚构是具有魅力的，假的也变得那么真实。当理想和信仰缺席的时候，再华丽的虚构也随之变得空洞，人们阅读需要的是实感、实用和实际。

想象力仍应是文学的灵魂

当然某种程度上也说明了文学期刊的中老年化特征，因为在年轻的网络文学作家里，虚构不仅“思接千里”“视通万里”，作家能够大胆想象虚构，而且穿越时空，古今同台，历史与现实对话，未来也与现实对话。年轻一代开启的穿越写作，是想象力的大解放，也是虚构主义在网络新平台的狂欢。而文学期刊那些新设的文化意味较强栏目，多半是回忆性的文字，而忆旧正是老人的思维特性，也就是说传统文学期刊的读者正步入中老年。

纵览当下文学期刊的改版意向，给人似曾相识的感觉，很容易让人想起20世纪80年代的《读书》杂志，文化人写文化人，文化人看，因而《读书》成为一代文化人的成长的摇篮。之后《读书》改弦易张向学术性强的期刊转向，而现在文学期刊似乎有重返当年《读书》的文化格局，给人时空错位之感。但我认为文学期刊尤其是中国作协系统的文学期刊本应担负着培养文学新人、传播优秀文学作品功能的职责，尤其对虚构能力的推崇，更能体现一个国家的文化的软实力。虚构能力是一个民族想象力的基础，而想象力又是一个民族创造力的外在特征。中华民族文化能够影响世界更大程度上在于屈原、李白、苏东坡、曹雪芹等想象力超群的作家。

在当下实用主义大于理想主义，经济利益浓于精神诉求的语境里，文学、文学期刊似乎在强调实感、实用、实际的同时，更应该注重对人的灵魂的抚慰，缅怀历史、挖掘文化是一种向后看的抚慰，正视当下、展望未来、弘扬理想是一种向前看的抚慰。前者是针对过来人的，后者是面向青年的。而文学本应是青年的，失去了青年的文学是没有生命力的。

2011年4月24日于润民居

从灌水到炼油

——关于微博的N种说法

记得今年的七月份，我写了一篇关于“博客是一种软文学”的博客贴在新浪的《王干作文大解放》，探讨博客作为一种软文学的特性。没想到一两个月后，我又接触到一个新概念，叫“微博”，各领风骚多少天？不是我不明白，这世界变化快。微博，简言之，就是微型博客。俗称围脖，有趣的说法，围脖不是正经服装。这“微博”之微，就在于它有字数的限制，每篇博文不能超过140字，当时我私下嘀咕，怕不是按两条短信的字数来限制的吧。后来问新浪微博的专业人士，果然是按两条短信的字数设定的。微博据说来自Twitter，所以新浪的微博是t.sina.com。当然新浪没有完全克隆Twitter，融进了很多新的元素，比如评论、私信、图像等等。

这微博风乍起，便吹皱了一池春水。虽然没能翻江倒海，但经新浪的热烈推广，大有成为博客之后的第二高潮。而姚晨和徐静蕾成为微博和博客的双峰并峙，也成为一大景观。《中华文学选刊》有感于这样一种新的文体形态的出现，决定在明年开辟《微博精选》

的栏目，以最快的速度将微博之民的智慧呈现给读者。

11 月 25 日上午，《中华文学选刊》召开微博文学座谈会，被网友戏称为围脖一大。人民文学出版社社长潘凯雄到会，体现了人文社对微博这新事物的关注和热情。之所以将微博冠之以文学，我觉得目前微博文学性还是大于传媒性。它在个人性、文本的修辞性和情绪的无遮蔽表述上，和文学诸多面是切割的。后来《文艺报》发消息时，以为我打字出现错误，将切割改为了切合（含契合之意吧），我用拼音输入法，是有错字讹字，但这“切割”没错，且是刻意用的，因为我目前看到的微博，除了那些饭否睡否浴否之类的流水账外，一般文人和文人的微博，包括一些明星的微博，都自觉不自觉地引进了一些文学的习惯性话语和修辞手段，格言式的，世说新语式的，微型小说式的，谜语解谜式的，歌谣式的，短诗式的，和文学形成某种对立和互补，好像是切割开，但又是关联陪衬。

当然，对微博的定义，会议前因为我在微博上发布消息，所以在微博上就已经展开讨论。连蓬说，“围脖未来作用：1，网友可获最新、来自第一现场快讯。2，追踪朋友最新动态。3，追踪明星或偶像最新动态。4，公司企业资讯交流工具。如新产品上市前通过围脖寻求消费者意见。5，特殊销售管道。如企业可在这销售些特价商品。6，监测民情、舆论、流行发展趋势的管道。政府机关政策或消息，可透过围脖延伸。”杜骏飞认为，“微博的功能首要是社会交往，其次是信息分享，其次是思想对话，其次是情感交流，然后才是文本修辞。”云霄说，是口碑重镇，北方说，微博是大排档，属于大众，你可以穿着体面，也可以满身油渍，它不会带来什么效益，也不太影响市容。而新浪执行副总裁陈彤看来，博客和微博本质上是不同的东西，却又有些近似性，关键在于微博这种即时性书写平台，引入了社交网络的关系结构。

会议前就有了各种说法，会议的热闹程度也就可想而知。盛大文学的代表颜桥认为，微博是个聚合物，能够整合虚拟的朋友，是理想的信息平台。对写微博的人来说，还是个人的对称的镜像。每个人希望看到现实生活中的另一个我，而微博的记录功能能够塑造一个镜像式的自我。微博对自我形象的虚拟性塑造，某种程度加深了它的文学含量。新浪微博的编辑认为微博是对自我形象的真实塑造，他们举了姚晨和赵薇的例子，微博展示了她们有别于影视的形象。传媒学博士王樊一婧（不是日本人，是新疆汉人）说，微博是对自我形象的第二次塑造，微博的主要功能还是作为媒介存在的。这次座谈会，本来想通过围脖转述的，但我社会议室网络出了小故障，我只能通过手机发了两幅照片。代表发言气氛很浓，会议直到十二点又三十分，要不被打断，现在还要争论下去。

本来与会的张颐武教授因参加央视某论坛不能前来，但发来观点说，微博像女孩子的裙子，越短越吸引人。会上还产生了一个在微博上流传的句子：微博是网络化时代的俳句。我个人喜欢俳句说，它更接近文学，而且因为有了 140 字的限制，像五言七言一样，在限制中有了创造的可能。没有这 140 字的限制，就是一般 bbs。

我们这些说法在新浪的朋友看来很浪漫，他们则说，微博是他们的一个新的产品，他们力推的新的产品。从新浪的朋友介绍来看，微博是一个具有覆盖性的庞然巨物，有野心和宏图大志。当然这不影响微博的文学性甚至文体的创新性，因为以往的实践证明，网络的各种形态在中国是最容易文学化的。

搜索一下本人的微博，发现本人居然也有为微博做定义的。当然也是对微博的期待：博客是标题党，微博是短裤党。目前的微博短（140 字），段（讲段子为主），围脖成了短裤。没有产生话语风暴，也没有爆料，短裤段料（尿）出不来。话语领袖期待中。

俳句说在微博上传播之后，著名出版人路金波写道："谈'围脖文学形态'还早得可笑。我甚至从未发现有人在实践中将其视作创作平台。倒是有一点，140 字数限制，能够逼迫作家锤炼语言。去掉那些惯性的形容词副词，使文字更多动词，更简洁干净有力。而过去的网络创作，常常因为肆意而无节制，把作家的语言弄坏了。动辄上百万字巨著，简直使人恐惧 。"

2001 年我曾将网络时代的来临，尤其针对网络文学的浩如烟海的庞杂无序，称之为"灌水时代"，后来将自己的评论集也取名为《灌水时代》。因为网络的无门坎进入，也因为网络的海量信息，没有了限制，语言的含金量、语言自身的尊严受到了挑战。语言尤其作为传播交流的书面的语言，应该有某种自律的律存在着。微博虽然不见得就是天条式的"律"，但毕竟让网上的灌水者有了律了，不能有水就灌了，要去"炼"，从水中炼出油来。语言的限制让灌水变为炼油，微博的俳句说，固然有些文学青年化，但至少告诉我们网络的法则、网络文学的法则会慢慢形成。

当然，微博是一个正在生长的未知的形态载体，刚刚萌芽抽枝，以后长成什么样，恐怕连它的主人也难准确控制，就像一棵树，是有自己的形态的。就像一个孩子，家长最后也难完完全全在他身上完成自己的设计。生命的生长往往突破人的意志。

2005 小说：在回家的路上

新世纪的文学在不经意中已经走过了五年，显然文学的新世纪并没有带来特别的新变，和 2003、2004 年的小说创作相比较，2005 年的小说似乎在酝酿某种聚变，虽然缺少精彩的小说事件，但小说的内容丰富多彩，小说本身在发生分化，小说家的“群”的形态渐渐清晰起来，而名家新的长篇小说以一种扎堆的方式涌现，好像在表明要从量变走向质变。

迹象表明，小说家们在慢慢地向一种目标转回，这一目标可能并没有事先约定，而且回的路径和方向也并不一致，但他们都在经历了艰辛的探索和探索的欢乐和苦恼之后做出选择。我选择了分类的方式来对 2005 年小说进行描述和分析，类别的选择也是抓住热点的作品，并不是作文体分类学意义上的阐释。

长篇小说：名家冲刺经典

一如既往，长篇小说依然是该年度的重点和热点，2005 年似乎是名家长篇小说作品大聚会的一年，这种创作周期的巧合，让 2005 年的文坛色彩斑斓，目不暇接，贾平凹的《秦腔》、曹文轩的《天瓢》、余华的《兄弟》、史铁生的《我的丁一之旅》、东西的《后悔录》、毕飞宇的《平原》、阿来的《空山》、王蒙的《尴尬风流》、韩东的《我与你》、刘醒龙的《圣天门口》等，都不约而同地出版，让读者也让评论家在享受大餐的同时，有些消化不良。

这种创作周期的巧合，说明当代创作的中坚力量在聚集能量向经典冲刺，一个明显的特征就是作家们对自己的创作进行某种梳理和调整。这种梳理和调整表现在作家们对以往熟悉的生活和题材的“重写”，这种“重写”让乡村叙事在 2005 年表现得极为复杂和显眼，虽然多事的评论家在那里呼吁都市文学，但作家们一想到大动作就条件反射地回到他们的乡村。贾平凹的《秦腔》和《怀念狼》《病相报告》等长篇相比较，在于放弃了都市和文人的叙述态度，而回到他熟悉和深爱的家乡，商州是他创作的根据地，这次回家是让他重新描述家乡这些年的变迁，为旧的家乡的消逝唱一曲挽歌。《秦腔》里有了大悲悯和大人道，是“知天命”之作。曹文轩的《天瓢》和毕飞宇的《平原》取材于相同的地域文化，也折射了他们个人创作的浓郁的个人记忆，《天瓢》那美好的意象不仅是《草房子》

的延伸和扩展，也融进了新的价值观和人生感悟。《平原》在继承《玉米》优点的同时，对社会和人生的参悟也在努力进入新的境界。

名家们在回家的路上，几乎都回到了讲故事的叙述道路上。故事曾经是小说最基本的要素，但在前些年的小说革命和文体革命的风暴中被视为低能的小说技巧，也出现过像《马桥辞典》冲刺小说极限的反小说作品。余华的《兄弟》是让评论家比较意外的小说，和他以往注重理念、讲究文体韵味的做法相比，余华对自己进行了一次颠覆，这一次他追求的是“好看”，四十万册的发行量说明他的目标已经实现，故事的魅力让余华体会到畅销的快乐。王蒙的《尴尬风流》和他以往汪洋恣肆的文风相比，是一次健康的瘦身，简洁，朴素，没有多余的修饰，注重细节和对话，几乎回到了《世说新语》和《阅微草堂笔记》传统文人小说的形式。史铁生是当代作家中讲究形而上意味且比较成功者，新作《我的丁一之旅》与他的《务虚笔记》相比，淡化了形式主义的文体色彩，也开始回归到人物命运的描写上，情节的生动性和细节的刻画更为感人。

东西的《后悔录》在2005年的小说中显得颇为卓尔不群，他在保持他以往对小说艺术执着追求的同时，融进了哲学、文化、人性的多重探索，而探索本身并没有放弃小说基本要素的创新。曾广贤永远处于后悔而不知忏悔的文化性格，并不是一个抽象的理念的诠释，是人物自身命运的写照。阿来的《空山》和《后悔录》一样也不是全知全能的叙视角，讲述的是“文革”期间的荒诞故事，依循的是经典写作的路子。刘醒龙的《圣天门口》洋洋洒洒百万字并不是网络“灌水”的写法，对人物和细节的描绘极为认真和讲究，意在制造一种宏大的史诗效果。

这些名家的长篇小说新作显然厚积而发，史铁生、余华、阿来、东西、刘醒龙几乎都是十年一剑；王蒙的《尴尬风流》写了七年成章；韩东的《我与你》改了三稿……在一个相对浮躁、文学市场骚扰作家心态的年代里，这些作家仍然保持良好的敬业精神和追求经典的理想。让人感到遗憾的是，出版市场还是对作家的写作有些制约。比如余华的《兄弟》上半部就匆匆出版了，阿来的《空山》也只是他花瓣式长篇的一部分，对广大的“粉丝”来说提前出版的内容有解渴的功能，但作为完整的创作和阅读来说，总有些缺憾。当然，文学创作尤其是长篇小说的创作，有很多特例，《红楼梦》就是一部没有完成的经典，成了断臂维纳斯，反而流传下来了。而当代长篇小说历来就有“半部杰作”的宿命，余华和阿来的这次尝试，或许是对这一宿命的挣脱。

情爱小说：欲望的退潮与真爱的滋生

情爱小说是这些年小说的一个热点，与此相关的概念是“爱情小说”“情色小说”“婚姻爱情小说”等等，有时还涵盖到女性小说，这些小说关注的是爱情与伦理、爱情与婚姻、爱情与道德，情与欲、情与性、性与道德、欲望与人性构成了这些小说的基本冲突。前些年，一些新生代的作家被人称之为“欲望化写作”，指的是这些作家热衷于人性之欲望层面的挖掘，并和商业时代的金钱幻想混合到一起，游走在城市的边缘，构成了五光十色的都市化景观。

这些伴随商业化浪潮在年轻一代身上产生的精神眩晕和欲望喧嚣，是对多年来文学重道轻情、重德轻欲的反动，也是市场经济的浮躁心态在小说里直接的表现。欲望化写作后来还被上升到身体写作的理论演绎，这种释放了的身体叙事像章鱼张开所有的触角，所有的感官在一个前所未有的自由空间里得到了预支性的放纵。说是预支，是因为这些欲望化的身体写作小说里，超出了他们自身的消费能力。最典型的就是后来出现的“下半身写作”群体，他们将身体写作推向极致，写作被剥离了更广阔的社会内容，甚至超过了弗洛伊德的精神分析潜意识理论，潜意识变成了赤裸裸的性意识、性内容，身体至上、性至上取代了文学的丰富性。诚然，这对于多年被遮蔽的身体是个发现，但身体本身也是肉身，肉的内在含量也是有限的，肉的真正内涵并不是人性的本质。身体写作以及由此带来的下半身写作虽然很时尚，甚至很刺激，但有限的身体资源并不能让作家无限消耗下去，因而这种欲望化的写作热流必然会慢慢退潮。

2005 年的情爱小说似乎在印证这一退潮，虽然小说的“欲望”痕迹仍在，“身体”也经常在场，但已经被另外一些呼唤真情、追求真爱的情爱小说慢慢覆盖。特别是女作家的创作的转向尤为明显，方方、严歌苓、迟子建、须一瓜、裘山山、乔叶、张慧敏、叶梅等剥离了欲望写作的影响，在家庭婚姻情爱类小说中重现真情。方方的《中北路空无一人》（《上海文学》2005 年第 5 期）写一对父子的冲突和亲情，写生活的困顿和精神的矛盾，写小人物在困境中挣扎，显现灵魂的真诚和无奈。而严歌苓的《金陵十二钗》（《小说月报 · 原创版》2005 年第 6 期）是献给世界反法西斯战争胜利六十周年的力作。它再现的是震惊中外惨绝人寰的南京大屠杀中似乎微不足道的一个角落：用尽撒泼耍赖之能事才赚得教堂庇护的秦淮河畔风尘女子，素来被自视正派者所鄙视、厌恶、唾弃，谁能想到她们会有舍身饲虎的勇气和拯救天使的辉煌呢？有点像《羊脂球》，但女性不只是简单的回归。须一瓜的《有一种树春天叶儿红》(《收获》2005 年第 2 期）写爱的执着，所以充满怀疑，她就是陈阳里。处心积虑地摧毁了另一个女人的纯洁爱情，轰然倒塌的却是自己灵魂的底线。或许只有天堂才有美丽的爱情？乔叶是近年来出现的新秀，她的写作显然受到过前些日子流行的写作理论思潮的影响，但一开始已努力超越身体写作的局限。她的《取暖》(《十月》2005 年第 2 期)，从人物格局上看是承袭了那么一种类型，一个是大年夜被父亲赶出家门流落到小镇上的、因强奸罪入狱又减刑出狱的年轻人，一个是被镇上人带有暧昧语气谈论着的独身带女儿开着“小春饭店”的女子，但他们在大年夜的相遇，出乎意料的结局，如沐冬日暖阳的温馨。

男作家的创作也有异曲同工之处。孙春平的《怕羞的木头》(《人民文学》2005 年第 4 期）里，女研究生为了反抗生活中的庸俗和算计而放弃了她拥有的机会和利益，在物欲横流的今天，由生活之泥泞出发，努力求证纯洁、高尚的精神向度。阿宁的《米粒儿的城市》(《北京文学》2005 年第 8 期)里的米粒儿是一个进城的外来妹，只不过她拥有着一种纯洁而干净的美丽，这正是城市中所紧缺的元素。米粒儿做过保姆、住过别墅，又成为银行行长的情妇，却依然没有放弃心中的追求和坚守。衣向东的《女出租车司机》(《小说月报 · 原创版》2005 年第 5 期)、余泽民的《匈牙利舞曲》(《当代》2005 年第 3 期)、张慧敏的《柔软的石头》(《百花洲》2005 年第 1 期）、叶梅的《乡姑李玉霞的婚事》(《民族文学》2005 年第 4 期)等，都是在对当下生活里复杂情感的描绘中带着对真诚和美好的呼唤。

或许裘山山的《少女七一在 1973 年》(《江南》2005 年第 4 期）

可作为这种真诚和真爱的呼唤的一种抽象，她描写的是1973年，一个女中学生如火的青春，希望却像美丽的肥皂泡一样飞得很高，又碎得不着边际，多少走过那个时代的人可能都会曾有过如此的记忆吧。这样一篇充满怀旧情结的小说，正是小说回家、回忆、回归走向的一个表征。

青春和网络：在告别秋意中成长

把青春小说和网络小说放在一起说，首先是因为这两类文学都是近几年新兴起来并吸引了大量眼球的品种，他们在一定范围内冲击传统文学的领地，并动了传统文学的蛋糕，有一批年轻的读者喜欢这样两类的文学。其次，这两类小说在很多方面都对传统文学的方式进行了一些颠覆和消解。第三，他们这些作家大多对主流文学和文化采取比较低调的姿态，在行文风格方面也往往泼辣而大胆，不拘一格。在整个情绪上相对比较灰，北京大学曹文轩教授用“秋意”形容80后的写作是比较生动的，用在网络小说上也是合适的。这种“秋意”是过早地看透人生和世界，过早地触摸到人生的底线和人性的底线。在某些方面与欲望化写作、身体写作有着千缕万丝的联系，也是这个时代文学另外的通道和表达方式。

也许触摸到人生的底线和人性的底线并不是一件特别难的事情，表达丰富的人生和丰富的人性才是文学永恒不变的主题。经过了几年的动荡和喧嚣之后，网络小说和青春小说在不约而同地向传统妥协和认同，这种妥协和认同，就本身而言，在于网络小说向纸质媒体的转换，对青春小说的作家而言，随着年龄的自然提高，他们的愤怒的燃点也在提高。更大的原因在于传统文学还是有巨大的包容性和消化能力，没有拒绝也无法拒绝这些新人类的加入。

2005 年的青春小说在经过前几年的井喷期之后，显得相对平稳和温和，韩寒、郭敬明、李傻傻、春树、彭扬、张悦然、蒋方舟、胡坚、叶子等在新的一年里都没有写出能够超出他们自身成名作的力作来，看得出来这些 80 后在进行某种调整和补充。在高密度和高强度的释放之后，进入了他们创作的新周期。张悦然的《儿童不宜》在保持她以往才情的同时，明显现出非青春、非愤怒、准成人的写作路数。倒是一些新的青春作家开始崭露头角，像潘萌、徐璐、徐飞、张悉妮这样一些后 80 后的中学生写出了一些与韩寒等不太一样的新青春小说，呈现出他们这个年龄应有的阳光和烦恼。我在去年曾著文把这种相对清纯的写作称之为“阳光写作”，当然是一种美好的愿望。或许“秋意”已被韩寒等写尽了，或许这样年轻一代的家庭或经历上有些差异，潘萌等人写作的亮度有所增加。潘萌的《时光转角处的二十六瞥》语调平静地记述每一次的聚散离合，字里行间感情依然汹涌，全然不似不谙世事的小女生。而徐璐的《忽然长大》依旧属于成长小说的范畴，但在这个一点点挣脱旧躯壳注入新血液、缝合旧伤口长出新骨肉的过程中，学会了感激。

相对于青春小说而言，今年的网络小说的实绩比较可观，尤其是顾坚长篇小说《元红》的出现，是继慕容雪村《成都，今夜请将我遗忘》之后又一部很有分量的作品。这部小说是真正意义上的网络原创作品，作者并不像惯常的那些网络小说是写好后贴上去的，而是像传统的连载小说那样——一边写一边贴——在网友的鼓励下写就的。更重要的是《元红》的写作风格和《成都，今夜请将我遗忘》产生了断裂，一反那种欲望化叙事的灌水文风，作家秉承的是沈从文、孙犁、汪曾祺那样一些经典作家的文学精神，著名作家莫言称《元红》“文笔缠绵、感情真挚，一个男人丰富的人生经验与斑斓多彩的乡村生活如风俗画般徐徐展开，给人以诸多情感启迪和美的感受”，著名评论家李敬泽则看出来“细节的力量”“老故事总是有效”。小说主人公存扣的成长不仅是个人的成长，也折射了多年来在中国社会的变迁。另一部网络小说《双面胶》是由旅居海外的女作家六六创作的，写的是当下城市生活中婆媳关系的冲突，老主题、老故事因灌输了新的时代内容产生了新的阅读效应。

不难发现，网络小说与传统文学，已然经过了最初的各行其是、互相试探的阶段，从眉目传情互通心曲发展到互动格局的形成，说明文学的面、文学的疆域在扩展。

悬疑小说：故事的再生和消费

悬疑小说是近年来新出现的一个小说概念，在传统的小说分类学里是没有这一类的，悬疑小说的出现是近年来图书出版活跃的结果。悬疑小说的内容包括原有的推理小说、侦探小说、灵异小说、奇幻小说、恐怖小说等小说品种，往往是在一种小说的基础上融合其他小说的一些技巧和手法，构成独特的景观。作为商业小说的品种，在国外发展已经成型，并且出现了像斯蒂芬金这样的悬疑小说大师，最近丹·布朗的《达芬奇的密码》在国内翻译出版，发行量直线上升，引起了出版界和创作界的注意。

当代的悬疑小说最初也是出现在网络上，近两年异常红火，不仅网络写手出版悬疑小说，一大批原先从事“纯文学”甚至先锋文学的作家也加入到悬疑小说的写作当中，像新生代代表作家之一的丁天现在就是悬疑小说的优秀写手，而蔡骏、周德东、李西闽、老猫、成刚等悬疑小说的代表人物，原先在传统文学的领域里都有过不错的表现，因而他们的作品改变了传统推理悬疑小说的内质，特别在人物塑造和语言的运用上，都极大丰富了这类商业小说的艺术内涵。这些含有大量商业元素小说的出现，为原先有些疲乏和单调的文学出版业灌输了新的激活剂，以至于 2005 年被出版界的人士称为“悬疑小说年”，因为差不多其他文学图书的品种都在减少，而悬疑小说写作和出版方兴未艾，继网络小说、青春小说之后来瓜分日渐淡薄的文学市场。

悬疑小说在把文学虚构的功能推向极致，悬疑小说的特点是极大可能地发挥人的想象力，在文学界普遍感叹想象力匮乏的同时，悬疑小说的作家们用他们的创作实践在丰富文学的想象力，把文学的虚构功能和商业功能巧妙地嫁接。2005 年出现了中短篇悬疑小说的创作热潮，莲蓬、成刚、一枚糖果、麦洁、嫣青、七根胡等网上悬疑高手的中短篇小说在改变悬疑小说的形态，因为悬疑小说一般都以长篇小说或连载系列小说的方式出现，以中短篇方式出现其实是依照所谓纯文学的创作思路进行创作的，这说明悬疑小说的一只脚已经踏进了纯文学的门槛，不管你愿意不愿意，小说家族这一新丁肯定要挤进来。

悬疑小说的一大特点就是让小说重新回到故事的层面来，让故事具有消费功能。我们这些年来在注重小说审美功能的同时，往往贬损小说的故事消费功能。小说的故事消费功能肯定不是小说的最高功能，但却是小说的基础功能，是小说的物质基础。再美好的思想功能、语言功能如果放弃了最基础的建设，往往容易建成空中楼阁。

悬疑小说在当代文学创作中还处于草创阶段，不少仍是网络文学的传播方式。但它对于小说想象力的提升和小说市场的开拓，会有些启迪的。

或许小说离家出走得太久了：小说抛弃了人物，小说抛弃了思想，抛弃了故事，甚至抛弃了情节，在一条高蹈的道路上，以踩高跷的姿态摇摇晃晃表演着个人的狂想和梦呓，全然不顾观者和读者的感受。2005 年小说开始回家了，这是妥协，也是进步。妥协是作家的个人主义文学观受到了制约，进步是文学在螺旋式的上升。

2005 年圣诞节于润民居

论人

当技巧已成往事

——读《尴尬风流》的一点感受

20 多年前，我对巴金老人那句“最高境界无技巧”的格言老是不能释怀，如果不是出自巴金老人这样德高望重言行真诚的长者之口，我会认为是一种矫情。后来读到汪曾祺说小说的结构是“随便”也不能理解，再读到老先生在评林斤澜的小说时用了“刻意经营的随便”来形容文章的结构，心里才有些踏实。对我们这些在 80 年代文学新潮中长大的一辈来说，技巧往往看得很重，所谓“形式即内容”的宏论在我们的心中还是翻腾过不小的波澜的。在结构主义符号学的热潮中，技巧和形式是那么的具有魅力。

多年养成的阅读习惯，使我对文学作品的形式和技巧有一种本能的敏感。一部内容再优秀、思想再新颖的小说，如果在形式上没有积极的探索和创新的意识，读起来总感到有些缺憾的。可最近读了王蒙发在《长篇小说选刊》上的《尴尬风流》之后，我忽然对巴金老人的“最高境界无技巧”有一种顿悟：当我们拼命追寻技巧时，我们并没有获取技巧，反而丧失了技巧，技巧不能产生境界，反之，文学的境界到了，自然也就会产生超越技巧的形式。

王蒙作为新时期文学的领军人物，在文学形式上的探索不仅开风气之先，而且以要“穷其工”的姿态对现代派和后现代派进行了多方位的搜索，从《春之声》的“意识流”到《风筝飘带》的象征主义（我在电脑上打象征主义词组时出来的是修正主义，可见王蒙式的探索也带有修正主义的意味），到《一嚏千娇》式解构手法，包括对通俗小说的戏仿，在“形式主义”的“泥淖”里勇往直前。或许是“绚烂之极，归于平淡”，在《尴尬风流》中，王蒙式的形式感、王蒙式的技巧被那个叫老王的人物自我消解了，王蒙式的华丽被那个简朴的寓言式的近乎短信的文体取代了，那个“大写”的滔滔不绝的王蒙被那个“小写”的甚至有些木讷的老王替换了。在《尴尬风流》中，我们看到这样几个特点：

1. 自嘲多于批判。

在王蒙以往的小说中，虽然不乏自嘲的成分，但他讽刺的锋芒依然是面对的是社会和他人的不健康、不理想和不和谐之处，他虽然不是一个愤世嫉俗的诗人，但也时常展示或显露一下文人式的清醒和过来者的机警。在《尴尬风流》中，他描写的那个“老王”，很认真地开始反思自己，发现自己的人生处境竟然是那么的不尴不尬，以为自己很聪明，却不断做错事，想去“温习脉脉温情”，得到的却是“一场愤怒疯狂的大雨”，想换一个口彩好的电话号码，却惹来了一大堆麻烦，想去“购物”，却屡屡“购误”……生活中种种奇怪的有些背运的事都发生在这个老了的王姓男主人公身上，他不解，但又慢慢地化解，老了的男性的老王在自嘲中得到人生的很多启示：“禅意实无意，尴尬即文章”。鲁迅先生说他在解剖别人的同时，常常严于解剖自己。王蒙这种带有自嘲式的书写，虽然算不上“严于解剖自己”，王蒙也不习惯解剖这类动骨动肉的医学名词，事实上，王蒙还是对自己的精神和心灵进行了按摩式的解剖。当然，文学是作家心灵的折射，也同时是虚构的产物，小说中的老王自然也不是生活中那个生龙活虎的王蒙。多此一句，免误解。

2. 内容大于形式。

《尴尬风流》虽然是被《长篇小说选刊》当作长篇小说选载的，但究其实来说，《尴尬风流》是不便当作长篇小说看的，它有人物，无命运；有细节，无情节；有篇数，无字数。整个小说可看作是一部系列小说，是老王这个人物在日常生活中碰到的种种尴尬的境遇的组合，单篇是可以自然成篇的，也曾被当作微型小说发表过。事实上，王蒙也没有把它当作长篇小说来创作，从写作的时间来看，前后跨度达七年之久，某种程度上它是王蒙生活片段的缀集。因此就小说的形式来说，可以说是非常单调甚至枯燥的，并不像王蒙以往的作品那么炫目花哨，但由于这些生活的感悟都是有感而发，并不是为了写作而去搜肠刮肚提炼什么，生活的实感便使得《尴尬风流》不像流行的长篇小说那么灌水那么缺少干货。

3. 境界高于智慧。

王蒙是一个富有智慧的作家，也曾被戏称为“过于聪明的作家”，过于聪明有两种结果：一是小聪明，一是大智慧。王蒙好像不是这两类人，小聪明往往昙花一现，而大智慧者则不会轻易卷入到文坛那么多是是非非的大大小小的值得不值得的论争去，以至有时难以脱身。虽然王蒙已经很优秀了，用作家李锐先生的话说，我们觉得王蒙仍然是值得苛求的作家，我们希望王蒙的人生智慧不仅停留在社会实用的层面上，王蒙也有理由将自己的“过于聪明”升华为哲学的形而上的精神的界面。在《我的人生哲学》一书，王蒙将他的人生智慧转化为社会生存之境，而《尴尬风流》一书他有意识地放弃自己读解世间万物的智能之态，开始以一种混沌的宽容的境界来面世，哲学的意味浓起来，甚至有一些大智若愚的味道。这对王蒙来说是并不是件特别兴奋的事，在《尴尬风流》中，我们能隐隐读到他不能尽兴的轻度压抑。他是一个喜欢尖锐思想的人，有时还不免犯一点尖刻的俗病，他有时宁可得罪朋友也要来显示他超人的智慧和幽默。但他明白，智慧的狂欢和语言的狂欢都不是文学的最高境界。

《尴尬风流》属于王蒙减肥式的自我健身，他对形式和技巧的简约化处理，打个不确切的比喻，就像吃腻山珍海味之后对农家菜和家常菜的回归，对那些文学技巧未入门或未成熟的人来说，还是不谈无技巧的问题为妥。技巧不是文学的全部，但文学是不能忽视技巧的培训和操练的。即使在《尴尬风流》中，王蒙也没有放弃他对形式感的追求，那些漫不经心的片段，其实是非常酷似佛经故事的文体，那些尴尬的暧昧的感悟，也颇得偈语的神韵。文学其实是没有最高境界的，人的最高境界，就是忘我。

2005年4月6日于润民居

最后的先锋文学（外一篇）

——评苏童的长篇小说《河岸》

2009年4月17日日在南京苏童《河岸》的研讨会上，我提出了《河岸》终结先锋文学的观点，有朋友不同意我的观点，大概是对“终结”一词的理解有差异。终结不是总结，也不是宣布其死刑，终结是评论家划分段落的一种方法，也是历史或文学发展到一定时期的必然。这一次文章用“最后”估计也会有人不同意，其实“最后”不是说此文体或此流派从此灭绝，此物种从此消亡，而是说它的意义和价值已经被充分发挥和表现。我们说清代纳兰是“最后一个词人”，不是说词这种文体就此消失，更不是说纳兰之后就没人写词或就不能写词了，而是说词的文体已经成熟，已经从兴盛走向衰微。我们说汪曾祺是“最后一个士大夫”“最后一个文人”，不是说士大夫和文人已经消失，不是说后人不可以做文人、继承士大夫精神，而是说汪曾祺代表的那样一种文化趋于完满趋于成熟，很难超越。事实上，学汪曾祺的作家很多，但时过境迁，得其精髓者很难。同样，最后的先锋文学并不意味着先锋文学作家集体消失，也不意味着先锋文学从此断子绝孙，它还会蔓延、生长，只是余脉、余音、余韵，不会成为主潮、主页。

一 先锋文学的谱系与阵形

先从先锋文学的谱系说起。

先锋文学是发源 20 世纪 80 年代的一场影响深远的文学思潮，它和当时的“现代派”运动有着某种承继关系，又有某种断代关系。先锋文学确实是现代派发展的余脉，但这余脉又巍延伸展，形成了新的山脉，和原先的脉系形成了某种断裂。就构成了而言，先锋派是更年轻一代的在特定历史时期对文学的进一步的探索和实验。这种实验已和原先的现代主义运动以及后来后现代文化有着明显的区别，它不是历时性地将现代主义或后现代移植过来，而是共时性对现代主义和后现代主义文学进行横向的交融和整合。这也是我们很难将先锋派定为黑色幽默或象征主义以及意识流某种西方文学流派的原因，甚至我们很难将先锋派定位现代派或后现代派，在现代派作品中，现代主义元素和后现代主义元素常常相互交杂，彼此混淆。因为在 80 年代中期的中国文坛，虽然西方现代派很新鲜也很吸引人的眼球，但与此同时后现代的文学也以现代主义的名目混了进来，先锋派在这样的背景之下成长起来，注定他们不能像 30 年代的那些作家简单划分“成分”：“中国的现代派”。

因此先锋派在 80 年代就成为文学界年轻、叛逆、冒犯的一种符号，更多的更年轻的文学青年和“粉丝”（当初应该叫追随者）

簇拥在这面大旗下，形成了 80 年代后期最有影响力的文学运动。

这三十年的文学思潮，除了 70 年代末期、80 年代初期的反思文学，大约就是“先锋派”和“新写实”属于有价值的影响深远的文学思潮，前者是现代主义和后现代主义文学在中国的有益尝试，后者则是中国作家对现实主义的成功改造。

虽然标榜先锋派的作家人数不少，但先锋派的谱系也基本明确，如果用足球队比赛的阵型来比喻的话，大约是“442”阵型

马原（前锋）　莫言（前锋）

洪峰（左前卫）　格非（前腰）　余华（后腰）　孙甘露（右前卫）

北村（左后卫）　叶兆言（中卫）　陈村（中卫）　刘恪（右后卫）

苏童（守门员）

给他们的分工大约基于两个要素，一是他们在文坛给人们的印象，比如两个左右两个前卫都是爱走偏锋的，二是至今还活跃在文坛、影视或媒体的中坚力量，而当初一些曾很活跃但淡出人们视野的，只能作为替补了。像华东师大的天才少年姚霏，虽然作为过“首发”，但流星般消失，被遗忘也是很自然的。

苏童被称为先锋派的守门人，是因为和其他的先锋们相比，他属于比较温和的先锋派，他对阅读的冒犯性是次强烈的，或者说次次强烈级的，先锋派的很多手段不是他发明的，他的攻击性和侵略性远不如其他的作家（就刺激性而言，和叶兆言属于一个等级）。再一个就是进入 90 年代后期，先锋派的场面逐渐门前冷落车马稀，大有打烊关门之势，马原和格非当教授做学者，陈村专营网络文学，孙甘露供职于媒体，洪峰当隐士，刘恪苦守了多年，也到高校

任教，叶兆言本来就是摇摆人，90 后期已成德高望重的写实元老，北村也不似当年那么激进，莫言和余华虽有新作问世，但只限于长篇，而且慢慢向现实主义靠拢，写出了《许三观卖血记》《四十三炮》等力作。唯有苏童依旧有中短篇小说问世，而且是匀速运动，《白雪猪头》《人民的鱼》《伞》《西瓜船》等短篇陆续受到好评，同时还有长篇问世。虽然不能说苦苦支撑着先锋派的门面，但让人感到一个生命力旺盛的群体并没有消失。有时候一个人就指代这一个群体。

2009 年问世的《河岸》就是这样一部守门之作。

二 《河岸》整合、完善了苏童自己

苏童在小说创作上形成了独特的个性，这些个性特色分布在不同类型的小说中。在 1993 年的一篇《苏童意象》中我曾将苏童小说分为三大类型，一是童年视角的记忆性的乡村叙事类型，一是关于女性生活的红粉系列，还有就是香椿树街的城市生活系列，后来苏童又增加了新历史小说的创作。这种分类，未必准确，但基本上能够概括苏童小说的重要特征，好的视角，细腻的心理，城市的变迁，成长的主题，历史的无奈，由此带来的人性的扭曲和伸张。

而苏童在《河岸》里似乎有意思地将自己小说的优秀元素进行一次彻底的整合，进行自我完善，从而达到了某种高度。第一人称叙述显然是苏童最拿手的把戏，他自己在创作谈说到，他在《河岸》写作初期，曾经用第三人称写了七万字，但觉得别扭，改称第一人称之后，小说活了，我看到了那个在《我的帝王生涯》中出神入化的少年，也看到了那个在《桑园留念》里青春萌动的少年。苏童本来善写成长，而库东亮的选择，正是他原先无数少年的组合，区别在于加了父子的关系，改变了人物成长的惯性。《河岸》里的慧仙其实是《桑园留念》里丹玉的重新投胎，而库东亮母亲乔丽敏在《妇女生活》和《另一种妇女生活》里也以其他的名字登场，浑身的小市民习气和政治动物。那个因政治上失去威风从此窝囊的库文轩，其实也是《已婚男人杨泊》里杨泊的再现。库东亮和岸上流氓团伙的械斗，在《刺青时代》里也有过类似的描述。

与之相关的苏童小说惯有的窥视主题在《河岸》中也得到继承和发扬,《妻妾成群》里颂莲的窥视视角来展现陈家大家庭的暴力和旧式妻妾制度下人性的变态和残酷，而《河岸》里库东亮作为一个叙述者也是窥视者，小说里乔丽敏的笔记本和库东亮的笔记本，都是窥视者的记录。前者记录的是库文轩的私人生活的风流债，后者是库东亮青春发育的流水账。窥视和反窥视，人性的两面浑然一体。

在《河岸》每个人物几乎都能找到他的谱系，但这丝毫没削弱《河岸》的价值,《河岸》找到了一个最适合装载苏童自己宝贝、整合自己资源的盒子，以前那些散落在外的珍珠因为有河与岸的线索被巧妙地串在一起，颗颗都有合适的位置，各得其所，闪闪发光。苏童小说那些优秀的元素，在《河岸》里得到了有序的排列，苏童式的力量和智慧，一览无遗。

意象化写作是苏童小说的一个创举，或者说很多先锋派作家都有意象化写作的诉求，但能够始终在小说里坚持意象化写作的不多，将意象化写作升华为美学特征，也就是苏童一人了。意象化写

作的基石是象征，

当苏童成功地将自己的诸多元素复合在一起时，也构成了某种自我的解构，他通过一本书将自己的文学历史交代过去，将自己的青春和努力悉数坦白，建构了“河流”这样的虚拟家园，也随之付之东流。

三 《河岸》解构了先锋文学

先锋文学作为一种文学思潮有其自己的生命轨迹，从 1985 年发源，到 1988、1989 年发展为高潮，之后又延续了很长时间。但先锋文学也是一个具体的生命体，有始必有终，也需要一个终结。这种终结，不是行政命令能够终结的，有时行政命令的限制反而会促使它的变态发展和扩张。也不是哪个作家想做就能做成的，它历史自然而然形成的。苏童在写作《河岸》时，没有想到去终结什么，最多也只是对自己的作品进行一次全面的梳理和总结。但《河岸》却因为其内容和形式的丰富性成为先锋派的终极版，也算他为先锋派文学作了最后的贡献。《河岸》成为先锋派文学的一个巨大的投影，折射出先锋派的诸多元素，先锋派的光芒和阴影尽收其间。

1、对历史表象的涂抹

在《河岸》中，叙述者反复说，“历史是个谜”，很显然，这个叙述者不是小说的主人公库东亮，因为按照库东亮的年龄和知识结构是说不出这么深奥的哲理来，只能是小说的潜在叙述者，这句话是作家的世界观间接的呈现。在小说里，邓少香的烈士子女之谜，影响到库文轩的命运，而库文轩的命运影响到库东亮的命运，像多米诺骨牌一样的连带效应。但这么一个关系到诸多人物命运的事情，却无法得到证实。最后库文轩只能用死亡来证实他的历史的真实，但谁都明白，这个谜团永远也无法解开。库文轩和纪念碑共存亡，更加沉入到历史的深处，而历史的深处更是迷障团团。类似的怀疑论者的叙述，在先锋派的其他作品里都有类似的表达。马原的《虚构》是一场历史的巨大虚构，格非的《青黄》和《迷舟》讲述也是类似历史事件的解构，也是陷入谜团之中。在那些反思小说里，库文轩的身份问题很容易被写成意见冤假错案，但苏童和他的那些先锋派的队友们有意涂抹这些历史的界限和层次，只是写历史对人的影响，放弃去追就这些历史的真实性和合理性。历史像河流，现实也不是岸边一样界限清晰。历史是个谜。

2、对自我的虚无性否定

先锋派文学有一个巨大的叙述焦点，就是对自我的不断探索和不断否定。这也是区别于传统现代主义美学的特点。传统的现代派美学往往通过自我价值的肯定来批判现实社会对自我的否定，风起云涌的朦胧诗论争其实就是关于现代派的论争。而先锋派并不在乎自我价值的有无，先锋作家往往通过那个“自我”或“小我”的人性的暴露，尤其是人性卑微和恶毒的披露，来粉碎那个在现代主义看来近乎完美的个人神话。

因而先锋派的主人公往往是玩世不恭的，至少那个叙述者是玩世不恭的。他们是价值的毁灭者，意义的爆破者。在今天我们来看待这些毁灭和爆破，一点也不会大惊小怪和高度惊诧，因为网络的爆破和毁灭让我们已经熟视无睹，而在 20 年前这些冒犯是要承担很多的罪责的。因此，我们在《河岸》中看到一个自称“空屁”的少年，并没有引起太多的质疑和愤怒，而当初徐星《无主题变奏》引起的风波全因为那个青年的虚无价值观引起的。而《河岸》就连徐星那个虚无的价值也加以毁灭，虚空是价值观，但空也是屁！淋漓尽致，虚到骨子里和灵魂里。

苏童以前的怀疑更多的是脱离现实社会的，《河岸》把对自我价值的怀疑是放到现实之中。表面看来库文轩、库东亮的虚无，是因为被抽空了——那块纪念碑被抽空之后，意义也抽空了，而这种抽空是历史的不确定性造成的。历史的不确定性导致了现实的虚空现实的空屁化，而现实的空屁化导致了库东亮的空屁实感。“空屁”这样一个地域色彩很强的方言，被小说的人物和时代氛围浸透之后，变成了先锋哲学的一种指称，因为在先锋文学里，那里的自我的意义基本上就是空屁，空，而且屁。空屁，没有声音，没有气息。

3、残酷、暴力、悬疑

马原和莫言是先锋作家里最早涉猎残酷主题的，而残酷的主题与暴力相伴相生，他们的小说里出现了传统小说里那些不常见的带血腥或带恐怖性质的场景，这也是先锋文学引起哗然的主要原因之一。莫言在《红高粱》里再现剥人皮的场景，虽然那是控诉日军残暴的，然而展示、扩展这种残暴也有炫示暴力之嫌。马原在《虚构》里对麻风病区人性残酷的描述也触动了很多人的神经，之后余华在《现实一种》《河边的错误》里更加零度情感地渲染了人类相互残杀的残酷和冷酷，暴力美学呼之欲出。苏童的暴力指数虽然没有这三位高，他更多的时候是对性暴力的主题情有独钟。《米》五龙把米塞进阴道的细节让一些人难以接受，而在《河岸》中库文轩的自残自我阉割没有激起人们的愤怒。相反，库文轩对处于青春成长期的库东亮的监视和限制，则是另一种阉割和虐待。岸上的人试图给库东亮去势，造成了库东亮的阉割恐惧，是莫言、余华那些阉割主题的延伸和发展。

和恐怖情景相关的便是他们小说的悬疑性，先锋作家常常借用悬疑的模式，来灌装他们的残酷主题和暴力叙述。马原、余华、格非都多次运用推理悬疑小说模式，而《河岸》则把烈士和胎记这样一种需要通过甄别来确认的历史事件悬疑化，直至小说结束，悬案也没有明了，倒是库文轩的胎记消失了，而傻子扁金的屁股上的胎记也消失了。

4、语词的飞翔

先锋文学某种意义上是一种形式主义美学，当时有批评家说形式即内容。对语词的刻意追求，对叙述语调和叙述节奏的精确把握，成为消先锋小说家最基本的手段。讲究叙述，乃至形成了马原的“叙述圈套”这样的概念，说明先锋派在语言上的舍得和拼搏。这种舍得和拼搏让先锋派放弃了很多小说里最常见的元素，比如故事的合理性、人物性格的复杂性等等，小说成为一种语言景观和语言赛场。最有代表性的就是孙甘露的《信使之函》和《访问梦境》，这是消解了传统小说诸多因素的典范之作，连接小说的是语词的力量，不是逻辑和故事，也不是人物的命运，其实在这两篇里没有人物，人物就是语言自身。

苏童在先锋派作家中，以其语言丝绸般的柔和和光滑独具一格，他小说的语言时常可以自成一体，不必指向叙事。在《河岸》

里，苏童始终保持这种语词的飞翔感觉，并时不时地向人物读者进行俯冲。《河流之声》那个章节里，能看出孙甘露式的语言修辞的天赋，但有没有脱离人物和小说的具体情境，结合得近乎完美。

在很多先锋作家放弃或失去了这种语词的飞翔能力和俯冲力之后，苏童依然保持着旺盛的修辞战斗力，让人完整地浏览到先锋派的语词风采和修辞功力，同时也是宣告了先锋文学在《河岸》之后黯然消失在舞台的中心。

《河岸》出版前后

苏童说:《河岸》是他的开始，他写《河岸》有一种新生的感觉。他还说，《河岸》是他最好的小说。一贯低调的苏童，如此重视自己的作品，三年三易其稿，从国外写到国内，从第三人称写到第一人称，他反复斟酌，反复考量，然后才拿出这么一部超越自我的重量级的作品。因为工作的原因，我将《河岸》出版前后的一些情况和花絮记录于下，或许有点资料价值。

2000年底，我到人民文学出版社工作之后，苏童就答应给我一部长篇小说，并且承诺给最好的。他说人民文学出版社是最好的文学出版社，最好的小说应该在那儿出。后来我看到他的《蛇为什么会飞》和《碧奴》的出版，我并没有着急，我耐心地等待，相信他的诺言。2007年的下半年，他在电话里说，新长篇开始动笔了，我的一块石头落了地。

2008年5月，我问进度，他说，写了快十万字，但决定返工重来，原因我没问，也不催他。凭我的经验，苏童这一次是要做一次“大活”了。我想起了王安忆当初写《长恨歌》的时候，也是写十万字之后，又推倒重来，我急着发稿，她不紧不慢地说，改好了就给你。等我收到她字迹娟秀的手稿时，我放心了，这是用心写的。

2008 年 11 月份。我打电话问小说进展情况，他说截稿了。我说能否赶 2009 年 1 月的书市，他说不着急，还要再修改修改再定稿。又过了一个多月，他发来了小说。我问字数多少，他说 16 万吧，我不能兑水。可我一统计数字，居然是 21 万字多，这小子连字数都不会统计。4 月 15 日，在上海首发式上，我问他，怎么统计的，他说我电脑可能有问题，总是少 4 万字。我开玩笑说，按字数算稿费，你就亏大了。

在作家长篇越写越长、兑水越来越严重的今天，苏童保持它严谨的写作态度，“一句顶一句”，而不是一万句顶一句。我在看《河岸》时，一开始很着急，想迅速看完，但看了两章之后，我便舍不得一口气看完，我要慢慢欣赏，我不想把阅读的快感短时间消化掉。所以，我像小时候吃冰棍一般，一口一口地抿着吃，不想一次性吃完。苏童后来发短信来问，看完没有，我说，正慢慢抿着看呢。

后来我在发稿意见中写道：

> 这是一部描写现实与历史、青春与成长的优秀小说，小说讲述一条流放船在河上和岸上的故事，展现库文轩、库东亮父子的荒诞命运，书写特定历史时期人的生存境遇，重点表现人性的变异以及变异后的舒展（如李铁梅的扮演者李铁梅），很多的意味值得追寻。如纪念碑的象征，是历史的光荣，也是历史的重压，库文轩抱着纪念碑沉入河底的壮举，很符合历史的特点和那个时代的特征。再比如，对于生命的理解，库文轩的生活作风问题，让他负罪

懊悔，最终自断其根，而黑势力对库文轩的迫害和施虐，也欲断其命根，生命是那样的卑微而顽强。青春成长的烦恼与历史的荒诞不经，形成了库东亮的残酷青春与灰色记忆。来自香椿树上的少年漂泊到河流之上，空旷、孤寂，历史和现实如时间与空间一样迷茫，烈士邓少香和当红慧仙的沉浮荣辱，仿佛穿透了历史烟云而陷入现实迷障。质朴的船民和势利的市民对立而又相似，傻子扁金屁股的鱼纹和库文轩的胎记，该消失和不该消失的一样无奈。

王　干

2009年2月16日

在复审意见写道：

小说在艺术形式上颇为讲究，通过库东亮的视角讲述库文轩（父亲）在历史情境中的际遇，少年的视角，成长的主题，残酷的青春，历史的浮沉，河岸一样难以言清。这视角本是苏童的看家绝活，现在又融入那些枫树林、香椿街、历史迷案等元素，综合了苏童小说的优秀元素，是他目前的最高水平。在整个一线作家水平普遍下滑，苏童依然保持饱满之势，且有超越自我的能力，是当代文学之幸。

王　干

2009年2月16日

社领导在读完书稿后，当即决定作为出版社的重点书向社会推广，并要求做到最好的设计和最好的封面，和精品相称。

期间还有一段插曲，一些出版社和书商听说苏童新作杀青后，纷纷找到苏童，通过提高版税等手段来夺稿子。苏童挺逗，他对人家说，你们要出版我没意见，只要王干同意了，就可以给你们。后来有人找到我，甚至许以组稿费，我说你这不是与虎谋皮吗？不可能。聪明的苏童把球踢给了我，我不能传啊。我把抢稿的事汇报给社领导，领导说：一定拿下。

现在《河岸》出版了，我回过头来看看，苏童其实是在做一件总结的大事，他在《河岸》中对自己的创作进行一次超越，那些传统的苏氏意象和符号在小说里被完美地整合，那些迷离的语境又得到了超越。在河上，在岸上，苏童把自己的家园建立又解构。

另一方面，《河岸》还是对先锋文学的一次终结或超越。苏童作为先锋作家的代表人物，自然非常谙熟先锋派的套路，在这部小说里，苏童不仅对自己进行了梳理和综合，同时也对整个先锋文学进行了梳理和整合，在《河岸》里可以读到莫言对历史的迷惘、马原的叙述圈套、余华的暴力恐怖话语、格非的象征谜团、孙甘露的语言雾障、叶兆言的家族沧桑、北村的灵肉冲突、陈染和林白成长的青春苦闷……甚至还有安妮宝贝式的忧伤。先锋文学关于阉割、关于荒诞、关于人的存在、关于本我和超我、关于卑微和反讽、关于黑色幽默等话语，在小说里都有熟练而优美的操练。

《河岸》宣告了先锋文学的终结，也是一份先锋文学的总结文本。多年之后，人们再说起“先锋文学”这个古怪的概念时，或许读一读《河岸》，就迎刃而解了。

在从上海前往南京的火车上，苏童收到了阿克曼的电话，这位歌德学院北京分院院长的汉语非常好，声音也不低，他在电话里对《河岸》高度赞赏。十五年前，这位老兄曾经和《钟山》一起举办过城市文学国际研讨会，多年不见了，此兄还是那么敏锐。

后来苏童转来哈佛大学王德威教授的电子邮件：

苏童兄，

很久没有联络，希望近况都好。上个月中到上海开会，苏州大学的季进教授给了我最新一期的《收获》，十分惊喜看到新作《河岸》，从上海看到杭州，再看到台北，觉得很兴奋：我们所熟悉的苏童又回来了。

《河岸》应该是你这是近年来的又一次高峰，远比《蛇为什么会飞》以及《碧奴》要好。小说情节贴近你所熟悉的历史，非常动人，叙事的声调和情绪的掌握尤其让我想起你在八、九十年代最好的作品。写青春与暴力，历史的逃亡，罪与颓废，欲望的流变，还有日常生活中的诡异关系，这都是你最拿手的。河／岸的象征意义十分到位。因为年纪和阅历的关系，现在少了一点浪漫，显得老练世故了。如果吹毛求疵，我以为最后的库背着碑投水的一段，在我意料之中。此外“历史是个谜”这句话出现了三四次，我以为似乎一次或两次就可以了。结尾部分非常精彩。不论如何，目前中国大陆的小说界乏善可陈，偏锋的作品哗众取宠，没有意思。《河岸》如此丰富而细腻的作品充分显示你创作的诚意和持续的想象力。恭喜你。

因为兴奋，下了飞机立刻和麦田出版公司联络，希望推出此书的繁体字版。很是感谢你的信任，也期望这本小说得到好评。我同时会和葛浩文联络。也许他有兴趣翻译。最近也刚看了毕飞宇的《推拿》，也是水准以上之作，野心稍微小了些。我也有兴趣为他的作品多作些介绍。记得你也很看好他。王安忆介绍我看方方《水在时间之上》，觉得太煽情了，文字也不够精炼。如果有其他新作家作品你觉得值得注意，敬请告诉我。

我这个学期休假，原本希望在中国多待一阵，南京大学也一再邀请访问，但是最后因为家人有了健康问题，所有行程都取消了，匆匆来去，否则说不定在南京可以一叙。希望不久将来在南京或美国有见面机会。我和复旦大学陈思和教授打算明年在复旦开一个关于21世纪的第一个10年的国际会议。到时候如果你在国内，也许请你来共襄盛举。

祝好

德威

苏童转发此封信的时间是4月18日。

可恨的是《河岸》盗版出现了。我在5月5日的博客写道：

《河岸》惨遭盗版

昨天，编辑部的一个编辑说，在丰台一家超市的门前发现了《河岸》的盗版，印得还不错。我说不可能，不会这么快吧？你看的是正版吧？买一本来看看。

我的良好愿望被击碎。今天上午，这位编辑花十元钱买来了《河岸》的盗版书。我一看，肺都气炸了，也太无耻了！

再仔细看看盗版，让你又好气又好笑。好笑在于，盗版者居然没有完全克隆人民文学出版社的正版，开本居然比我社的还要大，内面内容也重新编排过，字距、行距也作了调整，因而页码顺序也不对，封面用纸也不差（正版用的特种纸），居然用了布纹纸。当然，“河岸”两字没烫金。有趣的是，正版书里的目录部分字号略显小，盗版者居然把字号加大，正是煞费苦心！

内文用纸就差多了，而且书后“光屁股”，没有衬纸，这“光屁股”一下子露出了盗版的真面貌。

从封面用纸设置到内文版式以及开本的选配，盗版者是个行家，对书性极其熟悉，尤其是设计、创意方面可能是个高手。应该是潜伏在北京各大出版社周围的余则成之流。

潜伏啊潜伏！盗版啊盗版！

向版权部门报了案，等待破案。

不过，由于事先预料到可能有盗版，我们专门请博士生导师、素描大师吴冠英先生为《河岸》做了六福插图。这六幅插图传达了小说的魂，苏童先生非常喜欢。插图盗版者只能通过扫描来复制，由于是铅笔素描，扫描之后效果极差。而看《河岸》，如果看不到吴冠英先生的插图，那将逊色很多。

想不到一些网友在留言中说道：你也该高兴啊，这年头出书被盗版，是有成就感的标志。这是什么逻辑？作家的利益，出版社的利益，谁来保护？

最后一点说明，《河岸》封底引用了许钧教授的一段话，未标明出处。向他致歉。重版时，一定改正过来。

如何评价苏童

在今天来评价或探讨苏童在文学史上的意义和地位，显然为时尚早，他四十刚刚出头，很多和他年龄相仿的作家有的刚刚出道，一些还被冠以新锐青年作家。而苏童呢，比之这些新锐则不免显得有些“老”，这“老”倒不是年龄，而是资历。上个世纪80年代的中后期，他已经是先锋派文学的代表人物之一，到90年代初期大红大火，以至我们都视他为明星作家，但苏童没有像王朔那样真的掉进了明星堆里，他始终保持着一个作家的姿态，与媒体保持着警惕的距离，无论在国内还是国外。

但苏童的成就细算起来也没有到了可圈可点的程度，尤其是得奖这一项，似乎是他的弱项，茅盾文学奖自然无缘，因为长篇小说毕竟不是他最擅长，但他的中短篇小说按理说该在鲁迅文学奖中有一席之位，尤其是他的短篇小说能与之相匹者不多，但他的短篇小说还是榜上无名。江苏在全国有影响的作家不得全国奖的人还真不多，寥寥几人，就有苏童 。

没有为苏童打抱不平的意思，马原、余华、格非、北村、韩东和苏童这些先锋派作家都没有得过政府颁发的大奖，先锋是为后人铺平道路的，实验更意味着小众化。和其他先锋不太一样的是，苏童是那种有读者缘的作家，《小说选刊》2003年举办的“读者最喜欢的十大小说家”评选活动中，苏童名列榜首，得票最多。在90年代，苏童就有一大帮“粉丝”，当时有人把这些“粉丝”叫“苏迷”，这是仿的张爱玲，30年代有人把张爱玲的追星族叫“张迷”。

“粉丝”们喜欢的往往是来得快去得也快，所谓各领风骚多少天，说的也是这个意思。但苏童没有并被“粉丝”们粘住更没有被“粉丝”们压垮，他的写作在火爆时非但没有浮躁反而越发沉静和淡泊。这种沉静和淡泊表现在他对短篇小说刻意而义无反顾的追求，而大多数已经成名的作家一般不屑于在短篇上再下功夫，写也是随机性质的。苏童则坚守在短篇小说的阵地上，他似乎要穷尽短篇小说的所有可能，从早期的《桑园留念》《仪式的完成》到近期的《白雪猪头》《人民的鱼》，绚烂之极，归于平淡。

苏童的价值似乎并没有引起文学界的高度重视，人们仍习惯于把他和一般媒体明星联系起来，走红的作家年年有，但走红的作家具有文学价值就难得。正确评价苏童也就可以还苏童的本来面貌。

苏童在先锋派第一个实现了转型，所谓转型就是从纯粹的文本试验到具有较大社会含量的新型写实，也就是所谓的“有意味的形式”到“有形式的意味”。苏童最早登上文坛引人注目的是他的那样一些形式感特强烈的小说，但他的先锋方式又不是十分极端的，极端先锋派往往以观念取胜，而苏童并不是以理论的高深和玄妙来进行小说的写作，他更多的是从感性出发，从自我的情感出发，因而他的先锋姿态也在先锋派当中独具一格，是那种温和的美学先锋，而不是那种激进的概念的先锋。这也让苏童具备了率先向写实转变的先天条件。1989 年的夏天正是先锋小说热火朝天的时候，而苏童在人浪翻滚的鼓楼广场告诉我，他写了一篇奇怪的小说，题目叫《妻妾成群》。我当时只觉得这是玩性不改的苏童的游戏之作，没想到居然成了先锋派转型的一个标志。之后苏童又写了《米》以及“妇女生活系列”，在之后先锋派写实便出现了一股热潮，推进了新写实运动的发展。

作家陈村曾经称苏童是“红粉圣手”，此言自有戏谑成分，但也道出了一个真实的事实，这就是苏童对女性形象的刻画和女性心理的描写已经取得了较高的成就。当代作家中，王蒙擅长写干部，高晓声擅长写农民，王安忆擅长写市民，王朔擅长写“愤青”，苏童则擅长写女性。苏童写女性和男作家不一样，很多男作家仍然用男权的目光来看待女性，像张贤亮的笔下的女性基本是依附男性存在，而苏童对女性的态度是摆脱了男权中心的“女性”视野，像《妻妾成群》里的女性与男性的关系，就是一个对男性话语中心的颠覆。苏童写女性和女作家写女性也不一样，女作家写女性不论是有意识还是无意识，都会张扬所谓的女权思想或女性意识，虽然不乏张洁《无字》这样撕心裂肺的力作，但更多的还是停留在对男性社会男性中心的简单反抗和配合。苏童在描写女性时某种程度上又是对女性主义的消解，那些女性相互之间的倾轧和龃龉，有时远远超过男性社会对女性的残酷和恶毒。苏童的这种写作的姿态或许可用“中性写作”来概括，中性写作的态度让苏童充分地坚持了“情感的零度”，这对后来的一些描写女性的小说产生了很大的影响，在一些颇为流行的小说里我们不时能看到苏童的身影在晃动。

很多 70 年代出生的作家在谈到他们写作的启蒙者时往往都会说到苏童，他们在谈论当时阅读苏童小说的感受时，无不有一种沉醉的感觉。或许苏童小说里天生具有一种时尚的气息，或者年轻人把苏童的小说当成了时尚。这或许与苏童较早地涉及城市文学的写作有关，城市的气息容易与时尚的内容混为一谈，苏童一不小心开了时尚化写作的先河，那种诡异而又略带腐朽气息的都市少年的自寻烦恼，到了 80 年代出生的韩寒那里就被放大成了叛逆和游走的 Rap。我有一次和一位 70 年代出生后来在网上大为走红的女作家聊起苏童时，她说她几乎看过苏童的所有作品，那一阵太迷恋苏童的小说了，现在说来真是有点不好意思。我能在她的小说中感受到与苏童的某种联系，那种温婉绮丽的小说调子显然比苏童更细腻、缠绵。而这位女作家又是风行一时的网络写作和 80 后的偶像。

在这么短的文章中去阐释苏童的价值和意义，显然是不能充分展开，只能是线条式的，提纲式的，而且苏童还年轻，他会给我们更多评价的机会和理由。

渴望史诗：拯救被遗忘的经典写作

——评阿来长篇小说新作《空山》

阿来在当代作家中颇有些“另类”，这“另类”不是他的写作姿态故作先锋状，或扮演什么样的角色，这另类甚至不是他的藏族身份，而是他进入文坛的方式，不同于我们见惯的那些由短篇而中篇最后冲刺长篇小说的写作者，他是靠长篇小说杀进文坛的。阿来在《尘埃落定》之前也写中短篇小说，但反响平平，而《尘埃落定》一出手就四处喝彩，并一举无可争议地问鼎茅盾文学奖。

这说明阿来的写作具有某种经典写作的先验性，因为一般来说，中短篇小说往往容易成为各种新的文学观念和文体形态的实验地，而长篇小说则更适合经典写作方式的表达。阿来写作小说显然是受到 80 年代文学实验浪潮的影响，他那时并没有脱颖而出，是他的思维与当时的文学语境不对称，90 年代之后，大浪淘沙见真情，阿来的像退潮之后呈现在海滩上的珠玑被人们发现了。阿来在文坛黑马般的出现，是经典主义写作的一个传奇。

在写作《尘埃落定》十年之后，阿来又推出了他的长篇小说新作《空山》，更加清醒而坚定地坚持经典写作的立场。所谓经典写作，其实是与时尚写作相对的一种写作态度，经典写作是传统写作的创造性继承，而时尚写作则以反经典写作作为前提，那些“戏说”和改写都是以经典作品为靶心进行射击，时尚写作往往还是先锋写作的俗化和商业化的低级表现形态。在《空山》里，阿来首先对“长篇小说”的经典内涵进行了很好的注解。在长篇小说越来越水的今天，阿来用敦实有力的六个中篇小说来组成强有力的“机村传说”三部曲，这不仅表现阿来的营建史诗的雄心和理想，而且提醒人们长篇小说不应只是畅销书和快餐读物，而应是昆德拉所说的人类精神的“最高综合”。

《空山》作为“机村传说”的第一部，分为“随风飘散”和“天火”两部，描写的是一个名为机村的藏地小村落近五十年的社会发展的历史。《随风飘散》写一个绰号“兔子”的男孩的故事，他是由民间美人勒尔金措与还俗的僧侣子弟恩波所生，小说把他写成一个脆弱而有神性的孩子，他的出生甚至震动了整个村子，成为机村的圣物，某种程度上延续了《尘埃落定》中那个傻王子的原型，但“兔子”不再作为某种绝对真理的形象出现，与兔子的内心活动平行的，还有另一个出身普通世俗家庭的孩子格拉，他是一个毫无特权的信仰的承受者。圣者和俗人的命运平行性发展，结果是格拉放鞭炮让兔子的心脏病发作，兔子的意外死亡也象征着传统而强大的神性世界在新的文化境遇中的尴尬和濒临屏蔽的命运。《天火》更是充满象征符号的叙事，在小说里放火者多吉是个悲壮的古典英雄主义的人物，而那些救火的穿制服的机村之外的人却带着几分滑稽和荒唐，他们救火的方式除了开会还是开会，以至延误了最佳的救火时机。当然，天火最终还是被天雨灭掉的。《天火》写与天奋斗的闹剧，写到大自然对人类逆行的惩罚。如果说《随风飘散》写了神性的失落，那么《天火》则写了天使的愤怒和无知的可怜。

阿来在描写这些人和事时，充满了一种悲悯的宽容的情怀，小说中涉及新旧观念的冲突，也涉及不同文化的碰撞，平民与贵族，干部与农民，激进和保守，科学与迷信，这些看似对立有时甚至水火不相容的价值在阿来的笔下都有充分展示的自由和空间。《空山》像一个巨大的容器，盛放着不同价值，并不像有些小说家简单地用一种意念和思想程式进行解释和图解小说中的生活，用劳伦斯的话说，这种小说家就是要把小说钉到这棵树或那棵树上去。劳伦斯在谈到长篇小说时，说过一段非常深刻而又非常有趣的话，“长篇小说是人所发现的相互之间微妙联系的最高典范。每个事物在它自己的时间、地点、情况内是真实的，在它自己的时间、地点、情况之外又是不真实的。如果你要在小说里把什么东西用钉子钉住，这一下就是送了小说的命，要不就是小说就要爬起来，带着身上的钉子跑走了。”我们现在经常读到这种身上带着“钉子”的小说，一些评论家还会为这些“钉子”叫好，而阿来小说则坚决不使用这些“钉子”，他寻找事物内部的内在的微妙的联系，合理地采用榫结的方式，呈现了客观世界自然的生长状态。

之所以把阿来的写作定位为经典写作的范畴，除了他在写作姿态上摈弃了激进主义、无政府主义、保守主义、自由主义诸主义的“钉子”外，还在于他的叙述上的沉静和从容，全无当下小说创作的浮躁之气，体现了从容的古典精神，“跟到村外的人群慢慢散去。只有索波一个人慢慢走向村外。他看见，溪流边，草地上，杜鹃、野草莓、迎春、蒲公英、太阳菊，都争先恐后地开放了。在这片劫后的大地上，这些花朵甚至比阳光还要耀眼明亮。他摸摸眼睛，感觉眼睛有些湿润。”索波的心境也仿佛是阿来的心境，索波的眼光也仿佛阿来的眼光，在一个“贼光”（张颐武形容当前消费时尚文化欲望化的一个关键词）四射以反经典为时髦的消费文学的浪潮中，阿来的从容和淡然可能是与生俱来的，与修炼和表演无关，其意义就更弥足珍贵。

经典化写作很容易被误解为守旧的同义词，更容易被当作探索和实验的对立面，事实上经典化写作并不是保守主义的哲学，经典化写作恰恰需要作家对文本创新的热情、耐心和功力，时尚化写作的最大特征是用创新的热情来代替创新的功力和耐心，以表面的花哨取代内在的力量，经典化写作追求的是形式与力量的和谐与统一。阿来的《空山》在小说的形式方面作了较大的不露痕迹的努力，他把象征主义、魔幻现实主义、黑色幽默等西方小说的手段化入到文本。在结构上又借鉴结构现实主义的方法，采用花瓣式开放的结构来表现一个村庄的命运沉浮，小说的主人公是一个村庄，而不是某一个人物，具备了史诗的品质。当然，现在我们读到的《空山》只是三部曲中的第一部，它丰富的内涵还有待后两部的创作去完成，我们期待着他一部比一部精彩，在史诗的探索路径上一步一个脚印，踏实而辉煌。

从鲁迅散文到博客家园

我一直认为，鲁迅的散文《野草》《朝花夕拾》是新文学的高峰，至今无人超越。他的杂文更是将笔记、随笔和檄文不露痕迹地完美地结合起来，至今也无人超越。甚至杂文随着鲁迅的逝去，这一文体的存在也显得有些“世遗”（世界文化遗产）的味道，一个杰出的大师创立的一个艺术种类，是不能让他轻易消失的。

鲁迅的有些小说也是散文化的，《故乡》如果作为一篇散文的典型文体，选入中学教材或许更有利于学生理解散文的文体特征。《一件小事》也是散文的路数。这丝毫不影响鲁迅作为一个优秀的小说家存在。他的小说被人们充分认识，也为人们广为继承。但散文似乎不大引起人们的关注，至少关注不够。他的一些学术著作，比如《中国小说史略》其实也是用笔记的文体写就，而非我们现在流行的文学史体。

我对鲁迅的喜爱是从散文开始的，在《向鲁迅学习爱》的一文中，我说到了《两地书》对我的影响，而第一次读到《野草》的序言，我一下子明白了鲁迅的伟大所在。一直想写一本关于《野草》的论著或长一点的论文，但老觉得笔力不逮，就将这些感受和心得写成了随笔发表。在这位革命家、思想家、文学家的散文里，我发现有一个柔软的鲁迅、忧郁的鲁迅和怀旧的鲁迅，我的写作就不再担心孤寂和寒冷。

上个世纪 90 年代初的随笔热也将我卷入其中，我最先写的评论是发在《南方周末》上的《我的墓志铭》，是马莉强烈约稿的结果。而这篇文章是我生病住院时的感慨，投给她，很快用了，之后又催稿，我又写了《座右铭》《陋室铭》，也很快用了。之后就有很多报纸副刊约稿，我在南京的《扬子晚报》还开了“闲话南京”专栏，因为报纸发行量超百万，很多熟人、朋友看到都礼貌性地夸赞，我也当其真，对随笔的写作更加投入。当时，江苏作协的小说家赵本夫就看出苗头：“你写的散文不是常规意义上的，不一样。”我自己没感觉到，但我在写评论的时候，倒是有意地追求一种随笔化的写法，在评论中加进叙事、抒情，虽然不学院派，但可读性要强一些。2000 年冬到北京工作后，我又在《北京晚报》上开设《王干作文》的专栏，写了《北京的春》《北京的夏》《北京的秋》《北京的冬》等关于北京生活的文章。但常常因为篇幅和时间的问题，感觉还是有所局限。

2005 年以来，博客热起来了，我起初也是“被博客”的，新浪的一位编辑是熟人，自作主张地为我开了博，我也没去赶这个时髦，直到有人在网上冒名顶替，我才开始写作我的“官博”来。现在收到《王干随笔选》里的文章三分之一多居然是来自博客上的。博客被称为“自媒体”，我很快就喜欢它，我在六一儿童节开博，希望能够让自己的博客保持几分天真和自由。人可以按照时间的规律变得老朽，但博客要有一颗年轻的心。

博客和纸媒的区别在于，你是主动的，你是你的上帝，你是你的领导。啥时可以写，啥事也可以写。可以写长，也可以写短。可以写，也可以不写。比如我那篇引起很大争论甚至变成“两会”提案的博文《五十年内废除简化字如何》，在传统的媒体上是很难出笼的，而博客给这样一个石破天惊的观点问世的机会。迄今为止，我在博客的点击量近四百万了，和时尚达人相比只是个零头，但在文化人博客里还在前茅之列。

博客的一个特点是杂，博者，杂也。而我这人生性好奇，对很多事情有兴趣，喜新恋旧。新如博客、微博这样的刚出炉的热烧饼，旧如古琴、围棋这样的老古董，洋的如足球，土的似楼外楼这样的老菜馆。饮食、风景、气候、南方、北方这些能够触动我审美神经的，我一一记录下来，长短随意，冷暖自知。不求献媚于江湖，但求自由在笔端。

这让我想起了鲁迅的杂文，杂文以前应该隶属在随笔的门下，但因为鲁迅的特立独行，形成了一个新的文体，叫杂文。而小品文则因为鲁迅论敌的标榜而渐渐不被提起，其实杂文也好，小品文也好，都是随笔。鲁迅的杂文在今天读来，就是绝妙的博客。随笔在经过多年的漂泊之后，终于在博客找到了家园。

博客还有一个好处在于互动性强，避免了文人自恋的膨胀。文人多少会有一点自恋的情怀，但如果过分了，就会变得雷人，自己也会很累。博客那些严厉的“砖块”，常常让人缩起自恋的尾巴。

《红楼梦》与当代小说创作

自《红楼梦》诞生之日起，它的两大主题一直受到人们的关注。一是以脂砚斋等人关于家族盛衰的色空主题，也就是张竹批在《金瓶梅词话》中所说的“冷热金针”的主题。一是永忠等人对情痴主题的赞扬。这两个《红楼梦》最早传播的圈子各有侧重，情痴的主题在《西厢记》《牡丹亭》里已经有非常充分的表达。但关于家族兴衰的主题似乎是中国文学史带有开创性的，尤其通过家族叙事结构来展现人物命运和时代风云的变幻一举奠定了长篇小说的不可动摇的地位。

《金瓶梅词话》是写“冷热金针”，但《金瓶梅词话》涉及的只是一个家庭的兴衰，《红楼梦》则通过荣宁二府、四大家族由“锦衣纨袴”而“树倒猢狲散”的巨大变故全方位地立体地展现清代中期中国社会的全貌。这种家族叙事开启了后来小说革命的先河，因为在《红楼梦》之前的长篇小说，虽然在刻画人物、展现时代上有成功的经验，但基本上是以话本小说的方式在传播，是通过讲述的方式进行传播，而《红楼梦》率先打破话本的格局通过文人的阅读来传播，这种家族的叙事的凝聚力对小说传播方式的改变有着至关重要的作用。

五四以降，新文学开启了全新的历程。在诗歌、散文、戏剧方面突飞猛进，但长篇小说的成就似乎要逊色得多，叶圣陶的长篇小说《倪焕之》虽然被茅盾称为扛鼎之作，但今天看来仍像一部大中篇。而之后巴金的《家》、老舍的《四世同堂》、林语堂的《京华烟云》以及张爱玲的小说，则全是向《红楼梦》的致敬之作。他们都以家庭、家族为结构来展现时代风云的变幻、人物命运的动荡。虽然西方小说不乏长篇小说的借鉴之作和楷模，但中国作家对长篇小说的认同几乎习惯性地将《红楼梦》作为一个标杆，作为一个母本。甚至写出《子夜》的茅盾曾经改写过《红楼梦》，在改写的过程中剔除了秦可卿、二尤的内容，重点着眼于大观园的兴衰。而另一位作家张爱玲更是超级的红学家，不仅小说叙事深得《红楼梦》家族叙事的苍凉之韵，甚至写出《红楼梦魇》这样的红学著作。

到了当代，作家们对《红楼梦》的喜好并没有受到太大的限制，一些作家的写作仍然找得到《红楼梦》的影子，欧阳山的《三家巷》承袭的依然是《红楼梦》的家族叙事结构，而孙犁笔下的女性形象不难找出大观园的影子。新中国成立之初十七年长篇小说经典的“三红一创”中的《红旗谱》至今得到一些文学史家的认可，很大程度上也得力于小说所采取的家族叙事结构。小说通过冀中平原朱老忠、严志河两家农民三代人和地主冯老兰一家两代人的世代恩仇，生动描述了大革命失败之后当时的社会矛盾和城乡之间的阶级斗争。

进入新时期文学，《红楼梦》的家族叙事结构不仅在写实主义作家陈忠实、张炜、贾平凹那里得到张扬，在先锋作家那里也率先凸显出来，莫言、苏童、叶兆言、格非等人的中篇小说通过对家族的窥视、回望、追忆，透过家族的溃败历史展现新的历史主义的叙事风范。莫言的“红高粱”系列、苏童的《罂粟之家》《妻妾成群》、格非的《青黄》、叶兆言“夜泊秦淮”系列以及铁凝新近创作的长篇小说《笨花》，都是以家族的视角来展现人在特定历史时期的困境和精神状态。

这一时期的长篇小说取得了令人瞩目的成就。张炜的《古船》以历史唯物主义的眼光对胶东地区洼狸镇三个家族之间的近50年的恩怨情仇进行独到的洞现，对发生在那块古老土地上隋、赵、李三家的残酷而血腥的斗争进行客观而深刻的描绘，结构方式有点类似《红旗谱》，但作者超越历史的思考和局外人的旁白让家族叙事灌注了新的内涵。作家的某些思考甚至有些脂砚斋点评的味道，比之《红旗谱》更具有现代小说的意味。

之后出现的《白鹿原》在继承《古船》的批判精神的基础上，更加拓展了《红楼梦》里家族叙事的境地。它以陕西关中平原上的白鹿村作为小说的大观园，通过白姓和鹿姓两大家族祖孙三代之间的纷争，浓缩了近百年中国农村土地上的恩怨情仇、爱恨苦乐，写出了历史、土地、人之间的复杂纠结，由此生出的人性的扭曲、历史的沧桑、时间的轮回，尽在其间。加之作家对风物器皿的精细描述，有着令人震撼的史诗风格。

和《古船》《白鹿原》的厚重和沉重不同，王蒙的长篇小说《活动变人形》是公开表白受到《红楼梦》影响的，但王蒙没有像《古船》《白鹿原》采用三个家族之间对立的结构关系，摆脱了阶级斗争的模式，而是以一个家庭的内部的矛盾、纠结和缠斗来展现五四新文化运动之后中国社会浓缩到家庭内的文化冲突，浪荡子倪吾诚是倪家的贾宝玉，但远没有贾宝玉幸运，家里的三个女人静珍、静宜以及她们的母亲是倪吾诚的克星，她们之间的“战争”伤骨伤肉，直戳死穴，是王熙凤式的、赵姨娘式的，全无诗意。

这三部作品通过家庭的和家族的沧桑来书写灵魂的困境与挣扎，以一个家庭（倪家）、一个村庄（白鹿村）、一个小镇（洼狸镇）的变迁来折射整个中国的历史进程，都是堪称民族心灵史的伟大作品。

意象小说的深远影响

中国文学的传统非常重视意象的营建，虽然在中国文论里出现意象一词比较迟，但中国文学对意境的推崇和意境理论的研究，实际上接近了后来的意象理论，所谓“象外之象”“境外之境”，都是意象理论早期的阐释。而意象派大师庞德创立的意象派实际也是从中国的唐诗里面受到启发的。因而中国文学的理论根基实际是以诗论为基石的。因而《诗经》、楚辞、唐诗、宋词都充分体现了意象的美学理想和美学价值。

在《红楼梦》出现之前，这种以意象美学作为文学核心价值观在中国小说中却没有得到充分的体现。中国的小说传统无论是历史演义还是英雄传奇，基本都是重情节结构，在讲故事的层面来塑造人物、表达思想。《三国演义》《水浒传》《西游记》，这四大名著中的三大名著，都是根据民间的话本创作综合而成，至于武侠类的《封神榜》《七侠五义》更是注重情节的离奇曲折来吸引读者。笔记小说也是注重白描，刻画性格，对意象这样的充盈在中国诗歌中的美学理想，似乎受到韵文和散文的简单分类而重视不够。

《红楼梦》是率先将中国的韵文策略和散文策略进行了成功的嫁接，它的外在叙事形态遵循的是话本小说的套路，但内核却是韵文美学理想的实践，这就是将中国诗歌的意象思维完美地融合到小说中。《红楼梦》里有大量的诗词歌赋，但这是外在形态，中国的话本小说不乏诗词歌赋，但它们往往只是评点性的，是连接故事之间的过渡词，且大多陈词滥调，而《红楼梦》里的诗词歌赋不仅出色，而且和整体的意象美学有机地联系在一起，生发出小说的新气象。《红楼梦》一开篇就是富有象征主义的大荒山、无稽崖、女娲石，中间那些大观园、太虚幻境、通灵宝玉等意象也摆脱了简单的所指束缚，虚实相映，真假互现，十二钗的人物是实在的、写实的，但十二钗的命运又是意象化的，尤其是那些关于十二钗的判词，补充了单纯叙事的不足，在空灵中留下了无限想象的空间，达到了鲁迅所说的“美人芳草”的最高境界。

中国当代小说始终涌动着一股澎湃的意象之流。“文革”前，孙犁、汪曾祺、茹志鹃等人的中短篇小说在当时的非诗学化的文学环境里顽强体现中国小说的诗学传统，其实是对意象写作的痴迷和执着。孙犁的《风云初记》、汪曾祺的《羊舍一夕》、茹志鹃的《百合花》等不难看出《红楼梦》的流韵，他们或以女性或以童年视角来营造的小说场景，和当时的小说拉开了距离。到了1978年以后，意象大面积的运用最初是作为一些先锋作家的特殊手段，但很快被更多的作家在长篇创作中接纳，他们同时又借鉴西方的象征主义，形成了具有中国诗学特色的意象写作。张炜的《古船》《九月寓言》、陈忠实的《白鹿原》、王蒙的《活动变人形》、铁凝的《玫瑰门》、张承志的《金牧场》、莫言的《红高粱》、王安忆的《长恨歌》、贾平凹的《废都》、苏童的《河岸》、毕飞宇的《平原》，都在不同程度上运用意象写作的手段，来丰富小说的内涵和层次。张炜的《古船》属于写实主义的小说，但整个叙事的过程中，始终洋溢着意象的激情，而《九月寓言》则是其意象小说的代表作，他在历史和现实之间的联系，在思想和情绪的载体，正是借助意象的方式进行推进的。另一位几乎全身心投入意象写作并初步建立了自己意象王国的作家苏童，在长篇小说《河岸》中不仅沿用了《红楼梦》中贾政和贾宝玉父子冲突的结构，库东亮和库文轩的父子悲剧在历史的大潮中体现出来的人性的卑微和扭曲，其深度远非一个伤痕文学所能概括。《河岸》中几个女性的形象也是意象化的，李慧仙的乖戾之气由具象转为抽象。王蒙的《青狐》言说的是现实，但青狐自身的鬼魅和非现实性，也体现出意象小说的特有魅力。铁凝的《笨花》以华北平原向喜一家的命运和大革命时代的密切联系，写出了家族与国家命运的内在关联，而选取棉花（笨花是本地棉花，和进口的洋花相对而言）这样一个独特的意象，也是追求小说的意味之外的意味。

一般说来，以一个短篇或者中篇来营建意象小说比较容易，尤其短篇小说在美学特性上有人认为它更接近诗歌美学。但长篇小说通过意象进行叙事有它的难度，因为长篇小说很难围绕一个意象展开，这个意象的凝聚力不容易承受和连接多方面的内涵。《红楼梦》的高明之处在于营建一个又一个的意象群，扩展为意象群落，从而成为小说的有机组成部分。在《红楼梦》里太虚幻境与大观园是互不相同的两个意象群落，大观园内外又是两个不同的世界，而贾府里荣国府和宁国府又是相近而又有差异的世界。至于冷香丸、通灵宝玉、一僧一道等意象，都有各自的意象品性，它们又能够汇聚成共同的意象世界，当代长篇小说在创作上虽然受到了这种意象美学的影响，但在具体运用时，往往停留在意象的单一性运用上，有些还存在贴上去的感觉。至于意象群、意象群落的营造，显得极为稀少，而在意象群落之间建立有机的联系，这是当代作家更加缺乏的。

圆形人物的大观园

“圆形人物”是福斯特在《小说面面观》里提出的概念，是西方小说理论的经典，虽然后来随着现代派小说的兴起，福斯特的很多观念受到了质疑。但圆形人物作为小说创作的一个基本圭臬，还是有其生命力的。中国古代小说，在塑造人物方面自有其特性，人物往往忠奸分明，黑白清楚，绝大多数是扁平人物，有时候还不如历史著作写人生动。比如《史记》写刘邦、项羽，就写出了人物的复杂性。而在《三国演义》里曹操的奸和诸葛亮的神、关羽的忠、张飞的莽，《水浒》里除了宋江有些复杂性外，其他人基本也是脸谱化，《西游记》的人物自然称不上圆形人物。而《红楼梦》里则塑造了一大批的圆形人物，贾宝玉、林黛玉、薛宝钗、王熙凤、秦可卿，甚至贾琏也很难用淫棍来概括他，他对尤二姐的真情，他畏惧王熙凤。贾珍对秦可卿的一片真情，也不是男盗女娼之类能概括的。有论者指出，除了赵姨娘，《红楼梦》的其他人物都难以用坏人来概括。

毋庸置疑，中国当代文学在相当一段时间内，受到当时政治风潮的影响，人物被标签化，好人与坏人、革命与反革命、改革与反改革、英雄与败类，常常一目了然，这在“文革”期间的样板戏的创作中发展到极致。而之后的“伤痕文学”“反思文学”也基本沿袭着这样一种人物扁平化的路子。对人物的价值判断常常用政治判断、道德判断、伦理判断代替审美的写作。20 个世纪 60 年代对邵荃麟“中间人物”论的批判，赵树理这样的老牌的正宗延安派，也因为写了《锻炼锻炼》这样不够英雄化的作品受到了冷遇。对中间人物的批判其实是张扬扁平人物、否定圆形人物的合理性和经典性。当代小说的人物塑造还停留在造神和画鬼的孩提阶段。等到刘心武在《班主任》写出了谢惠敏这样的圆形人物时，张光年等文坛前辈惊呼《班主任》的价值不是塑造张俊石这样的正面人物也不是宋宝琦这样的小流氓，而是那个看似好学生又有点异化的谢惠敏，谢惠敏感情朴素，把同学捡的麦穗送到贫下中农手上，思想品格可谓高尚，但政治上随时掌握同学的动态，及时向学校报告同学的“思想”，而这又不是出于邪恶的整人的动机。这样的圆形人物，突破了好人坏人的界限，为新时期文学提供了一定的深度。谢惠敏品行端正，但不讨人喜爱。其实，谢惠敏有着薛宝钗的影子，薛宝钗在大观园里循规蹈矩，是贾母喜欢的好孩子，是大观园的模范好学生。但她的冷静和乖巧，却得不到贾宝玉的怜爱，自然也得不到读者的喜爱。谢惠敏和薛宝钗在道德上都是无可挑剔的，但她们身上那股味儿却让人不舒服。古华的《芙蓉镇》显然受到《红楼梦》的影响，他塑造的女干部李国香充满了王熙凤的能干、狡诈、贪婪，惜乎道德批判的气息稍重，影响了人物的“圆度”。

进入 20 世纪 90 年代以后，王安忆的《长恨歌》通过王琦瑶这样独特的上海小姐形象的塑造，展现了 20 世纪 30 年代以来上海文化的兴衰，其实《长恨歌》是把旧上海视作一个繁华一时的大观园，王琦瑶的招摇艳丽，不乏金陵十二钗的繁彩妖娆，小说里旧上海也时时透现出大观园的铺张奢华，而王琦瑶始艳后衰的命运，甚至让人想起了那个兼宝黛之美的秦可卿。只是由于历史叙事的需要，王琦瑶的艳美没有戛然终止，继续在历史的长河里漂浮。同时期出现的余华的《活着》里面描写的那个福贵，也是由盛而衰的见证人，福贵身上混合着贾府诸多兄弟的气息，和王琦瑶一样也是难以用简单概念概括的圆形人物。刘恒的《贫嘴张大民的幸福生活》沿袭他一贯的底层叙事的风格，张大民的贫嘴、机灵和幽默，时时会让人想起那个巧舌如簧的刘姥姥，还有那个评点大观园人物的兴儿，至于张大民的愤怒和发牢骚口气，多少有点焦大的影子。

新世纪的长篇小说创作彻底摆脱了人物塑造的程式，人物的丰富性在作家的笔下得到充分的书写。张抗抗的《作女》也是对电子时代新的女性生存状态的全方位的描写，作女已经是很难用标签来定义，但作女身上体现出来的郁躁气息，是我们时代的锦瑟表征。丧失苦难体验的作女，是一个女版的贾宝玉，她的不求进取和反复折腾，和贾宝玉的乖戾无常如出一辙。

开放式的阅读结构

现代小说的理论家实践者一直致力于小说的开放性阅读结构的建造，以改变传统小说的封闭式的阅读结构，巴赫金的对话理论和罗兰·巴特的“作者已死”的理论，旨在强调小说文本与读者的互动性，让读者不只是处于一个被灌输的载体，而成为一个和作者一样的创造性的主体。罗兰·巴特为了获得开放式阅读效果曾经组织学生，把名著中关于恋人的独白进行编织，形成了众声喧哗的效果，但作为学术研究，并不能构成小说的有机组成。

《红楼梦》之所以能够形成“红学”，成为毛泽东认为和地大物博、历史悠久、人口众多相提并论的中国特色，除了它的内容博大精深外，另一个重要的原因在于它的开放式阅读结构。也就是鲁迅先生说的“经学家看见《易》，道学家看见淫，才子看见缠绵，革命家看见排满，流言家看见宫闱秘事”，其实是说《红楼梦》阅读结构不是简单的封闭的圆圈。

《红楼梦》的开放式结构首先体现在它的未完成性，众所周知，由于传世的《红楼梦》或《石头记》只有不足八十回，给读者留下了巨大的想象空间，后来的续书也就在开放式的阅读结构基础上大展身手，近年来著名作家刘心武还花心血续了《红楼梦》，虽然仁者见仁智者见智，但可见《红楼梦》历经风霜而魅力不改。《红楼梦》的开放式的结构还体现在“元小说”特点，虽然“元小说”的概念出现只有20多年的时间，但《红楼梦》的第一回就开宗明义地说道，“列位看官：你道此书从何而来？说起根由虽近荒唐，细按则深有趣味。待在下将此来历注明，方使阅者了然不惑。”然后一一描写女娲石与《石头记》的来历，这对强调真实再现营造逼真的传统的现实主义理论无疑是一个极大的挑战，作者告诉读者此书的来由甚至成书经过，打破小说的内循环结构，而进入到和读者一起循环的开放式的阅读过程。至于那首“满纸荒唐言，一把辛酸泪，都云作者痴，谁解其中味”更是直接跳出来阐释小说和作者的想法，这种解构小说的做法，常常是后现代小说的惯用伎俩。

《红楼梦》的开放式阅读结构还体现在脂砚斋的评点上，评点是中国小说阅读的一大特色，比如金圣叹对四大才子书，但脂砚斋的评点以一个介入写作和当事人的双重身份来作为评点，可谓前无古人后无来者。这样真假迷离的隔离效果，更加重了小说的开放性、不确定性，让读者不仅在雾里看花，而且还可以在雾里描花、改花。

常规小说要求作者尽量隐匿，即使出现隐含作者也不是作家本人，目的就是不破坏小说虚拟的真实。即使出现第一人称叙述，那个“我”也是叙述人承担叙事的任务，而尽量摆脱与作家本人的干系，至于摆得脱摆不脱，那是另一回事，小说的法则是强调作家的不在场。但自从布莱希特的隔离理论出现后，作家本人出现在小说中也不被视作大忌讳了。王安忆在《叔叔的故事》里，就成功地运用了元小说的手法，我是叙事人，但不难看出就是作家本人，至少是重合的。马原也是致力于小说结构的开放性，他小说里出现的那个马原，既是叙事人，也是人物，还是马原本人。王蒙对作家以本人的身份进入小说情有独钟，从《蝴蝶》开始，他就不避讳作家直接进入小说与人物对话，到近期的《荒芜的悬疑》和《山中》可以说到了庄蝶何意的境界，作者是作家，也是人物，还是评述者，一边叙事，一边解说、解构，读者、作者、评者混沌如一。年轻作家付秀莹的短篇小说《爱情到处流传》以一个晚辈的口气和身份去窥视和叙述父辈的情感故事，一边叙事一边言说，构成了自足的复调状态，这种“流传”的形态正是开放式阅读结构的一种有益尝试。可以这么说，王蒙、王安忆、马原和付秀莹这样老中青三代作家在小说里常常充当叙事者，又是脂砚斋，与读者处于对话的状态，也让自己成为读者来解读小说。当年《红楼梦》还必须通过点评的叙事来实现这种复调，在今天的小说里曹雪芹和脂砚斋不必故意划分身份来进行各自的叙述，而是复合着身份共同叙述。虽然脂砚斋的身份至今难以确定，但他（她）介入《石头记》的形态被当代作家成功“拿来”，因为在新小说或新新小说派理论看来这种开放式的阅读结构太高级了。

影响的焦虑

国学大师吴宓早在 1920 年就按照西方美学的标准对《红楼梦》进行了研读，并在美国哈佛大学做了演讲，他在 90 年前就惊人地判断“若以西国文学之格律衡《石头记》，处处合拍。细证详考，且觉佳胜。”（《红楼梦新谈》，《民心周报》第一卷第十七期，1920 年 3 月 27 日，第十八期）吴宓对《红楼梦》的评价，立即得到了另一位国学大师陈寅恪的认可，当晚作诗赠予吴宓。

时值五四新文学运动萌动之际，也是白话小说草创之际，毋庸讳言，五四白话小说是参照西方小说进行的本土文学运动，西方小说的各种类型在中国作家那里都有类似的演绎和发展，中国小说的传统是被遗忘甚至被批判的。这个时候，吴宓发现《红楼梦》与西方文学的标准，居然“处处合拍”，而且“佳胜”。更重要的是，吴宓还认为，“西国小说，佳者固千百，各有所长，然如《石头记》之广博精到，诸美兼备者，实属缈寥寥”。（出处同上）这不仅增强中国文化的自豪感，也实际上为中国小说创作树立了一个新的标杆。这个标杆不仅能够与世界接轨，也能够激活中国文学的深厚传统。《红楼梦》不仅符合“西律”，而且是“西律”的诸美兼备者，也就是说西方小说能够和《红楼梦》媲美的非常少见。

“五四”时期，在打倒孔家店的浪潮中，《红楼梦》居然在200年前就达到并超越了西方的小说美学的审美理想，这对提高中国小说家的文化自信非常具有意义。在这样的情形下，我们读到《家》《京华烟云》《四世同堂》这样的优秀小说，也就不奇怪了。

进入20世纪之后，西方现代主义思潮风起云涌，意识流、象征主义、黑色幽默，乃至拉美魔幻现实主义甚至法国新小说派在《红楼梦》中都能找到类似的痕迹，近20年来后现代主义文化思潮也不难在《红楼梦》中找到对应的元素。比如关于“元小说”的理论、关于女性叙事与女权的理论，在这部伟大的作品里都可以得到合理而充分的解释。

新时期的小说创作，经历了类似“五四”时期的西风东渐，短时间演绎了西方小说近百年的各种形态，但面对西方强大话语拿出民族自身文化内涵时，很多作家很自然地回到了《红楼梦》的根基上。于是有了《古船》《活动变人形》《白鹿原》《尘埃落定》这样家族叙事形态的长篇小说，以至连王朔这样被冠之以“痞子文学”代言人的非主流作家，也对《红楼梦》高看一眼，“一不小心写出一部《红楼梦》”，可见《红楼梦》在中国作家中的殿堂地位。

《红楼梦》成为当代作家一个“情结”，让无数的作家纠结、抓狂，它无疑是一座高峰，高山仰止，但它又是一座巨障，站在高峰上，是站在巨人肩膀上，但巨人的肩膀只是肩膀，攀登新高峰才能成为新时代的巨人。

千古《红楼》通《锦瑟》

伟大的文学作品的内核是相通的，这种相通有时候是不可思议的。比如，晚唐的李商隐在写那首让无数人百思不得其解的《锦瑟》时，想不到在900年之后曹雪芹会以一部《红楼梦》为他的千娇百媚的《锦瑟》做了最完美的注解，或者说，李商隐在900年前就为《红楼梦》书写了最摄神动魄的题诗。

《红楼梦》是一部天书，消耗了无数人的智慧和思想，《锦瑟》是一首天诗，古往今来的文人骚客为解读《锦瑟》费尽了脑筋。可如果把两者放在一起，就恍然大悟，两个伟大的灵魂是如此相近，两个伟大的作家是如此默契，简直是天作之合。

意　象

让我对二者发生联想的，是他们作品的意象符号。这些意象的符号之间，颇有惊人神似之处。或者说他们相互影射、竞相映照。先说诗的颔联和颈联。

庄生晓梦迷蝴蝶，
望帝春心托杜鹃。
沧海月明珠有泪，
蓝田日暖玉生烟。

在《锦瑟》的颈联，令人惊奇地出现了《红楼梦》两大主人公贾宝玉和林黛玉的典型意象。“沧海月明珠有泪，蓝田日暖玉生烟”，珠和玉，同为珍宝，阴阳兼济，刚柔同体。前一句娇柔婉约，女性特征鲜明，后一句阳光磊落，男性特征凸显。“珠有泪”的珠，还暗含“绛珠仙子”的“珠”。绛珠仙子是林黛玉的前世，在《红楼梦》第一回里，写到了神瑛侍者对绛珠仙子的恩惠。“只因西方灵河岸上三生石畔，有绛珠草一株，时有赤瑕官神瑛侍者，日以甘露灌溉，这绛珠草便得久延岁月。后来既受天地精华，复得雨露滋养，遂得脱却草胎木质，得换人形，仅修成个女体，终日游于离恨天外，饥则食蜜青果为膳，渴则饮灌愁海水为汤。只因尚未酬报灌溉之德，故其五内便郁结着一段缠绵不尽之意。恰近日这神瑛侍者凡心偶炽，乘此昌明太平朝世，意欲下凡造历幻缘，已在警幻仙子案前挂了号。警幻亦曾问及灌溉之情未偿，趁此倒可了结的。那绛珠仙子道：'他是甘露之惠，我并无此水可还。他既下世为人，我也去下世为人，但把我一生所有的眼泪还他，也偿还得过他了'。"

"沧海明月珠有泪，蓝田日暖玉生烟"，两句简直就是林黛玉和贾宝玉的写照。宝玉衔玉而生，黛玉是以泪为生，贾宝玉是暖性，林黛玉是冷性，日月相比，珠泪玉烟，天人合一。林黛玉是小说中著名的泪人，沧海月明珠有泪，自然是指她，以致在后半部分里，黛玉说自己老了，说连泪水也少了。林黛玉以泪为生命的基本元素，以泪为生命的象征。"蓝田日暖玉生烟"，是贾宝玉的隐喻，蓝田让人想到那座大荒山，"日暖玉生烟"，暗含"赤霞官神瑛侍者"，这个神瑛侍者是贾宝玉的前世。在现实层面上，"日暖"说的是他受到各方面的宠爱，"生烟"可以说成是生机勃勃，青春焕发，也不妨理解为生出事端，招致非议。第二，《锦瑟》的意象中，还隐隐可见贾宝玉、林黛玉身边人的影子，"日暖"可以是"晴雯"的谜面，而"玉生烟"，则可能是那个惹是生非的茗烟，"沧海月明珠有泪"的月明，很容易让人想到大观园中的丫鬟麝月，作为贾宝玉的贴身丫鬟，性格和袭人有很多的相似之处。而"望帝春心托杜鹃""春心"于林黛玉身边的另一个丫鬟春纤有某种关联，杜鹃很容易让人想到林黛玉最贴心的丫鬟紫鹃，她与黛玉情同姐妹，她是贾府中唯一支持宝黛爱情的人，黛玉病死后，她又到宝玉屋里受用。而麝月的性格高尚、忠诚、坚定，配得上"月明"二字。

意象之密艳。李商隐的一些诗歌被人们称为"艳诗"，艳诗作为中晚唐诗歌的一个类型，在李商隐手里几乎达到了顶峰。而《红楼梦》也是被人们视为艳情小说，甚至一度还被视为禁书。现在研究者发现，李商隐的艳诗很多是表象，在繁衍的背后隐藏着他内心的激流。《红楼梦》自然不会只是艳情层面的故事，他们在艳的背后藏着更博大的内容。但不得不说，在意象符号的取向上，《锦瑟》之艳，可以媲美《红楼梦》。《锦瑟》的“锦”就是这种艳丽的一个表征，诗中的“迷蝴蝶”“托杜鹃”“春心”“晓梦”“珠”“泪”，缠绵悱恻，凄迷幽怨。而《红楼梦》中的意象从一开篇的“神瑛侍者”“绛珠仙子”，到后来的金陵十二钗正册、副册、又副册的排名，乱花迷人眼，浅草没马蹄，而在贾宝玉神游太虚幻境时，警幻仙子让他饮“千红一窟”茶，和“万艳同杯”酒，其实是说“千红一哭”“万艳同悲”。

《锦瑟》的阅读难度在于意象繁盛和茂密，意象的密度呈现出复杂纠结之状，在56字的容量中，几乎上穷碧落，下尽黄泉。现实，记忆，梦境，历史，青春，政治，忏悔，追忆，伤感，水乳交融在一起。《红楼梦》的迷人之处也在于它的高密度、高容量，据现在学者的统计，光是小说中涉及的人物就有900之多，这对于一部百万字的长篇来说，密度可创世界之巨。当然，如果只是数量而言，并不足为奇，关键是这些人物的鲜活程度也是少见。红楼梦人物“成活率”的原因很多，但充分的意象化是不可缺少的要素。不妨将贾宝玉和林黛玉各自贴身的三个仆人的名字连缀起来，你会发现很“锦瑟”：

茗烟袭人晴雯泪，
紫鹃雪雁春纤卷。

（茗烟、袭人、晴雯是贾宝玉的仆人，紫鹃、雪雁、春纤是林黛玉的丫鬟）

如果将史湘云、贾探春、贾惜春丫鬟的名字连缀起来，也非常的“西昆体”：

侍画翠墨小蝉出，
翠缕彩屏入画来。

（侍画、翠墨、小蝉是贾探春的丫鬟，翠缕是史湘云的丫鬟，彩屏和入画是贾惜春的丫鬟）

“沧海明月珠有泪，蓝田日暖玉生烟”如此精练地概括了宝黛爱情悲剧的内涵，那么颈联则也涉及《红楼梦》的具体内容。

庄生晓梦迷蝴蝶，
望帝春心托杜鹃。

《红楼梦》里充满了对庄子精神的崇拜和向往，已经有学者研究红楼梦与庄子的渊源，甚至有人说贾宝玉就是清朝的庄子，而小说中确实有贾宝玉自比庄子的描述，在22回里，贾宝玉甚至续了庄子《外篇·胠箧》，虽然被林黛玉嘲弄了一下，但可见贾宝玉是以庄子自喻的。而小说里，出现的甄宝玉和贾宝玉的两个人物，以至贾宝玉在梦中遇见甄宝玉，确实是庄周梦蝶在红楼梦里的再现。

蝴蝶不妨作为金陵十二钗的一个总的意象，是女性的象征。杜鹃可以是具象，也可以是抽象，具象到某个钗，比如秦可卿，比如晴雯。何况林黛玉最贴心的丫鬟就叫紫鹃。当然望帝的传说更接近大观园的“悲凉之雾，遍被华林”。传说蜀国的杜宇帝因水灾让位于自己的臣子，而自己则隐归山林，死后化为杜鹃日夜悲鸣直至啼出血来。而在红楼梦中，贾宝玉听说秦可卿死之后，悲伤得吐血。“望帝春心”，还可和元春的命运联系起来，元春一度成为皇妃，成了帝之元春，但最终暴病身亡。春心，也不难让人联想到贾家的元春、迎春、探春、惜春（原应叹息的同音）。

《锦瑟》里每个词甚至每个字，比如梦、春、情、玉、泪、思都是红楼梦最基本的元素，也是最基本的审美单元。

意象写作是中国文学的一个源远流长的传统，楚辞、汉赋、唐诗、宋词都讲究言外之意、象外之象，只是由于小说脱骨话本，忽略了这一传统。《红楼梦》与《三国演义》《水浒传》《西游记》相比，不是民间创作基础上的再加工，而是典型的文人写作，不仅保留了文人笔记小说的所有特长，还将流传于中国韵文中的意象美学成功地移植到小说创作中，丰富了小说创作的元素。以至于吴宓在20世纪初惊呼，“西国小说，作者固千百，各有所长，然如《石头记》之广博精到，诸美兼备者，实属缈寥寥”。（《民心周报》第一卷第十七期，1920年3月27日，第十八期）。“诸美兼备”，一个很重要的原因，在于《红楼梦》运用了中国诗学的审美价值观，这种价值观不是简单地在小说中运用诗词歌赋，而是将中国的意象精神融化到小说之中。

情 绪

再看《锦瑟》首联和尾联，如果颔联和颈联侧重于意象的营造，那“启”和“合”则侧重于情绪的表达。

锦瑟无端五十弦，一弦一柱思华年。
此情可待成追忆，只是当时已惘然。

涌动在《锦瑟》里是一股追忆的情绪，失去的不能再次触及的美好事实，遥远的过去的良辰美景，难以言说而又欲吐一快的暧昧深情。有人说，锦瑟是一个女子，《锦瑟》是李商隐的悼亡诗，悼亡的主题是无疑的，但这个亡者不是单数，不是亡妻，也不是一个亡友，而是一群，一片，是复数，不是她，不是他，而是她们，他们，因此才有“五十弦”之谓，才有华年之思。同为悼亡，李商隐那首著名的《雨夜寄内》，“何当共剪西窗烛，却话巴山夜雨时”，是那样的真挚明了，那样的清新直白，源于对个体的、具体的思念和缅怀。

同样《红楼梦》也被这样的追忆情绪所笼罩，不同的是李商隐将对象隐匿，而《红楼梦》的作者则开宗明义地告诉读者，是“风尘怀闺秀”“闺阁中本自历历有人，万不可因我不肖，则一并使其泯灭也。虽今日之茅椽蓬牖，瓦灶绳床，其风晨月夕，阶柳庭花，亦未有伤于我之襟怀笔墨者。何为不用假语村言，敷演出一段故事来，以悦人之耳目哉？故曰‘风尘怀闺秀’。”乃是第一回提纲正义也。开卷即云“风尘怀闺秀”，则知作者本意原为记述当日闺友闺情，并非怨世骂时之书矣。虽一时有涉于世态，然亦不得不叙者，但非其本旨耳，阅者切记之（脂砚斋重评石头记凡例）。

红楼梦是“怀闺秀”，锦瑟是“思华年”，同样是“追忆逝水华年”，落脚的视点虽然不尽相同，红楼梦是于风尘之中，落魄者的怀念，而锦瑟的落脚点虽然不是“风尘”这样的空间，但从诗中的“只是当时已惘然”，不难看出，作者已老迈，惘然不是青春和壮年的情怀，“思华年”更是青春逝去之后诗人才有的意绪。

王蒙先生有一部小说叫《青春万岁》，记录了中学时代的美好生活，青春成为王蒙小说的一个难以割舍的情结。他在谈论红楼梦时，认为红楼梦的一个伟大主题在于青春万岁，那些逝去的青春岁月因曹雪芹的大观园的营造，变成永不消逝的电波，这“电波”便存在作家的“追忆”和“思华年”中。《红楼梦》的书名之所以能够取代《石头记》《情僧录》《金陵十二钗》广为流传，在于这个“梦”有很强的追忆感和缅怀性，惘然不是现实，而是记忆、回忆、追忆，而记忆、回忆、追忆本身都遮盖着梦的帷幕。

梦的非现实性，梦的诗性，是文学的基本元素。明代著名的散文大家张岱在《西湖梦寻》的序言中，有一段关于“梦忆”的精彩论述，可作为红楼之梦、锦瑟之忆的最好注解，“因想余梦与李供奉异，供奉之梦天姥也，如神女名姝，梦所未见，其梦也幻。余之梦西湖也，如家园眷属，梦所故有，其梦也真。今余僦居他氏，已二十二载，梦中犹在故居。旧役小溪，今已白头，梦中仍是总角。夙习未除，故态难脱，而今而后，余但向蝶庵岑寂，蘧榻纡徐，唯吾梦是保，一派西湖景色，犹端然未动也。儿曹诘问，偶为言之，总是梦中说梦，非魇即呓也”。“旧役小溪，今已白头，梦中仍是总角”，和王蒙说的林黛玉永远的16岁，同出一理。

“锦瑟无端五十弦”，五十弦是双瑟，一张瑟，本应二十五弦。这里可视为金陵十二钗，也可视为五十钗。因为按照小说第五回的说法，金陵十二钗有正册、另册、又另册，红楼梦里的女性大约不少于五十人。当然，这一弦一柱也可认为是大观园里的一座建筑，怡红院、潇湘馆，稻香村等等。我们可以视锦瑟为大观园的别名，也可将锦瑟取名为《锦瑟梦》。戏拟如下：

红楼无端十二钗，
一钗一弦思华年。
庄生晓梦迷蝴蝶
望帝春心托杜鹃。
沧海明月珠有泪。
蓝田日暖玉生烟。
此情可待成追忆
只是当时已惘然。

豁然开朗，茅塞顿开，《锦瑟》原本可视作大观园，而《红楼梦》乃《锦瑟》的小说版啊！

今年6月，我在阿坝地区讲完锦瑟和红楼梦的互文通灵之后，一位藏族作家告诉我，曹雪芹原来是李商隐的转世。我说，这么深奥的宗教问题是文学不能解决的，但伟大的灵魂是相通的。

战斗·旋转·本色

—— 30 年短篇小说艺术创作轨迹回顾

1978 年全国举行第一次短篇小说评奖，我能清楚地记得那一次短篇小说得奖篇目 25 篇。后来再一问，很多人都和我一样，不仅记得得奖的篇数，还能说出大部分的篇目。如今，三十年过去了，短篇小说创作经历了风风雨雨，在发展中变化，在迷惘中追求，在起伏中成长。

“战斗”的文体为思想解放呐喊

新时期文学孕育于 1976 年，兴起于短篇小说创作。这一时期曾被一些文学史家称之为“伤痕文学”时期，而“伤痕文学”的命名，则缘于卢新华的短篇小说《伤痕》。这篇当年发表在《文汇报》1978 年 8 月 11 日的短篇小说，在今天看来，更像一篇中学生的习作，然而在当时资讯和文学都处于一个比较封闭的阅读环境里，尤其在思想解放初期，《伤痕》一纸风行，成为全社会的关注焦点，也成为文学界争论的热点。虽然在《伤痕》之前，刘心武已经发表了后来成为新时期文学代表作之一的《班主任》，但由于《班主任》思想的潜藏性和人物的复杂性，并没有引起大众的阅读热情，而《伤痕》采用的亲情结构和思想的浅表外露（批判时人皆痛斥的低级的血统论），表达上迅速触动了全民的共鸣。

围绕《伤痕》的争论，解放了作家的生产力，一时间出现了大量批判“四人帮”极“左”路线的小说，像后来获得了全国短篇小说奖的张洁的《从森林里来的孩子》、陆文夫的《献身》、王亚平的《神圣的使命》、成一的《顶凌下种》、李陀的《愿你听到这支歌》、肖平的《墓场与鲜花》、陈世旭的《小镇上的将军》、张抗抗的《夏》、高晓声的《李顺大造屋》、茹志鹃的《剪辑错了的故事》、陈国凯的《我该怎么办》、张弦的《记忆》、古华的《爬满青藤的木屋》、方之的《内奸》、金河的《重逢》等都加入了这样以控诉和揭露为主题的系列。

很显然，这是对五四以来鲁迅文学批判精神的继承，尤其刘心武在《班主任》结尾处直露的“救救孩子”的呼喊，更是证明新文学运动的精神在新一代作家身上“灵魂附体”。和鲁迅不一样的是，改革开放初期作家的文学观念似乎更接近鲁迅思想的继承者胡风的“主观战斗精神”。胡风从鲁迅的“改造国民性”主题，由“国民劣根性”批判引申出“精神奴役的创伤”的主观战斗品格，要正视并揭露“把这些力量这些愿望禁锢着、玩弄着、麻痹着、甚至闷死着的各种各样的精神奴役的创伤”。（《胡风评论集》，人民文学出版社 1984 年版）。

和“伤痕文学”“反思文学”齐头并进的是“改革小说”的出现。从一些资料看，一些人对改革文学是持有异议的，因为他们觉得伤痕还没揭露透，对历史的反思刚刚开始，怎么就去歌功颂德呢？现在看来，当时的改革文学其实并没有真正影响到“伤痕文学”和“反思文学”的发展，其对现实生活的描写和介入，更是对其“战斗”精神的延伸。就理论而言，作家的主观战斗精神其实也包括对现实生活的“把捉力、拥抱力、突击力”（胡风语），作家既可以在历史的沧桑里找到灵感，而对现实的“把捉”和“突击”也是不可或缺的能力。虽然在今天看来，用短篇小说这样的文体去正面“突击”改革这样的宏大主题有些勉为其难，但呼吁并介入改革的实践却是很有必要。蒋子龙的《乔厂长上任记》用现在的文体观来审视，显然不是短篇小说，甚至不是中篇小说，如果出单行本该属于长篇小说。然而当时不仅作为短篇小说发了，而且还被评为当年优秀短篇小说奖的头榜。可见人们当时对短篇小说的要求，不是文体，而是内容。或者这样说，在一个改革的年代，小说所承载的使命已经超越了文体的局限，《乔厂长上任记》真正做到了文以载道。

和蒋子龙直面切近改革过程不同的是，一些作家则使用了一些更具备短篇小说方式的叙事策略来面对现实。王蒙的《说客盈门》可以说是《乔厂长上任记》的“前传”，而《乔厂长上任记》更像《说客盈门》的升级版。王蒙后来的《悠悠寸草心》明显降调了，写了改革的艰难和复杂。而铁凝的《哦，香雪》则通过农村小姑娘的眼睛，写出农民对变革的渴望和呼唤。赵本夫的《卖驴》在今天看来似乎有些黑色幽默的意味，卖驴的孙三老汉和香雪形成巨大的对比。李国文在写作长篇《花园街九号》的同时，通过短篇小说“危楼系列”对处于新旧时代的人的心态作了深刻的揭示。

虽然把这一阶段的短篇小说创作比作鲁迅说的“投枪”“匕首”有些夸大其词，但在一个文学要清算过去的思想障碍、要呼唤价值回归同时又要革新、创新的年代，短篇小说在特定的历史时期可以说在意识形态功能方面发挥了最大值，是短篇小说最辉煌的政治时代。历史也会记载这些作家行进的足迹。

旋转的实验发散着个性的斑斓

新时期文学，是一个呐喊呼啸的启蒙年代，也是一个艺术自觉和文体意识不断强化的文本年代。随着小说思想的不断更新，小说家的文体意识也渐渐复苏。短篇小说的文本自觉和艺术自觉首先体现在与中篇小说的剥离。新时期之初的短篇小说，容量普遍偏大，字数常常几万字，《乔厂长上任记》甚至有十一万之多。80 年代以后，随着一些大型文学刊物的创刊，《当代》《十月》《钟山》《花城》等以及《收获》的复刊，中篇小说的概念得到了强化，短篇小说的文体也慢慢走向强化和独立，由此诱发的小说实验浪潮催生出对小说观念的变革和改进，迸发出令人炫目的光彩。在相当一段时间内，短篇小说的艺术个性得到充分的张扬，作家的主体意识最大程度地得到彰显。

1. 探索短篇小说的底线。

短篇小说是一个相对古老的文体，古今中外都出现了优秀的经典作家，国外的莫泊桑、契诃夫、欧亨利和中国的蒲松龄、鲁迅等都有名作传世。新时期的作家在向这些大家致敬的同时，还必须超越与创新。另一个方面，当时在闭关锁国之后的突然开放，西方文学思潮也刺激了作家的实验热情。王蒙那批被冠之为“意识流”的《夜的眼》《春之声》《海的梦》一批短篇小说，以及由此引发的关于现代派的讨论，在今天看来还是应视作小说文体的实验。张承志的《绿夜》《大坂》、韩少功的《归去来》、马原的《冈底斯的诱惑》以及后来的格非的《青黄》、孙甘露的《访问梦境》都在尝试短篇小说的多种可能性，极大可能地丰富这一文体的内涵。当然，这一时期整体的追求还是努力实现小说的诗化和寓言化，在部分作家那里，短篇小说成了象征主义的实验田。

2. 色彩绚烂乱花迷人。

白居易诗云：“乱花渐欲迷人眼，浅草才能没马蹄”。白居易的诗本来是用来形容西湖边上春天的美好景物，但用来形容 1985 年以后的短篇小说的创作形态也是非常形象的。在经历了 80 年代的小说观念的革命之后，随着西方文学思潮的退潮，短篇小说进入了创作的自由境地。这个自由境地，是指作家不再大呼隆地跟随某种思潮，而是从自身的生活经历和艺术品性出发，书写自己熟悉的喜欢的作品。这时候，我们既读到了刘恒的《狗日的粮食》、阿成的《赵一曼女士》、陈世旭的《镇长之死》，也有余华的《十八岁出门远行》、鲁羊的《银色老虎》、朱文的《傍晚光线下的一百二十个人物》；既读到男性作家莫言的《拇指铐》、韩东的《前面的老太婆》、赵本夫的《天下无贼》，也读到女性作家徐坤的《广场》、陈染的《饥饿的口袋》、林白的《子弹穿过苹果》；既有邱华栋的“时尚人系列”，也有刘庆邦的乡村矿井系列。多种风格，多种写法，各具特色，各呈意蕴。

3. 短篇小说名家辈出。

对一般作家来说，短篇小说往往是一个作家初期写作的一个台阶，一种历练，也是这个作家迈向更大境界的起跳板。因而很少有作家惨淡经营这样一种文体执着而不弃的，因为靠短篇小说跻身大家行列的实在太少。孙犁是现代文学史上的名家，他在新时期主要创作短篇小说“云斋”系列，引人注目。如果说孙犁尚有《荷花淀》等作品奠基的话，那么汪曾祺、林斤澜这两个作家恰恰是靠短篇小说在文学史留下印记的。如今，汪曾祺先生已经仙逝十一年，林斤澜先生也搁笔久矣，但人们在说起短篇小说时仍然会想到这两位老人。年轻一代也出现了刘庆邦、苏童两个短篇高手。有趣的是两人一南一北，小说一土一洋，但对短篇小说的执着，却是有目共睹，且成绩斐然。苏童的《桑园留念》《伤心的舞蹈》系列和刘庆邦的《盲井》系列以其鲜明的个性和不能替代的艺术秉性让人难以忽略。

铅华洗尽后的本色写作

在 20 世纪末，出现了时尚写作的热潮，以 70 后“美女作家”写作为代表。卫慧、棉棉、朱文颖、赵波等以上海为中心的南方女性作家以大都市生活为背景，以白领或想象的白领生活为主体，展现中国城市化进程中年轻一代的躁动与喧哗。在写作风格上，她们秉承先锋派文学讲究修辞、注重华彩的形式主义文风，比如棉棉形容一个女人说她“身上有一股酸性的美”，卫慧则在小说中以生活品牌为介质勾连一连串疯狂而浪漫的情爱故事、情色故事。卫慧和棉棉的短篇在艺术上尚有自由、率性、不拘一格的特色，但到长篇写作时，身体写作便成为商业化的奴隶，艺术的才情因为市场的俘获变得庸俗和低迷。

进入新世纪以后，时尚写作的喧哗的浪花慢慢地趋向平息，身体写作也因资源的天然局限陷入了失语的境地。因为身体是有限的，而生活是无限的，以有限去 PK 无限短时间可以撞出火花，但火花消失之后还是生活界面更宽阔广大。

时尚写作因为和方兴未艾的网络写作合流，对短篇小说写作造成了一定的伤害，当然也改变了短篇小说的走向。这就是短篇小说的界限在慢慢形成。原先短篇小说基本是文体的试验场，时尚写作本身也貌似先锋派的姿态，这让作家不能不对原先的实验姿态有所警惕和调整；而网络写作的高度散文化和随意化，让短篇小说必须迅速和这种高度散文化和随意化划定边界。当年何立伟的《白色鸟》式的写作可以视作创新和先锋，但在新散文的崛起之后和网络文体的极度开放以后，专业作家不大可能再用《白色鸟》的方式进行短篇小说创作。

"绚烂之极，归于平淡"。苏童在先锋派作家里，刻意在短篇小说上进行探索和实验，《祭奠红马》《飞越我的枫杨树故乡》都是对短篇小说的格局进行了有力有效的冲击，是个会玩"花活"的作家。进入新世纪之后，他有意地放弃了原先带有强烈炫技式的写作，而回归到近乎白描式的本色写作，而且在题材上也直接面对现实。《人民的鱼》《白雪猪头》是苏童写食系列中的写实力作。《人民的鱼》写鱼头被鄙视到被器重的变化，写出两家人命运的变化，一家当初穷得只能吃鱼头如今开了鱼头连锁店，一家原是趾高气扬的食品公司的小科员，如今落寞到不得不接受当初他施舍人家鱼头的店主的施舍。小说全篇白描，没有诗化和抒情，也没有变形夸张，世道人情，社会变迁，尽在不言之中。

女作家魏微原是70后女作家群中并不起眼的一个，在移居北京之后，改变身体写作和时尚写作的策略，在小说的丰富性上进行苦苦的寻找。《大老郑的女人》就其视角来看，不仅没有70后女性作家非常自恋的女性视角，而是运用了性别模糊的中性叙述态度，在文学选材上甚至和后来有人奋力倡导的“底层写作”有几分相似。其实，这正是五四小说传统的回归，继承的是柔石《为奴隶的母亲》血脉。

一些名作家的创作也慢慢洗落铅华回归本色的写作，铁凝的《有客来兮》选取的是小小的家庭来客的生活场景，南北文化差异导致的性格差异，由此显现出不同的人生，欲言又止，意味不浅。范小青的《城乡简史》笔墨近乎线条，没有一般女性作家的华丽和滥情，巧妙地展现了社会的变迁、人物的命运。刘庆邦的《鞋》、阎连科的《黑猪毛白猪毛》、王安忆的《发廊情话》和迟子建的《雾月牛栏》在反映人性的深刻和多样方面，叙述平实，起承转合，自然精致。王蒙的《尴尬风流》系列短篇小说，几乎进入一种无技巧的状态，似禅非禅，落尽彩墨，本相毕现。出生于70年代的安妮宝贝成长于网络，但迅速摆脱网络文学和时尚写作的弊端，《告别薇安》等短篇低速行进，文字质朴情感纯实，超越了70后美女作家的浮躁和虚华。

成熟的尴尬与忧思

从短篇小说这三十年艺术风格可以看出，短篇小说在最初的十年（1978—1988年）艺术上显得比较粗犷的时候发挥着巨大社会作用，尤其在前五年短篇小说对读者的影响更为明显。但后来随着整个文学的发展变化，短篇小说慢慢地处于一种边缘状态，淡出了人们的阅读视野。想靠一篇短篇或几个短篇一鸣惊人的作家几乎不可能出现了，曾经延续多年的短篇—中篇—长篇的小说进步模式被网络文学彻底颠覆，很多写作者一出手就是几十万字的长篇，而且效果不见得比那些循着三步走（由短而中再长）的作家差。再一个就是那些年富力强的作家，也几乎放弃了短篇小说的写作。就处理素材的方式而言，作家也格外地吝啬，当初是中篇压缩成短篇，长篇压缩中篇。而如今正好相反，很多中篇被注水成长篇，很多可以短篇内解决的非拖拉成中篇。一个有趣的现象是，当初把《乔厂长上任记》当作短篇发的《人民文学》杂志，如今时不时地也出个长篇专号了，可见短篇小说成了没人疼的孩子。

读者阅读短篇的兴趣锐减，是因为其他载体部分地取代着短篇小说的功能，短篇小说在审美上的独特性日见其少。在短篇当中最受欢迎的带有欧亨利式结尾的故事化短篇，如今已经浓缩或简化为小小说或微型小说了。小小说在现代社会里作为快餐阅读，它成了短篇小说的杀手。小小说是从短篇小说家族派生出来的宠儿，本身的写作就是高度汲取了短篇小说的精华，在一个高度简捷化和浓缩化的网络时代，一本《小小说选刊》的发行量几乎是所有文学类月刊（不含大型文学刊物）发行量的总和，正是短篇小说的尴尬处境的如实写照。

就小说艺术而言，毋庸置疑，短篇小说在经历诸多的探索和实践之后，渐渐回归到短篇小说的出发点。这是一次回旋式的上升，说明短篇小说今天已经趋向成熟。但是在成熟的背后，也意味着某种停滞和衰退，迟子建是一个具有风格特点的作家，她写作的短篇小说清新秀雅，很符合短篇小说的规范，而且保持稳定的艺术质量，因而她连续两次获得鲁迅文学奖的短篇小说奖，对她个人来说，是件值得高兴的事情，但对整个短篇小说创作来说，却有一种淡淡的悲哀，说明小说创作艺术不自觉地陷入了某种停滞。

这些年一直经营短篇写作的王祥夫意识到这种困惑，他说："短篇小说在写作上让作家感到尴尬的是，你写了一个短篇小说，又写了一个短篇小说；你写了10个短篇小说，跟着又写了10个短篇小说，问题就来了：看一看自己的短篇小说，你有种感觉，就仿佛自己站在波斯菊的花圃旁，你会发现所有的波斯菊花朵都是那个样子！让你感到不安的是，你所写的短篇小说在写作手法上竟然差不多！……短篇小说今天的不景气，作家'难辞其咎'，但短篇小说这种形式太难把握了，你把一种结构方法把握得纯熟了，也就说你已经'死亡'了，你要再生，必须再把握新的方法。一句话，我同意你的说法：短篇小说无论是思想还是艺术，对作家的要求都很高。所以，这就要求作家一次次潜到深水里去，你感到快要憋死了，你也许才会发现有一个珍珠蚌在你的眼前。"（《山西日报》2006年《把短篇小说的写作进行到底》）。王祥夫用潜水和珍珠蚌的关系来说明短篇小说空间探索的艰难，可谓坦诚之言。

短篇小说还有多少新的空间可以开拓？这些空间在哪？如何寻找？如何开拓？是放在文学界的一大考题。虽然有人早就有人提出短篇小说已死的命题（赵毅衡《短篇小说正在死亡吗？》，载《南方周末》2007 年 01 月 25 日），但似乎并没有引起人们足够的注意。果实成熟之后是衰亡，但来春还会萌芽、开花、结果，问题是我们怎么才能迎来这个春天。

论汪曾祺的和谐美学

——纪念汪曾祺诞辰九十周年

今年三月五日，是汪曾祺先生诞辰 90 周年，在这样的时刻，让人感到遥远又短暂。遥远的是汪曾祺的文学韵味好像已经流传了上百年甚至几百年，已经经典化地活在文学和文学史中。短暂的是汪曾祺先生已经去世十三周年，但仿佛还是昨天的事情，在文学圈里，人们说起“汪老”，似乎还是一个活着的健在有趣的好老头，或许因为我和汪曾祺先生生前打过交道，经常有意无意地和人们议论起汪老，几乎听到的都是称赞、称道甚至称颂。

有些人的作品随着时间的推移被人们渐渐的遗忘，而有些人的作品随着时间的流逝，却像陈年老酒一样越来越淳厚，越来越耐读。汪曾祺的作品属于后者，读后难以忘怀，再读，难以释卷。魅力何在？我认为凝聚在汪曾祺作品中的核心价值内容，是他的和谐的美学思想和美学精神，这样的思想精神让他的作品在处理与生活、与人物、与语言的关系上，体现出从容淡定、虚实映照的人道主义的境界和中国化的艺术品格。

挖掘、分享日常生活的诗意

汪曾祺是一个善于阐释自己作品和美学思想的人，他说：“我的作品不是悲剧。我的作品缺乏崇高的、悲壮的美。我所追求的不是深刻，而是和谐。这是一个作家的气质所决定的，不能勉强。”在具体到如何不深刻不悲壮的方面，很多的论者已经注意到汪曾祺作品中的对日常生活诗意和美感的描写是他创作的一个标志，在这方面已经做了大量的研究和探讨。汪曾祺说上述话的时候不是谦虚，而是有些自负当然也可理解为赌气。上个世纪 70 年代末新时期文学开端的时期，洋溢着的都是激情与理想、启蒙与改革的主旋律，英雄和改革者，受难者和反思者，是那时的“当代英雄”，而悲壮和崇高也是此时审美的主潮。但汪曾祺却异想天开（这是从我们的视角来看）地发表了《受戒》《大淖记事》《异秉》三部不太合时宜的三个短篇。说它不合时宜一点也不过分，汪曾祺自己也意识到这一点，他曾经略带自嘲地说，我的小说上不了头条。在 80 年代那样一个意气风发、人心思变的社会转型期，确实需要呐喊、呼啸的声音，需要壮美、崇高美来鼓舞人们变革的斗志，事实上，很多作家和作品也因此获得了成功。汪曾祺这三篇小说有点偏离时代的主潮：一，新中国成立前的日常生活，二、人物的非英雄化，三、非崇高的悲剧美学。这当中的《大淖记事》按照习惯的斗争的敌对模式最可以写成悲剧性的劳动人民与统治者的冲突，但汪曾祺却淡化了，按照今天的说法，不是被淡化，不是汪曾祺故意淡化的，而是他按照生活的本来的面貌写就的，高邮历史上曾经发生过类似锡匠和平抗议的事件，当然还是和汪曾祺自身的美学思想相关。如果是一个追求壮美的作家，肯定会将锡匠抗议的事件写得波澜壮阔，写得大开大合，惊天动地。

而对汪曾祺来说，《受戒》《大淖记事》等就是寻求挖掘和表现日常生活的美感和诗意，它在《受戒》的创作谈中这样说："是谁规定过，新中国成立前的生活不能反映呢？既然历史小说都可以写，为什么写写旧社会就不行呢？今天的人，对于今天的生活所过来的那个旧的生活，就不需要再认识吗？旧社会的悲哀和苦趣，以及旧社会也不是没有的欢乐，不能给今天的人一点什么吗？"一贯行文平和的汪曾祺破例地在短短的一百一十三个字连续使用了四个反问句，表示他的理直气壮和对那些僵化的文学观念的不满。记得多年之后，姜文在拍摄根据王朔小说改编的电影《阳光灿烂的日子》时也说过类似的话，其实，文学的功能在挖掘表现日常生活的诗意和美感应该超越时代政治的限制，清明的政治社会格局下存在着黑暗的角落，黑暗腐败的旧时代或反动时代里也会有人性的美和生活的美的闪光。这是对生活的认识，也是文学的基本价值观。

这里面其实包含两层含义，一个是日常生活的美感是不受时代限制，不受道德限制的，旧社会也好，新社会也好，美是存在的，生活着就能发现诗意的存在。还有一个就是日常生活甚至日常琐事也是会呈现出文学的美和生活的诗意。前者可以以《寂寞与温暖》作证，《寂寞与温暖》是容易被人忽略的一个短篇，但汪曾祺几次说到自己非常喜欢这篇小说，这篇小说写的是"文革"期间汪曾祺下放到张家口的一段生活，有些夫子自道的味道，但写的却是"文革”中知识分子苦难精神生活中难得的一股暖意，而这暖意恰恰来自当时的一个领导。至于写出日常生活的美感，《受戒》和《大淖记事》相对容易理解，因为《受戒》中通过小英子和明海的童年视角以及萌动的初恋加之大自然的美好风光，是极容易呈现诗意的，《大淖记事》中的民俗风情和十一子和巧云的恋爱故事本身也是诗意的浪漫的。而汪曾祺作品的诗意还存在于那些近乎庸常和琐碎的生活中。《异秉》的发表更是能够说明汪曾祺对这一美学追求的坚定和自信。《异秉》原是发表在 1948 年 3 月《文学杂志》上的一个短篇，当时的时局和文学格局不可能让这篇小说产生影响，也自然不可能引起文学史家的注意。由于汪曾祺在 1980 年 5 月的重写和重新发表，以至于一些文学史家认为是新时期文学 30 年最好的短篇，“建立了当代汉语短篇小说乃至整个汉语叙事文学的一个暂时还难以超越的标高”（郜元宝《从〈异秉〉说开去》2008 年第七期《广州文艺》）。

《异秉》里面的王二和两个学徒的相公是极平常的凡人和俗人，是市井生活中底层的底层，不像《岁寒三友》中那些人物带有酒意，而酒意是容易产生诗意的。但汪曾祺以一种悲悯的情怀写出这些琐碎之人、庸俗之人的在生活中的状态以及状态之中的生活趣味。

书写日常生活，并从日常生活中找到诗意找到美感，上个世纪 80 年代初期是有创新和先锋的意味，从整个文学的进程来看，只不过是一种常识的回归和审美的再发现。事实上，今天作家对日常生活的关注和描写，已成家常便饭，甚至已有评论家对此颇有微词。同样是日常生活的书写，为什么我们今天阅读汪曾祺的小说依然会津津有味，而对一些年轻作家的日常叙事不耐烦呢？

原因是汪曾祺的美学思想中有一个隐蔽的价值取向，就是与读者分享的观念。我们现在的作家在面对日常生活时，往往采取照相现实主义的方法，只是呈现日常生活的面貌，而忽略一个作家的责任。他个人可能在作品中得到了宣泄和快乐，但忘记了小说是要面对读者的。一个人的美感和愉悦是可以独享的，而作为一个作家，他的喜怒哀乐是不可避免要和读者分享的。现代主义和传统现实主义的差异就在于有无读者意识，汪曾祺从不标榜自己是现代派，因为他认为文学要“有益于世道人心”。具体怎么才能有益于世道人心，他在《自选集》的序言中写道，“检查一下，我的作品所包涵的是什么样的感情？我自己觉得：我的一部分作品的感情是忧伤，比如《职业》《幽冥钟》；一部分作品则有一种内在的欢乐，比如《受戒》《大淖记事》；一部分作品则由于对命运的无可奈何转化出一种常有苦味的嘲谑，比如《云致秋行状》《异秉》。在有些作品里这三者是混合在一起的，比较复杂。但是总起来说，我是一个乐观主义者。对于生活，我的朴素的信念是：人类是有希望的，中国是会好起来的。我自觉地想要对读者产生一点影响的，也正是这点朴素的信念”。“要对读者产生一点影响”，正是这样的分享的理念让汪曾祺在写作时，没有顾影自怜，他发现美，挖掘了美，但他用他的笔呈现出来，并和读者共同享受。这也是他的作品能够至今打动人、让人迷恋的原因。不是日常就有美感，也不是脱离宏大叙事就有生命力，文学的生命力在于与读者的互动过程。

抒情的以人为本的文学观

汪曾祺称自己的创作是“抒情的人道主义”，什么是“抒情的人道主义”？那句“我所追求的不是深刻，而是和谐”是最好的注解。人道主义作为欧洲文艺复兴时期的旗帜，对历史的进步功绩卓著。因而人道主义也成为知识分子攻克各种反人道、反人性势力和观念的利器，但汪曾祺不是一个手握利器的人，人道主义这么削铁如泥的锋刃在他手里使不得，他要按照自己的方式进行改造，未经任何人许可，他在人道主义加上了前缀，“抒情的”人道主义，准确。汪曾祺的用词特点就是准确，他认为准确就有了一种“朴素的美”。抒情的人道主义，很准确也很好地诗意地概括了汪曾祺的人和文。

汪曾祺的抒情的人道主义，首先体现在他对人性的无条件尊重。欧洲文艺复兴时期的人道主义能够深入人心传至今日，就在于对中世纪存天理灭人欲的神道主义批判和解构，对人性的解放和歌颂。《受戒》可作为抒情人道主义的经典之作，《受戒》是描写寺庙生活的，描写和尚的日常生活或者说和尚的非日常生活，因为按照世俗的观念，明海和那些师兄的举动是不正常，但作为一个正常的人，这些和尚的出格举动又是正常的。荸荠庵虽为佛门圣地，却照样杀猪宰羊吃喝，和尚们娶妻生子，唱情歌，找情妇。他们经常打牌，玩铜蜻蜓，套鸡。如果按照《三言二拍》的方式，这些和尚的举动会被写得很龌龊，是该被揭露、被批判、被不齿的，但《受戒》却把这些和尚作为普通人看待，对他们的人性给予足够的尊重和隐隐的不大容易看出来的欣赏。当然小说的看点还在于明海和小英子这对童男童女的美好的情愫的诗意的渲染上，对爱的欣赏，对人性的欣赏，对世界的欣赏。小和尚明海和小英子的和谐之爱，是人性的光辉，也是最大的人道。爱意充满了汪曾祺的小说，汪曾祺对爱的无限讴歌，是他抒情人道主义的主旋律。《大淖记事》中巧云被刘号长破了身子，十一子没有封建主义的贞操观念，依然一如既往爱着巧云，这是对世俗和所谓的道德的忽视，是以人为本、以人性为本的最好体现。说汪曾祺对人性的无条件的尊重，不仅在一些正常的合理爱情故事予以诗意和赞美，甚至对《小孃孃》这样的为世俗所不容的跨代之爱也充满了同情和理解，小说最后小孃孃带着晚一辈的情人远走他方，汪曾祺笔端充满惋惜。

汪曾祺小说里没有大善大恶，甚至缺少真正意义上的坏人，巧云被刘号长破了身子，没有反抗，十一子也没觉得她不美。那个在一般小说中容易成为恶的化身的刘号长在汪曾祺笔下也没有受到特别的谴责和过多的丑化，他喜爱巧云，而且丢下了十块钱，与一般的恶霸淫鬼还是有区别。他带人去殴打十一子，多半是醋意，也是借势欺人。锡匠在县政府门前的和平请愿，刘号长也只是被驱逐出境。如果在另外一些小说家的笔下，这个淫贼可能被锡匠们打死了。

汪曾祺的小说缺少冲突，没有太多剧烈矛盾，他对人物充满悲悯和同情，他对暴力美学是鄙夷的，连锡匠们的反抗都是沉默的顶着香炉跪在县政府的门前。他作品中人与人日常交际时的方式当然也就更平和，更没有剑拔弩张，他笔下少有刻薄和尖刻的人物，连《异秉》里的嘲谑也带着悲悯。和沈从文不一样的是，沈从文写的乡野男女，容易有野性的大自然的诗意，汪曾祺善写小人物尤其是市井人物，市井人物往往与市侩气联系一起，但汪曾祺笔下的市井人物有着一种天然的书卷气，无论是高邮城里的店主、画师、医生、教员、匠人、学徒、工友，还是张家口的茶客和北京南城安乐居的酒友，他们并没有接受太多的儒家教育，却拥有一颗仁义之心，助人为乐。《岁寒三友》或许应看作汪曾祺人际关系的理想模式，王瘦吾、陶虎臣和靳彝甫“都没有做过伤天害理的事，对人从不尖酸刻薄”“对地方公益从不袖手旁观”。王瘦吾和陶虎臣在靳彝甫需要资助的时候，为其凑足路费，让这位有才华的画师外出求生；靳彝甫在王瘦吾和陶虎臣生意破产、濒临绝境的时候，毫不犹豫地变卖了祖传的三块田黄石章。就像石杰教授论述的那样：“这里几乎没有激烈的矛盾冲突和尖锐的角逐争斗，父母兄弟姐妹间恭孝友爱，邻里乡亲间互助和睦，朋友间相濡以沫，同事间宽和谦敬。人们终年生活于一种和乐安宁之中，即使偶尔生出的怨恨，也带着几分无奈与和缓。”（《和谐：汪曾祺的艺术生命》，《中国人民大学学报》1995 年第 1 期）

很显然，汪曾祺的抒情的人道主义其实是中国式的人道主义，虽然汪曾祺在小说和创作谈中没有明确提出“仁”的主张，但他所欣赏的人物往往以仁为准则，博爱为纲。充分地尊重人，赞美人性，构成了汪曾祺文学核心思想。这思想不是壮怀激烈问苍生式的救世主的恩赐般的洪钟大吕，是潺潺流水润物细无声的和谐自然。

儒释道的哲学兼容

一个作家的美学思想的构成必须有坚实的哲学基础来奠定，美学思想是哲学氤氲出来的精神花朵。汪曾祺的和谐美学的建构自然也离不开哲学的滋润和照耀。在一般人的印象中，汪曾祺似乎是一个性情自在的艺术家，很少谈论深刻的哲学问题。其实，汪曾祺的哲学意味不那么强烈外在，在于他打通儒释道的哲学通道，已经化哲学为艺术，化哲学为文学，甚至化哲学为语言了。所以人们看到的汪曾祺和其作品常常是一个平和的自然的外表，却不知这平和的表象是化百炼钢为绕指柔，在他充满乐感的语言湖面下其实沉淀着哲学深厚的湖底。

一般认为汪曾祺是一个儒者，汪曾祺自己也表述深厚儒家哲学的影响，他说："我有个朴素的古典的中国式的想法，就是作品要有益于世道人心。过去有人说，文章千古事，得失寸心知，得失者先是社会的得失……一个作品写出来放着，是个人的事情；发表了，就是社会现象。作者要有'良心'，要对读者负责。"（《作为抒情诗的散文化小说》，《上海文学》1988 年第 4 期。）他关于抒情人道主义的自我论证，也说明他是入世的文学观。前面笔者已经论述过，他笔下的那些人物以及所体现出来的人物精神都是以仁爱之心对待世事和人情世故，

看似散淡的汪曾祺，其实一生的经历并不平凡，新中国成立

前他经历战乱，新中国成立后经历了历次运动，甚至在“文革”结束后他还被清查了一段时间，在诸多的右派作家中，他虽然不是最苦难的，但他的文笔却是最平淡优美的。由于拥有一颗平常之心，他常常找到精神层面上的某种平衡。这种平衡应该说是儒、释、道等传统哲学的融合使之能面对人生的各种变故。这样的人生哲学其实传承的中国传统文人的脉络，特别是陶渊明、苏轼、归有光、郑板桥、废名、沈从文等这样一脉带有出世情怀的文人雅士。陶渊明在动乱的东晋时代，没有放弃他清醒的自然观；苏轼在朝廷的起起落落，并没有影响他的人生价值和文学价值的实现；郑板桥也是汪曾祺在作品中多次提到的一个文人，郑板桥入世又出世，意味是融儒释道于一身，足见汪曾祺心向往之；归有光、废名、沈从文的文风在影响汪曾祺的同时，他们的哲学人生观也自然浸入到思想的血脉。

汪曾祺早期的小说里有着强烈的道家哲学色彩，《复仇》虽然取材于佛家的故事，但以《庄子 · 达生》中的“复仇者不折镆干。虽有忮心，不怨飘瓦”为题记，小说最后一句“他凿在虚空里”，是对虚无的一种刻意表达。而《鸡鸭名家》里余老五则近乎庄子笔下庖丁式的人物，物我两忘，自得其乐。晚期的小说，主要通过人物逍遥旷达的生活态度来传递作家的艺术化的生存理想。《徙》是一篇庄子味道极浓的小说，或者说是一篇《逍遥游》的小说版，篇名《徙》和人物名高北溟都取材于《逍遥游》，小说中的高氏姐妹的命运是《逍遥游》中的鲲鹏和蜉蝣意境诗意的呈现。《鉴赏家》中的季匋民有浓厚的出世思想，与果贩叶三结为至交，同室论画，视为知己，是一种率性而为、旷达超脱的人生态度。《故乡人》中的王淡人，是以汪曾祺的父亲为原型的，王淡人身上“一庭春雨，满架秋风”般的闲适淡泊、致虚守静、返璞归真也自然而然地“遗传”到汪曾祺的身上。汪曾祺常常自比酒仙,《安乐居》就是他生活的写照,“真我”和“艺术的我”在汪曾祺身上完美的统一,内心的和谐和精神的和谐得到升华。

佛教与汪曾祺的渊源更为深远,他的名字的“祺”就有佛教徒色彩,而且他从小有一段在寺院生活的经历,这段生活后来他写进了著名的短篇《受戒》。1990 年他还应江苏教育出版社世界名人传记丛书之邀,写了《释迦牟尼传》。这本传记按照佛经的方式写就,是汪曾祺作品中的奇葩,惜乎所阅者寡。汪曾祺的小说,除了《受戒》直接以寺庙为背景外,另一篇《幽冥钟》写高邮承天寺夜半的钟声等意象,表现了佛门救苦救难的思想。《螺蛳姑娘》是对民间传说的改写,表现了佛家善恶报应观念,由此能够看出汪曾祺对佛学的兴趣和佛学思想对他的熏陶。

儒释道的思想对汪曾祺的影响最终形成了独特的“汪味小说”,这“汪味小说”的精华就是一种独特的现在看来会流传久远的汪氏禅味语言。很多人喜欢汪曾祺的语言,认为是地道的中国风格,这没错,但他的魅力何在?我认为汪曾祺的语言充满禅味,这不仅是佛家之禅,而是融合了儒释道之后的汪氏禅味,在《鉴赏家》里有季匋民和叶三的对话:

> 叶三大都能一句话说出好在何处。
>
> 季匋民画了一幅紫藤,问叶三。
>
> 叶三说:“紫藤里有风。”
>
> “唔!你怎么知道?”
>
> “花是乱的。”

"对极了！"

季匋民提笔题了两句词：

深院悄无人，风拂紫藤花乱。

这是对话，也是禅，是老庄，还是白描。白描见禅，禅亦白描。《受戒》的开口第一句"明海出家四年了"，按照汪曾祺的说法是为小说定的"调子"，但这句话越读越有禅味，耐人咀嚼。汪曾祺是相信读者的悟性的，所以他的语言在平淡中蕴藉着不平凡的智慧意味，这意味来自他对中国传统哲学的艺术化的和谐融合。只有和谐，精神才会超越偏见，因为和谐，美感就不会因为时间而剥蚀、黯淡。

透明与滋润

——汪曾祺的意象美学

汪曾祺的小说曾经被人们称为“意象现实主义”，可说抓住了汪曾祺小说的美学特征。意象美学由于美国意象派诗人的崛起而受到世人的瞩目，但真正的意象美学其实源于中国，意象派的代表诗人庞德就明确提出唐诗是意象派的鼻祖，庞德自己就翻译唐诗作为自己的一种创作。唐诗宋词具有明显的意象诗的特点，但唐诗宋词并非意象诗的开端，而是集大成。意象美学是中国文学源远流长的优秀传统，在中国最早的大诗人屈原的以《离骚》为代表的楚辞作品里就得到了充分的体现，因而至今读来仍然魅力无穷。由于中国韵文和散文的两大传统不太一样，所以中国的小说创作沿袭的是非韵文的路子，清代大文学家曹雪芹率先将韵文的传统引进到长篇小说的创作，在《红楼梦》中大量使用了意象、意象群、意象群落，从而构建了旷世绝唱——大观园。五四时期，由于对传统文化的情绪性的排斥，以意象为代表的中国美学精粹被西方和俄罗斯的美学所替代。虽然鲁迅、沈从文、孙犁等人的作品顽强地生长着中国意象美学的元素，但仍被其他的强势话语所遮蔽，人们对小说家的意义多半从思想、情节、人物来进行诠释。1978 年以来，中国的意象美学得到了复苏，汪曾祺的走红，高行健、莫言的获奖都在于作品中呈现出鲜明的中国意象美学特性。这种不同于西方象征主义的美学形态，融化到小说中产生的核辐射的审美力，已经引起了越来越多人的关注。

汪曾祺是一个非常中国化的作家，以至于被人们誉为“最后一个士大夫”，这个“士大夫”的称呼，一方面是对汪曾祺文化精神的概括，另一方面也是人们对渐行渐远的中国文人精神的凭吊。五四以来的知识分子精神取代原先的文人情怀，在历史进程中无疑是进步，但对文学的本体尤其对汉语艺术文本来说，容易屏蔽掉一些中国文化的潜在精神。汪曾祺的晚成乃至今日余音绕梁，与长时期的被屏蔽有关。汪曾祺体现出来的中国文化精神是多方面的，这里只想就他作品中意象美学的一些特征进行陈述。

一

汪曾祺的作品写得很干净，在文字上长句很少，标点更是只用句读。这种干净是现当代作家中极为少见的，有点清水出芙蓉的味道，甚至可以说是一种“出淤泥而不染”般的孤洁。为什么？这与汪曾祺对文学的理解有关，汪曾祺曾经这样称赞他所推崇的文学前辈废名：“他用儿童一样明亮而又敏感的眼睛观察周围世界，用儿童一样简单而准确的笔墨来记录。他的小说是天真的，具有天真的美。”他在《沈从文先生在西南联大》中又如此称赞金岳霖：“为人天真到像一个孩子。”在怀念沈从文的悼文中，称沈从文是“赤子其心，星斗其文”。

可见赤子、儿童、孩子，明亮、敏感、天真，都是汪曾祺推崇的境界。有人说，诗人必须有一颗赤子之心，不能说诗人都有一颗赤子之心，但具有赤子之心的人同样具有一颗诗心。汪曾祺虽然擅长小说散文，但亦不满足于诗心藏在文中，他经常写诗，有白话诗，也有旧诗，在《释迦牟尼传》中，他直接运用骈体文来叙述释迦牟尼的一生。这种诗心始终燃烧着他，但他选择了一个反抒情的方式，通过意象的方式来表达他的诗心，这就是通过童年的视角来观照周围的世界和人生。

我们也就能够明白汪曾祺那些描写故乡高邮的小说为什么如此动人、如此脍炙人口了。在那些描写故乡的小说里始终闪烁着一双孩子的眼睛。学者摩罗在《末世的温馨与悲凉》中这样描述：“汪曾祺的文字让我读出了这样一个少年和一种情景：这个少年有时在祖父的药店撒娇，有时在父亲的画室陶醉。他永远保持内心的欣悦，感官尽情地开放，他入迷地欣赏着河里的渔舟、大淖的烟岚、戴车匠的车床、小锡匠的锤声，还有陈四的高跷、侉奶奶的榆树。这个少年简直是个纯洁无瑕身心透亮的天使，那个高邮小城则是一个幸福和乐的温馨天国。”

摩罗用“纯洁无瑕身心透亮”来形容这个天使一样的少年，在于童年的世界是不受污染、不被干扰的，是接近于无限透明的零状态。在汪曾祺的作品中通过“童年”这一美好的意象对周围世界的折射，创作出一个天国一样的故乡来。故乡系列小说是汪曾祺小说的最高的明净境界，明净的原因在于汪曾祺内心的童心、诗心对故乡的美化和净化。故乡当然不是仙境，童年自然也有幻觉，鲁迅先生在《故乡》里一方面写了童年的美好，写了西瓜地月光的迷人，另一方面则冷峻地撕开记忆的面纱，直面荒芜的现实和温馨记忆的反差。而汪曾祺追求的是和谐，他那双清澈的眼睛看见的只有童年的欢乐、天真和可爱。

如果说汪曾祺描写故乡的作品采取童年的视角可以理解，故乡的记忆可能淡化了辛苦、艰难、不幸，留下来的是善良、温馨、美好，因而童年美、故乡美是人之常情。其实不然，他写下放劳动的《羊舍一夕》《看水》《黄油烙饼》依然采用的是儿童视角，从年龄上说，他已经接近四十，从地域上看关外张家口远非故乡，更重要的是他的身份是一个下放的右派。这个下放的右派已不是那个年幼无知的李小龙（《昙花·鹤和鬼火》），而是远离家庭、备受质疑的流放者。在张贤亮、从维熙等有相同经历作家的笔下，右派在周围遭遇的是歧视、冷漠甚至是仇恨。张贤亮的《绿化树》虽然写了乡村女性马缨花对“落难公子”章永璘的爱，但整体的氛围是苦难叙事、悲情独白。而汪曾祺依然用童年的视角来看待对他来说是异乡的流放生活，筛去了其间的残酷、阴暗、冷漠。

这源于汪曾祺在创作时抽空了内心的芜杂，让内心呈现出澄明的状态，而这种澄明的状态和童心是非常接近的，汪曾祺的代表作《受戒》的男女主人公明海和小英子就是这样的澄明的处子，丝毫没有沾染尘世的气息。其实，在汪曾祺的其他一些不用儿童视角的小说里，也时不时地可以读到那颗天真的童心。“正街上有家豆腐店，有一头牵磨的驴。每天下午，豆腐店的一个孩子总牵着驴到侉奶奶的榆树下打滚。驴乏了，一滚，再滚，总是翻不过去。滚了四五回，哎，翻过去了。驴打着响鼻，浑身都轻松了。侉奶奶原来直替这驴在心里攒劲，驴翻过去了，侉奶奶也替它觉得轻松。”《榆树》里虽然写的是侉奶奶的视角，可跃动的是一颗无瑕的童心。

汪曾祺的这种童年意象不仅融化在写人物的作品上，那些描写风俗、动物、植物的篇章也渗透了童趣。散文《葡萄月令》是汪曾祺作品中童心、诗心、圣心高度融合的一篇极品，来源于作家的一颗赤子之心。《葡萄月令》平实、简洁，乍一看，貌似一篇说明文，介绍一年之中葡萄的种植、佩玉、采摘、贮藏等有关的“知识”，从一月到十二月，像记流水账一样。但细细品读，就发现作家视葡萄为一个成长的婴儿，一个仙子一样的生命。

“一月，下大雪……葡萄睡在铺着白雪的窖里”“二月里刮春风……葡萄藤露出来了，乌黑的。有的枝头已经展开了芽苞，吐出指甲大的苍白的小叶。它已经等不及了”。“四月。浇水……葡萄喝起水来是惊人的……从根直吸到梢，简直是小孩嘬奶的拼命往上嘬”……不难看出，汪曾祺创造了近乎童话一样的境界，纤尘不染，超凡脱俗。

无疑，和很多的大作家一样，汪曾祺是描写风俗的高手，但汪曾祺把这种童心意象化的追求，也表现在他对风俗的描写之中。他说：“风俗，不论是自然形成的，还是包含一定的人为的成分（如自上而下的推行），都反映了一个民族对生活的挚爱，对‘活着’所感到的欢悦。他们把生活中的诗情用一定的外部的形式固定下来，并且相互交流，溶为一体。风俗中保留一个民族的常绿的童心，并对这种童心加以圣化。”（《谈谈风俗画》），圣化童心，成为汪曾祺小说不灭的永恒意象。

二

“水”在汪曾祺的作品中是一个非常重要的意象。法国汉学家安妮 · 居安里在翻译了汪曾祺的小说后，发现汪曾祺的小说里经常出现水的意象，即使没直接写水，也有水的感觉。他的小说仿佛在水里浸泡过，或者说被水洗过一样。水的意象被称为汪曾祺美学的外在特征。

他在自传性散文《自报家门》里，明确表示从小和“水”结缘。他说：“我的家乡是一个水乡，我是在水边长大的，耳目之所接，无非是水。水影响了我的性格，也影响了我作品的风格。”

汪曾祺在以本乡本土的往事为题材的系列小说《菰蒲深处》的《自序》中亦云：“我的小说常以水为背景，是非常自然的事。记忆中的人和事多带点泱泱水气。人物性格亦多平静如水，流动如水，明澈如水。因此，我截取了秦少游诗句中的四个字‘菰蒲深处’作为这本小说集的书名。”

老子说，“上善若水”，将水视为善之最，足见中国文化的传统对水的器重。水在中国哲学中具有势弱柔顺的特征，同时也有持久韧性的特征，水滴石穿的成语就是水哲学的另一面。汪曾祺作品的人物大多逆来顺受，最强烈的反抗动作也就是锡匠们在县政府“散步”抗议而已，而且是无声的。他笔下的人物常常随水而居，随遇而安。水赋予人物的性格，也就多了几分淡定和淡泊。《看水》和

《寂寞与温暖》可以视作汪曾祺的自传体，和《葡萄月令》一样，这两篇小说写的是汪曾祺下放张家口外农科所的生活。有研究者认为，“《看水》中的水的意象和《寂寞与温暖》中女主角沈沅姓名中的‘水’旁，是证明作家自我隐喻——汪——的有力证据，似乎不能用巧合来解释”。这两篇小说中的主人公一个女性，一个是儿童，他们显然是弱者，他们表现出来的水一样柔弱的品质，正是作家内心的某种写照。

水的流动形成了结构。汪曾祺这种“水”意象美学还体现在小说的结构的自然天成上。汪曾祺写作的都是一些篇幅短小的小说和散文，一般来说，短篇小说的结构是非常讲究的，常常在情节的设置上下透功夫，莫泊桑、契诃夫、欧亨利之所以被称为世界短篇小说之王，就在于他们在塑造人物、叙事结构上精心追求。而汪曾祺对结构的理解则是“随便”，为了证明这种“随便”的合理性，还在《汪曾祺短篇小说选》的自序中引用苏东坡的话来论证。“大略如行云流水，初无定质，但常行于所当行，常止于所不可不止，文理自然，姿态横生”（苏东坡《答谢民师书》）。这种水的结构有点类似书法上的“屋漏痕”的境界。陆羽《释怀素与颜真卿论草书》载：颜真卿与怀素论书法，怀素称：“吾观夏云多奇峰，辄常效之，其痛快处，如飞鸟出林，惊蛇入草，又如壁坼之路，一一自然。”颜真卿谓：“何如屋漏痕？”怀素起而握公手曰：“得之矣！”又南宋姜夔《续书谱》称：“屋漏痕者，欲其无起止之迹。”

“屋漏痕”是一种比喻性的说法，用到小说的结构上其实就是随便而为的意思。雨水漏屋，全无定势，自然形成。

汪曾祺意象美学里蕴含着中国书画美学的精神。宗白华先生在《美学漫步》一书中论及《中国书法里的美学思想》谈到张旭的书法时说："在他的书法里不是事物的刻画，而是情景交融的'意境'，像中国画，更像音乐，像舞蹈，像优美的建筑。"宗白华先生这里所说的意境加了引号，显然是觉得意境一词不足以表达张旭书法的内涵，其实联系上下文，我们可以发现，宗白华所要说的其实是意象的内涵。中国书法、中国水墨画作为中国文化精神的抽象代表，其精髓就是意象，言外之意，象外之意，象外之象。而中国书画最明显的特征，也在于水的流动，墨是一种有颜色的水，它的流动和纸的空白形成了黑白的映衬，这映衬是水的美学的硕果。汪曾祺是书画高手，他的书画成就在一些专业人士之上，他的一些书画作品至今被藏家们视为珍品而津津乐道。

汪曾祺精通书法奥妙，深谙水的结构之美，他成功地转化到小说的创作之中。他的小说几乎每一篇的结构都不一样，又自然天成。《星期天》的结构松散天成，而《日晷》的结构如树生枝杈，两股合流。《云致秋行状》又如一股溪流渐渐流来，《受戒》和《大淖记事》在开头悠然讲述风俗民情，进入"中盘"后，《受戒》枝蔓删去，如小提琴独奏一样悠扬。《大淖记事》则以对话收场，余音不绝、

汪曾祺的小说中，还有一种类似套装或组合的特殊结构，这就是"组"结构，组结构是以三篇为一个单元，形成似连还断、似断又连的组合体。三篇小说之间，情节自然没有联系，人物也没有勾连，有时候通过空间加以联系。有《故里杂记》（李三·榆树·鱼）、《晚饭花》（珠子灯 · 晚饭花 · 三姊妹出嫁）、《钓人的孩子》（钓人的孩子 · 拾金子 · 航空奖券）、《小说三篇》（求雨 · 迷路 · 卖蚯蚓的人）、《故里三陈》（陈小手 · 陈四 · 陈泥鳅）、《桥边小说三篇》（詹大胖子·幽冥钟·茶干），6 组 18 篇，在汪曾祺的小说中占有相当高的比例。值得注意的是，这种套装结构的方式是汪曾祺晚年的

作品，在早期的创作中一篇也没有。他反复再三地实验这一小说形式，说明在他的心目中对这种形式的喜爱和器重。

这种小说的组合法在其他作家身上有过类似的实验，但如此多的组合，又达到如此高的成就，可以说独此一人。这有点类似书法上的“行气”，就是字与字之间内在的联系。汪曾祺说：“中国人写字，除了笔法，还讲究行气。包世臣说王羲之的字，看起来大大小小，单看一个字，也不见怎么好，放在一起，字的笔划之间，字与字之间，就如老翁携幼孙，顾盼有情，痛痒相关。安排语言也是这样。一个词，一个词，一句，一句，互相映带，才能姿势横生，气韵生动。”（《揉面》）而落实到作品中，则是篇与篇之间的“篇气”，每一篇作品都有自己的气息，有些作品气息是相通的，像《故里三陈》里《陈小手·陈四·陈泥鳅》，表面是三个姓陈的人物，三个人物连起来就是底层手艺人的悲惨命运，作家的悲悯之心油然而现。在早期短篇小说《异秉》里写的也是类似人物的命运，但作家要把这些人物构思到一个场景之中，并赋予一定的情节和戏剧性，不符合晚年汪曾祺的小说趣味。就意象美学而言，这是对意象群和意象群落的营造。单个意象的创造，在唐诗宋词那里已经到了极致，《红楼梦》之所以开一代之风，很大程度上是将中国人的意象从诗歌融化到小说中，但曹雪芹塑造的不再是单个的意象，而是一个个意象群和意象群落，形成了独特的美学世界。汪曾祺显然意识到单个意象的力量有限，他通过“集束手榴弹”的方式来创造新的意象体，寻找最大的审美空间。

汪曾祺对语言的探索也是功劳卓著，他把现代汉语的韵律美、形态美几乎发挥到极致。他刻意融合小说、散文、诗歌文体之间的界限，从而营造一个更加让读者赏心悦目的语言世界。语言在他手里像魔术师的道具一样，千姿百态，摇曳多姿，神出鬼没，浑然天成。水的流动，水的空灵，水的无限，在他的作品中得到最好的诠释。

汪曾祺以水为美，以水为师，在水的意象之后隐藏着他的文学观——滋润。他在《蒲桥集》再版后记中说："喧嚣扰攘的生活使大家的心情变得浮躁，很疲劳，活得很累，他们需要休息，'民亦劳止，迄可小休'，需要安慰，需要一点清凉，一点宁静，或者像我们以前说的那样，需要'滋润'。"汪曾祺先生确实实现了他抒情人道主义的美学思想，他的作品是滋润的，他去世多年，作品至今仍在滋润着一代又一代的心灵。

青春小说的滥觞

——关于《桑园留念》

率先在民间刊物亮相

《桑园留念》不是苏童的第一篇小说，但确实是苏童的处女作。处女作是一个很奇怪的名字，我们以前经常听到关于处女作的神话。比如王安忆的母亲茹志鹃当年的处女作《百合花》就是被茅盾先生发现后，一举成名的。处女作其实就是成名作，不是写作的第一篇文字，也不是发表的第一篇作品。“发表”这个概念，在现在已经显得有些不合时宜了，因为在以前发表就是要变成铅字，也就是要变成印刷品。而印刷品在过去是一个意识形态的概念，因为印刷厂是作为特种行业的，甚至当时的文字誊印社也是在公安局备案的。“手抄本”的出现，正是基于印刷品被严格控制。所以，在电脑出现以前，“发表”还是一个伟大的神话。电脑出现以后，出书的神话就被打破了，因为打印机伴随电脑构成了一个微型印刷厂。而网络出现以后，发表不再是神话，无数的网站就是无数的出版社，网上的自由发表推进了言论自由的进程。而博客的出现，不是发表自由的问题了，而是每个博客都可以经营成一家报刊甚至出版社。

我认识苏童的时候，是 1986 年的初夏，当时他已经发表了自己的第一篇小说《第九个是铜像》，还获得了当年度《青春》奖，在此之前作为北师大学生的他还在《飞天》上发表过诗歌。记得当时我提起《第九个铜像》时，苏童很不好意思，说写得很差，最近写的几篇不错。他说到了《桑园留念》，他有些愤愤不平，这么好的小说没有刊物发，还是《他们》识货，用了。

《他们》，是 1985 年创办于南京的民间文学刊物。《他们》由韩东主持，以诗歌为主，是中国口语派诗歌的大本营。但《他们》的创刊号，发表了后来声名大震的马原的《拉萨河女神》和苏童的《桑园留念》，当时苏童署名“阿童”。

《桑园留念》写于 1984 年的夏天，1985 年率先在民间刊物亮相，到正式在《北京文学》上发表时，已经是 1988 年的 2 月，他已经 25 岁，距他写作《桑园留念》时的 21 岁已经 4 年，他已经发表了《飞越我的枫杨树故乡》和《1934 年的逃亡》等闻名遐迩的先锋小说。

虽然《桑园留念》迟于其他小说的发表，但并不影响《桑园留念》作为苏童处女作的意义，一方面它是苏童小说的开山之作，同时也是苏童第一次使用“苏童”这个笔名发表作品。更重要的是它昭示了苏童后来小说的发展脉络，而且在近三十年的小说史上，特别是率先开创了青春小说的新路径，给 70 后、80 后的文学“撒野”作了一个漫不经心的有力铺垫。

对双重宏大叙事的逃逸

在苏童早期小说里，有一个重要的意象就是逃逸，这种逃逸是小说主人公的下意识动作。《乘滑轮车远去》是逃逸，《1934 年的逃亡》更是明明白白把主题刻在题目上。短篇小说《逃》更是直白。这种逃逸的思想主题自然出自作家的创作状态。当时的文学创作其实受两股思潮的裹挟，一是官方倡导的改革文学，这是意识形态下的文学运作，另一方面，一些崭露头角的文学新贵们倡导的文化寻根运动，这种仿文化人类学的写作，虽然对强化小说的文化性内涵有促进作用，但由于以一种宏大的运动的方式进行，其实也是另外一种意识形态的运作。

面对这样一种双重的宏大叙事，很多作家进退维谷，或多或少地被裹挟进去，丧失了独立的文学品格，因而随着这些潮流的烟消云散，其作品也被淹没在茫茫背景中。苏童没有受到这些潮流的诱惑和鼓动，他冷静地逃逸到这两大潮流之外。苏童选择的其实是后来被称之为个人化的叙述，这个人化的叙述，其实是对宏大叙事的反动。宏大叙事长期以来一直是中国当代文学的唯一叙事腔调，文学本来是具有宏大叙事功能的，可如果把宏大叙事作为文学的唯一方式和唯一功能，就违反了文学的基本规律。鲁迅那么宏大的作家，他也必须有《伤逝》和《野草》那样的小叙事，才能成为一个内容丰富的文学大师，而不只是会听令驱命的投枪手。

剥离宏大叙事的衣胞是艰难的。当年提出寻根的新贵和新秀显然有感于原有的那套叙事模式不能适应新的历史时期的需要，但他们身上的天然的宏大叙事的血液传统让他们只能在宏大叙事的圈圈里打转转。虽然关于文化、人类和生命的思想是非常重要的文学母题，但在他们宏大叙事的使命感和任务感面前，变成了更新话语的工具，而没有成为文学的肌肤和内在需求。

值得注意的是，《桑园留念》用的是第一人称“我”进行叙述，第一人称叙述并不是什么新鲜玩意儿，但这个“我”用一些正统的理论家的话语来说，是个“小我”，所谓“小我”，其实是脱离主流意识形态的个人化叙述，和强调国家、民族的宏大叙事是截然不同的，“我”的悲欢苦乐是远离这些国家和民族的背景的。苏童之后在相当一段时间内，短篇小说几乎全部使用的是以“我”为主体的第一人称叙述视角，包括后来的中篇小说《1934 年的逃亡》也是以个人的视角来叙述遥远的历史。在《罂粟之家》和《妻妾成群》里虽然使用的沉草和颂莲的第三人称视角，但仍然是那个“我”在叙述，个人化的叙述屏蔽了历史的宏大叙事。

因而，《桑园留念》展现给我们的是一片脱离了当时意识形态和文化寻根樊篱的一片新的土地。这篇小说里，出现的那个十五岁的少年“我”，是非意识形态的，也不是作为文化人类学的代言人，“我”几乎是一片海德格尔说的“澄明”状态，只是一位懵懵懂懂的少年。这位少年处于青春萌动期，对很多的事情感兴趣，对很多的事情也不了解。作家当时其实也是一个青年，但用追忆的方式来回叙自己青春成长的“桑园”。小说的时代甚至是模糊的，但模糊到当代，既不像改革文学的背景有那么强的纪实性，也不像某些寻根小说将背景推及遥远的未知年代。没有政治的喧嚣，也没有文化的强行刻录，叙述的只是少年时代的一段青春情事，或者是少年对青春的初步理解和向往。“我”这一点点的琐事实在是小，也实在是“琐”，虽然算不上委琐，但小事见不出“大”，不像鲁迅的《一件小事》能见出车夫的伟大和“我”皮袍下面的“小”来。丹玉、肖弟、毛头、辛辛和我之间的那点事情最多是年轻人的胡闹，或胡闹出来的准小流氓行径而已。

但《桑园留念》无疑是一份青春岁月的另类记录。后来苏童写过《刺青时代》，王朔写过《动物凶猛》，姜文拍过《阳光灿烂的日子》，其实都是同一主题，就是写不正常青春的不正常生长，但这种生长又带着青春强烈的本质特征，骚动不安，热血沸腾，而目标模糊。《桑园留念》写的是“我”的青春成长过程，但“我”的这种成长过程是在参照别人生活的基础上起来的。小说写了三男两女五个人物：男青年肖弟、毛头 18 岁，“我”15 岁，女青年丹玉、辛辛应该在 18 岁左右。男青年肖弟力气大，是这帮不良青年里的老大，毛头和我是他的追随者，女青年丹玉，长一双勾人的眼睛，成熟，性感，是这些众多男青年的梦中情人，是肖弟的女朋友或性伙伴。“我”在小说里是一个偷窥者，一个无知少年对成人世界的向往，同时也是一个模仿者，“我”在偷窥丹玉和肖弟的情事，又暗恋着丹玉，同时在生活里又悄悄模仿他俩，他企图让邻居女孩辛辛成为他的丹玉，但辛辛不解风情，多年之后“我”看着怀孕的辛辛颇多伤感，而辛辛毫无感觉，青春的初恋就这样沦为俗事。另一方面，肖弟的女友丹玉却被他的兄弟毛头深爱着，最终毛头和丹玉死在一起（死因不明，但两人抱在一起）。一群青少年在经历了糊里糊涂的恋爱和情事以后，作鸟兽散，相爱的则长眠于地下。多年之后“我”在当年的石拱桥上，看到有人刻下了毛头和丹玉的名字，算作他俩爱情的纪念，也是“我”走向青春岁月的见证。

这样一份关于少年青春的记录，由于是用后来者的口气叙述，颇有几分伤感和忧伤，当然也有几分的无奈和调侃。爱情、死亡、暴力、性事以及兄弟这些在以后的青春小说里大量出现的关键意象在这短短的小说里铺垫充分，而作为小说的最高潮以及读者最想看的部分（丹玉之死）却被冷冷忽略。这种忽略不仅说明苏童对短篇小说的三昧了然于心，也说明他一出手就站在艺术的制高点上，来俯瞰文学的来龙去脉。

苏童对宏大叙事的逃逸或打破，是通过第一人称“我”的叙述来实现的。当然这个“我”是一个旁观者又是一个当事人，他见证他人的青春岁月，也在见证中泄露出自己毛茸茸青春之树的悄然生长。对于少年青春萌动的描写，显然不是宏大的主题，但却是人成长的主题，是人性生成的部分。小说虽然不那么文化人类和意识形态化，但却是以人为本，记录人的生命年轮。这也是文学最重要的主题之一。

价值和影响

《桑园留念》写于1984年，发表于1988年，历经四五年时间，最终成为苏童的代表作之一。但《桑园留念》甫一出刊，无论是在民间刊物上还是正式刊物上，就受到人们的喜爱。这种喜爱，有来自读者的，也同时来自文学圈内人士。这说明《桑园留念》不是速朽的作品，要不然怎会搁了四五年发表，还会让人们津津乐道。至今谈起苏童，人们还会记得他的《桑园留念》和《妻妾成群》。没有被人们忘记的作品，虽然不一定是经典，但肯定是产生过影响的。对《桑园留念》而言，它的影响自然不如那些获得过殊荣的短篇小说大，更多的人了解苏童还是他的小说《妻妾成群》被改编成电影《大红灯笼高高挂》之后。但《桑园留念》的意义未被充分挖掘和认识。

《桑园留念》对苏童而言，像一把钥匙开启了苏童小说创作的新天地，也像阿里巴巴的咒语一样打开了他的文学资源的宝库。如果我们回过头来回顾一下苏童的小说，发现《桑园留念》仿佛是他小说的一个创作提纲或者一个意象化的前言似的，囊括了他以后很多小说的内容和框架。他在《桑园留念》里使用的那个愣头青“我”在相当一段时间内成为他叙述的一个标牌。在内容上，《桑园留念》也不断被扩展延伸，中篇小说《刺青时代》可以说是《桑园留念》的扩大版，而长篇小说《城北地带》里的很多痕迹也来自于《桑园留念》，在《桑园留念》中那个窥视的视角在《大红灯笼高高挂》里被发挥到极致和完美。在《桑园留念》里的很多意象和细节被敷衍衍生出不少优美的佳作，《桑园留念》中关于舞蹈的陈述后来变成了《伤心的舞蹈》，地名石码头，变成了短篇《石码头》，桂花树也成了另一篇小说的重要意象，小说里出现的我和哥哥的情景，后来也被演绎成中篇小说《黑脸家林》。至于小说里的那个城市，那个石拱桥，则变成了那条文学史上著名的香椿树街了。苏童在《桑园留念》里找到了自己，也由此作为蓝图开始了属于他自己的艺术王国的塑造。

在《桑园留念》里苏童找到了一种话语，这种话语姑且称之为

“软象征”叙述，之前我曾经笼而统之概括为“意象”（拙作《苏童意象》)，现在看来，意象的概括虽然清晰，但不如“软象征”更具体。软象征是对象征主义话语的合理改进和创造，象征主义在80年代被视为文学的宝塔尖，但象征主义话语如果被简单粗暴使用，不仅造成阅读的晦涩，也造成文学的枯燥化。象征，是要造成隔离效果，但象征不是主题和人物的数字化和抽象化，曾经有人把人物的名字用符号来取代，这是对象征的粗浅的理解。小说的象征是建立在叙述的基础上，也是建立在人物和细节的基础上。当时张承志有一篇中篇小说叫《北方的河》，就是这种硬性象征话语的代表作。高行健的话剧《绝对信号》和《车站》也是这种硬性象征的代表作。

《桑园留念》的软象征表现在叙述时，作家的话语指向在描述现实的同时，也产生了另外的潜指功能，能指和所指之间产生了微妙的重合。而不像纯粹的象征主义话语中，叙述只是象征的奴隶，叙述本身的价值游离在小说之外，叙述获取的只是符号价值。软象征跨越了能指和所指之间的鸿沟，叙述是写实，也是象征。在《桑园留念》中，桑园是地名，是实指，但也是青春岁月的隐喻。丹玉，是人名，也是青春的符号。这种软象征的叙述手法其实在《红楼梦》里就有运用，但由于被索隐派机械地索隐，作为叙述的象征精神反而被淹没了。

苏童这种有弹性的带有软象征风味的叙事话语，不仅奠定了他小说的坚实基石，让他的小说有了强烈的个人化标志，成为三十年来文学的一道靓丽风景。同时这种绚丽而平实的艺术话语，对同时代以及后来的小说写作者也是启迪和参照，鲁羊、毕飞宇、李冯、吴玄、安妮宝贝等又在此基础上进行了各自的补充和丰富，形成了软象征的小说流派。特别是安妮宝贝的意象化写作更加细腻和女性化，在苏童忽略处挖掘，在苏童简单处丰富，在苏童开辟的隧道里继续深入，因而形成了独特的女性青春小说的忧郁美学。而80后的青春叛逆小说，也能在《桑园留念》里见到端倪。

在我写完了这篇文章之后，我和他通了个电话，我说《广州文艺》要选三十年的短篇经典，你觉得你哪篇好？他说了好几篇，都不错。当我告诉他，我选的是《桑园留念》时，他好像有些意外：

"也不错，但有些青涩。"

是，有些青涩。《桑园留念》正是青涩之典。

当代的“床前明月光”

——余光中《乡愁》赏析

海峡两岸关系的松动居然是从文学开始的。

这是很多人没有想到的。我也没有想到，在新浪谈“共和国文本”之一余光中的《乡愁》时，我突然想到了这一点。而且发现，率先提出“三通”的居然是现代派诗人余光中。

台湾的文学进入大陆，不知道是谁开的禁，这个禁开得好！琼瑶阿姨的小说滋润了多少人，台湾的文学一度曾经成为大陆的畅销读物，以至当时有一本刊物叫《港台文学选刊》，现在好像也不见了。

我最早接触到台湾的文学，好像是诗歌，当时流沙河先生在《星星》诗刊开专栏，题目好像叫台湾现代诗人十二家，确实是开启了一扇新的窗户。是啊，文学无国界，外国的文学作品可以翻译过来，和我们同根同祖的台湾文学为什么不能看呢？何况还不要翻译呢？

文学促动了海峡两岸关系的解冻，我们都记得当初读琼瑶、三毛、席慕蓉、白先勇、古龙的喜悦心情，他们让我们了解了台湾，也让我们了解了海峡那边中国人的生活和情感，也知道我们在这头，他们在那头，血脉相连，割舍不断。

余光中写的是乡愁。愁是文学作品最喜欢描写的，中国古人描写愁产生了很多的警句，辛弃疾的“少年不识愁滋味，独上高楼，为赋新诗强说愁。如今识透愁滋味，欲说还休，却道天凉好个秋”。李煜那首“问君能有几多愁，恰似一江春水向东流”。近人戴望舒也喜欢写愁，尤其爱写乡愁，也留下了不少的乡愁，比如《我的怀乡病》。当然乡愁的最高境界还是李白的那首《静夜思》，“床前明月光，疑是地上霜，举头望明月，低头思故乡”。寥寥二十字，宏阔大境界。

余光中是台湾现代诗的代表人物，但这首《乡愁》却非常古典，或者说是将新诗古典化的成功尝试，季羡林先生说新诗写作，迄无成功，我个人认为，《乡愁》属于新诗的成功之作。全篇只有88个汉字，但意境开阔，韵味隽永，广为流传，堪称当代的“床前明月光”。

乡愁是诗人最爱写的，也是最难写的，因为“崔颢题诗在上头”，名篇太多，难以超越。余光中的《乡愁》之所以成为名篇，不仅在于他使用了意象化的手段，因为意象化的手法在50年代也算不上新鲜的玩意儿。他使用了意象群来表达乡愁，像音乐里的回旋一样，反复表达同一个主旨，乡愁是邮票，是船票，是坟墓，是海峡，这些不同的意象反复吟诵着同一个情绪。而且这些意象是不断拓展、延伸、放大的，从邮票到船票再到坟墓，直至海峡，乡愁被放大无数倍，这乡愁也不是一个人的乡愁而是一批人、一群人、一代人的乡愁。由于《乡愁》的独特的文字美，很多作曲家，包括王洛宾在内，为它谱过曲，但都没有能够广为流传，说明自身的音乐美难以超越。

乡愁的放大也伴随着诗人的成长，《乡愁》在短短的诗篇里，潜藏这一个成长的主题。从“小时候”到“长大后”“到后来”“到如今”，时间在流逝，“我”也在长大，乡愁在放大，世界也在变大，我与世界的联系方式也在变，从邮票到船票，从坟墓到海峡，天地越来越大。

整个《乡愁》写的是与家乡的“隔”，从希望到失望，再从失望到希望。船票则是交通方式，到坟墓的时候诗人则是绝望。而海峡的时候，诗人又产生了希望。乡愁原来是通的，到了坟墓的时候，就断了。小时候求学在外，邮票是通讯方式，乡愁是通的，靠写信来消除这“隔”，邮票承载的是乡愁，送达的是乡愁。到船票的时候，我已经长大成人，成家立业，结婚了，但两地分居，乡愁转化为对妻子的思念。船票是交通的方式，这个时候，乡愁依然是能化解的，船票是能见面的。但到母亲去世的时候，乡愁变成生死之隔，变成了坟墓。诗人是绝望的，“你在里头，我在外头”，不可以通话。一个世界与另一个世界难以对话，生与死如此相近又如此遥远，乡愁变成不可以对话，不可以化解了，诗人情绪带有绝望。但到了乡愁变成“浅浅的海峡”的时候，虽然距离更为遥远，但只是“浅浅的”，其实台湾海峡在地质层面上是非常深的，余光中觉得“浅浅”，是因为他相信终有一天，会有一张船票能够让他跨越这宽阔的海峡，回到大陆的怀抱。诗人对未来充满希望。

《乡愁》写了对“三通”的渴望，邮票是对通邮的渴望，船票是对通航的希望。早在上个世纪50年代，诗人就提出近乎后来“三通”的希望，代表了人民的心声。这首诗，被两岸的中学教材选进去了，说明统一是两岸人民的心声，同时也说明优秀的文学作品能够超越阶级、民族、政治、历史的局限。

在《乡愁》这首诗里，乡愁的意象是变化的，“我”面对的对象，前三次都是女性，母亲和新婚的妻子虽然是具象，但实际并不具体，可以泛指，指代所有的母亲和妻子，最后的大陆和海峡却是特指，专指台湾海峡和中国大陆，其实如果用我们习惯的政治话语就是：祖国，我的母亲。或许有人会提出来，这第二节不是说的新娘吗？其实早在上个世纪 20 年代郭沫若在《炉中煤》里就把祖国比作年轻的女郎，恋人，“我为你燃烧成这模样”。把祖国比作恋人和女性，是现代诗歌常用的手段，余光中巧妙地将对祖国的思念融化到乡愁这样一个意象中。乡愁无国界，无党界，无阶级界，无民族界，无历史界，只有世界。

附：

《乡愁》 余光中

小时候 / 乡愁是一枚小小的邮票 / 我在这头 / 母亲在那头；

长大后 / 乡愁是一张窄窄的船票 / 我在这头 / 新娘在那头；

后来呵 / 乡愁是一方矮矮的坟墓 / 我在外头 / 母亲在里头；

而现在 / 乡愁是一湾浅浅的海峡 / 我在这头 / 大陆在那头。

人生红颜不是悲

最初拿到江苏文艺出版社的这本书的时候，有些惊讶，也有些好奇，王玉龄何人？三十年代的电影明星吗？从封面上看，很像，但又没有那些明星的尘世感和做作气。她是谁？她来自哪里？将去何方？

待发现她是国民党抗日将领张灵甫的遗孀，我又倒吸了一口气，难道自古红颜多薄命？王玉龄十六岁结婚，十九岁就丧夫，命运过于残酷了！十九岁对今天的很多人来说，高中还没毕业，而王玉龄却已带着孩子过着孤儿寡母的边缘人生活。

60 年过去了，王玉龄开始向后人讲述她的红颜故事了，但她的红颜故事不只是悲情的，至少在王洪、鹿彦华的笔下，没有把王玉龄单方面地塑造成以往那些我们常见的薄命的悲剧形象。王玉龄出身名门，从小长在一个传统文化氛围深厚的家庭，接受中国传统文化的熏陶，也熟读唐诗宋词，在了解中国文化的精华时，自然知道所谓“红颜薄命”“红颜祸水”的谬论，也知道那些歧视女性的偏激之词。但当悲剧性的命运落到王玉龄的头上时，她是如何面对？

《佳人——王玉龄画传》一书以翔实的史料和真实的图片为我们展示了一个中华女子的自强不息的精神、美好的情操。

书里写道："从小到大，无论何时，王玉龄总像一朵花，明媚鲜艳，引人瞩目。这仿佛是她的命，躲不开，也躲不了。"美丽的魅力给王玉龄带来了很多大好处和便利，同时也带来了麻烦和苦恼。尤其是她在丧夫之后，她的苦恼更是滚滚而来。爱花之心，人人有之，摘花之人，也非少数。这无主的花儿，更是让人垂涎欲滴，"寂寞开无主"，可在王玉龄的心中，她是有主的，她依旧思念的是张灵甫，张灵甫活在她的心中。这样的古典情怀和爱情精神，让人感动之余，也让我们思索着爱情、婚姻的话题。

如果说王玉龄的爱情观和忠贞观在今天的价值多元的时代并不值得所有人去仿效的话，那么她的自强不息的生活态度则是中华民族精神的传承。50 年代，王玉龄到了台湾以后，由于缺少经济收入，加之积蓄又被所谓的投资人骗走，家庭生活陷入极大的困境。按照台湾的规定，她是可以领到一笔抚恤金的，但"王玉龄宁可饿死，也不会去领取这样的抚恤""她一辈子都在追求自由并且有尊严的生活"。她毅然带着有限的五千美金，带着老母亲和小儿子，来到她生疏的国家——美国，在那里打拼。这是需要很大勇气的。她考大学、找工作，完成了她人生的新生活，一切重新开始，人生在进取中获得了价值。后来，她又回到祖国的怀抱，为祖国的统一默默做一些力所能及的工作。王玉龄用自己的努力证明，红颜不再是悲剧；即使碰上了悲剧，也要让红颜再现青春的美丽和人的魅力。

爱夫不变情，爱国不渝志，王玉龄的古典情怀和赤子之心，为美丽和红颜添上了一个完美的注脚。王洪和鹿彦华的《佳人》作为一本纪实性的传记著作，建立在大量采访的基础上，尊重历史，文笔朴实，显现出一种朴素的美，与时下那些华而不实、虚构过多的传记文字相比，看了不会后悔。